KNAUR

CAROLIN WAHL

SCHATTEN DER EWIGKEIT

ZWILLINGSBLUT

ROMAN

Besuchen Sie uns im Internet:
www.knaur.de
Facebook: https://www.facebook.com/KnaurFantasy/
Instagram: @KnaurFantasy

Originalausgabe Dezember 2019
Knaur Taschenbuch
© 2019 Knaur Verlag
Ein Imprint der Verlagsgruppe
Droemer Knaur GmbH & Co. KG, München
Alle Rechte vorbehalten. Das Werk darf – auch teilweise – nur mit
Genehmigung des Verlags wiedergegeben werden.
Redaktion: Anika Beer
Covergestaltung: Guter Punkt, München
Satz: Elisabeth Holsten
Druck und Bindung: GGP Media GmbH, Pößneck
ISBN 978-3-426-52430-5

2 4 5 3 1

*Für alle, die ihre Herzensstadt
noch nicht gefunden haben,
aber auf der Suche nach
einem magischen Ort sind.*

PROLOG

Sie starb.

Der Schmerz war so gewaltig, dass er ihre Sinne trübte, ihr die Luft aus den Lungen presste. Ihre Gedanken wurden schwer und zäh wie flüssiges Pech. Sie spürte die allumfassende Dunkelheit, die sie in eine liebevolle Umarmung schloss, und fühlte sich angekommen, denn sie hatte den Tod verdient. Tränen rannen ihre Wangen hinab, warm und heiß, und der Himmel schluchzte.

Sie starb.

Nicht einmal. Nicht zweimal.

Sondern immer wieder. So lange, bis die Liebe so unzähliger Leben sie nicht mehr töten konnte, obwohl sie den Wunsch danach in seinen Augen las. Gleichzeitig sah sie aber auch die Wut, den Hass, die Enttäuschung. Ihr Herz brach. Sie wollte schreien, um sich schlagen. Etwas in ihr splitterte in Tausende, winzige Teile und verteilte sich wie Regen über der Welt.

In jedem Leben hatte er sie zur Strecke gebracht, sie gejagt, sie aufgespürt und gefunden. In keinem Leben war sie traurig darüber gewesen, was war schon Trauer, wenn man das Leid der Welt auf seinen Schultern trug?

Doch nun, in diesem Augenblick, weinte sie bittere Tränen, denn sie war erfüllt von einer tiefen Schwermut. Aber sie weinte nicht um sich. Das hätte sie, selbst wenn sie gewollt hätte, gar nicht fertiggebracht.

Denn dieses eine Mal war nicht sie diejenige, die ihr Leben ließ. Weil sie ihm dieses eine Mal zuvorgekommen war.

Und sich danach nicht mehr an ihn erinnern konnte.

1

Niemand hatte behauptet, dass Sterben einfach war, doch in diesem Moment, in völlige Dunkelheit gehüllt, wünschte sich Kit Sune, ihr Tod würde dieses Mal wenigstens schnell gehen.

Schnell und schmerzlos.

Sie konnte die Nox zwar nicht sehen, denn der Raum, in dem sie sich befand, war stockfinster – so finster, dass sie nicht einmal ihre eigene Hand vor Augen wahrnahm, aber dafür *spürte* sie ihre Präsenz umso deutlicher. Wie unzählige kleine elektrische Impulse auf der Haut, ein Knistern, das die Angst real werden ließ. Sofort loderte das Fuchsfeuer in ihr auf, schlug wild um sich und drang glühend bis in ihre Fingerspitzen. Ihre Haut spannte, und jeder Muskel schmerzte, als sich das Feuer weiter ausbreitete, getrieben von der Angst.

Kit schnappte nach Luft, als die Hitze wie ein Echo durch ihren Körper wisperte.

Nicht jetzt, schoss ihr durch den Kopf. Sie atmete tief aus, dachte an Schokolade und hoffte, ihrem inneren Daimon nicht nachzugeben.

Sie brauchte ihre Menschengestalt.

Es war ihre einzige Chance, um zu überleben.

Noch waren die Nox kein fester Teil auf dieser Erde, doch sobald sie von der Niemalswelt in die menschliche Welt übergegangen waren, war es zu spät.

Sie fluchte innerlich und konzentrierte sich auf ihre Atmung, versuchte sich den Geschmack von Schokolade auf ihrer Zunge vorzustellen, zartbitter und herb, alles, was sie als Fuchs verabscheuen würde.

Es funktionierte. Schlagartig wich die innere Hitze, als ob man einen Eimer kaltes Wasser darübergekippt hätte, und das Feuer in ihren Venen hinterließ ein Taubheitsgefühl in ihren Fingern.

Der Raum besaß in etwa die Größe eines halben Fußballfeldes. Es gab zwar zwei Ausgänge auf der linken Seite, doch das sanfte Surren, das aus dieser Richtung erklang, ließ sie vermuten, dass sich die Nox zu dicht bei den Türen manifestierten. Außerdem war da noch eine Reihe von Fenstern auf der anderen Seite, die jetzt mit lichtundurchlässigen Vorhängen verschlossen waren und kein Fünkchen Helligkeit hereinließen – aber sie würde den Teufel tun und den Nox den Rücken zudrehen. Nicht, solange sie die Lage nicht vollständig abschätzen konnte.

Kits Herzschlag dröhnte in ihren pelzigen Ohren, und ihre Nerven waren zum Zerreißen gespannt. Im Grunde gab es keinen anderen Ausweg als einen Kampf auf Leben und Tod. Dafür war sie ausgebildet worden.

Sie atmete lautlos aus und versuchte sich ganz auf ihren sechsten Sinn zu verlassen, so wie sie es bereits als kleines Kind gelernt hatte. Die Luft in dem Raum war trocken und stickig, als ob seit Tagen kein Fenster mehr geöffnet worden wäre, und irgendwo in den Schächten über ihr bewegte sich ein kleines Nagetier, vermutlich auf der Suche nach etwas Essbarem.

Kit stutzte. Da war noch etwas anderes. Sie bemerkte es an den Vibrationen der Luft, als ob jemand atmete. Ein Schatten. Eine Gestalt, die sich versteckt hielt, ihre Präsenz vor ihr verbergen wollte. Kit riss die Augen auf, als sie begriff. Sie war nicht allein mit den Nox.

In diesem Augenblick zerbarst die Stille. Ein Stöhnen erklang, als sich die Dunkelheit teilte und für die Schattenwesen öffnete, die sich einen Weg in diese Welt suchten. Obwohl sich die erschaffene Dunkelheit normalerweise deutlich von der natürlichen Finsternis abhob, sah Kit nichts weiter als Schwärze. Sie fluchte, als der Raum bebte.

Dreißig Sekunden.

Kit zog den Dolch aus der Halterung an ihrem Gürtel, schloss die Augen, um sich noch besser konzentrieren zu können, und lauschte in die Schwärze hinein. Dabei versuchte sie sich nicht zu rühren, denn jede Bewegung hätte ein Geräusch zu viel erzeugt, das die Nox, deren Existenz darin bestand, Lebensenergie zu stehlen, um ihr eigenes, jämmerliches Dasein zu verlängern, auf sie aufmerksam machen würde. Jede Bewegung würde die Wahrscheinlichkeit ihres eigenen Todes verdreifachen. Kit war zwar kein Genie, aber ihr gesunder Alias-Verstand reichte, um sich auszurechnen, dass ihre Überlebenschancen drastisch gegen null sanken. Denn die Erfahrung hatte sie gelehrt, dass sich Wesen, die keine Augen, Mund oder Nase besaßen, auf andere Sinne verließen.

Vorsichtig wandte sich Kit in die Richtung, in der die Schatten am lautesten knisterten, wie eine Feuerstelle, in die man Holz nachgelegt hatte, und einmal mehr dankte sie ihrem Erzeuger für ihr Fuchsgehör, denn sie konnte jede Nuance in der Finsternis unterscheiden.

Absprungbereit harrte sie aus, die Hand fest um den ledernen Griff des Dolches geschlossen, der sich fremd und ungewohnt zwischen ihren Fingern anfühlte. Unerwartet tauchte Artemis' Gesicht vor ihrem geistigen Auge auf. Die Qual. Die Angst. Er war ihr Partner gewesen und an ihrer Seite gestorben, das nagte noch immer an ihr.

Konzentrier dich, dachte sie wütend, presste die Lippen zusammen und schüttelte den Kopf, um sein Gesicht aus ihrer Erinnerung zu verdrängen. Ihr Puls raste. *Das hat hier nichts verloren, verdammt!*

Irgendwo zu ihrer Linken erklang ein Zischen, wie ein Windhauch, der durch eine Fensterritze kroch. Sofort drehte sie den Kopf in die Richtung. Das Geräusch klang jetzt wie ein leises Stöhnen, als ob der Wind sich verstärkt hätte. Angezogen von dem berauschenden Duft ihrer alten Seele, gierig nach ihrem Leben, nach allem, was sie ausmachte und sie von all den anderen Wesen unterschied.

Kit spitzte die Ohren, versuchte all die anderen Geräusche in ihrer Umgebung auszublenden. Ihr Daumen kratzte über das erkaltete Wachs auf dem Dolchgriff, und sie stieß die Worte des Nachtsiegels in rascher Abfolge aus. Wie durchsichtige Fäden wickelte sich die Magie um die Klinge, für die körperlosen Nox nicht zu sehen.

Sie waren nicht mehr weit, keine drei Schritte von ihr entfernt. Kits Knie zitterten vor Aufregung.

Die Energie näherte sich, sie spürte die unnatürliche Dunkelheit der Schattenwesen, spürte, wie sich die Härchen auf ihren Unterarmen aufstellten. Wie viele waren es? Zwei?

Die Dunkelheit erhob sich vor ihr, eine Wand aus Finsternis.

Sie wartete noch einen Herzschlag.

Dann machte Kit einen Sprung.

Ein Luftzug rauschte an ihr vorbei, während sie sich rückwärts abrollte und wieder auf die Beine kam. Blind tänzelte sie nach vorne, dorthin, wo sie einen Augenblick zuvor noch gestanden hatte, und verließ sich dabei ganz auf ihr Gehör. Blitzschnell stieß sie zu, ließ die Klinge in der Schwärze verschwinden.

Links unten. Rechts oben. Mitte. Links. Rechts. Links. Ihr letzter Vorstoß traf auf Widerstand, der Dolch glomm auf, wurde heller und heller, als ob sich Sonnenlicht im Innern verfangen hätte, und ließ die Umrisse des Nox erkennen. Der Schatten zuckte, wand sich unter Schmerzen und blieb doch stumm. Seine Gestalt sah aus, als würde sie aus schwarzem Rauch bestehen, nur wesentlich fester. Lebendiger. Obwohl nichts an dem Wesen an Leben erinnerte.

Abrupt ließ Kit den Dolch los, der tief in der Masse des Nox steckte, und machte einen Salto nach hinten, um wieder sicher auf den Beinen zu landen. Sicherheitsabstand, denn die Berührung eines Nox war tödlich.

Der Nox krümmte sich, sie hörte es an seinen Bewegungen. Sie hatte ihn verwundet. Er würde zu Asche zerfallen.

Kit nahm nicht mehr wahr, wie es geschah, aber das spielte in diesem Moment auch keine Rolle, denn ein gefährliches Brummen erfüllte den Raum. Jemand antwortete in einem tieferen Ton, wie das genüssliche Schmatzen eines Tieres, das gerade seine Beute verspeiste.

Erst jetzt realisierte Kit, dass sie sich getäuscht hatte. Nicht zwei! Sie waren zu dritt!

Sie fluchte lautlos und riss zwei schwarze Perlen von dem dünnen Kettchen, das sich um ihr Handgelenk schlängelte.

»Zwischen Licht und Schatten liegt dein Grab, gefangen in der Zeit, verloren zwischen den Welten«, stieß sie atemlos die alten Worte hervor und hauchte einen Todeskuss auf die glatte Oberfläche, die augenblicklich zu wachsen begann. Die Perlen gewannen rasch an Größe, bis sie wie zwei Tennisbälle in ihrer Hand lagen. Tanzend drehte sich die Magie im Innern der Kugeln, zuckende Blitze, die Kit schon immer an ein eingefangenes Sommergewitter erinnert hatten. Sie packte mit jeder Hand eine Kugel und stürmte auf die allumfassende Dunkelheit zu.

Etwas strich um ihre Beine, Kit keuchte und sprang zur Seite. Dieses Mal landete sie hart auf dem Boden, rollte sich über die Schulter ab, um den Aufprall abzufangen. Schmerz zuckte durch ihren Körper, doch sie schaffte es irgendwie, die beiden Kugeln nicht loszulassen.

In diesem Augenblick spürte sie, wie einer der beiden Nox sich über sie beugte, sich ihr öffnete, um an ihrer Seele zu tasten. Kits Hände zitterten unkontrolliert, als sie eine der Kugeln in der Finsternis versenkte, indem sie die Kugel einen halben Meter vor sich losließ.

Sofort zog sich die Dunkelheit zurück, fast so, als hätte Kit einen tödlichen Schuss abgefeuert. Heftig hob und senkte sich ihr Brustkorb, und der Raum bebte erneut, doch dieses Mal nicht, weil die Nox erschienen, sondern weil die Niemalswelt sie rief.

Kit erstarrte.

Ihr wurde heiß. Dann kalt.

»Nein«, flüsterte sie tonlos, doch es war zu spät.

Sie hatte ihn nicht wahrgenommen. Weder gespürt, noch gehört.

Die Berührung glich einer Liebkosung, so unheimlich sanft und anders, als sie es sich vorgestellt hatte. Es war ein vorsichtiges Tasten, wie Fingerspitzen, die über ihre Haut strichen. Sie fühlte die Berührung, die tiefer glitt, ihr Bewusstsein öffnete.

Bebend schloss Kit die Augen, als der letzte Nox bis auf den Grund ihrer Seele vordrang. Licht explodierte, und sie war von einer inneren Ruhe erfüllt. Bilder aus vergangenen Leben zogen in Sekundenschnelle an ihr vorbei, Splitter aus einer anderen Zeit, aus einer anderen Epoche und doch so vertraut wie der gestrige Tag.

»Simulation beenden«, sagte Kit deutlich in die atemlose Stille hinein und blinzelte, als das Deckenlicht flackernd ansprang. Sofort verschwanden die Hologramme der Nox, und Kit stützte sich auf den Knien ab. Strähnen ihres schwarzen Haares hatten sich aus dem strengen Zopf gelöst und klebten ihr feucht im Nacken.

Sie fühlte sich schmutzig. Dreckig. Die Enttäuschung hing wie Blei an ihrem Körper.

Sie hatte versagt.

»Und, zufrieden?«, fragte Kit verächtlich, richtete sich auf und drehte sich zu der Nische am Ende der Trainingshalle um.

»Nein«, erwiderte ihre Patentante und löste sich aus dem Schatten des Beobachtungspostens. »Sogar sehr zufrieden.«

Kit schnaubte. »Du hast wohl nicht richtig hingesehen.«

»Doch.«

Mit langsamen Schritten kam Phelia Lockhardt näher, darauf bedacht, Kit nicht aus den Augen zu lassen. Trotz ihres Alters bewegte sie sich agil durch den Raum, und ihrem aufmerksamem Blick schien nichts zu entgehen, denn sie kräuselte die Lippen auf diese bestimmte Weise, die Kit schon als Kind in den Wahnsinn getrieben hatte, weil sie genau wusste, was es bedeutete. Sie hatte Mitleid mit ihr.

Aber sie war kein Kind mehr. Sie war eine erwachsene Frau und würde einen Daimon tun und sich bemitleiden lassen.

Mit zwei Fingern zog sie die Blutegel aus ihrem Handgelenk und warf sie achtlos auf den Boden. Die

Schmerzkapseln, oder Blutegel, wie sie sie liebevoll getauft hatte, waren der Grund, warum sich die Simulation so real anfühlte. Jetzt konnte sie die Dinger nicht schnell genug loswerden.

»Ich habe ihn nicht gespürt. Nicht gesehen. Nicht gehört. Nicht mal ein kleines bisschen wahrgenommen«, stieß Kit hervor und riss frustriert die Arme in die Luft. »Wäre das die Realität gewesen, wäre ich jetzt tot. Ich bin noch nicht bereit. Ich weiß nicht, ob ich jemals wieder bereit sein werde.«

»Kit«, sagte ihre Patentante jetzt mit dieser Stimme, die sie bei all ihren Angestellten benutzte. »Du hast deinen Partner verloren. Das ist gerade sechs Wochen her. Gib dir etwas Zeit, das alles zu verarbeiten.«

Mittlerweile hatte Phelia sie erreicht, und Kit musste den Kopf beinahe in den Nacken legen, um so was wie ihrer einzigen lebenden Quasi-Verwandten in die Augen blicken zu können.

»Es ist völlig normal, dass du nach den Geschehnissen an deinen Fähigkeiten zweifelst, aber du bist weitaus stärker, als du denkst. Ich kenne niemanden, der diese Simulation auf diese Weise gemeistert hätte«, sagte Phelia nun. »Es ist das erste Mal, dass ich dich seit deiner Versetzung nach Hongkong in Aktion erlebt habe, und du kannst stolz auf dich sein. Als ich dich das letzte Mal gesehen habe, bist du gerade noch in die Schule gegangen. Deine Kampftechniken sind überlegt und ausgereift, aber was noch viel wichtiger ist: Du hast dich völlig auf deinen Instinkt, auf das Gefühl verlassen. Das ist etwas, das man nicht lernen kann.«

»Ich habe einfach nur ein verdammt gutes Gehör«, entgegnete Kit ausweichend, weil es sich falsch anfühlte, für ihr Versagen Komplimente anzunehmen.

»Du spielst deine Talente herunter, weil du dich nicht mit der Wahrheit auseinandersetzen möchtest. Denn dann würdest du sehen, was ich sehe.«

»Was willst du damit sagen?«

Phelia seufzte. »Du bist bereit.«

»Hast du mir gerade zugesehen?« Kits Stimme zitterte vor unterdrückter Wut und Enttäuschung. Sie spürte sie bis in den letzten Winkel ihres Körpers, und der Fuchsgeist in ihr regte sich. »Ich wäre gestorben. Wie soll ich für die Sicherheit meines Partners garantieren, wenn ich nicht einmal in einer dämlichen Simulation die Oberhand habe?«

»Es war die höchste Schwierigkeitsstufe in der Simulation. Du weißt genauso gut wie ich, dass Nox in den seltensten Fällen zu dritt auftauchen und ihre Bekämpfung nicht zu deinen Hauptaufgaben gehört.«

Phelia hatte recht. Ihre Hauptaufgabe war das Aufdecken von mysteriösen Mordfällen, für die meistens ein Nox oder ein abtrünniger Alias verantwortlich war. Dafür hatte sie eine fünfjährige Ausbildung hinter sich gebracht, drei Jahre lang in Tokio Remos Assistentin gespielt, um schließlich in Hongkong ein eigenes Team und einen Partner zur Seite gestellt zu bekommen. Sie war fünfundzwanzig und gerade erst am Beginn ihrer Karriere.

Blöd nur, dass sie nicht das Gefühl hatte, dass man sich auf sie verlassen konnte. Eigentlich wollte sie weder sich noch ihr Umfeld in Gefahr bringen, aber sie liebte ihren Job zu sehr. Dafür war ihr das Schicksal der Menschen zu wichtig. Sie waren unwissend und unschuldig und konnten nichts für die Gefahren, die hinter den scheinbar menschlichen Gesichtern lauerten.

Kit dachte an die vielen Kinder, die gestorben waren, weil ein Alias sich nicht an die Regeln gehalten hatte, und erneut stieg Wut in ihr hoch. Trotzdem war eine dieser Gefahren, vor denen sie diese Kinder so unbedingt beschützen wollte, sie selbst.

Phelia ahnte die Wahrheit und hatte sie trotzdem nach Edinburgh geholt.

»Wir brauchen dich. Es gibt so viele Alias und Menschen da draußen, die auf deine Hilfe angewiesen sind.«

Kit schluckte. »Vielleicht hast du recht.«

»Natürlich habe ich das.« Phelia lächelte nachsichtig. »Ich habe dir schon gesagt, dass du in meinem Haus dem Ungewissen viel mehr ausgeliefert bist als im Observatorium oder auf einem Einsatz, wo es genügend Siegelhüter gibt. Der Hunger der Nox ist zu groß, und die alten Seelen sind selbst in einer Stadt wie Edinburgh zu wenige. Sie werden dich finden. Früher oder später werden sie deine Fährte aufnehmen.« Phelia sah sie direkt an. »Ich habe Angst, dass niemand in deiner Nähe ist, wenn sie dich aufspüren, und dasselbe passiert wie in …«

»Ich weiß«, unterbrach Kit ihre Patentante rasch und atmete tief aus. Je mehr Nox scharf auf einen waren, desto höher war die Wahrscheinlichkeit, eine alte Seele zu besitzen, obwohl niemand mit Genauigkeit bestimmen konnte, wie alt eine Seele wirklich war. Und Kit war allzu oft das einzige Gnu am Wassergraben gewesen, das von einer Horde hungriger Löwinnen umzingelt wurde.

»Was schlägst du also vor?«, fragte sie seufzend, müde von der Diskussion. Müde vom Kampf und von den schlaflosen Nächten, den Gedanken, die nur um den Moment vor sechs Wochen kreisten.

»Du gehst dich duschen, und dann stelle ich dich deinem neuen Partner vor.«

»Bist du dir sicher?«, fragte Kit, und ihr innerer Zwiespalt verfärbte ihre Stimme.

Phelia nickte. »Es ist an der Zeit, dass du wieder in dein Leben zurückkehrst.«

Dampf hatte den kleinen Spiegel im Badezimmer ihrer Patentante beschlagen, als Kit aus der Dusche stieg, sich ein Handtuch um den Körper wickelte und ihr tropfendes Haar trocken rubbelte.

Das Training in der Nox-Simulation hing ihr noch in den Knochen. Sie fühlte sich träge und schwer, emotional ausgelaugt, was nicht zuletzt auch an dem kurzen Wortgefecht mit Phelia lag.

Zweifel stiegen in Kit auf. Hatte ihre Patentante vielleicht doch recht? War es besser für sie, wieder den Dienst anzutreten? Schließlich riet man einem Menschen, der vom Pferd fiel, ja auch, einfach wieder in den Sattel zu steigen, aber Kit war sich nicht sicher, ob sie der endlosen Spirale aus Ängsten und Sorgen einfach so entkommen konnte, indem sie wieder einem Fall nachging.

Seufzend wischte sie mit dem Handrücken eine Stelle am Spiegel frei. Dicke Augenringe lagen wie zwei Halbmonde auf ihrer Haut, das schwarze Haare klebte ihr strähnig und noch feucht im Gesicht. Sie erkannte sich selbst kaum wieder. Das Leuchten war aus ihren Augen verschwunden, ihr Blick wirkte stumpf, so, als hätte jemand alle Freude aus ihr gesaugt. Sie vermisste Artemis und ihr altes Leben körperlich, die Schuld ließ sie nicht mehr schlafen, doch obwohl bereits sechs Wochen vergangen waren, fühlte es sich immer noch so an, als wäre alles erst gestern geschehen.

Plötzlich bemerkte sie einen dunklen Schemen hinter sich.

Kit zuckte zurück, doch es war zu spät.

Fuchsfeuer explodierte in ihren Adern, riss an ihrem menschlichen Körper. Im Kampf war sie darauf vorbereitet, dass etwas Unvorhergesehenes geschah, hatte sich und das Fuchsfeuer und ihre Ängste besser unter Kontrolle. Jahrelanges Training sei Dank. Aber jetzt, im Alltag, fiel ihr das deutlich schwerer.

Wie eine Welle fegte die Energie über sie hinweg, und sie schnappte erschrocken nach Luft, als die Hitze jeden Winkel ihres Körpers durchdrang. Ein Strudel erfasste sie mit einer solchen Intensität, dass Kit keine Zeit blieb, sich gegen die Macht der Verwandlung zu wehren. Wütend stieß sie eine Beschimpfung aus, die jedoch in ein tierisches Quietschen überging.

Im nächsten Moment landete sie auf allen vieren, das Handtuch hing wie ein nasser Sack über ihrem noch feuchten Fell.

Kit brauchte einen Augenblick, um sich zu orientieren. Die Farben in ihrer Umgebung wurden blasser, als hätte jemand einen grauen Filter über ihr Sichtfeld gelegt, die scharfen Konturen der Gegenstände verschwammen, gingen ineinander über. Dafür hörte sie, wie Phelia zwei Stockwerke tiefer eine Schublade öffnete und einen Teebeutel aus einer Pappschachtel zog. Teebeutel. In Großbritannien. Artemis würde sich im Grab umdrehen. Draußen in den Bäumen saßen drei

Vögel und unterhielten sich lautstark über das schlechte Wetter, das Edinburgh fest umklammert hielt.

Schon in ihrem menschlichen Körper war Kits Gehör um ein Vielfaches schärfer, aber in ihrer Fuchsgestalt waren ihre Nase und Ohren die einzigen Sinne, auf die sie sich wirklich verließ.

Knurrend drehte sie sich zu der Gestalt in der Tür um.

Nichts deutete auf eine Gefahr hin, denn er atmete ruhig, beinahe gelassen, und sein Herz schlug regelmäßig und kräftig, machte nur einen kleinen Hüpfer, als wäre er überrascht. Sie reichte ihm nun kaum mehr bis zu den Knien und musste den Kopf in den Nacken legen, um ihn genauer betrachten zu können.

Der Fremde roch nach Motoröl und Meeresluft, die auf der schwarzen Lederjacke wie eine zweite Haut haftete. Außerdem hatte er Porridge gefrühstückt, mit einer Prise Zimt und Blaubeeren. Er achtete also auf seine Ernährung, was erklärte, warum er trainiert war. Kit hatte da so eine Ahnung, was seine Identität betraf – und die wollte sie lieber nicht bestätigt wissen.

Doch da gab es etwas an ihm, das sie nicht einordnen konnte. Etwas an seiner Aura war anders. Wie ein Nox in der Finsternis. Etwas Dunkles, Gefährliches ging von ihm aus, aber sie unterdrückte die aufsteigenden Zweifel. Normalerweise verließ sie sich auf ihre Sinne, doch in den vergangenen Wochen hatte sie ihre Selbstsicherheit verloren.

Zum Glück schien er ebenso überrascht zu sein wie sie, denn sie konnte den Ausdruck in seinem Gesicht zwar nicht wirklich sehen, dafür nahm sie jede noch so feine Veränderung in seinem Duft wahr. Und er roch eindeutig überrascht. Wie frisch gepflückte Minze.

Allerdings gab es da noch etwas an ihm, das Kit stutzig werden ließ.

Er war kein Alias, sondern ein Mensch.

»Tut mir leid, ich wollte dich nicht erschrecken«, sagte der Fremde jetzt mit einem Tonfall, in dem eindeutig Belustigung mitschwang, auch wenn nichts in seinem Geruch darauf hindeutete. Sein Akzent war gewöhnungsbedürftig, und seine Stimme klang wie ein altes Dieselauto, das erst nach mehreren Versuchen ansprang. »Chief Lockhardt meinte, dass du bereits in deinem Zimmer bist, und das Bad war nicht abgeschlossen. Ich hatte geklopft.«

Kit antwortete nicht. Sie konnte nicht. Und sie zweifelte, dass sie ein Klopfen überhört hätte, aber vielleicht war sie auch so in Gedanken vertieft gewesen.

»Freut mich, dich kennenzulernen.«

Sie schwieg.

Wenn sie richtiglag, handelte es sich bei dem männlichen Exemplar, vor dem sie sich so erschreckt hatte, um ihren neuen Partner, und Kit erinnerte sich an keinen Moment, der jemals peinlicher gewesen wäre. Was würde er jetzt von ihr denken? Wie würde er sie jemals ernst nehmen, wenn sie sich beim kleinsten Schreck in einen Fuchs verwandelte?

Kit knurrte.

»Ich warte dann mal … unten.« Mit diesen Worten drehte er sich um und marschierte langsam die Treppe hinunter. Kit hörte das unterdrückte Glucksen wie ein Maschinengewehr in ihren Ohren klingeln. Zum Glück konnte er nicht sehen, dass sie errötete. Und ja, das konnte sie auch als Fuchs.

Zehn Minuten später betrat sie in Jeans, weißem Longsleeve und in Menschengestalt die gemütlich eingerichtete Wohnküche ihrer Patentante, die das genaue Gegenteil ihres sonst so kühlen Auftretens war. Es war die Arbeit als Chefin des DoAC, Department of Alias Crime, das einige Verantwortung mit sich brachte und sie dazu zwang, eine Rolle zu spielen.

»Schön, dass du zu uns stößt«, sagte Phelia, ohne aufzuschauen oder näher auf die genaue Art des Kennenlernens einzugehen. Scheinbar unbeteiligt rührte sie in ihrer halb leeren Teetasse, doch Kit glaubte, ein winziges Lächeln um ihre Mundwinkel zucken zu sehen. Auch sie hatte sich umgezogen, denn sie steckte nicht länger in legerer Kleidung, sondern trug einen schwarzen Hosenanzug, der ihre schmale Figur betonte. Das silberne Haar wand sich wie eine Krone um ihren Kopf. Höchstwahrscheinlich war ihr sehr wohl bewusst, dass Kit jedes in den vergangenen zehn Minuten zwischen ihr und dem Fremden gefallene Wort mitangehört hatte. Oder vielmehr die recht einseitigen Ausführungen ihrer Patentante über die operative Aufteilung innerhalb des DoAC, denn ihr neuer Partner war wortkarger, als es bei ihrem kurzen Intermezzo den Anschein gemacht hatte.

»Du hast Agent McCadden ja bereits kennengelernt und die letzten Minuten sicherlich mitangehört«, riss ihre Patentante Kit aus ihren Gedanken, und sie biss sich ertappt auf die Unterlippe. »Keagan, das ist Agent Sune. Kit Sune. Keagan wurde von dem operativen Feld ins DoAC versetzt. Ihr seid ab morgen also Partner.«

Der Name kam ihr vage bekannt vor, und sie durchforstete ihr Hirn nach einem Anhaltspunkt, doch sie wusste nicht, in welchem Zusammenhang sie ihn bereits gehört hatte. Jetzt, da ihr Partner ein Gesicht bekam, spürte sie, wie ihr alter Ehrgeiz geweckt wurde. Es hatte Monate gedauert, bis sie sich in Hongkong einen Namen gemacht und so etwas wie Respekt erhalten hatte. Vielleicht hatte Phelia ihren neuen Partner absichtlich nach oben geschickt. Manchmal verfluchte Kit die Fähigkeit ihrer Patentante. Phelia war eine Sibylle, die Sammelbezeichnung für alle Frauen mit hellseherischen Fähigkeiten aus der griechischen Mythologie, und auch wenn ihre Visionen oftmals vage waren, besaß sie doch ein äußert gutes Gespür für die Zukunft. Vielleicht hatte sie gesehen, dass Kit, sobald sie ihn kennenlernte, keinen Rückzieher mehr machen würde. Was auch immer Phelia bezweckt hatte, es wirkte.

Kit wollte die erste Begegnung mit Keagan McCadden unter allen Umständen wieder geraderücken.

Wie selbstverständlich lehnte er an der Küchenzeile, und Kit bemerkte, dass er groß und drahtig war – wobei diese Eigenschaft auf so gut wie jeden zutraf, dem sie begegnete, schließlich besaß sie selbst im Gegensatz zu den meisten Menschen oder Alias eine Miniaturfigur. Dunkles Haar, keine frische Rasur. Er war auf eine raue Art attraktiv, und da er ein Mensch war, musste sein Äußeres auch zu seinem Alter passen. Kit schätzte ihn auf Ende zwanzig.

Seine kupferfarbenen Augen funkelten spöttisch, als er ihre Musterung bemerkte. Also machte Kit einen Schritt nach vorne, um ihm die Hand zu reichen.

Keagan bewegte sich keinen Millimeter in ihre Richtung.

»Hallo Agent McCadden. Kein großer Fan von Begrüßungen im Allgemeinen, oder liegt es daran, dass du deine Partnerin bereits nackt gesehen hast?«, fragte Kit augenzwinkernd und sah selbstzufrieden, wie ein verblüffter Ausdruck über seine stoische Miene wanderte.

Wahrscheinlich hatte er nicht mit ihrer Offenheit gerechnet, aber sie hatte gelernt, niemals klein beizugeben, wenn sie ernst genommen werden wollte.

Als ihre Finger in seiner Pranke versanken, spürte Kit eine eisige Kälte, die von ihm auszugehen schien und sich in jedem Winkel ihres Körpers festsetzte. Frostflammen.

Das war also der Grund, warum er eine so seltsame Aura besaß.

Kit riss ihre Hand los und trat einen Schritt nach hinten. »Du warst ein Gefangener in der Niemalswelt.«

Keagan zuckte nicht einmal mit der Wimper. »Meine Seele. Ja.«

»Aber …«, ihr Blick huschte zu Phelia, die kein Wort sagte. »Du arbeitest trotzdem für das DoAC.«

»Sieben Leben.«

Keagan gehörte wohl tatsächlich nicht zu der gesprächigsten Sorte Mensch, allerdings reichten diese zwei Worte aus, damit Kit begriff.

»Deine Seele wurde rehabilitiert?«

»Ja.«

»Wann?«

Ein ernster Zug legte sich um seinen Mund. »Dieses Leben.«

Kit schielte unauffällig auf sein Handgelenk. Sieben sichelförmige schwarze Narben verliefen etwa zwei Fingerbreit die Pulsadern entlang. Die letzten sieben Leben musste er Höllenqualen durchgestanden haben.

Ein Frösteln durchlief ihren Körper, und sie wich seinem intensiven Blick aus.

Großartig. Ihr neuer Partner würde ihre Ängste und somit auch ihr Fuchsfeuer zum Kochen bringen. Zwar war er ein Mensch, aber er hatte in einem anderen Le-

25

ben eine Strafe abzusitzen gehabt. Für den Tod eines Alias. Und dies wiederum bedeutete, dass er gefährlich war. Auf die eine oder andere Weise.

»Falls du dir gerade Sorgen um deine Sicherheit machst, Fuchs, so kann ich dir bei meinen sieben vergangenen Leben schwören, dass die Bekämpfung der Nox an oberster Stelle steht. Ich mache mir vielmehr Sorgen um *meine* Sicherheit. Du scheinst mir eine von der schreckhaften Sorte zu sein.«

Treffer, versenkt. Wenn er wüsste, wie sie vor einer Stunde noch selbst an ihren Fertigkeiten gezweifelt hatte, hätte er Phelia um eine andere Partnerin gebeten. Aber diese Blöße wollte sie sich nicht geben.

»Man kann sich auch an einem Fuchsfeuer verbrennen, Mensch.« Sie schlug denselben Tonfall an wie er, und Keagan betrachtete ihre Fuchsohren, die unter seinem Blick nervös zuckten, doch er antwortete nicht. Also fuhr Kit fort: »Aber ich kann dir versichern, dass meine Arbeit nicht darunter leidet. Im Gegenteil. Bisher haben meine Sensoren immer funktioniert.« Kurz ärgerte sie sich darüber, dass sie sich rechtfertigte – was wusste sie schon über Keagan und seine Schwächen –, aber andererseits war es immer besser, mögliche Zweifel schnellstmöglich aus dem Weg zu räumen.

»Gut«, erwiderte ihr neuer Partner, nun augenscheinlich etwas verwirrt, und sah etwas unschlüssig zwischen Kit und ihrer Patentante hin und her, als versuchte er zu begreifen, was sie da eben von sich gegeben hatte. »Das freut mich … für dich.«

»Wir werden ein gutes Team.«

Keine Ahnung, ob sie Keagan oder sich selbst davon überzeugen wollte.

Ihre Bemühungen schienen ihn noch mehr zu irritieren, wahrscheinlich wusste er nicht, in welche Schublade er sie stecken sollte, und um ehrlich zu sein, wusste das Kit selbst nicht so genau. Sie hatte hart für ihre Position gekämpft, und die letzten Wochen hatten ein riesiges Loch in ihr Selbstbewusstsein gerissen, aber Keagan triggerte etwas in ihr. Deswegen wollte sie unbedingt auf dem richtigen Fuß mit ihm starten.

Bevor er noch etwas anderes sagen konnte, stellte Phelia ihre Tasse in die Spüle und sagte: »Ich habe Keagan hergebeten, damit ihr euch außerhalb des Observatoriums kennenlernt. Dort sind zu viele Augen und Ohren, die gerne einmal eine Geschichte aus dem Nichts spinnen.« Sie sah Kit direkt an. »Ich vertraue Keagan mein Leben an, wenn es sein muss.«

»Okay.«

»Gut, dann wäre das auch geklärt. Wir machen uns bald auf den Weg und ich begleite Kit zu ihrer neuen Bleibe. Keagan muss auch noch einiges erledigen.«

Kit drehte ruckartig den Kopf. »Neue Bleibe? Warum sollte ich ausziehen?«

»Ich habe dich in eine WG in Stockbridge eingeteilt«, erklärte Phelia, ohne wirklich auf Kits eigentliche Frage einzugehen. »Onyx hat die WG ausfindig gemacht.«

Onyx war Phelias Assistent, ebenso unsichtbar wie effizient in seiner Arbeit, und seit Kit in Edinburgh eingetroffen war, hatte sie den Geist nur zweimal zu Gesicht bekommen. Wahrscheinlich bekam er jedes Wort von ihrer Unterhaltung mit und versteckte sich irgendwo an der Decke. Wie das letzte Mal, als sie ihm im Trainingsraum begegnet war.

»Onyx?«, fragte Kit und blickte zu der Lampe hinauf, bei der er sich am liebsten versteckte. Keinen Augenblick später tauchte der Assistent ihrer Patentante auf. Sofort roch es etwas muffig, wie in einem alten Gemäuer, das niemand mehr gelüftet hatte, und er hob entschuldigend die Hand. Blass und durchsichtig leuchtete sein Körper, wie der Nebel, der sich in den frühen Morgenstunden, wenn sie eine Runde um den Block drehte, immer um die Hänge des Parks wickelte.

»Sicher, dass es nur im Observatorium ungebetene Zuhörer gibt?«

»Ich habe nicht gelauscht«, erwiderte er mit seiner so tiefen Stimme, die Kit jedes Mal aufs Neue überraschte.

Sie hob spöttisch die Augenbrauen. »Und wie nennst du es dann?«

»Es gehört zu meinen Aufgaben, immer auf Abruf zu stehen.«

»Na dann«, sagte Kit mit einem Grinsen und wandte sich wieder an ihre Patentante: »Eine WG? Bin ich dafür nicht etwas … alt?«

»Der Kontakt mit anderen Alias wird dir guttun.«

Misstrauisch kniff Kit die Augen zusammen, doch dann ging ihr ein Licht auf. Selbstverständlich würde jemand der AE eines der anderen Zimmer bewohnen und somit rund um die Uhr ein Auge auf sie haben, um für ihre Sicherheit zu sorgen. Ein Wachhund, darauf abgerichtet, jede noch so kleine Veränderung in ihrem Verhalten oder Umfeld ihrer Patentante zu melden. Dabei war sie lieber für sich. Schon immer gewesen.

Kit verschränkte die Arme vor der Brust. »Das wird nicht nötig sein, Chief Lockhardt.«

»Es ist bereits beschlossene Sache, Agent Sune«, erwiderte ihre Patentante förmlich, ihre Augen blitzten.

Schweigen breitete sich zwischen ihnen aus, das nur durch das Ticken der Uhr über der Küchentür unterbrochen wurde.

Keagan räusperte sich. Zum ersten Mal wirkte er verunsichert. »Soll ich in fünf Minuten wiederkommen?«

»Nein«, erwiderten Kit und ihre Patentante unisono.

Wahrscheinlich war es nicht sonderlich schlau von ihr, sich ausgerechnet vor ihrem neuen Partner auf ein stummes Wortgefecht mit ihrer Vorgesetzten einzulassen, aber Kit hasste nichts mehr, als wenn über ihren Kopf hinweg über ihr Leben bestimmt wurde. Hackordnung und Hierarchien hin oder her. Wenn es darauf ankam, befolgte sie Befehle. Aber bei einem Wohnungswechsel wollte sie wenigstens vorher um ihre Meinung gefragt werden.

Phelia seufzte. »Es tut mir leid, dass ich dich vorher nicht konsultiert habe. Aber ich hielt es für das Beste. Und die Wohnung ist wirklich sehr schön, sie wird dir gefallen.«

Kit öffnete verblüfft den Mund. Noch nie hatte sich ihre Patentante bei ihr entschuldigt, schon gar nicht in Gegenwart von anderen.

»In Ordnung.« Sie zwang sich zu einem freundlichen Gesichtsausdruck, und irgendwie schaffte sie es, die Worte nicht hervorzupressen: »Ich kann es mir ja mal anschauen.«

2

SECHS WOCHEN ZUVOR.

Nichts war so einschneidend, so alles versengend wie der Geruch des Todes. Nakir spürte ihn bis auf den Grund seiner Knochen, in seinem Blut, auf seiner Zunge. Und nichts hasste er mehr als dieses Gefühl. Obwohl es ihn ausmachte.

Alles – die Luft, die Erde – war erfüllt von Tod, als er den St. James's Park beim Duck Island Cottage betrat und in eine flirrende Magieblase eintauchte, die die menschliche Welt vor dem Horror schützte, der sich hier abgespielt hatte. Wenn sie den Tatort betraten, würden sie nichts Ungewöhnliches zu sehen bekommen. Dabei waren die Krankenhäuser voll mit Alias-Hebammen, meist Feen, die den menschlichen Kindern ihre Fähigkeit raubten, die Alias zu entdecken. Meistens klappte das ganz gut, aber nicht immer. Kaum ein Londoner wusste, welche Welt sich hinter den magischen Schleiern verbarg, und es war seine Aufgabe, dass es auch so blieb.

Jeder Teil seines Körpers war zum Zerreißen gespannt.

»Deputy Director Helios.«

Genervt wandte er sich der tiefen, männlichen Stimme zu und erblickte einen Agent, dessen mit Sommersprossen überzogene Ohren rot zu leuchten begannen. Unruhig trat er von einem Bein auf das andere, während Nakir keine Anstalten machte, stehen zu bleiben.

»Sie … hätten nicht kommen brauchen. Die Situation … ist unter Kontrolle.«

Nakir hob die Brauen, und der Agent schrumpfte in sich zusammen, als hätte jemand eine Nadel in ihn gestochen. Wortlos beschleunigte er seine Schritte, hob die schwarze Absperrung, während mehrere Alias, die ihn wahrnahmen, aus dem Weg sprangen.

Nakir war kein Todesdaimon, der sich leichtfertig von kleinen Zwischenfällen aus der Ruhe bringen ließ. Dafür hatte er zu viel erlebt, zu viel gesehen, das die reine Vorstellungskraft überschritt.

Morde. Schlachten. Kriege.

Er war Teil gewesen bei jenem vernichtenden Krieg zwischen Alias und Nox, der mittlerweile dreihundert Jahre zurücklag. Es wäre zu einfach gewesen, zu behaupten, Nox, die Göttin der Dunkelheit, hätte ihre Kinder nur erschaffen, um die Menschheit zu unterwerfen und den Alias, die auf ihrer Seite standen, die Macht über die Welt zu überlassen. Aber eigentlich traf es den Kern des währenden Konflikts ganz gut.

Es gab Alias, die sich nicht mit ihrer Position zufriedengaben und an der Spitze der Hierarchie stehen wollten, ganz gleich, wie hoch der Preis dafür war. Selbst wenn sie sich dafür auf die Seite der Nox schlagen mussten.

Und es gab andere Alias, die genau das bekämpften.

Im Grunde fasste der Begriff der Alias alle übernatürlichen Wesen zusammen, auch wenn sie sich in ihren Eigenschaften stark unterschieden. Ähnlich wie man die Niemalswelt einfach Raki nannte, obwohl die Menschen dafür unterschiedliche Begriffe benutzten: Hölle, Jenseits, Niemalswelt, Tartarus. Eigentlich war immer dasselbe gemeint: der Ort, an dem die Seelen auf eine Rückkehr in die menschliche Welt warteten.

Nakir schüttelte leicht den Kopf, um seine düsteren Gedanken zu vertreiben. Das Licht war trüb, drang nur spärlich durch die dichte Wolkendecke, aber immerhin regnete es nicht. Der Kies knirschte unter seinen Sohlen, ruhig und stoisch schritt er über den Platz auf die zweite Absperrung zu, die deutlich besser bewacht war. Leise trug der Wind den Todesduft näher. Metallisch schwebte der Geruch des Blutes zu ihm, gemischt mit Angstschweiß, Urin und dem unverkennbaren Aroma der Dunkelheit, das so typisch für die Nox war.

Erst jetzt blieb er stehen.

Es war schrecklicher, als er geglaubt hatte. Wütend presste er seine Kiefer aufeinander, Machtlosigkeit durchdrang ihn ohne Vorwarnung.

Selbstverständlich war er mal wieder zu spät, auch wenn es eigentlich klar war.

Der Tatort erstreckte sich über mehrere Hundert Meter. Überall lagen leblose Gestalten. Mindestens zwanzig. Mit einem Blick erfasste Nakir die vielen Angestellten des DoAC, Department of Alias Crime, die sich um die Toten kümmerten. Mehrere Silbervögel, Geisterwesen aus der Niemalswelt, schwirrten durch die Luft, sammelten die unsichtbaren Fingerabdrücke des Täters. Im Sonnenlicht schimmerten ihre Flügel fast durchsichtig, hin und wieder schienen sie sogar für einen Augenblick völlig verschwunden, und ihre langen Schnäbel besaßen eine purpurrote Farbe. Ihr Schnattern, ein leises Klappern, begleitete seinen Weg, als Nakir weiterging.

Die Leichen lagen in einer seltsamen Anordnung, aber er kam im ersten Moment nicht darauf, was anders war oder ihn an dem Bild störte. Vielleicht war es die Richtung, in der sie lagen. Alle von einem mittleren

Punkt weg. Als hätte eine riesige Druckwelle sie weggeschleudert. Die Bäume ringsherum waren verbrannt, aber es war kein natürliches Feuer, das ihnen das Leben ausgesaugt hatte, sondern ein Dunkelbrand. Dafür gab es im Grunde nur wenige Erklärungen, denn nicht viele Wesen beherrschten Dunkelflammen. Manche Götter hatten sich auf diese Kunst spezialisiert, aber die meisten von ihnen waren in diesem Jahrhundert nicht mehr am Leben. Die Luft roch nicht nach dem typisch stechenden Duft von verbranntem Holz, sondern trug eine andere Note. Süßlicher. Wie gebratenes Kokosmehl, das man in Zucker tauchte.

Nakir erstarrte, seine Glieder wurden schwer. Es war, als ob man ihm eine Eisdusche verpasst hätte, sein ganzer Schädel fühlte sich taub an.

Zweimal hatte er die Spuren eines solchen Feuers gesehen, und zweimal war es Vorbote von weitaus Schlimmerem gewesen.

Einmal vor dem Krieg gegen die Nox.

Ein zweites Mal kurz vor seinem bisher einzigen Tod.

»Special Agent Wellington.«

Sofort trat die erfahrene Agentin, die in seiner Nähe gestanden hatte, zu ihm. Bisher kannte er sie nur von Besprechungen und hatte noch nie persönlich mit ihr zu tun gehabt. Das schwarze Haar war streng zurückgeflochten, und in ihrem Ausdruck spiegelte sich dieselbe Professionalität, die er auch in den Gesichtern der anderen Alias las.

Vorsichtig öffnete Nakir seinen Geist, tastete nach ihrer Essenz, dem Echo all ihrer gelebten Leben. Nichts Vertrautes. Nichts, das er erkannt hätte. Sie fühlte sich warm und weich an, wie eine Nacht in einem fremden Hotelzimmer.

Nakir löste sich von ihr.

»Deputy Director Helios?«, fragte sie nach einem Moment des Schweigens, und wenn sie etwas gespürt hatte, so ließ sie sich nichts anmerken.

»Wer hat die Leitung übernommen?«

»Operating Chief Virtanen.«

Er nickte geistesabwesend. Das ungute Gefühl verstärkte sich, drückte auf seinen Brustkorb. »Bisherige Erkenntnisse?«

»Vierundzwanzig menschliche Todesopfer. Zwei Alias. Eine Zivilistin, Waldelbin. Und ein Agent aus Hongkong, der im Urlaub hier war. So wie es aussieht, hat er versucht, die Menschen zu beschützen. Zumindest lässt der Auffindungsort und der aktive Siegeldolch darauf schließen. Als die Siegelhüter eintrafen, waren die Menschen und die Alias bereits tot und vier Nox auf dem Weg in die Stadt.«

Nakir sah der Agentin zum ersten Mal in die Augen. Er rechnete ihr hoch an, dass sie kaum eine Reaktion zeigte. »Wie viele Nox? Vier?« Er wollte es noch einmal hören, um sich wirklich sicher zu sein.

Nervös leckte sie sich über die Lippen, dann nickte sie. Angst flackerte in ihrem Blick. Blanke, nackte Panik.

»Vier Nox, Deputy Director.«

Das war mehr als ungewöhnlich. Normalerweise tauchten die Schattenwesen alleine auf. Es kostete sie zu viel Kraft und Energie, in dieser Welt an derselben Stelle aufzutauchen. Es gab keine Portale, Formeln oder Tore, sie wurden von den alten Seelen gerufen, von denen sie sich nährten.

»Wer ist der tote Agent?«, fragte Nakir schließlich.

»Artemis Shiba. War im operativen Feld in Hongkong tätig.«

34

»Ist er alleine gereist?«

»Das versuchen wir gerade herauszufinden. Seine Partnerin, Special Agent Kit Sune, ist momentan nicht auffindbar, soll aber ungefähr zum gleichen Zeitpunkt Hongkong verlassen haben. Das ist allerdings noch nicht bestätigt.«

»Kitsune?« Nakir kannte sich mit nahezu allen Mythologien und Religionen aus und wusste, dass es sich in der japanischen Mythologie um eine meist weibliche Alias handelte, die sich in einen Fuchs verwandeln konnte. Anders als die erste Tochter der Göttin Inari – Kitsune –, die bereits gestorben war, besaßen ihre Nachkommen und Wiedergeburten nicht bis neun Schwänze, sondern immer nur einen.

»Kit Sune ist ihr Name, und gleichzeitig trägt sie den Fuchsgeist in sich.«

»Sie heißt Kit Sune und ist eine Kitsune?«, fragte Nakir mit hochgezogenen Augenbrauen, weil sich die Absurdität des Namens nicht von der Hand weisen ließ.

Die Agentin verzog den Mund zu einem säuerlichen Lächeln. »So lautet der Eintrag in ihrer Geburtsurkunde. Ihre Mutter, eine Feuerelfe, kam bei der Geburt ums Leben, und ihr Vater, Special Agent Sune, hat den größten Teil seiner aktiven Laufbahn in Tokio verbracht.«

Nakir nickte. »Verstehe. Findet heraus, wo sie sich aufhält. Ich möchte es wissen, wenn ihr sie befragt.«

»Selbstverständlich.«

Der Wind strich um seine Jersey-Jacke, denn er war unvorbereitet direkt aus dem Fitnesszentrum des Observatoriums hergekommen, sobald ihn die Nachricht erreicht hatte. Er hatte keine Zeit zum Umziehen, geschweige denn eine Dusche gehabt.

Mit einer Hand rieb er sich flüchtig übers Gesicht,

um die Anspannung zu verscheuchen. »Ich möchte Artemis' Tod sehen.«

Die Agentin keuchte auf, ihre hellen Augen weiteten sich vor Schreck. »Sind Sie sich sicher, dass …«

»Ich bin mir sicher«, unterbrach Nakir sie barsch, bevor sie weitere Bedenken äußern konnte.

Mit einer gemurmelten Entschuldigung entfernte sich Agent Wellington, um die anderen Mitarbeiter vorzuwarnen. Nakir wusste, was auf dem Spiel stand; was er dafür riskierte, sich diesem Teil seiner Identität hinzugeben. Aber verdammt … wenn ihn sein Gefühl nicht täuschte, hatten sie es hier mit einem weitaus größeren Problem zu tun als mit einem einfachen Kampf gegen die entlaufenen Maden der Dunkelheit.

»Welcher Tote ist Artemis Shiba?«, fragte er mit schneidender Stimme einen der umherwuselnden Mitarbeiter des DoAC, die mit einem Mal alle vor ihm zurückzuweichen schienen. Stumm wies ihm die Sylvani – ein Luftgeist, unverkennbar an der fahlen Haut, den stechend grünen Augen und dem schimmernden Siegel, das um ihren Hals baumelte – den Weg in Richtung des Kreises aus leblosen Gestalten.

Nakir ging auf den toten Alias zu, dessen weißblondes Haar blutverkrustet war. In seiner Brust klaffte ein riesiges Loch, so groß, dass man das Kiesbett unter ihm sehen konnte. Die beiden in Magie gehüllten Forensiker, die zuvor neben der Leiche gekauert hatten, traten einen Schritt zurück.

»Ist die Beweisaufnahme abgeschlossen?«

»Der Tatort wurde eingefroren, DNA-Spuren und Fingerabdrücke wurden gesichert, Bodenproben wurden entnommen, und die eingesammelten Duftnoten müssen noch ausgewertet werden.«

»In Ordnung.«

Als hätte er ein Stichwort gegeben, wichen die beiden Mitarbeiter weiter zurück. Nakir spürte ihre Angst, ihre Sorge, als ob sie es ausgesprochen hätten. Ohne sich Handschuhe anzuziehen, ging er vor dem Agent in die Hocke, schloss die Augen und berührte mit zwei Fingern dessen bereits stark erkaltete Stirn.

Ruhe und Dunkelheit.

Der Tod war leise, wie ein Flüstern in der Nacht. Aber wenn er einen Blick auf ihn erhaschen wollte, musste Nakir sich auf den Sinn seines gesamten Daseins berufen. Er war aus dem ersten Tod eines Gottes geboren worden, und genauso wie es sieben Seraphen gab, würde es auch immer sieben Todesdaimonen geben. Es war das Gesetz der Welt, nur so konnten sie bestehen.

Drei Sekunden. Mehr gestattete er sich nicht. Niemals. Andernfalls würde er sich und all die anderen in tödliche Gefahr bringen, und das konnte er nicht riskieren.

Im ersten Augenblick geschah nichts.

Dann spürte er die Energie. Wie tausend kleine Lichtblitze, die durch seinen Geist zuckten. Es rauschte in seinen Ohren, ein Dröhnen, das alles verschluckte.

Tosend brachen die Eindrücke auf ihn ein.

Eins.

Zischende Finsternis. »Nein!« Mein Schrei.

Zwei.

Weit aufgerissene Augen. Schwarz, wie zwei Obsidiane. Siegelworte auf den Lippen. Nicht ausgesprochen.

Drei.

Blut. Schmerz. Angst vor dem Ende. Ich sterbe.

Es war verlockend, so verlockend, dem Gefühl nachzugeben, das sich warm und weich um seine Brust wickelte und ihn in eine Illusion tauchte, die nicht echt war, auch wenn sie sich echt anfühlte. Er wollte loslassen. Er wollte es so sehr, dass er noch eine weitere Sekunde brauchte.

Nakir war der Todesbote. Sah dem Tod ins Gesicht und fühlte sich willkommen.

Nein!

Bebend riss Nakir die Augen auf, sein Brustkorb hob und senkte sich heftig, seine Finger zitterten unkontrolliert. Ihm war eiskalt. Als wäre er in der Antarktis baden gegangen, und genauso fühlte er sich auch. Als wären seine Gedanken träge. Fremd.

Langsam folgte sein Blick der Kälte, die sich um ihn manifestiert hatte. Der Boden um den toten Agent war gefroren, das Eis war fest und gleichmäßig, reichte bis an die Lederschuhe der zwei Angestellten des DoAC. Die Spitzen waren gefroren. Mehr aber nicht. In ihren Blicken las Nakir eine Angst, die das Gefühl in seinem Innern spiegelte. Mit schreckensgeweiteten Augen sahen sie ihn an, und er wusste, was sie zu sehen bekamen.

Obwohl sie sich nicht in der Niemalswelt befanden, spülte der Tod seine daimonische Gestalt an die Oberfläche, wenn er seine Kraft einsetzte, berauschte sich an den Angsthormonen.

Seine Schwester verwandelte sich in eine fratzenartige Bestie, der man nicht zu nah kommen wollte, voller Feuer und Hitze. Er selbst war pures Eis.

Abrupt wandte Nakir sich ab und atmete einmal tief durch. Noch eine weitere Sekunde, und er hätte sie getötet.

Der Puls dröhnte in seinem Kopf, das Blut pulsierte durch seine Adern.

Und dann war da diese Leere in ihm. Weil er sich nicht gänzlich dem Gefühl hingegeben hatte, das ihn eigentlich nährte. Der Hunger nach mehr war gewachsen, der Hunger, mehr vom Tod zu sehen, sich in den Emotionen zu baden, dem letzten Moment, bevor sich alles in Dunkelheit verwandelte. Wütend zermarterte er sich das Hirn, was das zu bedeuten hatte. Das letzte Mal, dass er Dunkelflammen zu Gesicht bekommen hatte, war am Tag seines eigenen Todes gewesen. Es war eine alte Kunst der Magie, etwas, das nur die ersten Götter beherrschten.

Wer hatte sie also beschworen?

Nakir fühlte sich taub und leer und weit entfernt davon, seiner Arbeit weiter nachzugehen. Dumpf pochte der Schmerz hinter seinen Schläfen. Außerdem hatte er nichts gesehen, was ein Anhaltspunkt hätte sein können. Etwas, das diese ungute Ahnung bestätigte, die sich in ihm breitgemacht hatte, vom ersten Moment, seit er den Park betreten hatte.

Und das fühlte sich verdammt beschissen an.

Schritte näherten sich. Energisch und gleichzeitig so leise, dass es Nakir nicht wunderte, als Chief Smith hinter ihm auftauchte. Der glatzköpfige Vampir trug ein Tagessiegel und seine formelle Kleidung – einen dreiteiligen Anzug. Aufgehübscht wie ein Siebzehnjähriger zum Abschlussball. Seine silbergrauen Augen waren blutleer und stumpf.

»Deputy Director.« Etwas im Tonfall des Vampirs ließ ihn aufhorchen.

»Ja?« Nakir stand auf, ohne den Toten ein weiteres Mal anzusehen.

»Sie sollten mitkommen.«

Sein Herz, sein unendlich schlagendes Herz, sank

ihm bis in die Kniekehlen. Er erwidere nichts darauf. Was hätte er auch sagen sollen? Er wusste, dass etwas Schreckliches geschehen war.

Schweigend folgte er dem Vampir, dessen stoische Miene und wortkarge Art vielleicht genau das waren, was er jetzt brauchte.

Vorbei an weiteren Leichen, starren Blicken. Und Blut. So viel Blut. Ein Meer aus roter Farbe, voll ertränkter Träume und Hoffnungen, ausgelöscht in einem einzigen Atemzug.

Sie erreichten zwei leblose Gestalten. Eine junge Frau in beigefarbenem Trenchcoat, der sich wie ein Fächer um ihren Körper ausgebreitet hatte. Darunter lugten zwei Kinderfüße mit weißen Turnschuhen hervor.

Nakir atmete einmal tief durch. »Ein Mädchen?«, fragte er.

Chief Smith zögerte, aber nur kurz, dann hatte er sich wieder unter Kontrolle.

»Es tut mir leid«, sagte er mit monotoner Stimme, so gleichgültig, dass es Nakir beinahe nicht aufgefallen wäre. Doch er hörte es trotzdem. Mitleid.

»Was tut Ihnen leid?«

»Es ist Ihre Nichte. Lilith.«

3

Das Mehrfamilienhaus in der St. Stephen Street war im Gegensatz zu den anderen Wohnhäusern ringsherum nicht sonderlich alt, sondern glich im grauen Licht des Morgens einem trostlosen Gebäude, dem Kit unter anderen Umständen keine weitere Beachtung geschenkt hätte. Denn anders als die prachtvollen Sandsteinhäuser in Old Town, die im Sonnenuntergang in allen braunen Farbnuancen schimmerten, schien ihr neues Zuhause so, als wäre es von irgendeinem georgianischen Architekten ausgekotzt worden. Genau richtig also, um hier ihre Zelte aufzuschlagen.

Das schwarze Auto mit den getönten Scheiben hielt am Straßenrand, und Kit spürte eine ungewohnte Nervosität in sich aufsteigen. Die ganze Fahrt nach Stockbridge über hatte Phelia kein Wort verloren, und erst als sie den Schlüssel für die Hausnummer 99 B aus der Tasche zog und Kit in die Hand drückte, wurde ihr klar, dass ihre Patentante es wirklich ernst meinte.

Sie würde in ihr altes Leben zurückkehren.

»Für die Tür draußen gibt es einen PIN-Code«, Phelia schob ihr eine kleine Visitenkarte in die Hand, auf der eine Zahlenkombination stand. »Der Schlüssel ist für Apartment 7. Ich habe alles veranlasst. Deine Unterlagen und Kleider findest du im Apartment.«

Kit sah auf die Sporttasche zwischen ihren Füßen. »Ich habe alles dabei.«

»Ich meine deine Klamotten aus deiner alten Wohnung.«

Die Erkenntnis, die auf die Worte folgte, drückte sich

bleischwer in ihren Magen, und Kit zupfte an der Wollmütze, die eigens für ihre Ohren zwei handflächengroße Löcher besaß. Ein Pärchen ging an der Limousine vorüber, der Mann warf einen neugierigen Blick hinein, aber dank des Schleierzaubers, den die Hexen den neugeborenen Menschenkindern überlegten, und der getönten Scheiben würde er Kits Fuchsohren nicht sehen können.

Jemand hatte also ihre alte Wohnung betreten. Kit fragte sich, wie es dort wohl aussah, was davon noch übrig war. Sie hatte keine Nachrichten gesehen oder gehört, hatte sich in eine Blase aus Emotionslosigkeit gesperrt und gehofft, dass Gras über die Katastrophe wachsen würde.

Mit wackligen Beinen stieg sie aus dem Auto, während Phelia neben ihr auf den Bürgersteig trat und sie in eine Umarmung schloss. Die Wärme ihres Körpers drang zu Kit durch, und sie fühlte sich seltsam geborgen, ein Gefühl, das sie lange nicht mehr verspürt hatte. Der Griff um ihre Sporttasche verstärkte sich.

Phelia ließ sie los und strich ihr mit einer Hand über die Wange, mehr Körperkontakt als in den ganzen Wochen zuvor. Mittlerweile waren Gewitterwolken aufgezogen, und es roch nach Regen – dieser schwere, unnachahmliche Duft, Petrichor.

»Ich glaube, du wirst dich freuen.« Sie zwinkerte. Kit starrte sie verdutzt an. Phelia Lockhardt zwinkerte nicht.

Misstrauisch hob Kit die Brauen. »Gibt es etwas, das du mir sagen möchtest?«

»Das wirst du sehen«, entgegnete ihre Patentante und fügte hinzu: »Ich bin froh, dass du dem Ganzen eine Chance gibst. Auch wenn es nicht richtig von mir war,

42

dich damit zu überfallen. Ich habe einfach eine notwendige Entscheidung getroffen, in meiner Position als deine Chefin. Und vielleicht auch als deine Patentante, obwohl du längst nicht mehr in dem Alter bist, in dem ich für dich handeln sollte.«

»Danke«, erwiderte Kit etwas perplex. »Einen Versuch ist es wert, und falls ich das WG-Leben schrecklich finde, werde ich mir einfach eine andere Unterkunft suchen. Dagegen hast du doch nichts einzuwenden, oder, Chief?«

»Gegen eine Unterkunft, die vom Observatorium genehmigt wurde, nicht, nein«, antwortete Phelia.

»Gut.«

Phelia musterte sie besorgt. »Wenn etwas sein sollte, du kannst dich jederzeit an mich wenden.«

»Ich weiß ja, wo ich dich finde.«

»Vielleicht sollte ich vorsichtshalber die Schlösser austauschen lassen.«

Kit lachte auf. »Keine Sorge, ich werde dich schon nicht überfallen.«

»Das habe ich auch nicht gemeint«, sagte Phelia, und ihre Züge wurden weich. Plötzlich klang sie wieder wie vor vierzehn Jahren, als Kit Flugkekse aus dem verschlossenen Raum im Dachgeschoss gestohlen hatte. Der Raum war mit mehreren Schutzzaubern versiegelt gewesen, und doch hatte sie es geschafft, ihn zu betreten. Ohne, dass sie zu Staub zerfallen war.

Kit brummte eine unverständliche Antwort.

»So gefällst du mir schon besser.« Phelia lächelte. »Immerhin bist du in der WG nicht allein.«

Kit schwieg. Sie wollte ihrer Patentante nicht das Gefühl geben, undankbar zu sein. Doch selbst in der größten Menschenmenge fühlte sie sich einsam.

Phelia seufzte und schloss kurz die Augen. Plötzlich kam sie Kit schrecklich müde vor, als ob sie in einer Nacht um Jahre gealtert wäre. Die Falten um ihren Mund waren tiefer geworden, und der kleine Graben ihrer Zornesfalte hatte sich auf ihrem Gesicht festgesetzt.

»Ich weiß, dass du auf dich selbst aufpassen kannst, und die Diskussion haben wir bereits mehr als einmal geführt. Es ist nur … Ich habe Angst«, gestand Phelia leise. »Angst um dich und um die Gefahren, die du automatisch anziehst. Aber ich habe deinem Vater versprochen, dich deinen Weg gehen zu lassen, auch wenn mir das schwerfällt.«

Beinahe unmerklich zuckte Kit zusammen, denn eigentlich sprachen sie nicht über ihren Vater. Niemals.

Ihre Stimme klang seltsam belegt, als sie sagte: »Das verstehe ich. Ich habe die letzten Jahre sehr gut auf mich aufgepasst. Und ich bin nicht wie er.«

Ein Ausdruck von Schmerz huschte über die Züge ihrer Patentante, die Erinnerung an ihn musste ihr wehtun. Denn er war Phelias bester Freund und Partner gewesen, aber alles, woran sich Kit erinnern konnte, war ein verwaschener Duft nach Mandelholz und ein verblasstes Polaroidfoto, das in ihrem Geldbeutel verstaubte.

Sie begaben sich auf unsicheres Terrain. Warum hatte Phelia Kit aus der brennenden Stadt geschafft und sie bei sich versteckt gehalten?

Kit fing ein ungewohntes Geräusch auf, ihre Ohren zuckten in die Richtung der Klänge. Der Wind flüsterte. Es waren magische Worte, die aus einer anderen Welt stammten, und sie versteifte sich automatisch.

»Du bist vielleicht nicht dein Vater, aber seine Tochter«, sagte Phelia nun. »Du bist nicht so leichtsinnig, wie er es war, aber dafür genauso dickköpfig und ehrgeizig. Du musst niemandem etwas beweisen, Kit. Pass einfach gut auf dich auf. Edinburgh ist eine alte Stadt, die Nox werden deine Präsenz spüren und die Energie, die dich umgibt.«

»Hörst du das auch?«, fragte Kit und hob den Kopf.

»Was meinst du?«

Das Flüstern wurde lauter. Doch sie verstand den Sinn der Worte nicht, als ob sie einer längst vergessenen Sprache angehörten. Es klang, als würde jemand versuchen, sie in Trance zu singen, aber sowohl Phelia als auch sie selbst trugen Schutzsiegel.

Ein frischer Wind fuhr durch die Straße, es roch nach Meeressalz und Regen. Der Himmel hatte sich verdüstert, so schnell, dass Kit es gar nicht gemerkt hatte. Die Stimme eines Kindes lenkte ihre Aufmerksamkeit auf die junge Familie, die sich ihnen gerade näherte. Das kleine Mädchen trug einen roten Wollmantel, die weißen Haare halb unter einer dicken Mütze versteckt, während der Wind peitschend an ihnen zog. Kit spürte eine seltsame Nähe zu dem Mädchen, ein Gefühl von Vertrautheit, wie ein Geruch aus der Kindheit, den man nie verlor.

Lachend drehte sich das Mädchen um und erblickte Kit. Das Lächeln erstarb. Stattdessen machte es einem Ausdruck von tief liegender Angst Platz, als wäre Kit die wahrhaftige Verkörperung des Bösen.

Kit zuckte zusammen.

Kinder, insbesondere Menschenkinder, besaßen noch eine starke Verbindung zur Niemalswelt, jener Zwischenwelt der Toten, die sich wieder auf den Weg auf die Erde machten, um ihr Seelenleben fortzusetzen. Ihre Seelen waren noch zu frisch im neuen Körper, mussten sich noch an das neue Leben gewöhnen. Kinder erinnerten sich immer. An Vergangenes. An ihre alten Leben. Bis sie älter waren und ihre Erinnerungen zu Träumen wurden und ihre Träume schließlich verblassten.

Sie sah etwas Furchtbares in Kit, etwas, das sie in Todesangst versetzte.

Das Mädchen riss den Mund zu einem stummen Schrei auf, Panik verzerrte ihre kindlichen Züge. Ihre Eltern drehten sich fragend um, versuchten sie zu beruhigen, doch ergebnislos. Ihr Blick klebte förmlich an Kit.

Und dann schrie sie. Der Schrei hallte durch die Straße, während sie sich aus dem Griff ihrer Mutter losriss und in die entgegensetzte Richtung davonstürzte.

Phelia sagte kein Wort, und Kit war froh, denn sie wusste auch nicht so recht, was sie mit der Szene anfangen sollte. Vielleicht hatte das Mädchen eines von Kits alten Gesichtern gelesen, eine Gabe, die eigentlich nur Seraphen und Todesdaimonen vorgesehen war. Aber es gab immer Kinder, die eine Ausnahme bildeten.

Was hatte sie in ihrem früheren Leben getan, das so schrecklich gewesen war?

Kälte kroch ihre Glieder entlang, und ihre Lippen fühlten sich rissig und trocken an. Doch da war noch etwas anderes.

Finsternis zerrte an ihrer Erinnerung. Ihre Fingerspitzen wurden taub und gefühllos, wie Eissplitter glitt die Kälte ihren Nacken hinauf, und eine Gänsehaut breitete sich auf ihren Armen aus. Flatternd schlossen sich ihre Lider. Nach und nach verschwanden alle Geräusche aus ihrer Umgebung, das Heulen des Windes, irgendwo in der Ferne verklang das Bellen eines Hundes.

Und dann hörte sie es.

Kinderschreie. Verzweifelt und voller Entsetzen.

Und da war Feuer. Aber kein normales Feuer, sondern schwarze Flammen, die sich durch ihre Erinnerung fraßen.

Blitzschnell zuckten die Bilder durch ihren Geist. Ein Gefühl von Macht durchströmte Kit, ein Gefühl von Kontrolle, und sie presste ihre zitternden Lippen fest aufeinander, versuchte sich auf die Bilder zu konzentrieren.

Dunkelheit. So viel Dunkelheit.

Doch seltsamerweise hatte sie keine Angst, sondern fühlte sich stark, als ob sie Kraft aus den schwarzen Flammen tankte. Der Gedanke erschreckte sie zutiefst, doch sie konnte sich nicht gegen die Anziehungskraft dieses Gefühls wehren. Im Gegenteil. Es war, als könne sie es bis auf den Grund ihrer Seele spüren, etwas Uraltes, so mächtig und doch so anders wie das Fuchsfeuer. Etwas, das Kit zuvor verdrängt hatte, weil es ihr Angst gemacht hatte, und auch jetzt hörte sie die leisen Zweifel in ihrem Kopf. War es richtig, sich auf diese Empfindungen einzulassen? Konnte sie ihrem Innersten trauen? Jenem Teil von sich, den sie unterdrückte und versteckt hielt?

Denn da war etwas, das sie sich nicht eingestand, das sie nicht näher ergründete …

Die Dunkelheit umschmeichelte ihre Sinne, eine sanfte Liebkosung, die ihr Herz höherschlagen ließ. Langsam tauchte sie weiter ein. Es fühlte sich an wie ein Traum, nur viel realer. Sie konnte die Dunkelheit in ihrem Innern *spüren*, als wäre sie ein Teil von ihr.

Ihre Atmung normalisierte sich, und Kit wurde von einer seltsamen Ruhe erfüllt.

Plötzlich zuckte Artemis' Gesicht durch ihren Geist, die weit aufgerissenen Augen, der Vorwurf in seinem Blick, bevor das Leben in ihnen erloschen war. Ein Ruck ging durch ihren Körper, ihr Blut pulsierte kochend in ihren Venen, der Schmerz kam ohne Vorwarnung. Ein Stechen, das ihre Muskeln lähmte, getränkt in Schuld.

Nein!

Mit aller Kraft löste sie sich von der Macht, stolperte aus ihren Gedanken, aus der umfassenden Dunkelheit, stieß sie von sich, so weit es ging.

Verdammt!

Alles war wieder da. Die Angst vor dem, was sie nicht kannte, die Angst, andere zu verletzen.

Ihr keuchender Atem drang an ihr Ohr, als sie blinzelnd die Augen öffnete.

Graue, ausgespuckte Häuserfassaden. Meeresluft. Über ihrem Kopf kreischten Möwen. Stockbridge. Edinburgh. Es kam ihr vor, als wäre sie weit weg gewesen, an einem anderen Ort, in einer anderen Zeit.

»Kit!«

Die Finger ihrer Patentante umklammerten ihren Oberarm und gruben sich so schmerzvoll in ihre Haut, dass sie lautlos stöhnte, als der Druck zu ihr durchdrang. Ihre Sinne waren wie in Watte gepackt, und nur langsam, fast etwas widerwillig, löste sich Kit aus ihrer Starre und blickte zu Phelia auf.

Ihre Mundhöhle wurde staubtrocken.

Phelias Augen waren pechschwarz, verschluckten den sonst hellblauen Teil ihrer Iris wie eine dunkle Wolke. Die Kinnspitze deutete in die Ferne, ihre Augen waren eine Melodie der Prophezeiung, die sie vor sich sah, und ihr Gesicht wurde länger und spitzer, nahm die

Züge eines Raubvogels an. Auch ihre Kieferknochen wurden kantiger, die Nase schärfer.

Kit erschauderte, kalter Schweiß brach ihr aus.

»Was ist?«, flüsterte sie tonlos, als sie ihre Stimme wiedergefunden hatte, und die Worte kratzten in ihrem Hals, so als hätte sie tagelang nichts gesprochen. »Was siehst du?«

Phelia reagierte nicht.

»Was siehst du?«, wiederholte Kit leise.

»Sie kommen.« Die Stimme klang fremd, hölzern und viel zu tief. Es war, als würde jemand Fremdes im Körper ihrer Patentante stecken, und Kit spürte, wie sie sich versteifte. Sie musste sich zwingen, auf der Stelle stehen zu bleiben, gleichzeitig spürte sie, wie das Fuchsfeuer in ihr erwachte. Angst. Sie verspürte nackte Angst.

»Wer?«

»Vögel.« Phelia zuckte zurück, als hätte sie etwas gesehen. »Sie kommen. Sie sind auf der Suche. Sie werden uns finden.«

»Welche Vögel? Wovon sprichst du?«

Doch Phelia schien sie kaum wahrzunehmen. »Sie werden uns alle töten. Jeden Einzelnen von uns.«

Der Wind heulte, und erste Regentropfen zerplatzten auf dem Bordstein, während sich Phelia Lockhardt aus ihrer Vision befreite und blinzelnd wieder zur Besinnung kam. Ihre Züge glätteten sich, wurden wieder zu ihrem eigenen Gesicht.

Jemand musste sie mit einem Zauber belegt haben, denn sonst konnte sich Kit die Zufälle nicht erklären. Erst das Mädchen, dann ihre eigene Erinnerung, jetzt die Vision ihrer Patentante. Die Luft flirrte voller Magie, als ob sie statisch aufgeladen wäre.

Erleichtert stieß Kit die angehaltene Luft aus, als Phelia ihren Arm losließ und sich ihr mit ernstem Ausdruck zuwandte. Ihre Lippen bebten, ansonsten waren ihre Züge hart.

»Kein Wort.«

»Aber …«, setzte Kit an, doch ihre Patentante schüttelte den Kopf.

»Nein.« Ihre Stimme war kalt wie Eis. »Kein Wort. Zu niemandem. Wir sprechen ein anderes Mal darüber. Nicht heute, nicht jetzt.«

»Aber was hast du gesehen?«

»Nichts, worüber du dir Sorgen machen müsstest«, sagte sie und ließ keinen Zweifel daran, dass das Thema für sie für den Augenblick beendet war. »Ich werde auf dich zukommen, sobald du dich etwas eingelebt hast. Dann sprechen wir – auch über das Mädchen.«

Also hatte Phelia es auch gesehen und ihre eigenen Schlüsse aus dem seltsamen Verhalten des Kindes gezogen. Panik loderte gemeinsam mit dem Fuchsfeuer auf, doch irgendwie schaffte sie es, ein neutrales Gesicht aufzusetzen. Zeitgleich bemerkte Kit das ängstliche Flackern in Phelias Blick. Doch bevor sie es näher ergründen konnte, nickte Phelia ihr zu und stieg ohne eine Verabschiedung in das parkende Fahrzeug, das keinen Augenblick später um die nächste Ecke verschwand.

Wieder zupfte der Wind an Kits Kleidern, dieses Mal energischer, und ihre Haut prickelte, wie nach einer zu heißen Dusche. Verärgert zog sie die Brauen zusammen.

»Wer bist du?«

Als sie keine Antwort erhielt, hob sie den Kopf und blickte in den Himmel, dorthin, wo sie ihren unsichtbaren Beobachter vermutete. Vielleicht ein harmloser Sucher. Vielleicht auch nicht. Das konnte nämlich kein Zufall mehr sein! Kit wollte kein Risiko eingehen.

Der Regen nahm zu und kitzelte ihr Gesicht. Es roch nach nassem Fuchs. Daran würde sie sich wohl oder übel gewöhnen müssen, denn die Wetterprognose ließ keinen Zweifel daran, dass der November ungemütlich werden würde.

Noch immer konnte sie die Präsenz im Himmel spüren. Wie auf Kommando begannen die winzigen schwarzen Perlen an ihrem Handgelenk zu glühen, und Kit riss eine von ihnen ab, während die Regentropfen auf ihrer Haut zersprangen.

»Wer schickt dich?«

Keine Antwort. Aber damit hatte sie auch nicht gerechnet.

Mit zwei Fingern hielt sie die kleine Perle zwischen ihrem Mittelfinger und ihrem Daumen gefangen und drückte zu. Stöhnend gab das Glas unter dem Druck nach, ein Riss zog sich über die glatte Oberfläche. Heraus strömte die gefangene Energie des Fluches, und Kit murmelte die Worte der Offenbarung, die den Zauber lösen würden. Keinen Augenblick später stürzte sich die Magie auf die Präsenz, wickelte sich um den unsichtbaren Beobachter, und zum Vorschein kam ein handgroßes schwarzes Wollknäuel, mit Knopfaugen und spitzen Zähnen, die aus dem Maul ragten.

Kit stutzte. Sie hatte seit Jahren keinen Erus mehr gesehen. Normalerweise tummelten sich die kleinen Geister um größere Dunkelheit oder in der Niemalswelt, weil sie sich, ähnlich wie die Nox, von der Energie nährten. Kein gutes Zeichen, denn allein waren sie nur, wenn ihnen jemand einen Auftrag erteilt hatte.

Zwei große Augen starrten auf sie herab. Bevor Kit reagieren konnte, gab das Wesen ein quietschendes Geräusch von sich und flog davon.

Im Gegensatz zu den meisten Alias besaßen Erus keine Erinnerung und waren somit auch unbrauchbar für das Ausquetschen mithilfe von Magie. Allerdings übertrugen sie das, was sie sahen, in Echtzeit an ihren Meister, der mithilfe von Gedankenströmen eine Verbindung zu ihnen aufbaute. Besser als jede Drohne, denn Erus waren in der Lage, sich nach Belieben unsichtbar zu machen, wobei das nicht reichte, um sich vor einer so gut ausgebildeten Siegelhüterin wie Kit zu verstecken. Doch nicht alle Mitarbeiter der AE waren Siegelhüter, es war eine zusätzliche Ausbildung im operativen Feld, die ihnen gestattete, einen Siegeldolch zu führen und somit sogar einen anderen Alias in den Aschetod zu schicken, wenn es sein musste. Im Grunde war es die Lizenz zum Töten.

Der Meister des Erus hatte sie also beobachtet und womöglich auch belauscht. Das ließ Kit stutzig werden, denn eigentlich war Phelia durchaus in der Lage, einen Erus wahrzunehmen. Wahrscheinlich war sie selbst zu abgelenkt gewesen.

Kit versuchte sich zu erinnern. Worüber hatten sie gesprochen?

Die neue Situation. Ihren Vater. Shit. Wahrscheinlich hatte er auch die Szene mit dem Kind mitbekommen … Wer auch immer sein Meister war, er verfügte jetzt über sehr viel mehr Informationen, als Kit lieb war. Sie beschloss, diese Tatsache in ihrem Hinterkopf zu behalten und sich morgen im Observatorium ein wenig umzuhören. Sie musste aufpassen, dass niemand die Wahrheit über ihren Stadtwechsel erfuhr, oder es würde ihre Karriere beenden. Vielleicht auch gleich ihr Leben.

Seufzend drehte sich Kit um und betrat zuerst das Haus, in dem es nach indischen Gewürzen roch, und anschließend das Apartment im zweiten Stock, das sie mit Stille empfing. Ein kleiner Flur schlängelte sich auf eine offen stehende Tür zu. Insgesamt zählte sie fünf Zimmer. Der Boden war mit Teppich ausgelegt, ein Spiegel und eine kleine Holzanrichte, auf der eine silberne Schale stand, zierten den Flur. Der Rest war eher unscheinbar eingerichtet.

»Hallo?«, fragte Kit in die Stille hinein, doch sie erhielt keine Antwort.

Im ersten Zimmer befand sich eine zweckdienlich ausgestattete Küche. Hinter der gegenüberliegenden Tür verbarg sich ein Bad, Badewanne inklusive. Jemand hatte sich hier bereits ausgebreitet, denn in einem Glasbecher steckten eine Zahnbürste sowie Schminkutensilien. Das dritte Zimmer am Ende des Flurs war abgeschlossen, dafür entdeckte Kit im letzten Raum ein großes Bett und einen Einbauschrank, vor dem ihr eigener Rollkoffer aus Hongkong stand. Neben dem Einbauschrank war eine weitere Tür, die in ein zweites Badezimmer führte, das nur vom Zimmer aus betreten werden konnte. Anscheinend hatte sich jemand dazu entschieden, ihr das schönere Schlafzimmer zu überlassen, und sie dankte im Stillen der unbekannten Mitbewohnerin.

Ihr Blick fiel wieder auf den Rollkoffer, und als sie ihn öffnete, fühlte sich der Anblick vertraut und gleichzeitig sehr fremd an. Es war seltsam, die Kleider wiederzusehen, die sie vor der Katastrophe immer getragen hatte. Wehmütig strich sie über die ausgeblichene braune Lederjacke, ihr Lieblingsstück, um die Artemis sie immer beneidet hatte. Sie vermisste ihren Freund und Partner auf eine Weise, die sich nicht in Worte fassen ließ. Erst jetzt, nachdem er aus ihrem Leben verschwunden war, konnte sie die Leere körperlich spüren, die er hinterlassen hatte.

Es war, als ob ein Licht für immer erloschen war. Sie würde ihn nie wieder zu Gesicht bekommen. Nie wieder über seine dämlichen Witze lachen. Nie wieder von ihm aufgezogen werden, wenn sie wieder einmal ihre Dienstmarke im Spind vergessen hatte.

Es war die Endgültigkeit, die schmerzte. Denn auch wenn sie alle mehrere Leben führten, so gab es – mit Ausnahme von Todesdaimonen vielleicht – kein Wesen auf der Welt, das sich an die vergangenen Leben wirklich erinnern konnte. Die Wahrscheinlichkeit, Artemis in einer anderen Zeit, einem anderen Leben erneut zu begegnen, war groß, allerdings wäre er dann ein Fremder für sie. Manchmal kam es vor, dass man sich zu Wesen besonders hingezogen fühlte, weil man sich aus einem früheren Leben kannte.

Gerade als sie fast den gesamten Inhalt des Koffers im Schrank verstaut hatte, hörte sie, wie ein Schlüssel im Schloss bewegt wurde und jemand auf leisen Sohlen die Wohnung betrat. Weiblich, eindeutig. Kit hörte es an der Art, wie sich die Person bewegte. Viel zu leichtfüßig.

Da war noch etwas anderes. Der Geruch von Frühling, von Blumen und einer Anziehungskraft, die Kit sofort stutzig werden ließ – denn es gab nur ein Wesen auf der Welt, das so roch.

»Kit Sune, wer hätte gedacht, dass ich dich eines Tages wiedersehe!«

Die hohe, melodische Stimme erklang in ihrem Rücken, und als Kit sich umdrehte, sah sie gerade noch, wie eine junge Frau mit flatternden lilafarbenen Haaren auf sie zugestürmt kam. Im nächsten Moment wurde sie in eine heftige Umarmung gerissen, die ihr die Luft aus der Lunge presste.

Das Gesicht … Für den Bruchteil eines Wimpernschlags hatte Kit einen Blick auf vertraute Züge erhaschen können, und auf eine kecke Stupsnase, auf der Sommersprossen tanzten. Sie hatte dieses Gesicht schon einmal gesehen. Vor Jahren das letzte Mal.

»Lelja?«

»Wie sie leibt und lebt«, bestätigte ihr der nach Patschuli duftende Körper mit der angenehmen Stimme. Lachend löste sich ihre Freundin aus Schultagen von Kit, und ihr blieb nichts anderes übrig, als sie sprachlos anzustarren.

»Was … was machst du denn hier?«

»Wir teilen uns eine WG.« Lelja legte den Kopf schief, so wie sie es früher immer getan hatte, wenn sie jemanden eingehend betrachtete. Sie war größer und kräftiger, als Kit sie in Erinnerung hatte, aber ihre Augen waren noch immer von demselben intensiven Blauton. Veilchenblau. Sie war immer noch so zerbrechlich blass, aber ihr Haar war nicht länger dunkelbraun. »Ich arbeite seit zwei Monaten in Edinburgh, hat dir Chief Lockhardt nichts gesagt? Wobei, so wie ich das garstige Weibsbild kenne, wird sie ein großes Geheimnis darum gemacht haben. Zumindest war sie früher immer sehr garstig, aber wahrscheinlich hat sie es auch deswegen zum Chief gebracht, was?«

»Wer redet so«, murmelte Kit kopfschüttelnd und spürte, wie ihre Mundwinkel in die Höhe wanderten, weil ihr erst in diesem Moment klar wurde, was Leljas Ankunft bedeutete.

Sie war doch nicht allein.

Vor beinahe zehn Jahren hatten sie gemeinsam die

Schule in Tokio besucht, den Abschluss gemacht und waren bis dahin unzertrennlich gewesen. Doch dann waren sie unterschiedliche Wege gegangen. Kit hatte eine Ausbildung in Grönland begonnen und war eine Siegelhüterin geworden, während Lelja nach Afrika gezogen war, um dort die Vergangenheit der ältesten Alias zu erforschen. Irgendwann während dieser Zeit hatten sie sich aus den Augen verloren.

Kit spürte plötzlich einen dicken Kloß im Hals. »Wow. Ich weiß gerade nicht, was ich sagen soll.«

»Ich hab dich auch vermisst«, lachte Lelja und packte Kit bei den Schultern. Sie war noch immer strahlend schön, auf eine sehr natürliche Weise, die die männlichen wie auch weiblichen Alias schon früher in den Wahnsinn getrieben hatte. Es waren ihre Gene, der Duft ihres Körpers, ihre Ausstrahlung und die Magie ihrer Ahnen, denn sie stammte von einer slawischen Liebesgöttin ab. Kein Wunder, dass ihr alle hinterherhechelten.

»Wir haben uns Jahre nicht gesehen! Chief Lockhardt hat erzählt, dass du in Hongkong eine Anstellung bei Remo Hiraku hattest. Erzähl mir alles! War er genauso heiß wie auf den Pressefotos?«

»Moment, Moment«, unterbrach Kit ihre ehemals beste Freundin und schüttelte den Kopf, weil die Unterhaltung bereits jetzt in eine Richtung steuerte, die sie lieber nicht näher erörtern wollte. »Du musst mir erst einmal erklären, was du hier in Edinburgh eigentlich machst.«

Lelja zuckte die Schultern. »Nach Raki habe ich etwas … Normales gebraucht.«

Kits Mund klappte auf. »Du warst in Raki?«

Raki, die Hauptstadt der Niemalswelt. Kein Ort, den

56

ein lebender Mensch je betreten konnte, und auch für die meisten Alias war es nicht ohne Genehmigung gestattet. Es war die Welt der Toten. Die Welt der Daimonen und Mächtigen, ein Ort, den Kit nur aus Erzählungen und Geschichten kannte.

Sofort verdüsterte sich Leljas Miene. »Die letzten fünf Jahre habe ich dort gearbeitet. Ja. Sonst hätte ich mich früher bei dir gemeldet. Aber das hat sich einfach nicht ergeben.«

»Und warum bist du wieder auf der Erde?«

»Raki hinterlässt Spuren«, erwiderte Lelja ausdruckslos. »Ich habe es nicht mehr ausgehalten. Zu viele verdorbene Seelen, zu viele Daimonen, die ihre Spielchen spielen. Götterkinder, die sich etwas auf ihre Herkunft einbilden, zu viel Politik.« Sie machte eine wegwerfende Handbewegung. »Es war … nichts für mich. Ich habe mich auf allen Kontinenten beworben und eine Stelle beim DoAC in Edinburgh ergattert. Inspector General Allister hat mir geholfen und mich bei deiner Patentante empfohlen, die sich noch an mich erinnern konnte. Die Bekämpfung der Nox auf der Erde macht sowieso viel mehr Spaß – irgendjemand muss den Schattenwesen ja in den Hintern treten!«

Kit grinste. »Verstehe.«

»Wobei, das machst ja du, genau genommen. Ich kümmere mich um die operative Seite, wenn es mal wieder Ärger gibt«, sagte Lelja, die Stirn in Falten gelegt, und Kit spürte ein warmes Gefühl in der Brust. »Schreibtischkram. Das Übliche eben.«

»Es tut richtig gut, dich zu sehen«, antwortete Kit. »Du hast dich kein bisschen verändert.« Selbst in ihren eigenen Ohren hörte sich ihre Stimme seltsam an, als hätte sie seit Tagen nicht gesprochen, und sie hätte sich am liebsten auf die Zunge gebissen, denn Leljas Blick wurde plötzlich scharf, und sie musterte Kit besorgt.

»Alles in Ordnung? Du klingst irgendwie traurig.«

»Mir ist nur klar geworden, dass wir uns viel zu lange nicht gesprochen haben. Das ist alles.« Die Lüge, in ein bisschen Wahrheit gepolstert, glitt erstaunlich leicht über ihre Lippen.

»Das stimmt.« Noch immer musterte Lelja sie wachsam. »Du hast dich verändert.«

Bei den Worten versteifte Kit sich und wich dem prüfenden Blick ihrer Freundin aus. »Vielleicht ein bisschen. In den letzten zwei Jahren hat sich die Zahl der Nox in den alten Städten verdreifacht, und auch die Alias, die in den Menschen keine gleichwertigen Wesen sehen, haben ziemlich starken Zulauf. Es ist einfach viel Arbeit.«

»Das stimmt. Apropos Arbeit.« Lelja zwinkerte ihr zu. »Die Heldin von London? Die Beschreibung der Fuchsohren kam mir gleich bekannt vor. Das bist doch du, oder?«

Kit spürte, wie sie sich versteifte. *Heldin von London.* Das hörte sich falsch an, als ob sie sich mit fremden Federn schmückte, insbesondere, weil so viele Menschen und sogar ihr eigener Partner das Leben verloren hatten.

»Ich habe nur meinen Job erledigt.«

»Aber verdammt gut!«

Kit schüttelte den Kopf. »Ich habe nur getan, was getan werden musste. Mehr nicht.«

»Niemand hat es jemals mit so vielen Nox gleichzeitig aufgenommen und sie daran gehindert, die Stadt zu betreten. Es hätte wirklich etwas Schlimmeres passieren können!« Lelja stieß sie in die Rippen. »Also nimm das

Kompliment ruhig an. Ich bin froh, dass wir uns eine WG teilen, dann muss ich mir um meine Sicherheit ja keine Sorgen machen.« Sie feixte.

Darauf gab Kit keine Antwort. Denn die Wahrheit war: Sie wusste es selbst nicht so genau, wie sie es geschafft hatte, die Nox zu besiegen. Ihre Erinnerungen waren zwar da, aber irgendwie verschwommen, als würde sie sie unter Wasser betrachten. Das irritierte sie, denn eigentlich besaß sie ein sehr gutes Gedächtnis. Bei dem Gedanken setzte ein stechender Kopfschmerz ein, und sie rieb sich über die Schläfe, während ihr Magen ein knurrendes Geräusch ausstieß. Andere Alias hungerten in Trauer, aber Kit hatte seit Artemis' Tod das Gefühl, täglich ein ganzes Lamm verdrücken zu können.

»Hast du auch solchen Hunger?«, fragte sie anstelle einer klaren Antwort und strich sich entschuldigend über den Bauch. »Ich bin am Verhungern.«

Lelja klatschte in die Hände. »Du kennst mich doch: Fürs Essen bin ich immer zu haben! Sollen wir gemeinsam einkaufen gehen und anschließend etwas kochen? Seit der Schulzeit haben sich meine Kochkünste verbessert, ich lasse auch garantiert keine Nudeln mehr anbrennen. Ehrenwort.«

Kit lächelte und fühlte sich zum ersten Mal seit Wochen etwas leichter. »Gerne.«

Lelja gab ihr ein Gefühl von Vertrautheit, anders als Phelia. Genau das, was sie jetzt brauchte. Es tat gut, jemanden um sich zu haben, dem sie vertrauen konnte – zumindest bis zu einem gewissen Grad.

Also machten sie sich gemeinsam auf den Weg, schlenderten durch die Straßen und verloren die Zeit aus den Augen, während sie die Stille mit Erzählungen und verpassten Momenten füllten. Am Abend köpften sie eine Flasche Rotwein, stellten Musik an und holten die vergangenen Jahre auf, zumindest die wichtigsten Dinge, denn Kit machte einen Bogen um allzu heikle Themen. Aber Lelja fragte auch nicht. Vielleicht, weil sie spürte, dass sie sowieso keine Antwort erhalten würde.

Als Kit schließlich weit nach Mitternacht ins Bett fiel und das holpernde Geräusch von Reifen auf den Pflastersteinen unter ihrem Fenster vernahm, fühlte sie sich seltsam angekommen. Zum ersten Mal seit sechs Wochen schlief sie friedlich ein und wurde von keinem der Albträume geweckt, die sie seit Artemis' Tod begleiteten.

4

SECHS WOCHEN ZUVOR.

Du bist zu spät, Lilith«, erklang die Stimme seiner Schwester aus der Küche, in der es dampfte und brutzelte. Die Geräuschkulisse glich einem Western, die Abzugshaube lief auf voller Stufe, und aus einem Lautsprecher dröhnte irgendein Lied, das jetzt in Nakirs Trommelfell schnitt und dessen Text Lilith garantiert gekannt hätte. Ihm war speiübel, und er hatte das Gefühl, als würden tausend Gewichte an seinen Beinen hängen, aber er zwang sich, weiterzugehen. Noch einen Schritt zu machen.

Langsam trat er um die Ecke und blieb im Türrahmen stehen, den Blick auf seine Schwester gerichtet, die gerade Lauchzwiebeln in einer großen Wokpfanne versenkte.

Deirea sah ihm so ähnlich, dass man meinen könnte, sie seien Zwillinge. Sie war groß und reichte ihm bis an die Stirn, und ihre Haut war ebenso dunkel wie seine. Anders als bei ihm war ihr Haar widerspenstig und lockig, und das Lächeln, das auf ihren Lippen hing, erinnerte ihn so sehr an ihre Mutter, dass Nakir einen Stich in der Brust spürte.

»Oh, Nakir, mit dir habe ich nicht gerechnet, solltest du ...«, sagte sie, sobald sie ihn bemerkte, hielt dann jedoch mitten in der Bewegung inne, das Lächeln auf ihren Lippen erstarb.

Sie legte die Stirn kraus. »Was ist passiert?«

Nakir stellte die Musik ab, spürte den Nachklang seiner eigenen Trauer und ging auf seine Schwester zu, um sie direkt in die Arme zu nehmen. Sie versteifte sich, der Kochlöffel fiel krachend auf die Arbeitsplatte, und der Lärm der Abzugshaube verschluckte seine nächsten Worte.

»Lilith ist tot.«

Nakir hatte mehrfach gesehen, wie das Leben in den Augen eines Alias oder Menschen erlosch, wie das Licht verblasste und die Seele den Körper verließ. Jedes Mal hatte er sich geschworen, dieses Gefühl von Machtlosigkeit tief in sich zu verankern. Aber nichts hätte ihn auf den Ausdruck im Gesicht seiner Schwester vorbereiten können, als er ihr sagte, dass Lilith gestorben war.

Sie zerbrach. Das Licht in ihren Augen brach, verschwamm, und er fühlte sich elendig. Beschissen. Als wäre er gerade in die Kerker der Niemalswelt verbannt worden.

Deirea stieß einen Laut aus, tierisch, wild und hilflos und sackte gegen seine Brust, sodass er sie nur mit Mühe auffing. Ein warmes Gefühl rollte durch seinen Körper, und ihre Tränen brannten sich durch sein Trainingsshirt in seine Haut, hinterließen eine heiße Spur.

Behutsam strich er Deirea über den Rücken, tröstend und beschützend, so wie er es vor Jahrzehnten getan hatte, als sie als junge Todesdaimonin noch für immer Menschenaugen geschlossen und mit ihrem Dasein gehadert hatte. In seinem Hals hatte sich ein gewaltiger Kloß gebildet, und seine Hände waren taub und kalt. Er murmelte Worte, an die er sich nicht mehr erinnerte, sagte Dinge, die er wieder vergaß, strich sanft über den Lockenkopf seiner Schwester, teilte ihren Schmerz und wünschte sich, er könnte ihn abnehmen. Irgendwie.

»Ich möchte sie sehen«, war das Erste, was sie sagte.
»Ich muss sie sehen. Ich muss wissen, dass es real ist.
Dass sie es ist.«

Nakir schüttelte langsam, aber bestimmt den Kopf.
»Das halte ich für keine gute Idee.«

Deirea löste sich von ihm, sah ihn mit tränenverhangenen Wimpern an. »O doch, Nakir. Das bin ich meinem kleinen Mädchen schuldig. Sie ein letztes Mal im Arm zu halten. Sie ist doch ganz allein da unten.«

Ihre Worte trieben ein Messer zwischen seine Rippen, und er nickte hölzern, zog ihr einen Mantel an, der ihr von den schmalen Schultern zu rutschen drohte. Wann war sie so zerbrechlich geworden? War sie immer schon so zierlich gewesen? Anschließend befahl Nakir seinem Fahrer, sie beide ins Observatorium zu bringen.

Er wich ihr nicht einen Herzschlag lang von der Seite. Nicht, als sie zitternd einen Schritt vor den anderen setzte, zögerlich und unsicher, mit dieser irrwitzigen Hoffnung im Gesicht, die gleich zerschmettert werden würde.

Nicht, als eine Mitarbeiterin des Leichenschauhauses das Tuch zurückschlug und Liliths leblose Gestalt zum Vorschein kam, klein und kindlich, kalkweiß und eiskalt.

Nicht, als Deirea schluchzend zusammenbrach, den Namen ihrer Tochter wisperte und sich an dem Stahlblech festklammerte, das Lilith aufbahrte.

Nicht, als sie beide von Schweigen eingekeilt wieder nach Hause fuhren und die Wohnung sich fremd, leer und unangenehm still anfühlte.

Er blieb und sah.

Als Stunden später die Sonne unterging und Deirea sich in den Schlaf geweint hatte, fasste Nakir einen Entschluss. Er würde herausfinden, was im St. James's Park geschehen war, auch wenn das im Grunde sein Job war. Es ging hier um mehr als nur seine Arbeit. So wie er seine Schwester kannte, würde sie erst wieder schlafen können, wenn sie die Wahrheit über Liliths Tod und die Umstände erfuhr.

Ganz gleich, wie viel die Ermittlungsarbeit auch kosten würde, was er dafür aufgeben musste, was dabei auf der Strecke blieb. Er würde für die Wahrheit kämpfen.

Das war er sich, seiner Schwester und Lilith schuldig.

Nakir betrat das Observatorium Londons vom Seiteneingang, gerade als die Sonne aufging und die Stadt von Menschen und Alias wimmelte, die alle zur Arbeit gingen. Er nickte dem Pförtner zu, stieg in den Aufzug und fuhr acht Stockwerke in den Untergrund. Hitze empfing ihn, als die Türen sich öffneten und den Blick auf die Flüsterer freigab, die entlang der Marmorsäulen saßen und in Trance ihre magischen Schutzbarrieren aufrechterhielten.

Zielsicher steuerte er den kleinen, gekühlten Raum am Ende des Flures an. Auf dem Weg dorthin begegnete ihm niemand, aber das war auch besser so, denn er hatte die letzten drei Nächte kein Auge zugemacht. Was zum einen daran lag, dass er versucht hatte, Kit Sunes Aufenthaltsort herauszufinden – sie war seit den Ereignissen wie vom Erdboden verschluckt –, und zum anderen war er mit Liliths Bestattung beschäftigt gewesen.

Ein kurzer Blick in den Spiegel hatte heute genügt. Er sah gelinde gesagt ziemlich beschissen aus. Rot geäderte

Augen, dunkle Schatten und ein Ausdruck in ihnen, der Nakir erschreckt hatte. Seit vier Tagen hatte er sich nicht mehr rasiert, der oberste Hemdknopf stand offen, aber das war ihm gleichgültig. Jeder Nerv seines Körpers war zum Zerreißen gespannt, und seine Muskeln fühlten sich träge und schwer an. Beinahe hoffte er, jemandem zu begegnen, den er für seine schlechte Laune verantwortlich machen konnte. Dann hätte er sich vielleicht für einen Sekundenbruchteil nicht so verdammt schuldig gefühlt, obwohl der rationale Teil in ihm genau wusste, dass er nicht für Liliths Tod verantwortlich war. Diese rationale Seite klang jedoch nur leise in ihm nach, wie ein Echo, das langsam verstummte.

Sport wäre ein Ventil gewesen, aber dafür fehlten ihm sowohl die Zeit als auch die Nerven. Raki, die Niemalswelt, wäre ebenfalls eine Option, aber er hatte auf der Erde zu viele Verpflichtungen. Dabei vermisste er die Dunkelheit, das Nichts, mit jeder Faser seines Herzens, und sah sich doch gezwungen, zu bleiben und die Erde zu beschützen. Was jene Alias, die auf der Seite der Nox gekämpft hatten, nie verstanden hatten, war die Tatsache, dass sie alle unausweichlich miteinander verbunden waren. Menschen und Alias. Eine Unterdrückung der einen Spezies würde nur ein neues Problem für die andere hervorrufen. Und den Untergang ihres Daseins bedeuten.

Über Wandhologramme flimmerten Nachrichten, die von der Londoner Heldin sprachen. Eine Agentin der Alias-Einheit, die Schlimmeres verhindert hatte.

Gereizt stieß Nakir die letzte Tür auf, ohne zu klopfen.

»Und?«

Stanley, Forensiker und Schattenkobold, zuckte zusammen, drehte sich auf einem Stuhl um, womit er ihm gerade einmal bis zur Bauchmitte reichte, und starrte ihn aus großen Augen an. Sie verschwanden unter seinen wild wachsenden Augenbrauen und unterstrichen seine etwas zu lang geratene Nase, die er am liebsten in schmutzige Unterwäsche steckte, wie Nakir sich hatte sagen lassen. Aber was seine Angestellten in seiner Freizeit trieben, ging ihn nichts an. Wie immer arbeitete Stanley in völliger Dunkelheit, aber Nakirs Augen funktionierten bei Nacht fast besser als bei Tag.

»Deputy Director, ich … habe nicht mit Ihnen … gerechnet.«

»Umso besser, dann kannst du mir keinen Scheiß auftischen. Was haben die Haarproben ergeben? Ist die Auswertung der Duftnoten abgeschlossen?«

Nakir schloss die Tür hinter sich. Die Hände in den Tiefen seiner schwarzen Anzughose vergraben, stand er da und wartete darauf, dass er weitere Informationen erhielt. Stanley räusperte sich, fuhr sich mit einer Hand übers Gesicht, als müsste er sich sammeln. »Licht?«

»Nein.«

Stanley holte tief Luft, als würde er sich für die nächsten Worte wappnen: »Okay. Also … Innerhalb des Bannkreises haben wir insgesamt siebenunddreißig Alias-Spuren ausgemacht, alle auf die letzten achtundvierzig Stunden vor dem Erscheinen der Nox zurückzuführen. Kit Sune und Artemis Shiba einmal ausgenommen, gab es noch fünfunddreißig weitere Spuren. Teilweise auf die alten Seelen von Menschen zurückzuführen, teilweise nicht nachweisbar. Zwei weitere Essenzen gehörten zu den … getöteten Alias.«

Nakir verengte die Augen, das Blut rauschte in seinen Ohren. Er wusste, worauf der Forensiker hinauswollte.

Lilith. Und Stanley verströmte den unverkennbaren Duft von Unsicherheit und Angst, der fast jeden umgab, der mit ihm zu tun hatte. Er hatte keine Zeit dafür.

»Weiter.«

»Die Haarproben stammen von unterschiedlichen Tieren, teilweise mit Alias-Verbindungen, teilweise nicht. Eine Wölfin. Ein Werwolf. Zwei Formoren, aber sie waren noch Jugendliche, keine ausgewachsenen Riesen. Der Abgleich mit der Datenbank hat mehrere Treffer ergeben, hauptsächlich von Alias, die in London leben.«

Er kniff die Augen zusammen. »Irgendwelche Auffälligkeiten?«

»Nein.«

»Keine Verbindung zu Special Agent Sune?«

Stanley zögerte so kurz, dass es Nakir beinahe nicht aufgefallen wäre. Beinahe. »Was?«

»Na ja, nicht direkt.«

»Nicht direkt?« Die Frage glitt wie ein Pistolenschuss über seine Lippen.

Stanley rieb sich über die Halbglatze und kratzte sich an seinem stoppeligen Kinn, um Zeit zu schinden. »Es ist keine Verbindung zu ihr, sondern eine Auffälligkeit, die nicht ins Bild eines normalen Nox-Angriffs passt«, erklärte Stanley. »Es wurden Partikel aufgesammelt, die mit einer Vision oder einem Erus zusammenhängen könnten. Esmeralda hat sich ihrer angenommen und versucht sie zu rekonstruieren. Anscheinend hat jemand die Szene beobachtet. Aber wir sind uns nicht sicher. Das könnte Aufschluss darüber geben, wer hinter dem Angriff steckt.« Stanley redete schnell, ohne Umschweife, versuchte zum Punkt zu kommen. »Die Nachrichten haben von Special Agent Sune Wind bekommen, aber wie Sie sicher wissen, können wir ihren Namen aus der Presse heraushalten. Alles spricht momentan dafür, dass Kit Sune die Heldin von London ist.«

Nakir hob die Brauen und verschränkte abwartend die Arme vor der Brust. Er schwieg, und sein Schweigen ließ den Forensiker des DoAC sichtlich nervös werden, denn seine Augen wurden heller und heller. Ein Anzeichen dafür, dass Stanley seine Kräfte unter Kontrolle halten musste, um nicht in den Schatten zu verschwinden.

»Ich will damit nur sagen, dass die Indizien für die Version von Special Agent Sune sprechen. Ihre Erklärungen waren logisch, die Auffindungsorte der Toten, der Siegeldolch, die genutzten magischen Perlen. All das ließ sich durch die Spuren beweisen. Das ist alles.«

Nakir erstarrte. Ihn beschlich ein ungutes Gefühl. »Wovon sprichst du?«

»Agent Farewells Bericht.« Stanley sah verwirrt aus. »Sie war diejenige, die Special Agent Sune befragt hat.«

»Befragt?«, fragte Nakir, jetzt gefährlich ruhig. In ihm regte sich sein daimonisches Wesen, versuchte an die Oberfläche zu gelangen, aber er hielt sich zurück. Noch. Denn die Wut darüber, dass man diese Information nicht mit ihm geteilt hatte, kochte in ihm hoch, sodass er nur mit Mühe seine Stimme beherrschen konnte.

Stanleys Augen leuchteten nun beinahe weiß. »Sie … Sie wissen nichts davon?«

»Special Agent Sune ist verschwunden. Die gesamte Londoner AE sucht nach ihr. Wenn man sie befragt hätte, würde ich es wissen.«

»Agent Farewell hatte am Morgen des Angriffs Dienst und ist anschließend aufs Land gefahren, weil ihr Vater den Elfenfeiertag gemeinsam mit der Familie verbringen wollte.«

»Ist sie wieder da?«

»N-ein.«

Nakir drehte sich um, riss die Tür auf und marschierte den Flur entlang, um sich Chief Smith vorzuknöpfen, der um diese Uhrzeit bestimmt noch kopfüber in seiner Dunkelkammer hing oder sich an einer Blutreserve verköstigte. Dieses Mal ging er schneller, von tiefer Wut und Frustration getrieben, in Richtung des Aufzugs davon.

Drei verdammte Tage lang hatte er versucht herauszufinden, wohin Special Agent Sune verschwunden war und was im St. James's Park, bis auf das Offensichtliche, geschehen war. Denn eines spürte Nakir, so deutlich als ob er einen Todeshauch ausgestoßen hätte, etwas stimmte nicht. Etwas ging vor, das sich seinem Wissen entzog, und das machte ihn rasend.

Was ihn dabei besonders störte, war die Tatsache, dass sich Kit Sune aus dem Staub gemacht hatte und er sich kein eigenes Bild von ihr machen konnte. Normalerweise hatte er lieber alles unter Kontrolle. Irgendetwas stimmte mit ihr nicht, der Gestank von Zweifeln lag eindeutig in der Luft. Und er würde alles daransetzen, herausfinden, in welchem Zusammenhang sie zu dem Angriff der Nox stand.

5

Du hast Besuch, Dornröschen.«
Kit riss die Augen auf und war mit einem Schlag
hellwach. Die Müdigkeit war augenblicklich verflogen,
aber sie brauchte trotzdem einige Sekunden, um sich zu
orientieren. Teppichboden, Einbauschrank, kleine
Kommode, die kalt und lieblos in der Ecke stand und
sie daran erinnerte, dass sie das Zimmer dringend ein-
richten sollte, damit es sich etwas gemütlicher anfühlte.
Allerdings besaß Kit keine Bilder, sie hätte auch nicht
gewusst, welche Fotos sie hätte aufstellen sollen. Ihr
Blick schweifte zu dem kleinen Doppelfenster, zwar
war es noch stockfinster, doch ein heller Schimmer am
Horizont kündigte den neuen Morgen an.

Kit stutzte. Sie hatte tief und fest geschlafen.

Kein Albtraum. Keine Erinnerungen. Keine unlieb-
samen Zeichen der Vergangenheit oder eines früheren
Lebens, das nur noch als stummes Echo in ihren Träumen wiederkehrte.

Dafür setzte ein stechender Kopfschmerz ein, dröhnte in ihrem Schädel wie ein Presslufthammer, und das
taube Gefühl auf ihrer Zunge irritierte sie, denn darunter mischten sich plötzlich Gelüste nach rohem
Fisch.

Über ihr Bettende ragte Leljas perfekt frisierter Kopf,
die lilafarbenen Haare zu zwei Zöpfen geflochten, während sie eine dampfende Tasse in der Hand hielt, die einen köstlichen Kaffeegeruch verströmte.

»Shit. Wie spät ist es?«

»Zu spät für dich.« Lelja warf einen vielsagenden

Blick in Richtung Flur. »Dein Besuch scheint Unpünkt-
lichkeit zu hassen.«

Kit kniff die Augen zusammen. »Welcher Besuch?«

»Deine Mitfahrgelegenheit ins Hauptquartier.
Menschlich, groß, dunkelhaarig. Ziemlich schnuckelig,
wenn du mich fragst.« Bei diesen Worten leuchteten
Leljas Augen auf, und Kit fühlte sich in ihre Schulzeit
zurückversetzt, was ihr ein Stöhnen über die Lippen
trieb.

»*Schnuckelig* ist jetzt nicht das Wort, mit dem ich ihn
beschreiben würde.«

»Wie denn dann?«

»Düster. Wortkarg. Die perfekte männliche Roman-
figur für eine schlechte Liebesgeschichte. Ganz gebrochen und kaputt, ohne den Hauch eines Gewissens.«

Leljas Mundwinkel krochen förmlich bei jedem Wort
ein bisschen weiter in die Höhe. »Klingt genau nach
meinem Geschmack.«

»Klingt genau nach meinem neuen Partner. Gib mir
zehn Minuten.«

»Wie du meinst … Ich werde mich solange mal mit
ihm unterhalten.«

Grinsend verließ Lelja das Zimmer, und Kit nutzte
die gewonnene Zeit, um unter die Dusche zu springen,
sich bequeme Klamotten aus dem Schrank zu ziehen
und ihre noch feuchten Haare zu einem Dutt zusam-
menzubinden. Die Perlen, die sie in einem kleinen ver-
schlüsselten Safe verstaut hatte, fühlten sich kühl auf
ihrer Haut an, doch es dauerte nur einen Moment, dann
spürte sie die pulsierende Energie unter der glatten
Oberfläche. Mit halbem Ohr belauschte sie Lelja dabei,
wie sie mit Keagan flirtete, war allerdings irritiert darüber, dass er nicht darauf einging, denn normalerweise

war niemand gegen ihren Charme oder ihre weibliche Göttlichkeit immun. Dafür strahlte sie viel zu viele magische Signale aus. Vielleicht besaß er ein Siegel, das ihn gegen erotische Magie schützte. Gerade Menschen, die für die AE arbeiteten, wollten sich ungern von Kollegen um den Finger wickeln lassen …

Im Moment besaß Kit weder ihre Dienstmarke noch ihren offiziellen Siegeldolch, aber das würde sich hoffentlich innerhalb der nächsten Stunde ändern, deswegen steckte sie lediglich den improvisierten Ausweis in ihre Lederjacke und ein paar Hygieneartikel in den Sportrucksack. In Hongkong hatte sie sich ganze Nächte im Observatorium um die Ohren geschlagen und war oftmals für Wochen gar nicht erst wieder in ihrer Einzimmerwohnung aufgetaucht. Sie wollte daraus keine Gewohnheit machen, aber man wusste ja nie, wie aktiv die vom Gesetz abgekommenen Alias auf dieser Seite der Erde waren. Außerdem würden hier die Nox eine weitaus größere Gefahr darstellen. Zu viele alte Seelen. Zu viel Vergangenheit.

Kurz ärgerte sie sich darüber, noch keine wirkungsvolle Waffe bei sich zu tragen, denn Schwerter, Pistolen oder anderes waren gegen Alias-Blut machtlos. Die Siegeldolche waren aus den Tränen der Götter geschmiedet worden, oder zumindest lautete so die sagenumwobene Legende, die man ihnen während ihrer Ausbildung aufgetischt hatte. Genau wie die magischen Perlen, die jedem Siegelhüter zur Seite gestellt wurden und aus dem letzten Atem der Götter eingefangen worden waren.

Siegeldolch und magische Perlen hin oder her – zuerst brauchte sie einen Kaffee. Mindestens einen.

»Guten Morgen«, sagte Kit, als sie schließlich gähnend in die Küche trat. Keagan sah aus, als hätte er gerade eine Wurzelbehandlung hinter sich gebracht, und sprang beinahe fluchtartig auf, sobald er sie erblickte. Er trug dunkle Jeans und einen schwarzen Pullover, der sich eng an seinen Oberkörper schmiegte, und Kit konnte Leljas unanständige Gedanken förmlich in ihrem Kopf hören. Schlimmer noch: Sie duftete nach paarungswilligem Weibchen.

Natürlich wirkte Keagan McCadden auch an diesem Morgen alles andere als freundlich, und Kit spürte sofort die Dunkelheit, die ihn wie eine zweite Haut umgab. Tief in ihrem Innern loderte das Fuchsfeuer auf, breitete sich in ihrem Körper aus und wuchs heran. Die Härchen auf ihrem Unterarm stellten sich auf, und sie zwang sich, nicht auf ihre Urängste einzugehen.

Schokolade, dachte Kit und hoffte inständig, dass man ihr den inneren Kampf nicht ansah.

»Endlich«, sagte Keagan. »Können wir los?«

Als sie Leljas enttäuschtes Gesicht sah, das sich jedoch rasch in Entschlossenheit verwandelte, hellte sich Kits Miene schlagartig auf, und das Fuchsfeuer erlosch zischend. Keagan hatte ja keine Ahnung, welchen Alias er da geweckt hatte. Mit Leljas Instinkten war nämlich nicht zu spaßen, und im Stillen gab sie ihrem neuen Partner vier Wochen, ehe er den Jagdkünsten erliegen würde.

»Klar.« Sie nickte Lelja zu, die ihr einen Kaffeebecher in die Hand drückte, als hätte sie ihren Wunsch nach Koffein laut ausgesprochen. »Danke!«

»Ich komme etwas später ins Observatorium«, sagte Lelja und vermied es, in Keagans Richtung zu blicken. »Wir sehen uns.«

Mit diesen Worten rauschte sie aus der Küche und ließ Kit und Keagan stehen. Keagan sah ihr nach und legte dabei einen so verdutzten Gesichtsausdruck auf, dass Kit sich nur mit Mühe ein Lachen verkneifen konnte – was ihm glücklicherweise auch etwas von der bedrohlichen Aura stahl. Fast tat er Kit leid, aber nur fast, schließlich würde er den Spaß seines Lebens haben, wenn er sich auf Lelja einließ. Kurz schweiften ihre Gedanken in eine Richtung, die sie normalerweise gänzlich aus ihrem Bewusstsein strich.

Ihr Herz klopfte plötzlich verräterisch schneller.

Sie war jetzt fünfundzwanzig, und obwohl sie bereits zwei längere Beziehungen geführt hatte, fühlte Kit sich einfach nicht vollständig. Nicht, dass sie glaubte, eine Beziehung zu brauchen, um sich vollständig zu fühlen, aber da war eine Leere, die sie nicht näher beschreiben konnte. Etwas, das mit ihren früheren Leben verknüpft war, doch von so vielen Schleiern verborgen, dass sie nicht danach greifen konnte.

Außerdem war sie sich nicht mal sicher, ob sie sich emotional völlig auf irgendjemanden einlassen konnte. Es war schon in der Schule und während ihrer Ausbildung so gewesen. Zum einen lag es an der vielen Arbeit und ihrem Perfektionismus, zum anderen gab es da einen Teil in ihr, den sie niemandem zeigte. Und das führte in einer Partnerschaft zwangsläufig zu einem größeren Problem.

Schweigend machten sie sich auf den Weg nach draußen, wo sie vom schneidenden Morgenwind empfangen wurden. Die Luft schmeckte salzig, und überall erwachte die Stadt zum Leben, was ihr ein kleines Lächeln entlockte. Sie mochte das Gefühl, das Edinburgh in ihr auslöste. Es fühlte sich an, wie in eine Umarmung geschlossen zu werden, also genau das, was sie im Moment brauchte.

Keagan blieb vor einem monströsen Motorrad stehen, zog sich einen schwarzen Helm über den Kopf und hob ihr einen zweiten unter die Nase.

Kit runzelte die Stirn und deutete mit einem Finger auf ihre Ohren, in der anderen Hand noch immer den Kaffeebecher, aus dem sie noch nichts getrunken hatte.

»Das funktioniert leider nicht.«

Er hielt inne und überlegte einen Augenblick. »Okay.«

»Taxi?«, schlug sie vor.

»Okay.«

»Du hast es nicht so mit Wörtern, was? Ich kann den Part gerne übernehmen, wenn dir das lieber ist. Aber dafür muss ich zuerst meinen Kaffee austrinken, sonst fallen mir keine zusammenhängenden Sätze ein, und ich plappere nur sinnloses Zeug. Wie jetzt.«

Keagan antwortete nicht, sondern zog sich den Helm wieder ab, um im nächsten Moment auf sein Handy einzuhämmern. Keine fünf Minuten später hielt ein schwarzes Taxi vor ihnen.

Als er Anstalten machte, einzusteigen, spürte Kit zum ersten Mal leise Zweifel in sich aufkeimen. Keagan McCadden schien nun wirklich nicht gerade der fürsorgliche Typ zu sein – aus welchem Grund holte er sie also zu Hause in der Wohnung ab, um sie bis ins Observatorium zu begleiten und ihr nicht von der Seite zu weichen?

Das passte einfach nicht zu ihm. Zumindest so weit sie das bisher beurteilen konnte.

»Lässt du deine Maschine hier stehen?«, fragte Kit und beobachtete, wie Keagan seine breiten Schultern durch die kleine Hintertür des Taxis quetschte und dabei den Kopf einzog.

»Ja, sie geht ja kaum verloren. Außerdem ist es sinnvoller, wenn wir gemeinsam ankommen, du hast deinen Zugangsausweis und deine Dienstmarke noch nicht.«

Mhm. »Ich habe einen provisorischen Ausweis.«

»Den meine ich nicht.«

Kit zog die Brauen hoch, während sie auf der anderen Seite einstieg. Keagans Kreuz füllte fast die komplette Rückbank aus, und sie beschloss, sich schräg gegenüber zu setzen, auch wenn sie dafür falsch herum fahren würde. Zufrieden streckte er seine langen Beine aus.

»Theoretisch könntest du auch einfach mit deinem Motorrad hinterherfahren.« Sie deutete auf seinen Sitz.

»Dann wären wir nicht in einer Konservendose eingesperrt.«

»Theoretisch könnte ich das.«

»Und warum machst du das dann nicht?«

»Craigheads Castle, bitte«, sagte Keagan an den Taxifahrer gewandt, der auf Anweisungen gewartet hatte und sich sofort in den Morgenverkehr einfädelte. Das Taxi ruckelte über die vielen Pflastersteine und bog schließlich auf eine asphaltierte Straße ein, die direkt verstopft war.

Keagan warf ihr flüchtig einen Blick zu. »So ist es weniger kompliziert. Außerdem können wir uns unterhalten.«

Sie lachte auf. »Na, auf die Unterhaltung bin ich ja mal gespannt. Nächstes Mal packe ich meine Nagelfeile und eine Auswahl an Zeitschriften ein, dann können wir uns währenddessen gegenseitig die Nägel lackieren. Welche Farbe magst du so? Ich stehe eher auf Naturfarben.«

Keagan sah aus, als würde er seine Entscheidung, gemeinsam zum Observatorium zu fahren, bereits bereuen, und Kit grinste in sich hinein. Selbst schuld.

Ihre Fuchsohren juckten, und das taten sie eigentlich

nur, wenn etwas gewaltig bis zum Himmel stank. In diesem Fall war dieses stinkende Etwas ihr neuer Partner, und Kit hätte ihre Fuchsgestalt darauf verwettet, dass er ihr nicht aus reiner Nächstenliebe behilflich war. Wahrscheinlich hatte Phelia ihn beauftragt, ein Auge auf sie zu haben, aber den Start in den Tag hatte er sich dann selbst zuzuschreiben.

Wie erwartet schwieg Keagan. Die ganze Fahrt über verloren sie kein Wort.

Während Kit ihren Kaffee austrank, fragte sie sich, wer ihm – bei allen Alias – den Auftrag erteilt hatte, sie zu begleiten. Machte sich ihre Patentante tatsächlich so große Sorgen um sie und hatte deswegen ihren Partner dazu gezwungen, sie zu bewachen?

Misstrauisch beobachtete sie Keagan, der nachdenklich aus dem Fenster starrte. Sein Blick huschte wachsam an den Passanten entlang, als ob er in ihre Seelen schauen könnte. Als ob sie eine potenzielle Gefahr darstellten.

Jetzt, wenn er sie nicht direkt ansah, wirkte er weit weniger furchteinflößend, und die kleine Szene in der Küche mit Lelja hatte das Bild von ihm etwas verändert. Trotzdem blieb da dieses Gefühl in seiner Nähe, das Kit nicht einordnen konnte, etwas, das ihr Fuchsfeuer beunruhigte. Aber wenn Phelia ihm vertraute, dann würde sie es wohl oder übel auch tun müssen.

Die Dunkelheit hatte Edinburgh noch immer fest umklammert, als das Taxi in den schmalen Weg von der Hauptstraße hinauf nach Craigheads Castle einbog und schließlich in einigem Abstand zur hell erleuchteten Torpforte zum Stehen kam.

Wie die meisten Gebäude der Alia-Einheit befand sich auch das Department of Alias Crime in einem normalen Wohnhaus. Nun, wenn man bei dem alten Castle von einem Wohnhaus sprechen konnte. Wie Kit von Lelja gehört hatte, befand sich Craigheads Castle seit zweihundert Jahren im Besitz der Alias, mit unzähligen Zaubern vor den Blicken neugieriger Menschen verborgen, die im Park oberhalb des Castles mit ihren Hunden spazieren gingen – denn bis auf ausgewählte Menschen der Regierung, Königshäuser oder *sehende* Menschen, wie Keagan einer war, wusste niemand um ihre Existenz. Sie bekamen nichts anderes mit als eine ordentlich gepflegte Grünanlage und ein etwas in die Jahre gekommenes Gemäuer. Magischer Barriere sei Dank.

Keagan stieg aus, und Kit folgte ihm, den Kaffeebecher in der einen Hand, ihre Tasche geschultert.

»Ausweis«, brummte der Wärter, dessen kugelförmiger Kopf das Einzige war, das Kit in der Pforte vor den Toren des Observatoriums ausmachen konnte. Hastig kramte sie in ihren Klamotten nach ihrem ledernen Ausweisbeutel. Ihre Finger stießen gegen Hausschlüssel und ein Taschentuch, aber von ihrem Ausweis fehlte jede Spur.

Mit gefurchter Stirn suchte sie weiter, denn eigentlich war sie überzeugt gewesen, ihn eingepackt zu haben. Seltsam. Das sah ihr nicht ähnlich.

»Ich fürchte, ich habe ihn zu Hause gelassen«, hörte sie sich sagen, und der Wärter kniff prüfend die Augen zusammen.

»Special Agent McCadden, und das ist meine Partnerin Special Agent Sune«, sagte Keagan über ihren Scheitel hinweg und hielt dem Pförtner seinen Ausweis und seine Dienstmarke unter die Nase.

Kit sah, wie der Wärter erbleichte und hastig auf einen Knopf im Innern seiner Pforte drückte, den Blick auf einen unbestimmten Punkt hinter ihnen gerichtet.

»Schönen Tag noch, Agents«, murmelte er, plötzlich kleinlaut und beinahe ängstlich.

»Was war das denn?«, fragte Kit, als sie auf das Hauptgebäude zusteuerten.

»Nichts.«

»Nach *nichts* sah mir das gerade aber nicht aus.«

»Ich habe einen gewissen Ruf«, antwortete Keagan nach kurzem Zögern, ohne sie anzusehen.

Sie malte einen Haken in die Luft. »Also kein Nagellack für dich das nächste Mal. Habe ich mir gedanklich notiert. Das könnte deinem Ruf schaden.«

Keagan murmelte etwas, das für sie eindeutig nach *Sie hat auch noch Humor* klang, und beschleunigte seinen Schritt, während Kit beschloss, nicht weiter nachzuhaken. Dafür würde sie später auch noch Gelegenheit haben. Oder sie würde über andere Quellen an ihre Informationen kommen, schließlich schnappte sie auch jetzt einige Unterhaltungen auf, die nicht für ihre Ohren bestimmt waren und sich irgendwo im Innern des Castles abspielten.

»Wie ist denn der heutige Plan?«, fragte sie.

»Ich zeige dir unsere Trainingsräume, stelle dir unser Team vor und schaue, dass wir die Vereidigung schnell hinter uns bringen.«

»Wie viele Alias arbeiten im DoAC?«

»Zwölf in unserer Abteilung. Sechs operativ, die anderen hinter dem Schreibtisch. Wir sind alle ausgebildete Siegelhüter, aber manche hat es die Karriereleiter etwas schneller hinaufgespült.« Er sagte es mit einem Zynismus in der Stimme, der bei Kit einige Fragen aufwarf. Aber dies war weder der Ort noch der richtige Zeitpunkt, um einzuhaken.

Ihr Blick fiel auf seinen Unterarm. Sofort kribbelte es

in ihrem Nacken, eine Gänsehaut, die sich ausbreitete. Rasch sah sie wieder weg. Zwar waren die schwarzen Narben unter seiner Kleidung verborgen, aber sie hatte dennoch das Gefühl, ihre Präsenz zu … spüren.

Kit erschauderte und war froh, dass Keagan es nicht bemerkte. Welche Qualen seine Seele als Strafe durchgestanden hatte, konnte sie sich nicht einmal ansatzweise vorstellen, sie hatte keinen Schimmer, was er alles gesehen und durchlitten hatte. Kit war noch nie in Raki gewesen, denn selbst als Alias betrat man die Niemalswelt nicht, wenn man nicht unbedingt musste. Außer man hieß Lelja und arbeitete dort. Kit musste sie unbedingt fragen, was ihre Aufgaben gewesen waren.

Im Gegensatz zu ihr und den meisten Menschen würde Keagan sich an jeden einzelnen Moment in der Ewigkeit erinnern können. Sieben endlose Leben hatte seine Seele mit Schmerzen verbracht, mehr als einen geliebten Menschen verloren, um für das zu büßen, was er in seinem ersten Leben einem Alias angetan hatte. Die Strafe für das Töten eines Alias war um einiges härter als die Strafen für das gebrochene Gesetz in der Menschenwelt. Was nicht zuletzt daran lag, dass ein Mensch in der Lage war, einen Alias in den Aschetod zu schicken.

Ein endgültiger Tod.

Für immer.

Kit hatte sich schon immer gefragt, wie es sein konnte, dass die Menschen so viel Macht über die Alias besaßen, obwohl sie sie über Jahrhunderte angebetet hatten, oder es teilweise immer noch taten. Götter, magische Geschöpfe, Fabelwesen – all das waren nur Umschreibungen. Im Grunde waren die Alias alle gleich. Nur manche von ihnen hatten es etwas besser als andere geschafft, einen Mythos um ihre Entstehungsgeschichte aufrechtzuerhalten, und auch wenn die griechischen Götter bereits vor tausend Jahren den Aschetod gefunden hatten, so lebten sie doch durch ihre Kinder oder durch die Geschichte weiter. Ebenso wie ihre römischen Spiegelbilder.

Sie betraten das Castle über die doppelflüglige Eingangstür, gingen durch einen marmorierten Flur auf einen mitten im Empfangssaal platzierten Aufzug zu und stiegen ein. Er war aus Glas. Natürlich war er das.

Kit atmete tief aus.

Keagan drückte auf U12, und die Türen schlossen sich.

Sofort brach Kit kalter Schweiß aus. Hastig holte sie tief Luft, zählte innerlich bis drei und nahm dabei den intensiven Duft seines Aftershaves überdeutlich mit ihren Fuchssinnen auf. Holzig, was den Blaubeergeruch, der an ihm haftete, verschluckte und die Finsternis an ihm nur noch mehr unterstrich.

Ihre Ohren zuckten nervös, als sich der Fahrstuhl in Bewegung setzte.

Keagan warf ihr einen Seitenblick zu. »Sag bloß, du hast Angst?«

»Das bildest du dir ein.« Ihre Fingernägel bohrten sich in ihre Handflächen, doch das konnte er unmöglich sehen. »Ich finde es großartig, in viel zu engen Schächten zwanzig Meter in die Tiefe zu fahren, ohne zu wissen, ob das Ding auch wirklich unten ankommt.«

»Immerhin hast du dich vorhin in der Küche nicht direkt in einen Fuchs verwandelt, als du mich entdeckt hast.«

Prüfend blickte Kit zu ihm auf, doch er verzog keine Miene. »Du bist nicht so furchteinflößend, wie du meinst. Im Übrigen habe ich mich im Badezimmer nur verwandelt, weil du nicht länger den Anblick meiner Kehrseite ertragen solltest.«

»Von ertragen kann wohl kaum die Rede sein.«

Kit schielte zu ihm hoch und musste feststellen, dass der Ausdruck in Keagans Gesicht eindeutig wölfisch wurde.

»Vielleicht sollte ich Phelia fragen, ob sie eine Erinnerungslöschung bei dir durchführen lassen kann.«

»Du würdest in Kauf nehmen, dass bei deinem neuen Partner bleibende Schäden entstehen, nur damit ich das Bild von deinem Hintern aus meinem Kopf bekomme?«

»Wenn es sein muss.«

»Das ist aber nicht sehr nett«, sagte er trocken.

»Nett stand auch nicht in der Stellenausschreibung.« Sie grinste Keagan an.

»Das war lediglich eine Feststellung.«

»So wie es nur eine Feststellung ist, dass wir eine wahnsinnig tiefgründige Unterhaltung auf der Taxifahrt hierher geführt haben.«

»Touché.«

Ein Muskel in seinem Kiefer zuckte, und wenn Kit nicht alles täuschte, funkelten seine kupferfarbenen Augen belustigt, auch wenn sein Gesicht immer noch so aussah, als würde er für ein Porträt posieren.

Im selben Augenblick öffneten sich mit einem melodischen Ton die Fahrstuhltüren, und Kit stieß erleichtert die angestaute Luft aus, was Keagan mit hochgezogenen Augenbrauen quittierte.

Angespannt presste Kit die Zähne aufeinander, stieg aus dem Fahrstuhl und blieb wie angewurzelt stehen. Sie befanden sich zwölf Stockwerke unter der Erde, aber es fühlte sich an, als wären sie in einem gewaltigen Bienennest gelandet. Die Decken waren erstaunlich hoch und indirekt beleuchtet. Überall wuselten Angestellte der AE umher, die meisten von ihnen leger gekleidet, andere jedoch schicker, in teuren Hosenanzügen, Kleidern oder schlichten Blusen. Wie alle Alias auf der Erde trugen sie ihren menschlichen Körper, doch Kits Sinne spielten angesichts des Überschusses an fremden Gerüchen verrückt. Einige rochen nach Moschus und Lilien, ein paar nach Schwefel, so intensiv, dass Kit glaubte, in Raki und nicht im Hauptquartier gelandet zu sein.

Ihr Blick schnellte zu den Flüsterern, die entlang der Wände auf dem Boden saßen und mit geschlossenen Augen meditierten. Ihre silbernen Roben waren Zeugnis der Vergangenheit, als sie in heiligen Klöstern auf Bergkämmen gesessen und die Verstecke der Alias verteidigt hatten. Ihre Worte waren voller Magie, die Luft summte förmlich von der Energie, die diesen Ort umgab.

Die Macht der Worte.

Während ihrer Ausbildung war Kit überzeugt gewesen, dass die magischen Worte aus den vergangenen Jahrhunderten als Vorlage für einen schlechten Anime gedient hatten, aber je länger ihre Ausbildung zurücklag und je häufiger sie auf echte Nox getroffen war, desto mehr glaubte sie daran. Egal, wie kitschig oder schräg die Wortmagie auch erschien, sie war stärker als so manches antike Siegel. Unbewusst berührte Kit die Perlenkette an ihrem Handgelenk, ein Geschenk und Nachlass ihres Vaters, das Phelia ihr zu ihrem Abschluss überreicht hatte.

Ob irgendjemand ahnte, wer sie war und in welchem Zusammenhang sie mit der Katastrophe stand?

»Hongkong ist ein Dorf dagegen, was?«, fragte Keagan, der sie beobachtet hatte und sich nun in Bewegung setzte. Kit folgte ihm durch das Gewühl an Alias.

»Ja. Ich hatte nicht damit gerechnet, dass die Abteilung so groß ist. Edinburgh hat im Vergleich zu Hongkong nicht sonderlich viele Einwohner.«

»Du vergisst die Katakomben, also die Vaults, und die Spiegelräume«, erwiderte Keagan. »Außerdem besitzt Edinburgh die größte Schicksalsbibliothek auf dem Kontinent.«

Kit war nicht erstaunt, dass er sich so gut mit der Alias-Materie auskannte, denn das musste er wohl, wenn er als Mensch im DoAC arbeitete. Denn obwohl er in Raki im Gefängnis seine Zeit abgesessen hatte, musste das nicht zwangsläufig heißen, dass er sich gut auskannte.

»Hast du dir schon einmal dein Schicksal angesehen?«

Seine Miene verschloss sich schlagartig. »Nein.«

»Und warum nicht? Es haben einige Propheten und Prophetinnen aus den vergangenen Jahrhunderten ihre Zeit damit verbrachte, die Schicksale der einzelnen Seelen zu verfassen. Weißt du denn, von wem du wiedergeboren wurdest?«

»Nein.«

»Wie viele Spiegelräume gibt es in Edinburgh?«

Die Frage schien ihn wieder aufzutauen, wahrscheinlich, weil sie sich nicht direkt an ihn richtete. »Bisher wurden zwölf gefunden, aber wer weiß schon so genau, was über die letzten Jahrhunderte geschehen ist. Irgendwo gibt es bestimmt noch ein paar verschlüsselte Spiegelräume.«

»Das ist ja ermutigend«, sagte Kit mit Grabesstimme, und sie fragte sich, welche Überraschungen noch auf sie lauerten. Der Krieg zwischen Nox und Alias lag zwar vier Jahrhunderte zurück, aber noch immer fanden sich Seelenverstecke der abtrünnigen Alias, die aufseiten der Nox gekämpft hatten. Denn auch wenn die Schattenwesen ein großes Problem darstellten, so waren sie doch alle von ihrer Mutter geboren worden. Einer Alias. Nox. Die Göttin der Dunkelheit.

»Was glaubst du, gibt es noch viele versteckte Alias, die die neue Weltordnung zu Fall bringen und Chaos über die Menschenwelt bringen wollen?« Ihre Stimme troff vor Sarkasmus.

Keagan zuckte mit den Schultern. »Es wird immer Wesen geben, die sich gegen eine Veränderung sträuben. Veränderung hängt mit etwas Ungewissem zusammen. Und egal, ob Alias oder Mensch, alles, was anders ist, kann einem Angst machen.«

»Das stimmt.« Kit seufzte. »Es ist immer schwierig, sich mit einer neuen Situation auseinanderzusetzen und auf einen vergangenen Herrschaftsanspruch zu verzichten. Egal, ob Hautfarbe, Religion, Anderssein. Wie kommt es eigentlich, dass der Schleierzauber bei dir nicht wirkt?«

»Betriebsgeheimnis.«

»Trägst du ein bestimmtes Siegel?«

Er brummte eine undeutliche Antwort und ging schneller, was nur einen Schluss zuließ: Sie hatte ins Schwarze getroffen.

»Gehörst du etwa zu den Menschen, die ein Problem damit haben, keine Alias-Identität zu besitzen? So hätte ich dich ehrlich gesagt nicht eingeschätzt.«

»Nein, eigentlich nicht.«

»Dann kannst du es mir nicht einfach verraten?«

»Du bist ganz schön neugierig.«

»Das liegt in meiner Natur«, sie deutete auf ihre

Fuchsohren. »Kitsune. Mein Vater war ein japanischer Fuchsgeist.«

»Und deine Mutter?«

Sofort versteifte sie sich und hätte am liebsten laut aufgestöhnt. Eigentlich hätte sie selbst darauf kommen können, dass diese Frage folgen würde. Ihre Mutter war eine Feuerelfe gewesen, hatte als eine der wenigen Alias die Fähigkeit besessen, Flammen zu beschwören. Sie selbst hatte dieses Talent nicht geerbt. Nur die ängstliche Seite ihres Vaters.

»Meine Mutter nicht.«

Keagans Blick war unergründlich. »Aha.«

Fieberhaft überlegte Kit, welche Siegel einen Schleierzauber verhinderten. Es gab nicht viele, und sie waren äußerst selten, wurden normalerweise von Generation zu Generation unter den Menschen weitergegeben, insbesondere in den Königshäusern und Herrscherfamilien dieser Welt. Mittlerweile hatten auch Staatsoberhäupter ein Anrecht auf ein Siegel.

»Agent Sune.«

Kit hielt inne und wandte den Kopf. Phelia Lockhardt stand im Türrahmen eines offenen Büros, das von mehreren Glaswänden umgeben war, und Kit erschrak. Ihre Patentante sah übernächtigt und müde aus, dunkle Ringe lagen unter ihren Augen, und der sonst so strenge Dutt wirkte unbedacht zusammengesteckt. Als hätte sie dafür keine Zeit gehabt.

»Können wir uns kurz unterhalten?« Ihr Blick glitt zu Keagan. »Unter vier Augen.«

»Ich warte im zweiten Übungsraum auf dich«, sagte dieser und ging einfach weiter, obwohl sie noch keine Ahnung hatte, wo sich dieser besagte Übungsraum befand, aber sie würde ihn schon finden.

Als Kit ihre Patentante erreichte, fiel ihr auf, dass die Erschöpfung noch viel weitreichender war, als es auf den ersten Blick den Anschein machte. Ihre Hand zitterte. Und ihr klarer Blick wirkte unstet, als könne sie sich nicht auf eine Sache konzentrieren. Als wären ihre Gedanken ganz woanders.

»Ist etwas passiert?«, fragte Kit alarmiert, während Phelia die Tür hinter ihnen schloss. Kit trat in das weitläufige Büro, das spartanisch eingerichtet war und das komplette Gegenteil zu ihrer Wohnküche bildete. Ein Schein, den Phelia Lockhardt wahrte.

Sie drehte sich zu Kit um und griff mit zwei Fingern an ihre weißen Perlenohrringe. Erst jetzt bemerkte Kit, dass von ihnen eine magische Präsenz ausging, wie ein Bass, der zur Musik vibrierte. Das Vibrieren stoppte schlagartig. Stille legte sich um sie, und trotz ihres Gehörs vernahm Kit kein Wort mehr von den Gesprächen außerhalb des Büros.

Ihre Patentante hatte sie in eine Blase aus Geheimnissen gesperrt.

»Hast du mit irgendjemandem über meine Prophezeiung gestern geredet?«

Kit schüttelte den Kopf und verschränkte die Arme vor der Brust. »Nein. Ich habe es dir versprochen und ich habe mich an mein Versprechen gehalten. Aber wir wurden gestern beobachtet«, sagte sie nach einigen Sekunden des Schweigens.

»Von wem?«

»Einem Erus.«

Phelia nickte, als habe sie damit bereits gerechnet und nur auf diese Worte gewartet. »Es gibt immer verschiedene Wege der Zukunft, und manchmal verlaufen die Linien in eine andere Richtung, manchmal verlaufen sie aber genauso wie in meinen Bildern. Hast du jemandem davon erzählt?«

»Nein, nur dir.«

Phelia schien erleichtert zu sein, denn sie stieß die Luft aus, als hätte sie sie die ganze Zeit über in ihrer Lunge gefangen gehalten. »Gut. Das ist sehr wichtig. Niemand darf davon erfahren. Vorerst zumindest nicht. Auch wenn Lelja eine alte Freundin von dir ist, solltest du sie im Unwissen lassen.«

Darin war sie eine Meisterin. »Was ist los?«

Doch ihre Patentante schüttelte den Kopf. »Ich kann dir nichts darüber erzählen. Es würde dich in Gefahr bringen.«

»Bist *du* in Gefahr?« Jetzt waren die Worte beinahe geflüstert.

Phelia öffnete den Mund und schloss ihn dann wieder. Kit spürte, wie ihre Handflächen feucht wurden, und sie blendete das Gefühl von Unsicherheit aus, das sich durch jede Vene ihres Körpers fraß.

»Bitte.« Sie hob die Hände. »Wenn du in Gefahr bist, müssen wir darüber reden.«

Sie wollte sich nicht ausmalen, wie es wäre, noch einen geliebten Alias zu verlieren. Im Grunde war sie immer allein gewesen, aber Phelia hatte sie stets im Herzen begleitet. Denn sie war die einzige Verbindung, die sie zu ihrem Vater besaß. Sie dachte an Artemis und hatte plötzlich einen gewaltigen Kloß im Hals.

Zu ihrer Enttäuschung schüttelte Phelia den Kopf. »Nein, du verstehst das nicht. Mein Wissen würde dich in Gefahr bringen. Eigentlich sollten wir diese Unterhaltung gar nicht führen. Es ist zu gefährlich.«

»Vielleicht kann ich helfen.«

»Nein.«

»Warum fragst du mich dann, ob ich mit jemandem über deine Vision gesprochen habe?«

»Weil es Teil der Prophezeiung war. Ich musste dich fragen … sonst wäre eine andere Wahrheit eingetreten«, erwiderte Phelia und warf damit mehr Fragen auf, als sie beantwortete. Ihre Miene wurde plötzlich nachdenklich. »So wie in London.«

Kit versteifte sich und spürte, wie eine unangenehme Kälte ihren Nacken hinaufkroch. Ihre Gedanken überschlugen sich. Wie viel wusste Phelia? Hatte sie es gesehen, so wie das Mädchen gestern?

London.

Der Name hallte in ihren Gedanken wider, dröhnte durch ihr Bewusstsein und rief all die verdrängten Erinnerungen an die Oberfläche. Zwar hatten sie seit ihrer Ankunft in Edinburgh kein Wort über den Ort verloren, an dem sich ihr Leben für immer geändert hatte, aber jetzt, so ausgesprochen, wurde es plötzlich wieder real. Obwohl die Erinnerung noch immer im Dunkeln lag und sie das Gefühl hatte, ein wichtiges Detail zu übersehen. Ein Gefühl von Schuld, bleischwer und pechschwarz, hatte sich über ihre Erinnerung gestülpt.

»Was meinst du?«

Phelia schwieg einen langen Moment, wägte ihre nächsten Worte genau ab und Kit ahnte, nein, *wusste,* dass ihre Patentante die Wahrheit über die Katastrophe kannte.

»Du weißt, was ich damit meine«, antwortete sie mit sanfter Stimme.

»Du hast gesehen, was geschehen ist?« Es war lediglich ein Krächzen, das über ihre Lippen stolperte. Kit schloss die Augen. Vor ihrem inneren Auge tauchte die brennende Stadt auf, Menschenschreie, voller Todesangst. Artemis, umzingelt von Nox. Umzingelt von Dunkelheit. Und sie mittendrin.

Schuld wickelte sich um ihren Körper, und Kit spürte, wie ihre Knie weich wurden.

Sie schnappte nach Luft und riss die Augen wieder auf.

»Ich habe mehrere Varianten der Katastrophe gesehen«, sagte Phelia, als wüsste sie genau, was in Kit vorging. »... aber niemals so, wie sie am Ende eingetroffen ist. Du warst stets eine Gefangene. In Flammen gefesselt. Du musstest mitansehen, was sie mit Artemis getan haben, und das tut mir so unheimlich leid. Das hätte einfach nicht passieren sollen.«

Sie weiß es nicht, schoss es Kit schockiert durch den Kopf.

Beinahe hätte sie erleichtert ausgeatmet, doch sie konnte sich gerade noch zusammenreißen. Vielleicht wusste Phelia doch nicht alles. Vielleicht hatte sie nur einen Teil der Wahrheit gesehen, tappte noch immer im Dunkeln.

Denn hätte sie die Wahrheit gekannt, dann wäre ihr der Prozess gemacht worden. In Raki. In der Niemalswelt. Und Kit wusste, wie eine Bestrafung in der Niemalswelt aussah. Dabei wusste sie selbst noch nicht genau, was geschehen war. Ihre Erinnerungen waren getrübt, mit Blei übergossen.

Etwas regte sich in ihr, und ihr Herz geriet ins Stolpern.

Nein. Nicht jetzt.

Nicht hier.

Phelias Stimme verblasste, sie klang weit weg, als würde sie mit einer schlechten Verbindung sprechen, und jedes Wort wurde vom Rauschen in Kits Ohren verschluckt.

»Und was bedeutet der Erus?«

»Pass gut auf dich auf, Kit. Jemand hat es auf dein Leben abgesehen. Du bist in großer Gefahr.« Sie machte eine Pause, als würde es ihr körperliche Schmerzen bereiten, die Worte, die Prophezeiung auszusprechen: »Denn du wirst sterben, in einem Moment, in dem du es am wenigsten erwartest, wenn du nicht vorsichtig bist.«

6

VIER WOCHEN ZUVOR.

Wo ist sie?«, bellte Nakir und schlug mit der Faust auf den Tisch. Das Hologramm der Zeitung rollte sich aus und gab die Titelseite preis, die seit einer Woche die Nachrichten bestimmte. *Agentin der AE verhindert Katastrophe* prangte die Schlagzeile, das Foto war verschwommen und zeigte den Eingang des Parks. »Und wie zum Henker hat die Presse von ihr erfahren?«

»Wir wissen es nicht«, murmelte Chief Smith mit ausdrucksloser Miene, während er auf einem Stück Knoblauch herumkaute, wie jedes Mal, wenn er nervös war. Der Duft flutete Nakirs Nerven und trieb ihn beinahe zur Weißglut.

»Das ist mir klar, sonst hättet ihr mir darauf auch eine Antwort geben können, die nicht aus Ausflüchten oder dämlichen Ausreden besteht«, knurrte er, rieb sich mit zwei Fingern über die Nasenwurzel und versuchte seinen rasenden Puls zu beruhigen. »Keine Anhaltspunkte, wo sie sein könnte? Unsere Heldin von London?«

»Sie hat ihren Job in Hongkong gekündigt.«

Nakir nagelte Agent Smith mit dem Blick fest. »Das wissen wir bereits seit drei Tagen. Was ist mit ihren Freunden? Familie?«

»Hat sie nicht.«

Seine Nasenflügel blähten sich auf. »Jeder Alias hat Freunde. Zumindest einen. Es gibt niemanden, der sich komplett isoliert.« Mit Ausnahme von ihm vielleicht, aber selbst er besaß zwei Alias, die in seinem Leben eine Rolle spielten. Allen voran seine Schwester. Nakir verspürte einen Stich im Herzen und schob das Gefühl der Trauer beiseite.

Es war eine Schwäche, sich seinen Gefühlen hinzugeben. Kontrolle war etwas, das er über Jahrhunderte erlernt hatte. Aber die gesamte Situation, angefangen von der Tatsache, dass es vier Nox gewesen waren, bis hin zum Tod seiner Nichte, hatte seine Welt auf den Kopf gestellt.

Er war frustriert, litt unter chronischem Schlafentzug und hatte seit Tagen nichts Richtiges mehr gegessen, es sei denn, man zählte aufgewärmte Dosenravioli und zwei leblose Scheiben Toast dazu.

Sein gesamtes Team sah aus, als würden sie am liebsten aus dem stickigen Zimmer im zwölften Stock des Hochhauses flüchten, denn sie rutschten auf ihren Stühlen herum, als hätte jemand einen Sack Flöhe auf ihrem Schoß ausgekippt. Das Zimmer sowie das gesamte Stockwerk gehörten zur AE, aber er hatte darauf bestanden, dass man die Klimaanlage abschaltete. Er vermisste Raki, die Hitze der Niemalswelt, den stickigen Geruch nach Unendlichkeit, der sein gesamtes Dasein ausmachte. Nakir fror in der Menschenwelt. Immer. Und überall. Wie in eigentlich allen Observatorien der Welt hielt der Aufzug nur auf dieser Ebene, wenn man eine gewisse Zahlenkombination eintippte und ein Siegelhüter war. Ansonsten existierte das zwölfte Stockwerk nicht. Weder im Gedächtnis der Menschen noch auf dem Papier, das den Bauplan dargestellt hatte.

»Was wisst ihr über Special Agent Sune?«, fragte er.

»Sie ist Einzelgängerin. Das haben uns ihre alten Kollegen bestätigt, und die einzige emotionale Bindung hat sie zu ihrem Partner aufgebaut«, warf Louise ein, wobei sie einen Schmollmund zog und sich nach vorne beugte, sodass er einen Blick in ihren Ausschnitt werfen konnte. Wenn er es denn gewollt hätte. Etwas, das Nakir bereits die letzten Sitzungen bewusst ignoriert hatte.

»Nun, *hatte* sie zu ihrem Partner aufgebaut«, fügte sie hinzu, der rauchige Klang ihrer Stimme setzte sich in seinem Trommelfell fest und fuhr ihm in den Brustkorb. Sie war ein Succubus. Schön, seelisch alt und gelangweilt. Natürlich hatte sie ihre Freude daran, wenigstens zu versuchen, ihn zu verführen.

Aber ausgerechnet heute?

Nakir sah ihr direkt in die dunklen Augen. Es war ihm scheißegal, was sein Team in diesem Moment denken mochte. Er hasste nichts mehr, als wenn ein Alias meinte, seine Emotionen mit billigen, magischen Tricks manipulieren zu können. »Lass das.«

Ihr Augenaufschlag war perfekt einstudiert. »Deputy Director?«

»Ich meine es verdammt ernst, Louise«, sagte er leise und ruhig. Die Warnung war unmissverständlich. Normalerweise redete er niemanden mit dem Vornamen an. Es wurde so still, dass sogar Chief Smith das antrainierte Atmen einstellte. Louise neigte beleidigt den Kopf, legte ihren grazilen Hals frei und sah ihm herausfordernd in die Augen.

»Legen Sie mich sonst übers Knie und versohlen mir den Hintern?« Sie schnurrte fast. Der einzige Grund, warum er sie nicht hochkant aus dem Besprechungszimmer schmiss, war, dass sie sich seit Jahrzehnten kannten und die drei anwesenden Alias ein enger Bestandteil seines Arbeitslebens waren. Er vertraute ihnen.

»Heb dir das für ein passendes Opfer auf. Unser Blutsauger zum Beispiel sieht aus, als würde er sich gleich auf deine Halsschlagader stürzen wollen.«

Chief Smith verschluckte sich beinahe an seinem Knoblauch. Vampire konnten manchmal solche Klischees erfüllen. Alias-Klischees, denn in der Menschenwelt hatte sich genau das Gegenteil an Mythos verbreitet.

Nakir trat ans Fenster und starrte hinaus auf die Straße und hinüber zur Themse, wo einige Meerjungfrauen ihrer Mittagspause nachgingen und im stinkenden Wasser planschten.

Er war dermaßen genervt und überreizt, dass er beinahe hoffte, einer seiner Mitarbeiter würde ihm noch einen dummen Spruch bringen.

»Holt Special Agent Farewell.« Aus dem Augenwinkel sah er, wie jemand aufsprang und im Flur verschwand. Keine dreißig Sekunden später stand die Agentin im Raum, den Rücken durchgedrückt und um Haltung bemüht. Sie begegnete seinem Blick mit nach oben gerecktem Kinn, und er kam nicht umhin, zu bemerken, dass es sie einiges kosten musste, nicht wieder rückwärts aus der Tür zu verschwinden.

Agent Farewell war etwa so groß wie er, schlank, aber durchtrainiert, und besaß das wohl ungewöhnlichste Augenpaar, das er seit Langem gesehen hatte. Dunkelviolett. Ein Zeichen dafür, dass sie nervös war, denn Elfen besaßen eigentlich keine Augenfarbe, die sich von Menschen unterschied, es sei denn, sie verspürten besonders starke Emotionen.

Sie war diejenige, die Special Agent Sune verhört und schließlich entlassen hatte. Ohne ihr Gespräch in Bild und Ton vollständig aufzuzeichnen, wie das Protokoll es eigentlich verlangte, und anschließend war sie in den Urlaub gefahren. Etwas Inkompetenteres hatte Nakir selten gehört, aber wahrscheinlich glaubte sie selbst nicht, dass etwas faul war. Zwar existierten Tonaufnahmen, und Nakir hatte sie mehrfach angehört, sie durch sämtliche Computerprogramme jagen lassen, um einen Anhaltspunkt zu finden, aber Agent Farewell hatte keine Bildaufnahmen gemacht. Die Stimme von Kit Sune war angenehm weich gewesen, ungewohnt tief, fast sanft und hatte ein vertrautes Gefühl ausgelöst, das Nakir nicht näher beschreiben konnte.

Agent Farewell nickte kurz, was Nakir als Begrüßung durchgehen ließ, und er kam direkt zur Sache, ohne sie wirklich anzusehen: »Wieso habt Ihr Special Agent Sune laufen lassen und ihr nicht die Reiseerlaubnis entzogen?«

»Sie hat auf alle meine Fragen kooperativ geantwortet. Das Verhör ging zwei Stunden. Danach habe ich gesagt, dass sie gehen kann.«

»Das beantwortet meine Frage nicht. Sie hätte London nicht verlassen dürfen. Sie ist untergetaucht. Die Medien sind voll von einem namenlosen Phantom, aber jeder Agent der AE weiß, wer sie ist. Sie wird als Heldin gefeiert und ist doch eine Verdächtige.«

»Ich muss eine Lanze für Special Agent Sune brechen.« Nakir drehte überrascht den Kopf und sah Agent Farewell an. Damit hatte er nicht gerechnet. »Sie hat unter den gegebenen Umständen einen ausgezeichneten Job gemacht, Schlimmeres verhindert und ihren Partner verloren, Sir. Natürlich will sie sich nicht der Presse stellen. Und wenn sie tatsächlich eine Einzelgängerin ist, kann ich es durchaus nachvollziehen, dass sie untertaucht.«

Insgeheim stimmte er ihr zu, aber es gab zu viele Ungereimtheiten, zu viele Sachen, die nicht zusammenpassten. »Das mag sein, trotzdem hätte sie sich nicht aus dem Staub machen müssen.«

»Wie hätten Sie reagiert?«

Diese einfache Frage brachte ihn aus dem Konzept, und er wandte sich ab. Vielleicht hatte die junge Agentin recht. Vielleicht waren sein Verstand und sein Urteilsvermögen von der Tatsache getrübt, dass Lilith gestorben war und er schnellstmöglich eine Erklärung und einen Verantwortlichen dafür finden wollte. Denn wenn man es genau nahm, dann war Kit Sune genau das, was die Medien ihr zuschreiben wollten: eine Heldin, die eine größere Katastrophe verhindert und dabei ihren engsten Vertrauten verloren hatte.

Trotzdem … Etwas in ihm sträubte sich gewaltig, diese Erklärung einfach hinzunehmen, dabei konnte Nakir nicht einmal den Finger darauflegen und sagen, was genau es war. Eine dunkle Ahnung. Etwas, das vom ersten Moment in der Luft gelegen hatte, seit er den Park betreten hatte. Etwas, das mehr mit ihm verbunden war, als er es sich möglicherweise eingestehen wollte.

Schließlich nickte er. »Gut. Danke für die Auskunft. Ich will sie trotzdem finden. Sucht nach weiteren Verbindungen, alte Bekannte, verschollene Verwandte. Sie wird irgendwo sein, wo sie sich wohlfühlt. Ich muss mit ihr sprechen.«

7

Kits keuchender Atem wurde vom Geräusch des laut prasselnden Regens verschluckt, und in der Ferne fuhr ein Auto vorüber. Das Licht der kreisrunden Scheinwerfer erhellte die Gasse ein, zwei Herzschläge lang und ließ die Schatten weichen. Dann war alles wieder in natürliche Dunkelheit getaucht. Schon als Kind hatte Kit gelernt, dass es zwei Kategorien von Dunkelheit gab: natürliche oder erschaffene.

Jetzt hätte sie ihre Dienstmarke dafür hergegeben, der ersten Kategorie gegenüberzustehen.

Kit spürte das nervöse Zucken ihrer pelzigen Ohren, während das Wasser an ihnen herablief und in ihrem Schal versickerte. Der Regen war so plötzlich gekommen, wie es Nacht geworden war. Großartig. Sie hätte sich ein Taxi nehmen sollen. Jetzt war es dafür zu spät. Dabei hatte sie einfach nur Heißhungergelüste auf rohen Fisch gehabt, und während Lelja ihre Schicht im Observatorium absaß, hatte sie sich von Stockbridge auf den Weg in die Innenstadt gemacht.

Sie hatte sich immer noch nicht daran gewöhnt, dass es Mitte November bereits nachmittags stockfinster in Edinburgh war und die Nox hier besonders leichtes Spiel hatten, sich in dieser Welt zu manifestieren.

Trotz des lauten Geräusches des Regens nahm Kit jede noch so feine Nuance ihrer Umgebung auf. Das leise Flüstern der Nacht, die sich dem Regen hingab und New Town im Wasser versinken ließ. Die Nagetiere, die sich in den hohlen Wänden des Backsteingebäudes hinter ihr verschanzt hatten, um dem Wetter zu entfliehen.

Die einzelnen Tropfen, die auf den Pflastersteinen aufschlugen und sich ihren Weg in die erdigen Zwischenräume bahnten. Und die Stimmen der Nox, wie ein Windhauch, der über ihre Haut strich, so trügerisch sanft.

Sie kamen näher.

Noch waren sie geschwächt, denn ihre Schattengestalten verschwammen und setzten sich immer wieder neu zusammen, als ob sie sich erst an ihre Umgebung gewöhnen müssten. Wie eine Kerze, die im Wind flackerte. Schwarze Punkte, die im Regen tanzten, sich drehten, fester wurden. Fester und bedrohlicher.

Kit wich einen Schritt nach hinten und stieß mit dem Rücken gegen die Wand eines der Wohnhäuser. Oder war es eine alte Fabrik? Ein spitzer Stein bohrte sich trotz der Lederjacke und mehrerer Schichten Kleidung in ihre Wirbelsäule. Sie spürte den Schmerz, und ein Stöhnen glitt über ihre Lippen, doch sie konzentrierte sich ganz auf das, was vor ihr lag.

Die Bewegungen der Nox wurden agiler, sie gewannen an Kraft und Stärke.

Kit lauschte in den Regen hinein, die Finger schwebten dicht über dem Schaft des Dolches, der an ihrem Gürtel befestigt war. Innerlich zählte sie bis fünf, ehe sie einen Schritt nach vorne machte, um einen besseren Stand zu bekommen. Einen weiteren Schritt auf die Finsternis zu.

Ein Schlupfloch, ein Versteck für die Nox. Kit spürte es bis auf den Grund ihrer Knochen. Sie war auf der richtigen Spur.

Einatmen. Ausatmen.

Sie musste den richtigen Zeitpunkt abfangen, jenen Moment, in dem sie am angreifbarsten waren, weil sie sich selbst auf ihren Angriff fokussierten. Kit wusste, dass die Nox ihre Energie spürten, angelockt wurden von dem berauschenden Duft ihrer alten Seele und dem Geheimnis, von dem niemand etwas wissen durfte. Es war der dritte Angriff innerhalb weniger Tage, und langsam, aber sicher gingen Kit die Erklärungen dafür aus, warum sie ein so beliebtes Angriffsziel bot.

Automatisch zuckte ihre Hand zu dem mit einem Nachtsiegel besetzten Dolch unter ihrer Lederjacke, bereit, entweder zu sterben oder die Schattenwesen in den Aschetod zu schicken.

Ihre Nerven waren zum Zerreißen gespannt. Mit angehaltenem Atem lauschte Kit auf die Bewegungen der Nox, versuchte, ihren nächsten Schritt vorauszuahnen.

Sie waren zu zweit. Einer näherte sich vom Ende der Gasse, aus der Richtung, aus der sie selbst gekommen war, der andere stellte sich ihr von der anderen Seite in den Weg.

Um sie besiegen zu können, mussten sie vollständig Teil dieser Welt sein.

In diesem Augenblick schoss eine Gestalt hinter dem rechten Nox heran. Die Lederschuhe donnerten über die Pflastersteine, zerrissen die angespannte Stille wie ein Schuss, und Kit war einen Moment lang abgelenkt. Die Finsternis schrie auf, und Kit zog blitzschnell ihren Dolch, als sich die Nox zum Angriff bereit machten. Knisternd verdichtete sich die Luft, wurde schwerer, beinahe tropisch.

Kit verfestigte ihren Stand, blinzelte gegen den Regen. Der Nox zu ihrer Rechten löste sich aus dem natürlichen Schatten, seine Präsenz wurde größer. Raubtierhafter. Dabei war er nicht viel mehr als ein seelenloser Daimon, der sich von ihrer Energie nährte.

Eine Klinge blitzte im trüben Licht, zielgerichtet sprang die Gestalt hinter den Nox auf sie zu. Silberne Fäden tanzten um die Waffe, die Formeln des Siegels, die zum Leben erweckt wurden. Gleichzeitig machten sich die Nox zum Angriff bereit. Schwarze Hände schossen nach vorne, streckten sich dem Neuankömmling entgegen. Der zweite Nox richtete seine Aufmerksamkeit auf Kit. Sein Körper wurde fester, schwärzer, verschmolz mit der Dunkelheit und hob sich doch so deutlich davon ab, dass Kit davon überzeugt war, es leuchten zu sehen.

Kit sprach die Formel ihres Nachtsiegels in schneller Abfolge, stieß die Worte lautlos aus, damit die Nox nicht wichen. Kleine, dünne Fäden flossen um den Dolch, wurden zu silbernen Strängen, getränkt in Magie.

Der Nox war jetzt ganz nah, und seine Gestalt verfestigte sich endgültig mit der Welt. Kit roch die Gier, den Hunger nach ihrer Lebensenergie, den Hunger nach Macht.

Drei Sekunden.

Nicht mehr.

In diesem Moment stieß die Gestalt hinter dem ersten Nox zu. Einmal. Zweimal. Geschickt wich er der Finsternis aus, duckte sich unter der tödlichen Berührung hindurch und stellte sich schützend vor Kit, die hinter dem breiten Rücken beinahe gänzlich verschwand. Am liebsten hätte sie ihren eigenen Siegeldolch in den breiten Rücken gerammt, weil sie sich den selbstgefälligen Gesichtsausdruck bereits ausmalte.

Dann erreichte sie der zweite Nox.

Ihr unerwarteter Helfer murmelte die Worte seines Siegels, die Klinge leuchtete auf und verschwand mit einem schmatzenden Geräusch in der Brust des Schattenwesens.

Kit hörte das Stöhnen der Nox, ein leises Zischen, als ihre Asche auf den Boden rieselte und vom Regen hinfortgespült wurde, bis nichts mehr an die Schattenwesen erinnerte, außer ein bestialischer Gestank. Toter Fisch, den man in Schwefel getunkt hatte.

Wütend schob Kit den aus Muskelmasse bestehenden Körper nach vorne und verstaute ihren Dolch mit zitternden Fingern, darum bemüht, ihren rasenden Puls unter Kontrolle zu bekommen.

Keagan McCadden drehte sich zu ihr herum, schob sich das dunkle, nasse Haar aus der Stirn und steckte ebenfalls seine Waffen weg. Sein Gesichtsausdruck war wie immer in Stein gemeißelt, aber Kit hatte das Gefühl, dass er äußerst zufrieden mit sich war.

»Ich hätte sie erledigt«, stieß Kit empört hervor und hob die Stimme, um gegen den Regen anzukämpfen.

»Klar hättest du das.« Ein seltenes Lächeln zuckte über Keagans Züge. »Mit einem Fuchsangriff.«

Jetzt wurde sie wütend. »Ich hatte sie beinahe so weit! Sie waren in unserer Welt. Die Formel war gesprochen. Wärst du nicht aufgetaucht, hätte ich sie beide getötet!«

»Ich schreibe es so in den Bericht.«

»Sei nicht so verdammt selbstgerecht, McCadden!«

»Bin ich nicht«, antwortete er und begann mit einer kleinen Linse Fotos von den winzigen Häufchen zu machen, während er sich eine Schutzmaske übers Gesicht stülpte. Der Geruch brannte wie Asche auf der Zunge, und auch Kit zog sich eine Maske über. »Aber ich habe mir redlich Mühe gegeben, mich dieses Mal lautstark anzukündigen, damit du dich nicht erschreckst. Ein bisschen Dankbarkeit deinerseits wäre also durchaus angebracht.«

»Ich zeig dir gleich ein bisschen Dankbarkeit«, knurrte Kit und hob den Mittelfinger. Keagan brachte wirklich ihre Sonnenseite zum Vorschein.

»Sich bei dem Schweißwetter in einen Fuchs zu verwandeln, wäre bestimmt ziemlich unangenehm gewesen«, fuhr er ungerührt fort. »Und das hättest du getan, wenn du mich mal wieder nicht bemerkt hättest.«

Sie hätte schwören können, dass er hinter seiner Maske grinste, und ballte die Hände zu Fäusten, weil er selbstverständlich recht hatte. Sie war keine zwei Wochen seine Partnerin, und Keagan McCadden hatte es bereits dreimal geschafft, sie zu erschrecken. Kit wusste selbst nicht genau, warum sie auf ihren neuen Partner so reagierte. Vielleicht war es die düstere Aura, die ihn umgab. Etwas, das sie nicht in Worte fassen konnte. Selbst wenn er sie mit etwas aufzog, hatte sie stets das Gefühl, dass er immer noch von etwas Dunklem umgeben war.

Sie wusste nach wie vor nicht viel über ihn, außer, dass er selbst einmal Gefangener in der Niemalswelt gewesen war und nicht gerne über sich, geschweige denn seine Vergangenheit sprach. Alles, was sie an Informationen über ihn besaß, hatte Kit ungewollt über Flurfunk oder geflüsterte Konversationen im Observatorium aufgeschnappt. Nicht, dass sie freiwillig gelauscht hätte, aber sie konnte ja auch nichts dafür, dass Wände für ihr Gehör kein Hindernis darstellten.

»Du bist nicht sonderlich schlagfertig, oder?«, fragte Keagan nach einer Weile des Schweigens und ließ eine Probe der Asche in einem Plastikbeutelchen verschwinden.

»Und du hast mir besser gefallen, als du kein Wort mit mir geredet hast.« Was die ersten Tage der Fall gewesen war, aber mittlerweile hatte Keagan einen viel größeren Gefallen daran gefunden, sie zu ärgern.

»Da habe ich auch noch nicht gewusst, wie abwechslungsreich unsere Zusammenarbeit werden würde.«

»Ach, halt die Klappe.«

»Ich kann ja auch nichts dafür, dass du mich zum Fürchten findest.«

Kit stöhnte entnervt auf. »Nicht ich. Mein Körper. Meine Sensoren. Keine Ahnung. Ich habe jedenfalls keine Angst vor dir.« Selbst in ihren eigenen, pelzigen Ohren klangen die Worte wie eine Lüge, und Keagan machte sich nicht einmal die Mühe, sie zu entlarven.

»Bekomme ich wenigstens ein kleines Dankeschön?«

»Wofür?«

»Dafür, dass ich dich gerettet habe, natürlich.«

»Was hättest du denn gerne? Meine Faust in deinem hübschen Gesicht oder meine Spucke in deinem nächsten Mittagessen?«

Gespielt neugierig legte Keagan den Kopf schief, hielt jedoch keine Sekunde in seiner Arbeit inne. Multitasking in Perfektion. »Du findest mich also hübsch?«

»Bild dir bloß nichts drauf ein, Mensch«, murrte sie zwischen zusammengepressten Zähnen. »Das zwischen dir und mir geht nicht über eine Partnerbeziehung hinaus, du bist nicht mein Typ.« Genau genommen verspürte sie in Keagans Nähe – wenn überhaupt – rein freundschaftliche Gefühle, die eher an eine Bruder-Schwester-Beziehung erinnerten. Schließlich wollte sie ihm oft genug einfach den Kopf umdrehen.

Außerdem wusste sie nicht, wann sie das letzte Mal wirklich Schmetterlinge im Bauch oder den großen Knall verspürt hatte. Noch nie? Und ganz bestimmt nicht in Keagans Nähe.

Ihr fiel ein, dass dies ein guter Zeitpunkt war, um Kupplerin zu spielen, also schürzte sie die Lippen: »Außerdem hat Lelja schon ein Auge auf dich geworfen, und ich komme ihrem halbgöttlichen Wesen ungern in die Quere.«

»Tatsächlich?«, fragte er, als wolle er das Thema sofort abwiegeln. Mit ihr konnte er flirten, aber bei Lelja gab er den Unnahbaren?

»Als ob du das noch nicht bemerkt hättest.«

»Ich bin ein Mann, kein Alias. Ich kann göttliche, weibliche Signale genauso schlecht deuten wie menschliche, weibliche Signale und aus Lelja …« Er unterbrach sich. »Auch wenn ich in diesem Leben die Hälfte der Zeit aktiv unter Alias verbracht habe, bedeutet das nicht, dass ich sie verstehen würde.«

»Ich gebe dir sicher keinen Crash-Kurs im weiblichen Alias-Einmaleins.«

»Du solltest erst mal selbst lernen, deine körperlichen Signale zu deuten, bevor du anderen irgendwelche Tipps geben willst«, murmelte Keagan, immer noch mit dem Beschriften des ersten Plastikbeutels beschäftigt. Mittlerweile fragte sich Kit, ob er Herzchen daraufmalte und ihn mit Sternchen verzierte, so eifrig, wie er ihn bearbeitete.

Kit seufzte. »Wir drehen uns im Kreis.«

»Ich weiß. Aber du bist zu witzig, wenn du wütend wirst. Du bekommst dann einen richtig füchsischen Ausdruck.«

»Was ist denn ein füchsischer Ausdruck?«, wollte Kit verwirrt wissen.

»Deine Mundwinkel heben sich so anders, es sieht aus, als würdest du jeden Moment zuschnappen wollen.«

Kit wurde nicht handgreiflich. Niemals. Keinem anderen Wesen gegenüber, es sei denn, es handelte sich um

Nox oder einen vom Weg abgekommenen Alias. Aber ihr neuer Partner hatte die Angewohnheit, sie dermaßen auf die Palme zu bringen, dass sie am liebsten ihren Dolch gezogen, das Nachtsiegel aktiviert und ihn ins Jenseits befördert hätte. Nein, noch besser in den Aschetod. Denn Kit hatte keine Lust, seiner Seele noch ein weiteres Mal begegnen zu müssen.

»Was hast du hier eigentlich zu suchen gehabt?«, fragte Kit misstrauisch. »New Town ist doch sonst nicht deine Gegend. Zu herausgeputzt. Zu viele Touristen. Bist du mir etwa gefolgt?«

Mittlerweile war sie bis auf die Knochen durchnässt, doch der Regen hatte endlich nachgelassen, und Kit spürte auch wieder die Kälte. Wenigstens dafür wäre ihre Fuchsgestalt gut gewesen. Warm und kuschlig. Auch ein Grund, weshalb sie ihr tierisches Wesen in unangenehmen Situationen bevorzugte. Das Verwandeln an sich war kein Problem, schwierig wurde der Teil danach. Schließlich war sie dann nackt. Und obwohl sie sicher nicht scheu war, musste sie vor ihren Kollegen nicht unbedingt nackt herumrennen.

»So leid es mir tut, dich in dieser Hinsicht enttäuschen zu müssen: Ich habe tatsächlich zufällig einen Abstecher in die Gegend gemacht.«

Kit hob eine Augenbraue. Wenn sie eines über Keagan McCadden wusste, dann, dass das Wort Zufall in seinem Wortschatz für gewöhnlich nicht vorhanden war. »Und das soll ich dir glauben?«

Er machte keine Anstalten, sie anzusehen. »Das bleibt dir überlassen.«

Kit kam ein Gedanke. »Hat Phelia dich geschickt? Weil sie auf Nummer sicher gehen möchte?«

Seit ihrem Gespräch in ihrem Büro war zwar einige

Zeit vergangen, und obwohl bis auf die drei Nox-Angriffe nichts weiter Auffälliges geschehen war, wurde sie dennoch das Gefühl nicht los, beobachtet zu werden. Ob von einem Erus oder von jemand anderem wusste sie zwar nicht, aber das spielte im Grunde auch keine Rolle. Sicherheitshalber prüfte sie den Himmel nach Anzeichen, tastete nach einer fremden Energie, aber ihre Suche verlief ergebnislos.

Keagans Miene verdüsterte sich bei ihren letzten Worten schlagartig. »Phelia Lockhardt ist vielleicht unsere Vorgesetzte, aber ich bin einfach nur dein Partner. Nicht dein Wachhund – selbst wenn sie das verlangen würde.«

»Du hast also keinen kleinen Sonderauftrag von ihr angenommen?«

Es waren die Machtspiele innerhalb der Hierarchien ihrer Regierung, alles, was unter der Hand geschah, was Kit während ihrer Ausbildung und ihrer Zeit in Hongkong fast um den Verstand gebracht hatte.

»Nein.« Keagan knurrte das Wort und hatte dabei mehr Ähnlichkeiten mit einem Wachhund, als ihm wahrscheinlich bewusst war. »Ich mache einfach nur meinen Job.«

»Aufpassen, dass ich nicht getötet werde.«

»Nox in den Aschetod schicken«, entgegnete Keagan grimmig.

Kit ließ das ausnahmsweise stehen, obwohl ihre Patentante ein Faible für gute Taten besaß, die mit ihrer kleinen Familie im Zusammenhang standen, aber vielleicht war es wirklich einfach nur Zufall, dass Keagan hier aufgetaucht war. Oder er verfolgte ganz eigene Interessen.

»Und was hat dich nach New Town verschlagen?«, fragte er beiläufig, damit beschäftigt, zwei weitere Plastiktütchen zu beschriften.

Kit spürte, wie ihr noch etwas kälter wurde, und sie war um einen neutralen Gesichtsausdruck bemüht, dabei machte Keagan keine Anstalten, ihre Reaktion zu beobachten. »Sushi.«

»Und? Fündig geworden?«

»Nein. Ich wurde zuerst vom Regen überrascht, anschließend von zwei Nox angegriffen und schließlich von meinem neuen Partner aufgezogen.« Sie schob sich eine nasse Haarsträhne aus der Stirn. »Ich habe mittlerweile echt Hunger.«

Er warf ihr einen flüchtigen Blick zu. »Fährst du etwa gerade deine Krallen aus, Füchslein?«

Kit zuckte mit den Achseln. »Damit du mich für voll nimmst, vielleicht. Und man sagt das eigentlich in Bezug auf eine Katze, nicht in Bezug auf einen Fuchs. Fuchskrallen sind immer ausgefahren.«

»Klugscheißerin.« Keagan zog die Maske herab, erhob sich und trat auf sie zu, bis sie den Kopf in den Nacken legen musste, was sie noch mehr ärgerte. Kit ballte die Hände zu Fäusten, weil Keagan absichtlich seine Größe ausspielte.

»Ich nehme dich sehr wohl für voll«, sagte er leise. Kit blinzelte überrascht, klappte den Mund auf, dann wieder zu, denn ihr fiel absolut keine Erwiderung darauf ein. »Aber es macht einfach zu viel Spaß, dich auf die Palme zu bringen. Und das mit dem Sushi nehme ich dir trotzdem nicht ab. Außerdem stinkt dein Behördenwechsel bis zum Himmel, aber darüber brauchen wir gar nicht zu sprechen.«

Konnte es sein, dass er etwas ahnte? Kits Gedanken überschlugen sich. Nein, Phelia hatte ihr in weiser Voraussicht drei Wochen Unterschlupf in ihrem eigenen Zuhause gewährt. So lange, bis etwas Gras über die Katastrophe gewachsen war, sodass sie niemand mit Kit in Verbindung brachte.

Erst, als sie Blut schmeckte, merkte sie, dass sie auf ihrer Unterlippe herumgekaut hatte.

Verdammt.

In diesem Moment ging der Pager an Keagans Gürtel los, und keine Sekunde später spürte Kit ein sanftes Vibrieren an ihrem Handgelenk. Sie warf einen Blick auf die schmale Armbanduhr, die an eine Pulsuhr erinnerte, und spürte, wie ihr das Blut aus den Wangen wich.

Sie hob den Kopf und bemerkte, dass Keagan sie beobachtete. Also straffte Kit die Schultern.

»Lelja?«, fragte Kit.

»Jap.«

»Also …«

Keagan verzog keine Miene. »Sieht ganz danach aus, als hätten wir unseren ersten gemeinsamen Fall, Agent Sune.«

Der Tatort lag unweit einer Schafsweide, die entlang der Küste nördlich von Edinburgh verlief. Als Kit aus dem schwarzen Taxi stieg, fegte ein peitschender Wind unter ihre Kleider. Sie hatten einen kurzen Abstecher in ihre Wohnung gemacht, sodass sie die Möglichkeit genutzt und sich umgezogen hatte, während Keagan auf seinem Motorrad durch die Stadt und den Berufsverkehr geheizt und zwanzig Minuten vor ihr angekommen war. Zumindest hatte er sie das in seiner Nachricht wissen lassen.

Hallo. Wettrennen gewonnen.

Der schwarze Rollkragenpullover schützte sie gegen die beißenden Böen, und die Lederjacke hielt warm, während sie mit ihren halbhohen Stiefeln über die Wiese stapfte und sich fragte, welcher Alias auf die Idee kam, ausgerechnet an diesem verlassenen Ort einen anderen Alias zu töten. Wer lief denn über diese Wiese? Warum begegnete man sich hier? Vielleicht war es auch gar nicht der Schauplatz des Todes, sondern einfach nur der Auffindungsort, grübelte Kit, als sie sich weiter durch das nasse Gras kämpfte.

Sie konnte Keagans Gestalt bei den Forensikern des DoAC ausmachen, die ein Zelt über den Tatort gespannt hatten. Mehrere magische Glühleuchten erhellten die Szenerie, es roch nach Meeresluft, salzig und herb, aber wenigstens regnete es nicht mehr.

Neben Keagan standen Aarany, Tochter einer indischen Halbgöttin, und Drew, ihre Freundin und Hauptforensikerin des DoAC. Beide waren ziemlich nett und behandelten sie nicht wie eine Aussätzige, was sich irgendwie gut anfühlte.

Was aber auch einfach daran lag, dass sie von *Der Heldin von London* gehört und sie damit in Zusammenhang gesetzt hatten. Sie war dafür verantwortlich, dass mehrere Nox nicht weiter nach London eingedrungen und Chaos angerichtet hatten. Sie hatte sie allein besiegt.

Kit unterdrückte ein wütendes Schnauben und versuchte die aufkeimenden Gefühle zurückzudrängen. Dies war weder der richtige Zeitpunkt noch der Ort, um sich mit dem überzogenen Bild, das die anderen Alias von ihr hatten, auseinanderzusetzen. Sie hatte einfach ihren Job gemacht.

Kits Ohren zuckten in die Richtung der blökenden

Schafe, deren flauschige Körper dicht gedrängt standen und in der Dunkelheit kaum auszumachen waren. Dafür rochen sie umso verlockender.

Missmutig starrte sie in die entgegengesetzte Richtung, dorthin, wo eine schwarze Abzäunung den Tatort von neugierigen Blicken trennte. Schließlich hatte sie immer noch keine Gelegenheit gehabt, sich ihren Bauch mit Sushi vollzuschlagen. Und das machte sich ausgerechnet jetzt bemerkbar. Denn obwohl der Wind aus einer anderen Richtung blies, stieg ihr der Geruch nach Fleisch in die Nase. Dabei stand Schaf eigentlich nicht gerade auf ihrer Speisekarte. Im Gegenteil. Eigentlich bevorzugte sie einfach zu jagendes Fleisch, meistens von Tieren, die kleiner waren als sie selbst. Oder Fisch. Am besten roh.

Dank des Schleierzaubers würde kein Mensch Wind vom Tatort bekommen, außer jemand wie Keagan, auf den, obwohl er ein Mensch war, kein Schleierzauber wirkte. Was schlicht daran lag, dass er das Siegel des Sehers trug, ein magisches Artefakt, das einst einem britischen König gehört hatte.

Lelja hatte in seiner Akte nachgesehen. Menschliche Agents der AE bekamen diese Siegel ausgeliehen. Seit Jahrhunderten bestand ein Übereinkommen zwischen den Alias und der menschlichen Welt, zumindest den Herrschern oder den Regierungen. Nur ein kleiner Teil der Bevölkerung wusste über die Existenz der Alias Bescheid, denn nach einem gescheiterten Versuch im europäischen Mittelalter hatte man sich dazu entschlossen, die Menschen im Dunkeln tappen zu lassen. Die Abneigung und die Angst waren einfach zu groß gewesen. Jäger und Gejagte. Und Menschen waren ungern die Gejagten. Aber wer war das schon?

Sie hob den Kopf und begegnete Keagans Blick, der

sie wie eine Warnung durchdrang, ebenso wie der Klang seiner Stimme, in der etwas mitschwang, das sie nicht einordnen konnte.

»Ich habe die Schafe gar nicht bemerkt«, sagte sie und riss ihren Blick von ihnen los.

»Was?«, erwiderte er fragend, ein wenig fahrig, als sei er mit den Gedanken ganz woanders, was untypisch für ihn war.

»Ach, nichts.« *Idiotin.* »Was gibt's? Du siehst aus, als hättest du die letzten Tage nichts gegessen.« Und er roch seltsam. Nach Unsicherheit.

»Es … Ich bin mir nicht sicher, ob du den Tatort betreten solltest.«

»Was soll das denn heißen?«

»Ich glaube, es wäre das Beste, wenn du nicht näher kommst.«

Sie kniff die Augen zusammen. »Ach, komm schon, Keagan, das geht zu weit. Ich kann ja wohl eine Leiche sehen.«

»Nein, das ist es nicht.« Mit einer Hand fuhr er sich übers Gesicht, wirkte auf einmal müde und abgekämpft und auch ein wenig erschlagen. »Wir sollten den Fall abgeben.«

Kit spürte, wie Wut in ihr hochkroch, und stemmte die Hände in die Hüften. »Soll das irgendwie ein Scherz sein? Ich habe zwei Wochen lang damit verbracht, den Nox in den Arsch zu treten, und …«, sie hob drohend den Zeigefinger, »… da brauchst du jetzt auch gar nicht zu widersprechen, wir wissen beide, dass die letzten sechs aschetoten Nox auf mein Konto gehen. Auch wenn du das gerne anders siehst.«

Zu ihrer Überraschung sagte Keagan gar nichts.

Stattdessen trat Aarany hinzu, und in ihren dunklen

Augen stand ein mitfühlender Ausdruck. »Keagan hat recht, Kit. Du solltest den Tatort nicht betreten, und ihr solltet den Fall an zwei andere Agents abgeben.«

Langsam dämmerte Kit, dass es hier nicht um sie und ihre Fähigkeiten ging, sondern um die getötete Person. Es musste jemand sein, den sie kannte.

Ihre Wut verpuffte augenblicklich, und zurück blieb ein Gefühl von bodenloser Leere. Ihre Hände begannen zu zittern, und sie ließ sie sinken, damit keiner es bemerkte.

»Wer?«, flüsterte sie tonlos.

Keagan warf Aarany einen warnenden Blick zu, doch Kit schnellte nach vorne und stieß einen Finger in seine trainierte Brust. »Du sagst mir jetzt, wer der Tote ist, oder ich schwöre dir bei allen Alias dieser und der Niemalswelt, dass ich dir dein Herz eigenhändig herausreiße und dich für die nächsten sieben Leben in Raki einsperren lasse.«

»Es tut mir wirklich leid, Kit«, sprang Aarany wieder ein, die Augen erschrocken geweitet.

Kits Brustkorb hob und senkte sich, gleichzeitig spielten ihre Emotionen verrückt. Sie wusste selbst nicht so genau, was sie da gerade von sich gegeben hatte. Das passte nicht zu ihr, aber die Angst war plötzlich da. Die Angst, noch jemanden verloren zu haben, der ihr wichtig war.

Denn so viele Menschen und Alias waren davon nicht mehr übrig.

»Vielleicht sollten wir warten, bis Ash eintrifft und dich betreuen kann.«

»Ich brauche keine psychologische Betreuung.«

»Da bin ich mir nicht so sicher«, warf Keagan ein, und Kit erdolchte ihn mit ihrem Blick.

»Wer?«, wiederholte sie mit erstaunlich fester Stimme.

Keagan ließ sie keine Sekunde aus den Augen. Doch er zögerte, wie Kit mit Erleichterung feststellte. Das bedeutete, dass auch er ein Herz besaß, und irgendetwas in seiner Haltung, die Schultern nach vorne geneigt, die Traurigkeit in seinem Blick, sagte ihr, dass ihn der Tote auch nicht kaltließ.

»Ich habe Lelja bereits informiert. Sie ist auf dem Weg. Hätte ich es vorher gewusst, hätte ich sie gebeten, dass du in der WG bleibst, aber du warst schon unterwegs«, sagte er nun, und jetzt klang er nicht mehr distanziert, sondern verwirrend verletzt. Als hätte er seine Gefühle zuvor unter Kontrolle gehabt und als schaffe er dies jetzt nicht mehr. Kit las aufrichtiges Mitleid in seinen Augen.

»Es tut mir leid«, sagte er.

»Sprich es aus.«

Keagan holte tief Luft, und Kit hielt den Atem an.

»Phelia Lockhardt.«

Kit hörte den Namen, nahm den Klang auf, doch spürte sie nichts mehr.

Sie blinzelte. Die Wahrheit sickerte zähflüssig und unheimlich langsam in ihr Bewusstsein. Erst nach einigen Sekunden spürte sie, dass sie sich auf ihre Unterlippe gebissen hatte. Sie blutete.

Phelia Lockhardt.

Sie probierte den Namen stumm in ihrem Kopf aus, versuchte sich die Bedeutung herzuholen. Versuchte zu begreifen. Ihre Patentante war tot.

Das bedeutete, jemand hatte ihr Leben ausgelöscht.

»Das kann nicht sein«, hörte Kit sich sagen. »Du täuschst dich.«

»Nein, Kit«, antwortete Aarany mit sanfter Stimme.

»Sie ist es wirklich. Wir haben bereits einen DNA-Abgleich machen lassen.«

Ihre Fingerspitzen waren taub, ihr Herz leer, und die Worte, die ihren Mund verließen, fühlten sich fremd und hölzern an. Ihr Gehirn funktionierte. Ihr Gehirn funktionierte so, wie sie es sich angewöhnt und trainiert hatte, für genau diesen Fall.

»Warum habt ihr einen DNA-Abgleich machen müssen?«

Keagan schüttelte den Kopf. »Ich glaube nicht, dass du das hören willst.«

Doch Kit wollte es wissen, jedes einzelne Detail, jede noch so grausame Wahrheit, die man vor ihr verbergen würde, denn nur so könnte sie den Täter verstehen, nur so in seinen Kopf hineinsehen. Und ihn finden. Kälte drang durch ihre Kleidung, und das Fuchsfeuer in ihr wisperte ihr leise zu, weil sie sich in ihrer Fuchsgestalt sicherer fühlte, Zuflucht fand.

Aber das würde warten müssen. Nicht jetzt. Später. Später würde sie sich ihren Gefühlen hingeben.

Jetzt brauchte sie ihren menschlichen Körper, damit sie funktionierte.

»Ich muss es wissen«, sagte sie mechanisch.

Keagan und Aarany tauschten einen Blick, der mehr sagte als tausend Worte, gaben ihr jedoch keine Antwort. Sie machten sich Sorgen. Um sie, ihren Zustand, ihre Reaktion. Allerdings war dies die einzige Möglichkeit, wie sie nicht völlig den Verstand verlor.

»Bitte. Ich muss mich jetzt darauf konzentrieren. Wenn ich das nicht tue …« Sie ließ den Satz unausgesprochen, weil sie Angst hatte, zu viel zu offenbaren.

»Ich bespreche es mit Drew«, erwiderte Aarany leise und ging zu ihrer Freundin zurück, nicht, ohne eine

Hand auf Keagans Arm zu legen. Dieser nickte. Sie kommunizierten stumm miteinander, vielleicht auch dank Aaranys Magie, von der Kit noch nicht allzu viel wusste, außer, dass sie Gefühle beeinflussen konnte.

Im Moment war ihr das auch ziemlich egal.

»Bist du dir sicher?« Der Wind zerrte an Keagans Haaren, und obwohl es dunkel war, glaubte Kit Fürsorge in seinem Blick zu entdecken.

Sie nickte. »Ich muss. Lass mich an dem Fall arbeiten. Oder zumindest sehen, was geschehen ist. Wenn ihr einen DNA-Abgleich machen musstet ...«, sie schluckte und suchte nach den richtigen Worten, denn sie fühlte sich schutzlos und klein und glaubte, nicht die Stärke zu finden, die irgendwo tief in ihr schlummerte. »... Dann klingt es so, als ob man sie übel zugerichtet hat. Ich muss es wissen. Bitte.«

Keagan sah sie einen Moment lang an, dann riss er seinen Blick los und starrte mit zusammengekniffenen Augenbrauen in die Ferne, dorthin, wo die Forth Bridge begann und Motorenlärm zu ihnen herüberdrang.

»Du bist anders, als ich dachte. Als Phelia meinte, dass du meine neue Partnerin werden sollst, war ich zuerst nicht sicher, ob das eine gute Idee ist.« Keagans Stimme klang rau, und Kit zuckte unmerklich zusammen, als er Phelia erwähnte. Der Name war wie ein Stich in die Brust. »Aber sie meinte, du trägst dein Herz am rechten Fleck und arbeitest hart, gerade weil man dich zu häufig unterschätzt. Und deine beste Eigenschaft sei, dass du deine Gefühle nicht verbirgst und dein Stolz nicht über allem steht. Was in der Welt der Alias viel zu häufig der Fall ist.«

Kit war dankbar für die Ablenkung, dankbar, dass Keagan sich öffnete, und sie spürte, wie sich Wärme in ihr ausbreitete, obwohl sie sich so unendlich traurig fühlte.

»Reza, meine letzte Partnerin, hätte mich niemals um etwas gebeten«, fuhr er leise fort, und in seinen Worten schwang ein tiefer Schmerz mit. Kurz fragte sie sich, wie er seine Partnerin verloren hatte und ob vielleicht mehr dahintersteckte, doch er sprach bereits weiter: »Eher hätte sie sich eine Hand abgehackt. Aber du bittest mich, und irgendwie rechne ich dir das hoch an. Keine Spielchen. Und ich kann deinen Wunsch verstehen.«

Sie antwortete nicht, weil sie ihrer Stimme nicht traute.

»Aber es gibt Regeln, das weißt du genauso gut wie ich. Ich habe den Second Chief bereits angerufen, und sie schicken ein anderes Team.«

Kit schluckte schwer. Ihre Kehle fühlte sich geschwollen an, gleichzeitig schnappte sie die hitzige Diskussion von Drew und Aarany auf, die sich darum stritten, ob sie sie an den Tatort lassen sollten oder nicht.

»Wenn du sie sehen möchtest, dann würde ich es jetzt tun«, sagte Keagan, und Kit hob den Kopf, während die Kälte sich langsam immer weiter in ihren Gliedern ausbreitete.

»Du meinst …«

»Ich würde jetzt hingehen, bevor das andere Team eintrifft.«

»Danke.« Sie brachte nicht mehr als einen Hauch zustande und schob sich mit zittrigen Knien an ihrem Partner vorbei, auf die von magischen Glühleuchten erhellte Szenerie zu. Drew drehte sich alarmiert zu ihr um, während sich ihr eigener Puls drastisch beschleunigte, je näher sie kam.

Ihre Sinne schnappten die Stille auf, die endgültige Stille, und dann drang der Geruch des Todes in ihre

Nase. Ihr Magen rebellierte, doch sie dachte an ihre Ausbildung, an all die Toten, die sie bereits zu Gesicht bekommen hatte.

Jeder Schritt fühlte sich schwer und hölzern an, aber Kit zwang sich weiterzugehen. Ihre Stiefel versanken im halbhohen, noch nassen Gras, gaben ein schmatzendes Geräusch von sich.

»Agent Sune, ich glaube, es ist besser, wenn …«

Aarany packte Drews Arm. »Lass sie.«

Dann hatte sie die beiden Forensikerinnen erreicht. Mit einem zittrigen Lächeln nickte Kit ihnen zu, erleichtert, dass sie ihr die Chance gaben, sich ein Bild von der Szene zu machen. Einige Stellen im Gras waren bereits markiert, überall waren kleine, weiße Holztafeln angebracht, und drei Silbervögel schwirrten durch die Luft. Sie sammelten Essenzen des Täters – Duftnoten, die der Alias hinterlassen hatte – mit ihren langen, dünnen Schnäbeln, die in einem kräftigen Rot leuchteten.

Kit wappnete sich und drehte schließlich langsam den Kopf in die Richtung, aus der ein intensiver Blutduft ihre Geruchsnerven flutete.

Sie hätte nicht weniger vorbereitet sein können.

Bebend schloss Kit die Augen, öffnete sie aber im nächsten Moment wieder. Denn sie musste es sehen, damit sie verstand.

Phelia Lockhardt lag in ihrer eigenen Blutlache. Oder zumindest das, was von ihr übrig geblieben war. Überall überlagerten sich Körperteile und einzelne Gliedmaßen, in Blut ertränkt. Jetzt wusste Kit auch, was Aarany gemeint hatte, warum sie einen DNA-Abgleich hatten machen müssen.

Ihr Gesicht war bis zur Unkenntlichkeit zerfetzt, als hätte jemand seine komplette Wut an ihr ausgelassen.

Genau wie ihre Kleidung, sie lag nackt vor ihnen, die Bauchdecke aufgerissen wie bei einem Tier, und Kit musste dem Drang widerstehen, irgendwo eine Decke auszugraben und über ihren schutzlosen Körper zu legen.

Es sah so aus, als hätte es einen heftigen Kampf gegeben.

Weißes, kurzes Haar hing an Phelias Fingerspitzen, und Kit ging näher heran, um einen besseren Blick darauf zu erhaschen. War das Blut an ihren Nägeln? Konnte es sein, dass Phelia ihren Angreifer verletzt hatte? Das würde sie ein gutes Stück in ihren Ermittlungen weiterbringen.

Kits Gedanken überschlugen sich, während sie den Blick abwandte, um nicht den Verstand zu verlieren.

Phelia Lockhardt war ein hochrangiges Mitglied der AE, eigentlich war sie nie ohne, wenn auch unsichtbaren, Schutz unterwegs gewesen. Von ihrem Siegeldolch ganz zu schweigen. Kit suchte die Umgebung nach dem Siegeldolch ab, konnte ihn jedoch nirgends entdecken.

Was war mit Onyx, Phelias Assistenten? Normalerweise war er bei wichtigen Terminen immer in ihrer Nähe gewesen. Gedanklich machte sie sich eine Notiz, sie würde Keagan oder das neue Team bitten, sich auf die Suche nach ihm zu machen, schließlich hatte er die beste Übersicht über Phelias Terminkalender.

Kit drehte sich wieder um, suchte den Boden nach weiteren Spuren ab.

Aber es war nicht nur Phelia, die dort lag. Um sie herum befanden sich mehrere tote Schafe mit aufgerissenen Kehlen und geöffneten Bauchdecken und Blut, überall Blut. Ihre toten Augen starrten in die Nacht.

Gerissene Schafe. Wahllos getötet, ohne einen gestillten Hunger, denn es gab kein Anzeichen von gefressenen Tieren. Ein Indiz, das auf einen Blutrausch hindeutete. Oder auf dunkle Magie, denn jemand musste Phelias Barrieren durchbrochen haben. Und das war nahezu unmöglich. Nicht, ohne die Hilfe von sehr starker Magie.

Oder Phelia hatte den Alias gekannt. Aber auch das erschien ihr seltsam, also verwarf sie diesen Gedanken wieder.

Jede Art von Magie forderte ein Opfer. Man konnte keine Energie erzeugen, ohne etwas dafür herzugeben. Und um Schutzzauber und Siegel zu durchbrechen, für die früher ein Alias sein Leben gelassen hatte, musste man ebenfalls Leben nehmen. Vielleicht deswegen die Schafe. Es könnte aber genauso gut ein Ablenkungsmanöver sein.

In ihrem Kopf ging Kit Tatorte durch, versuchte sich daran zu erinnern, wann sie das letzte Mal von einem ähnlichen Fall gehört hatte. Ihr Blick fiel auf das entstellte Gesicht ihrer Patentante.

Sie hatte alles gesehen, was sie sehen musste.

Tränen schossen ihr unvermittelt in die Augen, und sie kam sich schwach und hilflos und plötzlich ganz allein vor, als sich zwei Arme um sie schlossen und sie in eine Umarmung fiel.

Keagan presste sie wortlos an seine Brust, während sie hemmungslos zu schluchzen begann, aber das war ihr egal. Egal, was er von ihr denken mochte.

Sie konnte nicht mehr stark sein. Nicht, wenn Phelia tot war.

8

KURZ ZUVOR.

Chief Lockhardt.«
Nakirs Stimme gab keinen Rückschluss auf seine Gefühle, doch er spürte, wie eine altbekannte Wut in ihm aufstieg. Nur mit Mühe konnte er verhindern, nicht ins Telefon zu brüllen.

»Deputy Director Helios«, sagte sie förmlich und kühl, aber er kannte sie nicht anders. Die alte Alias war eine Sibylle, er hatte schon häufig mit ihr zu tun gehabt, ihre Prophezeiungen waren untersucht worden. Weil die meisten Alias nicht in jeder Mythologie und im Ursprung der Alias bewandert waren, nannte man alle Alias Sibylle, die mit Prophezeiungen, Visionen oder dem dritten Auge ausgestattet waren.

»Wie ich gehört habe, suchen Sie Special Agent Sune?«

»Das ist richtig.«

Schweigen.

»Und?«, fragte sie abwartend.

»Wie ich gehört habe, sind Sie ihre Patentante.«

»Das ist richtig.«

Nakir atmete scharf aus, um seine Wut unter Kontrolle zu halten, während sein Blick über die Themse wanderte und mehrere Boote beobachtete. »Ist sie bei Ihnen?«

»Ja«, entgegnete die Operating Chief ohne Umschweife, und sein Herz setzte einen Schlag aus. Kit Sune war bei ihrer Patentante. In Edinburgh.

»Ich möchte mit ihr sprechen.«

»Das geht noch nicht.«

»Und weshalb?«, fragte er in einem Tonfall, der andere Alias dazu gebracht hätte, um ihr Leben zu flehen. Er kannte seine Wirkung, doch dieses Mal schien es nicht zu funktionieren, denn Phelia Lockhardt erwiderte ebenso ruhig: »Weil sie dazu noch nicht bereit ist.«

»Das ist mir ziemlich gleichgültig«, erwiderte er, um einen ruhigen Tonfall bemüht, seine Hand umklammerte das Smartphone etwas fester, und er sprach jetzt gedämpft in den Hörer. »Sie ist die einzige Überlebende innerhalb des Bannkreises gewesen und wurde lediglich einmal befragt. Was sie gesehen hat. Was sie weiß. Wie die vier Nox getötet wurden. Ich möchte persönlich mit ihr sprechen.«

»Weil Ihre Nichte gestorben ist?« Trügerisch sanft und verständnisvoll drangen die Worte an sein Ohr, lullten ihn ein, ließen seine Nervenenden vibrieren.

»Was?«

Er hatte dafür gesorgt, dass diese Information nicht an die Oberfläche drang, doch er hätte sich denken können, dass Phelia Lockhardt ihre Mittel und Wege fand, sich mit dem Fall zu beschäftigen. Kurz fragte Nakir sich, ob sie mit Kit Sunes Blut einen Blick auf die Vergangenheit geworfen hatte oder ob sie Liliths Tod einfach in einer ihrer Visionen gesehen hatte.

Dann erinnerte er sich an das, was Stanley ihm gesagt hatte, die Erkenntnis über die gefundenen Partikel, die bis heute noch nicht aufgelöst worden waren.

»Sie waren dort.« Es war mehr eine Feststellung als eine Frage.

»Nicht ganz.«

»Was haben Sie gesehen?«, wollte er wissen. Es mussten ihre Spuren gewesen sein, die sie gefunden hatten, anders konnte er sich ihr Wissen nicht erklären.

»Ihnen dürfte klar sein, dass ich über manche Visionen nicht sprechen darf.«

»Wie passend«, höhnte er. »Ich wünschte, ich könnte mich ständig auf einer Ausrede ausruhen.«

»So funktionieren Prophezeiungen nicht, und das wissen Sie genauso gut wie ich«, sagte Phelia Lockhardt bestimmt. »Die Wahrheit ist, dass ich niemanden unnötig in Gefahr bringen möchte. Wir sind an die Regeln des Schicksals und der Zeit gebunden, wie jeder andere Alias auch. Nur mit dem kleinen Unterschied, dass ich mit meinen Worten Leben auslöschen könnte.«

»Es wird niemand tot umfallen, weil Sie mir verraten, was Sie im Park gesehen haben.«

»Es sind genug Alias gestorben, weil niemand meinen Ahnen geglaubt hat. Eine Last, die von Generation zu Generation weitergegeben wird. Mein Fluch ist es, dass ich vorsichtig mit dem umgehen muss, was ich sehe. Gabe und Fluch. Das Gleichgewicht, auf dem unsere Welt aufgebaut ist. Menschen und Alias, Schatten und Licht, Gut und Böse. Sie sind ein Todesdaimon, ohne Sie würde es keine Seraphen geben. Ohne Seraphen keine Todesdaimonen. Als die ersten Götter starben, wurden Sie geboren.«

»Wenn es so einfach wäre«, sagte er.

»Es ist so einfach«, erwiderte sie schlicht. »Verbunden durch den langen Krieg gegen die Nox und Alias, die die Weltordnung ändern wollten, sind die Grenzen verschwommen, aber im Kern ist es immer derselbe Zirkel des Lebens und des Todes. Was glauben Sie, warum wir wiedergeboren werden? Um aus der Vergangenheit zu lernen, um einen neuen Weg zu gehen oder um die Strukturen der Welt zu durchbrechen und das Gleichgewicht wiederherzustellen, das seit dem Entstehen der Nox ins Wanken geraten ist?«

Jetzt nahm das Gespräch eine Wendung, die Nakir nicht vorausgesehen hatte, langsam entglitt ihm die Kontrolle. Über die Worte, über seine Gedanken. Er sprach es nicht aus, aber Phelia Lockhardt kam seinen eigenen Überlegungen zu den Veränderungen, die dieses Zeitalter mit sich brachte, ziemlich nah. Möglicherweise etwas zu nah.

»Was wollen Sie damit sagen?«

»Vampire, die sich von Blutkonserven ernähren, ihre gröberen Differenzen mit Werwölfen beiseitelegen, Elfenclans, die sich untereinander nicht länger bekämpfen, Daimonen, die keine Menschen mehr in die Falle locken – all das aufgrund von Gesetzesänderungen zugunsten der Alias-Gemeinschaft. Wenn sie nicht zusammenhalten würde, gäbe es sie nicht mehr.«

»Und?«

»Sie stellen die falsche Frage.«

Nakir hatte das Gefühl, kein Stück voranzukommen, dieses ganze mystische Gerede brachte rein gar nichts und führte nur dazu, dass er sich von Sekunde zu Sekunde mehr aufregte. Mit einer Hand rieb er sich übers Gesicht, um die Müdigkeit zu verscheuchen, die seit Wochen in seinen Gliedern steckte.

»Welche Fragen sollte ich denn dann stellen, Chief Lockhardt?«

»Das liegt nicht bei mir.«

»Sie legen es darauf an, mich in den Wahnsinn zu treiben, oder?« Jetzt knurrte er fast.

Er meinte, sie lächeln zu hören. »Nein, natürlich nicht.«

»Als Ihr Vorgesetzter verlange ich von Ihnen, mit Ihrem Patenkind zu sprechen.«

»Gut. Das habe ich erwartet. Ich wünschte, wir könnten länger miteinander reden, aber ich muss gehen.«

Nakir fluchte. »Metaphorisch gesprochen?«

»Auf Wiedersehen, Deputy Director«, sagte Phelia Lockhardt und legte auf. Nakir starrte in die Luft, während das Zeichen einer gekappten Verbindung in seinen Ohren schrillte. Sie hatte tatsächlich aufgelegt.

»Dèkla?«

Zwei spitze Ohren tauchten um die Ecke seines weitläufigen Büros auf, dann erschien das schmale Gesicht seiner Assistentin, die aussah, als hätte sie das ganze Gespräch belauscht. Der Pony fiel ihr fransig in die Stirn, die großen Augen waren beinahe schreckhaft aufgerissen. Wahrscheinlich hatte sie geglaubt, er hätte nicht gespürt, dass sie bereits das Büro betreten hatte.

»Ich muss nach Edinburgh«, sagte er, und sie nickte schnell, während sich auf ihren Wangen verräterische Flecken bildeten. Er schätzte ihre Diskretion, ihre ruhige Art und die Tatsache, dass Dèkla zu den Nachfahrinnen Laimas gehörte, jener baltischen Schicksalsgöttin, die im Großen Krieg gefallen war. Wie eigentlich alle namenhaften Götter.

»Der nächste Flug geht morgen Vormittag, um sechs Uhr dreißig«, erklärte sie zehn Minuten später, nachdem sie alle Verbindungen überprüft hatte. »Eine Flugerlaubnis für den Jet bekomme ich auch nicht vor morgen.«

»Buch mich auf den Flug«, erwiderte Nakir, auch wenn er wusste, dass es eigentlich keinen Unterschied machte.

»Selbstverständlich.«

Als Nakir zwei Stunden später sein Apartment in

Kensington betrat, klingelte sein Handy, das er lediglich für einen Notfall mitgenommen hatte. Auf dem Display erschien der Name seiner Assistentin.

»Dèkla?«

»Ich störe nur ungern ...«

»Aber ...?«

»Phelia Lockhardt ist tot.«

9

Die Dusche war heiß und lang, mischte sich mit ihren Tränen, bis sie endlich versiegten. Spülte die Kälte von ihrem Körper, bis sich Kits Haut geschwollen anfühlte, und als sie sich schließlich abtrocknete, war jeder Zentimeter wund und schmerzvoll.

Aber nichts war schlimmer als dieses Gefühl von Leere, das sie die letzten Wochen erfolgreich bekämpft hatte und das jetzt wieder da war. Der Gedanke, Phelia verloren zu haben, klang wie ein dumpfes Echo in ihr nach, ein beständiges Pochen, das sich mit ihrem Herzschlag vermischte.

Lelja stand mit einem besorgten Ausdruck in der Verbindungstür zu ihrem Schlafzimmer und musterte sie aufmerksam, als wolle sie sichergehen, dass sie nicht jeden Moment zusammenklappte.

Irgendwie schaffte sie es, sich etwas Bequemes anzuziehen, und legte sich ins Bett, wo sie einfach einschlief. Sie hörte noch, wie Lelja die Tür leise hinter sich schloss. Dann senkte sich Stille über sie.

Ihr Schlaf war unruhig und voller Träume. Wirr und bedeutungslos, trotzdem spürte Kit, wie ihr Körper sich anspannte, aus Angst, etwas Falsches zu träumen. Zuerst glitt sie durch einen Nebel, der ihre Gedanken umspülte, wie die beständige Brandung an einer Küste. Es roch nach Regen und Asche, so intensiv, dass sie den Geschmack auf ihrem Gaumen spürte und das Gefühl hatte, daran zu ersticken.

Plötzlich sah Kit das blonde Mädchen vor sich stehen, roch die Angst, die sie mit jedem Atemzug verströmte, und ahnte instinktiv, dass der Grund für diese Angst sie selbst war. Ihr Bewusstsein war bereits wach genug, um zu realisieren, dass dies nur ein Traum war. Aber sie konnte nicht aufwachen. Selbst wenn sie es gewollt hätte.

Nein, kein Traum. Sondern eine Erinnerung.

Dunkle Stellen traten auf der hellen Jeans des Mädchens auf, der Fleck wurde größer und größer, während Tränen ihre Wangen hinabliefen. Ihre Unterlippe bebte.

Kit war die Dunkelheit. Die personifizierte Dunkelheit.

Ich tue dir nichts, flüsterte sie vorsichtig, doch das Mädchen riss die Augen weit auf, öffnete den Mund zu einem stummen Schrei, und Kit spürte, wie sich Schuld und Reue um ihre Brust wickelten.

Blanke Panik zeichnete die feinen Züge, als sich Kit weiter näherte. Raubtierhaft.

Die Seele des Mädchens roch verlockend, wie eine Sommerbrise am Strand, gemischt mit Unschuld und der Reinheit eines Menschen. Sie streckte ihre Sinne danach aus, überbrückte die Distanz mit einem Seufzen. Schwarze Flammen erhoben sich um sie herum. Verbargen das Mädchen vor den Blicken der Alias, die alles beobachteten und doch nichts dagegen tun konnten.

Ich tue dir nichts, wiederholte Kit und tötete das Kind mit einem direkten Stich ins Herz.

Dann sah sie zu, wie das Leben in den Augen erlosch, sah, wie die Seele sich wehrte und schrie, aber niemand außer ihr fing den Schrei auf, und sie war bereit. Bereit, sich alles zu nehmen.

Kit erwachte schweißgebadet. Ihre Wangen fühlten sich feucht an, als sie mit verklebten Wimpern in die Schwärze ihres Zimmers blinzelte.

Gedämpft drangen die Stimmen von Keagan und Lelja an ihre Ohren. Draußen war es dunkel. Aber das war es beinahe sechzehn Stunden am Tag.

»Ich mache mir ernsthaft Sorgen um sie. Erst Artemis, jetzt Phelia.« Lelja.

Die Namen schmerzten wie ein Dolchstoß in der Brust, und Kit holte tief Luft, versuchte den Traum zu verdrängen. Denn er kettete sie an ihr altes Leben, an eine Vergangenheit, die sie nicht kannte.

»Das würde niemand einfach so wegstecken. Ich weiß nicht, vielleicht sollten wir ihr ein paar Tage Urlaub gewähren. Mehr als die üblichen vier …«

Kit schlang die Arme um ihre Knie, die sie bis an ihre Brust zog, und stützte den Kopf darauf ab, während sie weiter der Unterhaltung folgte. Ihre Gedanken waren noch immer bei dem Traum. Sanft wiegte sie sich vor und zurück.

»Ich glaube nicht, dass sie das möchte«, meinte Keagan nach einigen Momenten des Schweigens. Am Klang seiner Stimme hörte man die Besorgnis heraus.

»Ich weiß, aber das spielt keine Rolle. Sie muss sich erholen.«

»Das wird Kit nicht schaffen, indem wir sie von den Ermittlungen ausschließen«, erwiderte Keagan ernst, und Kit konnte förmlich das stumme Blickduell zwischen ihnen sehen, was ihr beinahe ein Lächeln entlockte. Bei Leljas nächsten Worten wurde ihr heiß und kalt gleichzeitig: »Die Beerdigung wird übermorgen schon stattfinden, es ist altgriechischer Brauch.«

»Ich weiß«, sagte Keagan. »Noch keine Nachricht von Onyx?«

Phelias Assistent. Kit fragte sich, ob er etwas mit ihrem Tod zu tun gehabt hatte, schließlich war er der Einzige, der ihren kompletten Tagesablauf kannte und auch

wusste, welche Schutzzauber sie getragen hatte. Nur
ein sehr mächtiger Alias hätte ohne diese Informationen
bis zu Phelia durchdringen können.

»Nein, er ist wie vom Erdboden verschluckt. Wir haben einen Geisterjäger beauftragt. Es kann auch sein,
dass er Todesangst hatte und deswegen seine Präsenz
aus dieser Welt zurückgezogen hat. Im Gegensatz zu
anderen Alias sind Geister in der Lage, die Menschenwelt hinter sich zu lassen. Aber das können sie nur einmal tun. Danach wären sie … na ja … weg.«

Keagan schnaubte. »Ein Geist, der sich erschreckt
und deswegen verschwindet?«

»Soll vorgekommen sein«, erwiderte Lelja. »Manche
Geister verstecken sich auch in Gegenständen und können erst durch äußere Einflüsse wieder befreit werden.«

»Du verarschst mich doch.«

»Nein«, jetzt musste Lelja lachen. »Dschinns sind
tatsächlich nichts anderes als Geister, die sich versteckt
haben. Die Sache mit den Wünschen kam erst später
dazu, als sie sich selbst nicht mehr befreien konnten …«

»Ich verstehe eure Welt manchmal nicht.«

»Musst du auch nicht, es reicht, wenn du deinen Job
erledigst.«

»Weißt du, was in London mit Kit geschehen ist?«

Lelja schwieg einige Augenblicke, schien ihre Worte
genau abzuwägen. »Kit war mittendrin. Also, als die
Nox angegriffen haben. Sie konnte ihren Partner leider
nicht retten, aber sie hat es selbst herausgeschafft. Was
mit den Menschen geschehen ist, weißt du selbst. Es
war ja in allen Alias-Nachrichten.«

»Das ist nicht das, was ich meinte. Das steht in jeder
Zeitung, in jedem Bericht. Ich habe nach den Dingen
gefragt, die nicht nachzulesen sind.«

»Ich habe mit ihr nicht darüber geredet. Sie wird schon auf mich zukommen, wenn sie es mir erzählen will.«

Kit schloss die Augen, versuchte gegen den pochenden Kopfschmerz anzukämpfen, der sich plötzlich hinter ihren Schläfen ausbreitete. Wie winzig kleine Nadelstiche, genau hinter ihrer Stirn, und plötzlich machte sich auch wieder ihr Hunger bemerkbar.

Was Lelja sagte, entsprach nur zum Teil der Wahrheit. Aber niemand außer ihr selbst kannte die Wahrheit.

Ja, Artemis war gestorben.

Aber nicht durch die Nox.

Sondern durch sie. Zumindest glaubte sie das. Warum sonst hatte sie dieses Gefühl? Warum sonst lag alles so verschwommen in ihrem Kopf?

Kit riss die Augen wieder auf, schlug die Decke zurück und stand so abrupt auf, dass ihr schwindelig wurde. Ihre Knie fühlten sich butterweich an, und sie stützte sich mit einer Hand an der Wand ab, damit sie nicht umkippte. Sie war schuld. Schuld am Tod von Artemis.

Tränen liefen ihre Wangen hinab, hinterließen einen feuchten Pfad auf ihrer Haut, und Kit wischte sie ärgerlich weg. Verdammt. Sie war kurz davor, den Verstand zu verlieren. Tief in sich, an jenem Ort der Dunkelheit, den sie so sehr verleugnete, erwachte die Nacht zum Leben.

Schleichend und lautlos, so wie sie das Mädchen in ihrem Traum getötet hatte.

Sie biss sich so heftig auf die Zunge, dass sie Blut schmeckte. Aber es war die einzige Möglichkeit, sich ein wenig unter Kontrolle zu bekommen.

»Wie gesagt, wir haben nicht über die Katastrophe gesprochen«, fuhr Lelja fort. »Und Phelia hat mich gebeten, sie auch nicht darauf anzusprechen. Das hätte ich sowieso nicht getan. Ich kenne Kit von früher, sie war immer nett zu allen und wurde schikaniert, hat sich aber durchs Leben gekämpft und hochgearbeitet. Das Letzte, was sie braucht, ist, dass man sie mit Fragen bombardiert.« Lelja seufzte. »Warum hast du sie den Tatort sehen lassen?«

Ihre Frage klang eindeutig vorwurfsvoll, und Kit spürte mittlerweile ein schlechtes Gewissen, weil sie ihre Freundin belauschte. Sie musste raus aus dem Zimmer. Hier war sie mit ihren Gedanken allein, und das war gefährlich. Also ging sie in die Küche, wo Keagan mit dem Rücken zur Tür saß, während Lelja gerade am Kühlschrank hantierte und eine Packung Trauben hervorzog.

»Er hat mich hingelassen, weil ich ihn darum gebeten habe«, sagte Kit müde und räusperte sich, weil sie klang, als hätte sie einen Frosch verschluckt. Sie hoffte inständig, dass man ihr nicht ansah, was sie gerade geträumt hatte, aber mit jedem weiteren Atemzug entfernte sie sich etwas mehr davon. »Und ich hätte ihn ziemlich sicher in den Aschetod geschickt, wenn er es nicht getan hätte.« Bei dem Wort *Aschetod* zuckte sie innerlich zusammen, unterdrückte jedoch eine Reaktion.

»Wie lange habe ich geschlafen?«

Keagan musterte sie mit undurchdringlicher Miene, aber sie wusste auch so, dass er sich um sie sorgte, während Leljas Augen einen mitleidigen Ausdruck annahmen, den sie mit einem aufgesetzten Lächeln zu überspielen versuchte.

Großartig. Sie hatte einen Bitte-fasst-mich-mit-Samthandschuhen-an-Stempel verpasst bekommen.

»Zehn Stunden. Die Sonne geht bald auf. Hast du Hunger?«

Kit schüttelte den Kopf, obwohl ihr Magen Protest schrie. Sie wollte gerade nichts essen, vielleicht auch, weil sie sie dann am liebsten noch gefüttert hätten.

»Nein, ehrlich gesagt wird mir bei dem Gedanken an Essen eher schlecht«, log sie.

»Du solltest vielleicht trotzdem was essen.«

»Ich habe gestern Abend noch Sushi mitgebracht«, warf Keagan ein und nickte in Richtung des Kühlschranks, was Kit mit einem ehrlichen Lächeln quittierte. Auf der einen Seite war das süß. Selbst für Keagan McCadden, den wohl einzigen Menschen, dessen Aura sie nicht verstand. Auf der anderen Seite hasste sie nichts mehr, als wenn man sie bemutterte und sich um sie kümmerte. Es gab ihr das Gefühl, schwach zu sein. Nichts allein auf die Reihe zu bekommen.

»Danke, Mama und Papa, aber ihr müsst euch keine Sorgen machen.« Angesichts ihres schlechten Scherzes verzog sie das Gesicht. Deswegen und weil es sich irgendwie falsch anfühlte, Witze zu machen.

»Wie gehts dir?«, fragte Lelja besorgt und kaute an ihrer Unterlippe, als wäre sie mit den Gedanken ganz woanders. Sie sah schuldbewusst aus, die Stirn gerunzelt, und eine steile Falte hatte sich oberhalb ihrer Nasenwurzel gebildet. Schon früher war sie noch nie eine sonderlich gute Schauspielerin gewesen, wahrscheinlich auch ein Grund, warum sie kein Agent geworden war, sondern sich lieber hinter dem Schreibtisch oder bei ihren prähistorischen Alias-Ausgrabungen versteckt hatte.

»Was ist los?«

Keagan und Lelja tauschten einen wissenden Blick, und Kit spürte, wie Ärger in ihr aufwallte. Warum wurde sie eigentlich von allen so behandelt, als müsste man aus allem ein großes Geheimnis machen, weil man ihr nicht zutraute, mit der Wahrheit klarzukommen.

»Was ist los?«, wiederholte sie.

»Der Rat hat eine Kommission beauftragt, den Tod von Phelia zu untersuchen, und Keagan und dich erst mal abgezogen. So wie es aussieht, wird es eine größere Sache.«

»Und?«

»Sie haben Erebos persönlich angefragt.«

Kit spürte, wie ihr das Blut aus den Wangen wich, und ließ sich auf den zweiten freien Stuhl plumpsen. Wenn etwas passierte, passierte meistens alles gleichzeitig.

»Hat er zugesagt?«

Lelja zuckte die Schultern. »Bisher habe ich noch nichts gehört, aber es ist gut möglich, dass er nach Edinburgh kommt. Jemand muss ja …« Lelja unterbrach sich und sah verlegen aus, als sie sich setzte und eine Traube in den Mund schob und so lange darauf herumkaute, bis nichts mehr von ihr übrig war. Kit wusste auch so, was sie hatte sagen wollen.

Jemand muss ja Phelias Tod aufklären.

»Was ist mit Erebos?«, fragte Keagan, der anscheinend nichts von ihrer Vergangenheit wusste.

»Ich habe meine Ausbildung bei ihm gemacht.« *Und es war ziemlich scheiße,* fügte sie in Gedanken hinzu.

»Ist Erebos Salazar nicht ein Seraph und Deputy Director von Amerika?«

»Ja«, antwortete Kit müde.

»Du hast von ihm gehört?«, fragte Lelja gleichzeitig.

Keagan verzog keine Miene. »Es gibt Gerüchte, aber nichts Handfestes. Jeder hat von den sieben Seraphen gehört. So viele gibt es auf der Welt auch wieder nicht.«

»Glaub mir, die Gerüchte stimmen«, meinte Lelja mit

Grabesstimme und fügte hinzu: »Er ist ein sadistisches Arschloch mit einem noch viel größeren Ego, das er hinter guter Arbeit, einer tollen Aufklärungsquote und seinem Titel versteckt.«

»Du vergisst seine Angewohnheit, sich meistens einen Freund oder eine Freundin zuzulegen, die er herumkommandieren kann und die ihm vom Intellekt unterlegen sind«, sagte Kit und dachte an die Reihe an Personen, die sich in seiner strahlenden Erscheinung gesonnt hatten, ohne die Abgründe dahinter wahrzunehmen. Er war auf eine andere Weise für Menschen gefährlich als ein machtbesessener Blutsauger oder Daimon, der sich nicht an die Alias-Gesetze hielt und irgendwelche krummen Geschäfte abschloss. Nein, Erebos war alt und gelangweilt, müde von der Zeit, die zerrann, den endlosen Leben, die er geführt hatte.

»Er ist eine wandelnde Geschlechtskrankheit, nur, dass sich die ja nicht von Menschen auf Alias übertragen lassen«, warf Lelja ein und schüttelte sich. »Ich habe echt alle Arten von Geschichten über ihn gehört. Und das Schlimme ist, das einundzwanzigste Jahrhundert ist genau sein Zeitalter.«

»Inwiefern?«, fragte Keagan, streckte seine langen Beine aus.

»Sehr viel Oberflächlichkeit, sehr viel Schein. Nichts Echtes. Menschen, die auf sein Äußeres hereinfallen, auf das, was er repräsentiert. Die nur deshalb ein Teil seiner Welt werden wollen.«

Kit stand auf und ging zur Spüle, wo saubere Gläser standen, und schenkte sich Leitungswasser ein. Ihr Hals fühlte sich plötzlich ganz trocken und wund an, und sie spürte, wie sich der Fuchsgeist in ihr regte. Die Sehnsucht, sich in ihre tierische Gestalt zu verwandeln und

dadurch vielleicht ihrer Trauer und der Schuld zu entkommen, wurde stärker.

In diesem Moment klingelte ein Telefon auf dem kleinen Holztisch, an dem Keagan saß.

»Ja?«, brummte er in den Hörer, nachdem er abgenommen hatte.

Kit hörte eine weibliche Stimme am anderen Ende
der Leitung, die verdächtig nach Murron, einer der As-
sistentinnen, klang. »Könnt ihr ins Observatorium
kommen? Wir müssen die Befragungen durchführen.«

»Kann das nicht bis nach der Beerdigung warten?«

»Nein«, erwiderte sie.

»Und weshalb nicht?«, knurrte Keagan, der nicht in
Kits Richtung blickte, aber sie wusste auch so, dass er
nur den mürrischen Kerl raushängen ließ, damit man
ihn nicht für einen fürsorglichen Typen hielt. Denn hinter Keagans harter Schale steckte ein weicher Kern, wie
sie nun festgestellt hatte.

»Weil das neue Team bereits eingetroffen ist und die
Befragungen jetzt durchführen möchte.«

～⁓～

Kit fühlte sich wie betäubt.

Keagan und Lelja hatten sie begleitet, aber sie war die
Erste, die sich der Befragung stellen musste. Der Verhörraum war nicht größer als ihr WG-Zimmer, und bis
auf einen einfachen Holztisch mit vier Stühlen war er
leer und karg, sodass die beige gestrichenen Wände
noch trostloser wirkten.

Doch vielleicht spiegelte das auch einfach ihr Innerstes. Sie konnte sich nicht daran erinnern, diesen Verhörraum bereits gesehen zu haben, aber in den letzten Wochen konnte sie sich an so wenig wirklich gut erinnern.

Gedämpft drangen die Stimmen der anderen Agents durch die Wände. Sie hatten wohl einen Schutzzauber um ihr Gespräch gelegt, denn als sie schließlich eintraten, wurde Kit klar, dass sie die ganze Zeit über auf der anderen Seite der Tür gestanden hatten, und normalerweise hätten die kurze Distanz und das dünne Holz nicht ausgereicht, um das Gespräch vor ihrem guten Gehör zu verbergen.

»Special Agent Sune.«

Sie hob den Kopf.

»Kit ist in Ordnung«, antwortete sie.

Zwei Alias hatten den Raum betreten. Die weibliche Alias trug ihr dunkelblondes Haar in einem lockeren Zopf und war sehr gut in Form, denn das olivfarbene Longsleeve, das ihre trainierten Arme unterstrich, zeigte deutlich ihre Muskeln und betonte ihre Augenfarbe. Ihre Gesichtszüge waren unauffällig hübsch, und Kit roch an ihr nichts, das besonders gewesen wäre. Der Blick aus ihren katzenhaften Augen heftete sich freundlich auf sie, doch hinter dem Lächeln verbarg sich eine antrainierte Professionalität, die Kit selbst zu gut kannte. Während der männliche Alias ihr gegenüber Platz nahm, blieb sie mit etwas Abstand zum Tisch stehen, so, als wolle sie alles genau im Auge behalten, und Kit bemerkte einen Siegelring an ihrem schmalen Finger, der sie vage an ein Kreuzsiegel erinnerte. Wahrscheinlich war sie auch ein Mensch, aber das musste nichts heißen.

»Das ist Special Agent Iwanowa«, begann der männliche Alias und deutete mit der offenen Handfläche auf seine Kollegin. »Ich bin Special Agent Andersson. Wir sind aus St. Petersburg angereist, um uns mit dem Fall zu befassen. Du kannst uns aber mit Natalia und Albin ansprechen.«

Erst jetzt nahm Kit ihn wirklich wahr. Weißblondes, kurz geschorenes Haar, eine schmale, gerade Nase und ein erstaunlich voller Mund. Er war stämmig und kleiner als die anderen männlichen Agents, dafür hatte er sich mit einer Leichtigkeit durch den Raum bewegt, die man schon fast als schleichend bezeichnen konnte. Im Gegensatz zu seiner Partnerin trug er einen schlichten schwarzen Anzug.

Als er einen kleinen schwarzen Knopf auf den Tisch legte und ihn betätigte, waren sie nicht länger allein. Jedes Wort, das sie sagte, würde nun analysiert und seziert werden, bis nichts mehr davon übrig war.

Der Ausdruck seiner hellblauen Augen war mitfühlend. »Es tut mir leid, dass wir die Befragung heute durchführen müssen. Aber wir sind bereits dabei, die Geschehnisse um den Tod von Chief Lockhardt aufzuarbeiten, und versuchen die zeitliche Abfolge zu rekonstruieren. Dafür brauchen wir unter anderem deine Aussage.«

»Phelia«, murmelte Kit automatisch.

Albin hob die blonden Augenbrauen. »Wie bitte?«

»Phelia Lockhardt«, wiederholte Kit, dieses Mal lauter und sah dem Agent direkt ins Gesicht. »Sie war in erster Linie ein Alias, dann Chief. Nicht andersherum.«

Unbehaglich rutschte Albin auf seinem Stuhl herum und räusperte sich. »In Ordnung. Ganz wie du magst. Es stört dich nicht, dass wir das Gespräch aufzeichnen, oder?« Er deutete auf den schwarzen Knopf, der höchstwahrscheinlich mit dem Hauptcomputer außerhalb des

Verhörraums verbunden war und Schwingungen in ihrer Tonlage, Veränderungen ihrer Stimme, ihr Zögern, die Art, wie sie die Sätze aussprach, und all die Zwischentöne auffing.

»Nein … natürlich ist das in Ordnung.«

Kit spürte, wie ihre Handflächen feucht wurden. Sie durfte nicht an die Katastrophe in London denken. Ihre Atmung stockte. Nur einen Sekundenbruchteil, aber als Kit prüfend in Natalias Richtung sah, bemerkte sie ein Aufglimmen in den Augen der Agentin, die sie nun argwöhnisch musterte. Großartig.

Sie würde all ihre mentalen Kräfte aufbringen müssen, um keinen Fehler zu machen.

Konzentier dich, dachte sie stumm.

Sie musste jeden Gedanken an die letzten Wochen verbannen. Auch an das Mädchen, das sie vor ihrer Tür in Stockbridge getroffen hatte. Wenn es sein musste, würde sie ihre Begegnung mit dem Erus offenbaren. Phelias Prophezeiung, aber mehr auch nicht.

Alles andere würde ihre Verbannung nach Raki bedeuten.

Oder ihren sicheren Tod. Zwar war sie die Heldin von London, aber das änderte nichts an der Tatsache, dass sie selbst an ihrer eigenen Version der Geschehnisse zweifelte. Und solange nicht einmal sie genau wusste, was wirklich geschehen war, würde sie ganz sicher keine Agents der AE in ihren Gedanken herumstochern lassen. Es gab Gesetze, die es in den meisten Fällen verboten, mithilfe von Magie an Erinnerungen zu gelangen, da sonst die Erinnerungen oder das Gedächtnis beschädigt werden könnten. Zumindest solange kein hinreichender Verdacht auf eine schwere Straftat bestand.

»Gut. Dann können wir anfangen«, sagte Albin und griff nach einem losen Haar, das auf dem Tisch lag. Es war schwarz und mittellang. Kit musste es verloren haben. »Aber keine Sorge, es sind nicht viele Fragen, und wir dürften bald durch sein.« Albin räusperte sich ein weiteres Mal und schlug einen vertraulichen Tonfall an, der Kit gleich das Gefühl vermittelte, unter Freunden zu sein. Eine trügerische Illusion. Sie wusste genauso gut wie die beiden Agents, dass sie alles dafür tun würden, den Fall aufzuklären.

Plötzlich setzte ein stechender Kopfschmerz hinter ihren Schläfen ein, und der Duft von Lavendel flutete ihre Geruchsnerven. Woher …?

»Wann hast du deine Patentante das letzte Mal lebend gesehen?«

Kit zuckte zusammen und schluckte. Ihre Mundhöhle fühlte sich trocken an, und sie rieb sich mit einer Hand über ihre ungeschminkten Augen. »Gestern Morgen. Sie hat mich und die anderen Mitarbeiter des DoAC gebrieft.«

»Wer war alles anwesend?«

Kit überlegte einen Moment, ihre Schläfen pochten. »Murron, Lelja, Keagan, Aarany, Drew, Logan und noch vier Alias aus dem OF, dem operativen Feld. Ihre Namen weiß ich nicht. Eigentlich arbeiten sie nicht für das DoAC, sondern überwachen die Stadt und spüren Nox auf. Die Angriffe haben sich in den letzten zwei Wochen beinahe verdoppelt, und Chief Lockhardt …«, sie stockte und holte kurz Luft. »Aber Chief Lockhardt meinte, es sei das Beste, wenn wir uns abstimmen. Wir sollten alle die Augen offen halten, denn in den vergangenen Tagen gab es keinen einzigen Mordfall an einem Alias.«

»Und das ist in Edinburgh selten?«

»Anscheinend. Ich weiß ja nicht, wie das in St. Petersburg ist, aber in Hongkong gab es eigentlich beinahe täglich irgendwelche Opfer.«

»Wie lange arbeitest du in Edinburgh für das DoAC?«

»Seit zwei Wochen.«

»Und wie lange gab es keinen Mord mehr?«

Kit zögerte, aber hier gab es nur die Wahrheit. »Zwei Wochen.«

»Hat sich Phelia Lockhardt während des Briefings irgendwie ungewöhnlich verhalten? War sie unruhiger? Angespannter?«

Kit schüttelte den Kopf. »Nein. Eigentlich nicht.«

»Eigentlich?«, hakte Albin nach und machte sich gleichzeitig Notizen auf einem Block, der wohl dazu diente, seine eigenen Gedanken aufzuschreiben. Natalia dagegen bewegte sich in ihrer Ecke keinen Millimeter. Und erst jetzt spürte Kit die feinen Schwingungen, die von der Agentin ausgingen.

Wie das ferne Rauschen eines Güterzugs, der langsam näher kam.

Kit stutzte. Dort, wo eigentlich eine Atmung sein sollte, war nichts. Nur Stille.

Natalia Iwanowa besaß keine Atmung. Sie war eine verdammte Vampirin.

Großartig. Genauso gut hätte Kit auch einen Seelenstriptease veranstalten können. Wenigstens hatte sie keine Hexe vor sich sitzen, die in ihren Gedanken und Gefühlen herumstocherte.

Albin hob die Brauen, als hätte er ihre Gedanken gelesen, verbarg seine Reaktion keine Sekunde später jedoch hinter einer gleichgültigen Miene.

Kit unterdrückte ein Stöhnen. Deswegen die plötzlichen Kopfschmerzen. Deswegen der penetrante Geruch von Lavendel in ihrer Nase.

Ein Hexer. Und eine Vampirin.

Vielleicht sollte sie doch besser ihr Testament schreiben.

»Warum?«, fragte Albin offen heraus und gab damit zu, in ihrem Kopf zu sein. Kurz fragte sich Kit, wie es ihm gelungen war, dann fiel ihr Blick auf das Haar, das er sich um Daumen und Zeigefinger gewickelt hatte.

Selbstverständlich. Wie hatte sie das nicht bemerken können?

»Es ist illegal, ohne Einwilligung der Befragungsperson in ihre Gedanken einzudringen. Und soweit ich weiß, bin ich immer noch Agentin der AE, wofür es eigentlich eine Sondererlaubnis vom Abteilungsleiter bräuchte.«

Albin lehnte sich im Stuhl zurück und nickte ernst, seine Miene war unergründlich. »Das stimmt natürlich. Aber wir haben diese Sondererlaubnis.«

»Von wem?«

»Das spielt keine Rolle.«

»Doch, tut es. Es gibt nur zwei Alias, die befähigt sind, eine solche Sondererlaubnis auszustellen. Und eine dieser beiden ist tot«, entgegnete sie – schärfer als beabsichtigt. Es auszusprechen, kostete sie große Überwindung, und danach fühlte sie sich kein bisschen leichter. Im Gegenteil. Am liebsten hätte sie sich die Zunge abgeschnitten, so sehr sträubte Kit sich dagegen, die unumstößliche Wahrheit auszusprechen.

Phelia war tot.

»Du täuschst dich. Vielleicht gibt es nur zwei Alias in Edinburgh, die eine Sondererlaubnis ausstellen können. Auf der Welt sind es jedoch ein paar mehr.«

Das stimmte natürlich. Jeder Kontinent besaß mehrere größere Departments, je nach Größe und Gefahrengrad der Stadt. Aber in die Arbeit der AE einer Stadt durfte eigentlich kein Chief Operating Officer, wie Phelia einer gewesen war, oder Inspector General einer anderen Stadt hineinpfuschen. Dennoch unterstand jeder Kontinent einem Leiter, dem Deputy Director, und an der obersten Spitze aller Länder stand der Deputy Chief. Sieben weitere Alias, die ihre Finger im Spiel haben konnten. Und sie kannte den Namen von einem von ihnen.

Kit lief es eiskalt den Rücken hinab. Am liebsten wäre sie aufgesprungen und aus dem Raum gestürmt. Aber das war unmöglich.

»Deputy Director Salazar«, murmelte sie tonlos. Ihr Ausbilder.

Etwas blitzte in Albins Augen auf, doch er sagte nichts darauf. Das musste er auch gar nicht, sie konnte es auch so in seinem Gesicht lesen.

Kit erlaubte sich für einen Moment, die Augen zu schließen, um sich zu sammeln, während das Fuchsfeuer in ihr leise aufglomm, sie in einen sicheren Kokon spinnen wollte. Es wäre so einfach, sich der Versuchung hinzugeben, aber das ging nicht. Sie musste sich der Verantwortung stellen.

»Ich habe nichts zu verbergen.« Das klang überzeugend. »Aber ich würde trotzdem gerne diese Sondererlaubnis sehen.«

Schweigend holte Albin den Wisch aus der Innentasche seines Anzugs und zeigte ihn Kit. Sie überflog die Angaben, blieb an der schnörkeligen Unterschrift am Ende des offiziellen Dokuments hängen, und ein füchsisches Knurren brandete in ihrer Kehle. Dieser Dreckskerl! All die Jahre hatte sie gehofft, ihn erfolgreich hinter sich gelassen zu haben, doch jetzt, in der dunkelsten Stunde ihres Lebens, hatte Erebos Salazar mal wieder seine Finger im Spiel und machte ihr Leben zur Hölle. Wieder einmal.

Falls Albin ihre negativen Gedanken und Gefühle las, ließ er es sich nicht anmerken.

»Gut. Dann können wir ja fortfahren«, meinte er stattdessen, nachdem sie ihm die Sondererlaubnis zurückgegeben hatte, und Kit nickte zustimmend, drückte sanft die Nagelspitzen ihres Zeigefingers in den Daumen, wie jedes Mal, wenn sie das Gefühl hatte, ihre Gedanken würden in eine Richtung schweifen, in die der Agent nicht blicken durfte.

Anschließend ließ sie jede Frage über sich ergehen. Über ihren Tagesablauf, die Routine, die sie gemeinsam mit Keagan entwickelt hatte, ihr WG-Leben und die ersten Tage in Phelias Haus. Die ganze Zeit über behielt Natalia sie im Auge.

»Nach dem Tod deines Partners Artemis Shiba warst du zwei Wochen in Edinburgh, richtig? Ohne zu arbeiten. Ohne dich bei deinen alten Kollegen zu melden. Wir haben uns bei Chief Hiraku und den anderen Agents umgehört. Du warst von heute auf morgen vom Erdboden verschluckt.«

»Ja.«

»Und weshalb?«

»Ich musste mich erst einmal sammeln, die ganze Situation war nicht leicht für mich, und ich habe einfach … eine Auszeit gebraucht.«

»Deswegen der überstürzte Wechsel?«

»Ich dachte, es geht um den Tod meiner Patentante, nicht um mich?«, fragte Kit gedehnt. Gleichzeitig atmete sie tief durch. Es war genau die Art von Verhalten, das Albin aus ihr herauskitzeln wollte. Sie wussten genauso gut wie Kit, dass sie ausgebildet war, die Verhörtechniken zu durchschauen, und deswegen vorausahnte, wenn man ihr eine Falle stellte. »Ich verstehe nicht ganz, was diese ganzen Fragen damit zu tun haben sollen«, sagte sie deswegen deutlich ruhiger.

»Wir versuchen alle Zusammenhänge herzustellen und allen Hinweisen nachzugehen, dazu gehört dein Leben, das eng mit dem deiner Patentante verknüpft war«, antwortete Albin auf ihre Frage. *War, nicht ist,* schoss es Kit durch den Kopf, und tiefe Trauer durchflutete sie. »Wenn wir schon dabei sind: Vor zehn Tagen hat Chief Lockhardt am Abend eine Erinnerungslöschung durchführen lassen.«

Kit versteifte sich, was Albin mit einem Stirnrunzeln zur Kenntnis nahm. »Vor zehn Tagen?«

»Donnerstag, der 15. November. Es war der Tag, an dem du die Wohnung in der St-Stephen-Street bezogen hast.«

»Sie hat mich zum Haus gefahren. Draußen … hatte sie eine Vision.«

Zum ersten Mal, seit das Verhör begonnen hatte, kam Leben in Natalia Iwanowa. Sie kräuselte die Lippen, als ob sie über diese Aussage nachdenken müsste.

»Was für eine Vision?«

Kit heftete ihren Blick wieder auf Albin. »Das weiß ich nicht. Sie hat es mir nicht gesagt. Aber sie war danach sehr aufgewühlt und ist abgerauscht. Wir haben es nur ein einziges Mal zur Sprache gebracht, das war am nächsten Tag. Aber auch da hat sie mir nichts verraten.«

Phelia muss gewusst haben, dass sie stirbt und dass ich deswegen befragt werden würde, dachte Kit, ihr Herz

145

wurde schwer, als hätte es sich mit all der überschüssigen Trauer vollgesogen. Aber da war noch ein anderes Gefühl: Dankbarkeit.

»Verstehe.« Wieder machte sich Albin Notizen, und was auch immer er in ihrem Kopf sah, nun wusste er auch, dass es die Wahrheit war.

»Wir wurden allerdings von einem Erus beobachtet.« Natalia verlagerte fast unmerklich das Gewicht, der Ausdruck ihrer grünen Augen wurde mörderisch. »Wo?«, fragte sie, und ihre Stimme schnitt wie eine Klinge durch die Luft.

»Vor der Haustür zur Wohnung. Phelia hatte es nicht bemerkt, und ich habe es erst registriert, als sie bereits weg war.«

Albin richtete sich in seinem Stuhl etwas auf. »Was ist mit dem Erus geschehen?«

»Ich habe ihn enttarnt, und er ist davongeflogen, bevor ich ihn fangen konnte.«

»Warum hast du es nicht gemeldet?«

Schuldbewusst senkte Kit den Blick. »Ich habe es Phelia erzählt.« Womit sie ihre Pflicht getan hatte. Immerhin. Man würde ihr keinen Strick daraus drehen können, schließlich war Phelia ihre direkte Vorgesetzte gewesen.

Schweres Schweigen füllte den kleinen Raum, und der pochende Kopfschmerz hinter ihren Schläfen verschwand abrupt. Wahrscheinlich ließ die Verbindung zu ihren Gedanken ohnehin nach, das einzelne Haar gab nicht viel her.

Albin seufzte, sein Blick wurde wieder weicher, und die Maske des Agents fiel zeitgleich mit dem Ende der Befragung. »Danke für deine Kooperation.«

Kit bekam keine Luft mehr, hatte das Gefühl, zu ersticken. Es war vorbei. Sie hatte es geschafft.

Sie musste hier raus. Sofort. Wut – wegen Erebos, den Fragen, wegen allem – und Reue kämpften in ihr um die Oberhand, und sie ballte die Hände unter dem Holztisch zu Fäusten, damit es keiner sah. Leise wisperte das Fuchsfeuer in ihr, doch da war auch der andere Teil. Die Dunkelheit.

»War's das?«, fragte sie und unterdrückte das Beben in ihrer Stimme.

»Eigentlich schon.«

»Eigentlich?«, wiederholte sie, wie Albin zu Beginn des Verhörs, und entlockte ihm damit ein müdes Lächeln, das die Anspannung aus seinen freundlichen Zügen stahl. »Ich hätte gerne mein Haar wieder.«

»Ja, das war es für heute. Wenn wir noch Fragen haben, wissen wir ja, wo wir dich finden. Keagan und du werdet in zwei Tagen … wieder eure Arbeit aufnehmen. Wenn du willst, steht es dir auch zu, Urlaub zu nehmen.«

Kit schüttelte wortlos den Kopf, denn sie wusste, worauf er anspielte. Die Beerdigung. Albin fuhr ohne zu zögern fort: »Und Kit … mein Beileid. Unser aller Beileid. Wir wissen, wie hart dich die Situation treffen muss, und wenn du mit jemandem sprechen möchtest, Ash steht dir jederzeit zur Verfügung. Aber auch die anderen aus der Alias-Einheit. Wir sind hier ein Team, eine Familie.«

Ich habe keine Familie, meine Familie ist tot, hätte sie am liebsten gebrüllt, brachte jedoch nur ein abgehacktes Nicken zustande und erhob sich mit wackligen Knien von dem Stuhl, um irgendwie aus diesem stickigen Verhörraum zu gelangen. Im Vorbeigehen legte ihr Albin ihr Haar in die Hand, was sie mit einem weiteren abgehackten Nicken zur Kenntnis nahm.

Draußen holte sie erst einmal tief Luft und steuerte

auf ihren Spind zu. Die Blicke der anderen Alias im Observatorium streiften sie mitfühlend, und hier und da hörte sie Beileidsbekundungen, aber sie hielt den Kopf gesenkt, um niemanden anzusehen. Mit fahrigen Fingern riss sie die Spindtür auf und holte ihre Sportsachen heraus.

Zu ihrem Glück war der Trainingsraum unbesetzt. Sie zog sich um, gab ihre Daten in den Computer ein und setzte sich die Blutegel auf die empfindliche Stelle, direkt an ihren Pulsadern. Als sich die spitzen Sensoren in ihre Haut bohrten, gab sie keinen Ton von sich. Der Schmerz würde ihr jetzt guttun. Das, und ein paar aschetote Nox.

»Simulation starten«, sagte sie laut und deutlich in den leeren Raum hinein, sodass ihre Stimme unnatürlich widerhallte. Der Siegeldolch und ihre Perlenkette erschienen griffbereit auf einem Polster.

»Schwierigkeitsstufe?«, fragte die weibliche Stimme des Computerprogramms.

»Fünf.« War das ihre Stimme, die die Zahl so knurrte?

»Schwierigkeitsstufe fünf bestätigen?«

Kit griff nach dem kühlen Griff des Dolches und zog sich die Perlenkette übers Handgelenk, die echte Kette lag in ihrem Schließfach. »Bestätigen.«

Sofort dimmten die Lichter, wurden schwächer, bis sich Dunkelheit um Kit ausbreitete und sich ihre Augen nur langsam daran gewöhnten. Innerlich zählte sie von zehn herunter, die übliche Zeit, bis die Simulation startete. Es wurde merklich kühler, als hätte jemand die Klimaanlage auf Minustemperaturen geschaltet.

Kit schloss die Augen und beschwor das Bild von Phelias leblosem Körper herauf. Das entstellte Gesicht, das viele Blut. Dann dachte sie an Artemis. Das, was sie getan hatte, wofür sie ewig die Schuld mit sich tragen würde. Feurige Wut flammte in Kit auf, als sie Erebos vor sich sah.

Und sie ließ alles zu. Die Wut, die sie wie ein elektrischer Stoß durchflutete. Die Scham, die ihr den Atem raubte und sich wie eine eisige Klaue um ihren Körper schloss. Zum Schluss konzentrierte sie sich auf das Gefühl der Trauer, spürte den Schmerz bis auf den Grund ihrer Knochen, ein Ziehen, als ob jemand ihre Gelenke in einem Schraubstock gefangen hielt. Heiß brannten die Tränen hinter ihren Lidern, aber sie zwang sich, alle Emotionen woandershin zu leiten. In das, was jetzt folgen würde.

Als Kit die Augen wieder öffnete, war sie bereit für einen Kampf gegen die Nox.

Doch etwas war anders. Sie spürte es sofort.

Die Härchen auf ihren Armen stellten sich augenblicklich auf, als ob sie sich der drohenden Gefahr entgegenpolten, was den Fuchsgeist in ihr wachrief. Die Luft um sie herum knisterte, wie nach einem Blitzeinschlag, und Kit zögerte. Ihre Sinne schlugen Alarm. Jemand war hier. Kein Nox. Jemand anderes.

»Hallo?«, fragte sie in die Stille der Finsternis hinein, wusste nicht, ob es ein Fehler war.

Ihre Ohren zuckten in Richtung eines Geräusches, ein stoßartiges Einatmen. In einer geübten Bewegung riss Kit die Hand mit dem Dolch in die Luft, doch die Dunkelheit teilte sich anders als bei den Nox. Schwerer. Tödlicher.

Sie wurde umgestoßen, verlor das Gleichgewicht und landete mit einem dumpfen Aufprall auf dem Boden. Irgendwie schaffte sie es, nicht auf ihren vier Buchstaben zu landen, sondern federte den Sturz mit der Schulter ab. Stechend breiteten sich Schmerzwogen in ihrem Arm aus, hinterließen ein Taubheitsgefühl, was sie mit zusammengebissenen Zähnen ignorierte. Gleichzeitig schlug ihr Siegeldolch klappernd neben ihr auf und rutschte einige Meter weg.

Atemlos versuchte Kit auf die Beine zu kommen, hörte, wie ihr unsichtbarer Angreifer nach der Klinge griff. Erkenntnis durchströmte sie, und ihr rasselnder Atem erklang unnatürlich laut in ihren pelzigen Ohren.

Sie würde sterben.

Hier. Im Trainingsraum des Observatoriums. *In einem Moment, in dem du es am wenigsten erwartest.*

So, wie Phelia es ihr prophezeit hatte.

10

Wohin, Sir?«, fragte der Fahrer und warf einen Blick in den Rückspiegel, während sich der schwarze Wagen in die Schlange an Autos einfädelte.

»Das Observatorium«, erwiderte Nakir nachdenklich und starrte in den Regen hinaus, der an der Fensterscheibe abperlte. Die Wolken hingen trüb und grau über Edinburgh, und das Diensttaxi rollte nur langsam durch den Stau des Morgenverkehrs vom Flughafen in Richtung Innenstadt. Schafe und grüne Wiesen, selbst hier, am Flughafen. Es gab gewisse Klischees, die nur Schottland, vielleicht noch Irland erfüllen konnte. Wenigstens war er dem Vorweihnachtswahnsinn Londons entflohen, auch wenn er bei dem Gedanken an seine Schwester ein schlechtes Gewissen verspürte.

Sie war allein. Zumindest wollte sie trotz der Herden an Freunden, die sich alle um ihr Seelenheil kümmern wollten, allein sein. Kein Vorwurf in ihrem Blick. Nichts. Nur Leere.

Er hatte noch nie jemanden gesehen, der so zerbrochen war. Aber Deirea hatte darauf bestanden, dass er die Reise antrat. Nicht zuletzt, weil sie wohl spürte, wie getrieben er war. Seit Jahrzehnten hatte er nicht mehr diese innere Unruhe in sich wahrgenommen, er war geradezu besessen von Kit Sune. Was sehr wahrscheinlich daran lag, dass sie die letzte lebende Alias war, die Lilith gesehen hatte.

Jetzt war auch ihre Patentante tot.

Der Tod von Chief Lockhardt brachte die Alias-Welt ins Wanken. Seit gestern Abend zerbrach Nakir sich schon darüber den Kopf, ob die Operating Chief ihm bei ihrem Telefonat eine versteckte Nachricht hatte übermitteln wollen. In seinem Kopf ließ er ihre Worte Revue passieren, konzentrierte sich auf die Sätze, die Themen, die sie angeschnitten hatte, aber er konnte sich beim besten Willen keinen Reim darauf machen, in welchem Zusammenhang sie standen. Phelia Lockhardt musste gewusst haben, dass sie sterben würde. Oder sie hatte es zumindest geahnt. So oder so warf ihr Tod einige weitere Rätsel auf.

Erst London, jetzt Edinburgh. Alte, europäische Städte, in denen eine Vielzahl alter Seelen wohnte. Etwas lag in der Luft, agierte im Verborgenen, und Nakir war sich sicher, dass beides im Zusammenhang stand. Er musste es nur beweisen können. Kit Sune schien der Schlüssel zu sein.

»Ziemlich üble Sache mit der Chief, was?«, murmelte der Fahrer, und Nakir bemerkte, dass sich seine Augenlider seitlich schlossen. Ein Echsenmann. Bei genauem Hinsehen konnte man die schuppige, harte Haut erkennen.

»Ja«, erwiderte er wortkarg, denn es ging niemanden etwas an, wie er über die Situation dachte.

»Gibt es denn schon einen Verdächtigen?«

»Nein.« Auch, weil es erst gestern Abend geschehen war.

»Verstehe.« Der Echsenmann nickte. »Ich hoffe, es bleibt dabei. Lockhardt war innerhalb der AE ziemlich mächtig, ich habe sie oftmals gefahren. Schutzzauber, ihr Assistent … Sie wurde gut beschützt. Ich hoffe, man muss sich als einfacher Arbeiter keine Sorgen machen.«

»Nein«, zerstreute Nakir die Ängste des Alias in einem Tonfall, der seine Worte keiner Lüge bezichtigte, auch wenn der Echsenmann ein feines Gespür für Lügen besaß. Aber Nakir war alt und geschickt darin, die Wahrheit so zu verschleiern, dass selbst ein Alias ihn nicht durchschauen würde.

Zumindest nicht zwangsläufig.

Wahrscheinlich spürte sein Fahrer die frostige Stimmung und die Tatsache, dass Nakir alles andere als in Plauderlaune war, denn er konzentrierte sich wieder ganz auf den Verkehr und überließ ihn seinen Gedanken. Schließlich erreichten sie das Observatorium, bevor es stärker regnete. Als Nakir aus dem Wagen stieg, wurde er von einer Entourage an Alias empfangen, die ihm alle unterschiedliche Informationen liefern wollten. Für einen Augenblick gestattete er sich, einen Blick auf ihre Gesichter zu werfen, tastete nach ihren Essenzen, aber ihre gelebten Seelen waren nicht sonderlich alt. Seine Haut prickelte.

»Ich möchte Phelia Lockhardt sehen.«

»Natürlich.« Die junge Eiselfe nickte hastig, und Nakir folgte ihr durch den Marmorsaal des Castles in den Aufzug, wobei er kleine Eiskristalle an ihren Fingerspitzen bemerkte. In der Enge des Lifts war er sich ihres ängstlichen Duftes besonders bewusst, und als sie im Untergeschoss ankamen, erfüllte nicht nur das Wispern der Flüsterer die Wände. Überall blieben Alias stehen, blickten ihn verwundert an. Manche wirkten erschrocken. Andere schienen sprachlos zu sein.

Magie flirrte über seine Haut, Nakir spürte, wie einige nach seiner Essenz tasteten, um sich zu vergewissern, dass er es wirklich war.

Ohne die Alias zu beachten, folgte er der Eiselfe durch die Flure, in die Tiefen der Katakomben, die unter dem Hügel lagen, auf dem Craigshead Castle errich-

tet worden war. Kugelförmige Lichter erhellten ihren
Weg, und Wasser tropfte vom groben Gestein, bahnte
sich seinen Weg auf den Boden. Nakis Schatten tanzte
an den Wänden, und im Gegensatz zum Leichenschau-
raum des Londoner Observatoriums fühlte er sich hier
an eine andere Zeit erinnert. Als die sterblichen Überreste der Alias noch in Gruften aufbewahrt worden
waren.

»Wir sind hier.« Die Eiselfe, deren Name Nakir bereits wieder entfallen war, scannte ihren Sicherheits-
code, der um ihren schlanken Hals baumelte, und die
Sicherheitstüren öffneten sich mit einem Zischen. Dahinter befand sich ein hell ausgeleuchteter Raum mit
drei Metalltischen, auf denen jetzt niemand lag. Ein Kobold saß auf einem Drehstuhl und hackte auf einer voll-
gekrümelten Tastatur herum.

Er warf nur einen flüchtigen Blick über die Schulter.

»Allie, hast du …?« Der Alias drehte sich auf seinem
Stuhl um und unterbrach sich. Seine Augen weiteten
sich vor Verblüffung, als er Nakir erblickte. Sofort veränderte sich die helle Farbe seiner Iris, wurde dunkler,
fast schwarz, und seine Nasenflügel blähten sich, als er
Nakirs Geruch auffing.

»Ach du Scheiße. Deputy Director. Ich hatte ja keine
Ahnung, dass Sie kommen.« Sein Blick schoss zu dem
Chaos auf dem Schreibtisch, der an der kahlen Wand
stand. Mehrere Metalltüren beherbergten die Leichen
der Alias, es war frostig kalt. Aber Nakir spürte die Kälte kaum.

»Umso besser. Ich möchte Phelia Lockhardt sehen.«

Angst flackerte über das Gesicht des Kobolds. »Sicher ohne uns?«

Nakir verzog den Mund. »Sicher.«

»Gut, gut … Sie kennen sich ja bestimmt aus, oder?«
Es genügte, nur eine Braue zu heben, und der Kobold
zuckte zusammen, als hätte er ihn geschlagen. »Fach
sieben. Das Passwort lautet …«, er sah so aus, als müsse
er sich gleich übergeben. »Fesselspiele. Dummer Scherz,
ich weiß, ich weiß. Wir nehmen unsere Arbeit hier
durchaus ernst.« Er murmelte einen Fluch in der Sprache der Erdkobolde, die in den Highlands lebten, aber
Nakir hatte ein gutes Gehör und sprach beinahe alle
Alias-Sprachen.

Er wandte sich an die Eiselfe, die seinem Blick nicht
auswich. »Wenn ich fertig bin, möchte ich mit dem Inspector General der AE Edinburgh sprechen. Wer leitet
bisher die Ermittlungen?«

»Inspector General Allister hat ein Team aus St. Petersburg beauftragt, sich dem Fall anzunehmen. Sie sind
gestern Abend noch mit einer Sondermaschine eingetroffen. Special Agent Andersson und Special Agent
Iwanowa.«

Nakir nickte geistesabwesend, die Namen waren ihm
durchaus geläufig. Er schätzte Albin, einen Hexer aus
Nordschweden, mit seiner ruhigen Art, dem klaren
Verstand und seiner schnellen Auffassungsgabe. »Gut.
Sie sollen mir ihre bisherigen Erkenntnisse vorbringen.
Ich möchte den Bericht zum Tatort lesen. Falls bereits
Zeugenbefragungen durchgeführt wurden, auch diese.
Und niemand soll das Stockwerk betreten, solange ich
hier unten bin.«

»In Ordnung«, erwiderte sie, verabschiedete sich
formvollendet, und Nakir wartete, bis sie beide den
Leichenraum verlassen hatten. Dann wandte er sich den
Metallfächern zu, öffnete Fach sieben und rollte die
Bahre heraus. Sofort wurden seine Geruchssinne von

dem stechend metallischen Blutduft geflutet, gleichzeitig nahm er die Stille und den Tod in sich auf.

Sein Herzschlag verlangsamte sich.

Als er das Tuch zurückschlug, drehte sich ihm beinahe der Magen um. Obwohl er an den Anblick des Todes gewohnt war, schreckte er doch von der Brutalität der Attacke zurück, der Phelia Lockhardt zum Opfer gefallen war.

Ihre Bauchdecke war aufgerissen, wie bei einem Tier. Wie *von* einem Tier. Ihr Gesicht war bis zur Unkenntlichkeit zerfetzt, sodass einzelne Hautlappen aufklafften. Eingehend betrachtete er ihre Fingernägel, die blutverkrustet waren, teilweise eingerissen und abgebrochen. Als hätte sie gegen jemanden – etwas – gekämpft. Mit ihren Händen.

Gedanklich machte sich Nakir ein paar Notizen, er würde später darauf zurückkommen.

Es war ungewöhnlich genug, dass Phelia Lockhardt getötet worden war. Wie sein Fahrer richtig erkannt hatte, hatte sie einen ausgezeichneten Schutzschild besessen. Entweder über magische Zauber, oder einen Leibwächter. Nicht zuletzt war sie eigentlich nie allein gewesen.

Selbst er besaß ein uraltes Bannsiegel, das er an einer dünnen Halskette trug, nur für den Fall der Fälle. Denn obwohl er aufgrund seines Wesens und seiner Macht meist vor dummen magischen Tricks geschützt war, gab es doch immer einen Idioten, der versuchen wollte, seine Gedanken oder Gefühle mithilfe von Taschenspielereien zu beeinflussen. Das Bannsiegel fing diese Versuche auf, ehe sie ihn belästigten.

Nakir wandte seine Aufmerksamkeit wieder der Toten zu. Der Täter musste also jemand gewesen sein, den sie kannte, dem sie womöglich sogar vertraute. Oder es war jemand, der sie überrascht hatte. Wusste, dass sie allein gewesen war …

Vorsichtig zog er das Tuch etwas tiefer, untersuchte die Verletzungen nach weiteren Auffälligkeiten. Ihr Körper war in zwei Teile gerissen, ihre Gliedmaßen abgetrennt und nur für die Obduktion wieder an den richtigen Platz gelegt worden. Ein Kampf. Sie musste gekämpft haben, was für ihr Alter eine beachtliche Leistung war, sie war bestimmt über sechzig. Aber immer noch sehr fit.

Nakir schloss die Augen, und als er sie wieder öffnete, war er bereit.

Drei, maximal vier Sekunden. Seine goldene Regel würde er nicht brechen, auch nicht für Phelia Lockhardt. Einen Blick auf den Tod zu erhaschen, würde die Welt der Lebenden in Gefahr bringen, und das Risiko wollte Nakir unter keinen Umständen eingehen. Denn wenn er nicht aufpasste, konnte er dadurch seine Macht entfesseln und nicht länger kontrollieren, was weitaus mehr Schaden anrichten konnte, als ein Nox es je vermochte. Seine Macht war der Tod, er konnte ihn bringen.

Dafür war die Verantwortung zu groß.

In ihm wurde alles windstill, sein Herzschlag verlangsamte sich. Dann befreite er sein Wesen von den Ketten der Menschlichkeit. Flatternd schlossen sich seine Lider, dabei spürte er die Unruhe, die vom Tod ausging, wie ein Raubtier, das man zur Jagd losließ.

Mit zwei Fingern berührte er Phelia Lockhardts kühle Stirn und öffnete seinen Geist.

Eins.

Trügerische Stille. Dunkelheit. Der stechende Geruch

von Schafen in meiner Nase. Aber auch ein Gefühl von
Vertrautheit.

Zwei.

Weiße Schatten, die sich nähern. Ein Gefühl von Sorge, Mitgefühl, Schmerz. Gleichzeitig ist da die Angst vor dem Ungewissen.

Drei.

»Du hättest nicht kommen sollen.« Oh, diese Stimme. Vertraut und fremd zugleich.

Nakir atmete scharf aus, presste die zwei Finger etwas fester gegen die Stirn.

Diese Stimme.

Dieses Gefühl …

Er wollte sich losreißen, den Tod verlassen, doch plötzlich war er gefangen. In dem Strudel aus Emotionen, die nicht seine eigenen waren und sich doch danach anfühlten. Diese Stimme …

Vier.

Der Schatten wird heller. Erleichterung durchflutet mich. »Ich konnte es nicht glauben«, höre ich mich sagen.

Fünf.

Immer noch im Schatten verborgen. Der Duft einer Verwandlung. Vier Pfoten auf nassem Gras. Über uns ein Gewitter.

Sechs.

Er musste sie sehen. Er musste wissen, dass er sich nicht täuschte. Eine Sekunde … nur eine Sekunde mehr …

Sieben.

»Komm ins Licht«, ich flüstere die Worte, hebe die Hände und lasse einen Feuervogel in die Luft ersteigen. Tanzendes Licht.

Nein!

Schwer atmend und mit letzter Kraft riss sich Nakir aus der Erinnerung los. Seine Hände zitterten unkontrolliert, und überall auf dem Boden hatte sich eine dicke Eisschicht gebildet, splitterartig verteilte sie sich die Wände hinauf. Als hätte jemand einen Eimer umgekippt.

Sein Blick flog über die Zerstörung. Umgekippter Schreibtisch. Zersplitterte Scheiben in den Schränken, und der Computer sah aus, als hätte ihn jemand mit einem Baseballschläger bearbeitet. Die drei Topfpflanzen waren schwarz und in sich gesunken, als hätte jemand ihr ganzes Leben geraubt. Nicht jemand. Seine Macht.

Wenn jemand anderes hier unten gewesen wäre, dann wäre dieser Jemand jetzt tot. Nakir ballte die Hände zu Fäusten. Er würde sich vergewissern müssen, dass niemand in den anderen Stockwerken zu Schaden gekommen war, und jemanden herschicken müssen, um das Chaos zu beseitigen.

Mit drei, vier geübten Handgriffen verstaute er die Leiche von Phelia Lockhardt wieder in ihrer Kammer, während seine Gedanken sich überschlugen. Für einen Sekundenbruchteil schloss Nakir die Augen und erlaubte sich, noch einmal alles heraufzubeschwören. Jedes kleine Detail, jedes Geräusch.

Diese Stimme. Dunkel stieg eine Erinnerung in ihm auf, aus einem anderen Leben, aus einer anderen Zeit. Eine Stimme, die er so lange verdrängt hatte.

Er musste sich täuschen. Sie konnte es nicht sein. Nicht nach all der Zeit.

Energisch riss Nakir die Tür auf.

Seine Wahrnehmungsfähigkeit war immer noch aufgewühlt, wie das Meer nach einem Sturm. Das Wasser an den Wänden war gefroren, überall dort, wo feuchte Stellen auftraten. Das Licht war erloschen, aber er fand den Weg zum Aufzug auch so.

Er fuhr in das zwölfte Untergeschoss, dorthin, wo sich das Hauptquartier des DoAC befand, und als sich die Türen mit einem klingelnden Geräusch öffneten, stand er inmitten eines Flures, der von weiteren Flüsterern gesäumt wurde. Mit schnellen Schritten ging er den Gang entlang, immer noch aufgekratzt von all den Empfindungen, die ihn heimgesucht hatten.

Aus dem Augenwinkel nahm er eine Bewegung wahr. Sein Gehirn brauchte einen Moment, um die Information zu verarbeiten, als die Essenz ihn wie ein Magenschlag traf. Blumig und herb, Lilien, mit einer Note Dunkelheit, eingehüllt in einen Hauch von Aschetod.

Nakir erstarrte, hielt mitten in der Bewegung inne und drehte sich zu der Person um. Diese war längst hinter einer Milchglastür verschwunden, die von Eichenholz eingerahmt wurde.

Er blinzelte. Versuchte sich einzureden, dass er sich täuschte.

Plötzlich ergab alles einen Sinn. Alles erschien ihm logisch und klar.

Sie war gekommen, um sich an ihm zu rächen.

Nakirs Mundwinkel verzogen sich zu einem höhnischen Grinsen. Und er dämlicher Idiot hatte geglaubt, Lilith sei nur ein zufälliges Opfer gewesen, aber jetzt wurde ihm klar, dass sie einen Narren aus ihm gemacht hatte. Es fiel Nakir wie Schuppen von den Augen.

Sie war zurückgekehrt.

Wut explodierte in seinen Augen, als er sich wieder in Bewegung setzte. Bereit, zu Ende zu bringen, was er vor einem Jahrhundert schon längst hätte tun sollen.

Seine Schritte wurden schneller, trieben ihn seinem Ziel entgegen. Dann hielt er inne. Nein. Er durfte sich nicht von seinen Emotionen leiten lassen, sonst würde das geschehen, was das letzte Mal geschehen war. Als sie ihn und sich selbst in den Tod gerissen hatte.

Einen Millimeter über der Klinke schwebte seine Hand in der Luft, aber er berührte sie noch nicht. Er zögerte. Sie schien nicht zu wissen, dass er gekommen war, sonst hätte sie sich nicht so unbesorgt durch das Observatorium bewegt. Die Tatsache, dass sie es wagte, hier zu arbeiten, trieb seinen Puls noch weiter in die Höhe, und der Daimon in ihm erwachte brüllend zum Leben.

Keine Sekunde später stand er in völlige Dunkelheit getaucht im Trainingsraum des Observatoriums.

Über die Jahrhunderte seines ersten Lebens hinweg hatte er sie gejagt.

Getötet.

Mal um Mal.

Leben um Leben.

Ihr das Herz gebrochen. Wortwörtlich.

Etwas regte sich in ihm, die Sehnsucht danach, ihre Sinne zu spüren, ihr nahe zu sein. Denn trotz all des Blutes und Todes, die sie über die Welt der Alias und der Menschen gebracht hatte, war sie doch seine einzige Liebe gewesen. Bis sie ihn für immer verraten hatte.

Sie war das Übel für das Leid dieser Welt, für all die toten Seelen, für all die Menschen und Alias, die im Kampf gegen ihre erschaffenen Kinder gefallen waren.

Nox.

Die Göttin der Dunkelheit.

11

Simulation beenden«, stieß Kit hervor, sodass das Licht flackernd wieder ansprang, stockte, als würde es selbst nach Atem ringen. Im selben Augenblick rauschte eine Gestalt auf sie zu. Sie erhaschte einen Blick auf wutverzerrte Züge, schwarze Locken, ihren Dolch in seiner Hand.

Keine menschliche Geschwindigkeit.

Keine stinknormalen Alias-Kräfte.

Dies war ein Daimon. Mächtiger als alle anderen Alias, sie nahm es an dem dunklen, aschigen Duft seiner Haut wahr.

Im letzten Moment setzte ihr Verstand wieder ein, und sie erinnerte sich an alles, was sie in ihrer Ausbildung gelernt hatte. Wer auch immer der Fremde war – sie würde sich nicht so einfach geschlagen geben.

Sie hatte keine Zeit, ihm irgendwelche Fragen zu stellen, seine Identität herauszufinden, denn keinen Herzschlag später war er bei ihr, und Kit ging in die Knie, wich der zischenden Klinge aus, die ihr Trainingsshirt aufschlitzte und ihre Haut oberhalb des Bauchnabels streifte. Stechend stieg ihr der Blutgeruch in die Nase, ihr eigenes Blut. Aber die Wunde war nicht tief, lediglich ein Kratzer.

Sie rollte sich ab, kam wieder auf die Beine.

Doch ihr Gegner war schneller und sie ohne Waffen.

Wieder preschte er nach vorne, erbarmungslos. Kit stieß mit voller Kraft gegen sein Handgelenk, wehrte den tödlichen Angriff nach unten ab. In ihrer Sporthose klaffte ein riesiges Loch, als der Dolch an ihrem Oberschenkel entlangrutschte. Dieses Mal drang die Spitze tiefer ein, und sie kniff die Augen zusammen, die Schmerzwogen ignorierend, die plötzlich über ihr hereinbrachen.

Schnell und ohne zu zögern rammte Kit dem Fremden den Handballen in die Nasenflügel. Das Geräusch seiner brechenden Nase erfüllte sie mit erleichternder Genugtuung. Er war in ihren Schutzraum eingedrungen, berührte ihren Siegeldolch, also konnte sie ihn treffen. Andernfalls wäre ihr Schlag ins Leere gegangen, hätte sich in den Zaubern verloren, die seinen Körper umgaben.

Der Daimon stieß einen Fluch in einer alten Sprache aus, während sie die Sekunde nutzte und nach hinten sprang. Adrenalin schoss durch ihre Venen.

Außer Reichweite. Außer Gefahr.

Vielleicht hatte er nicht daran gedacht. Vielleicht hatte er nur ihre Zerstörung im Sinn gehabt und keinen Gedanken daran verschwendet, was es bedeuten würde, ihre Waffe zu benutzen. Aber das spielte im Grunde auch keine Rolle, denn er war ihr überlegen. Körperlich, mental und mit seinen daimonischen Kräften.

Blut tränkte den Stoff ihrer Hose, tropfte auf den Boden.

Aus dem Augenwinkel registrierte sie, dass auch er blutete, doch anders als erwartet wischte er mit der freien Hand durch die Luft, und der rote Fluss versiegte völlig. Sie erhaschte einen Blick auf zwei kleine Perlen, die in seiner Faust verschwanden. Jadeperlen.

Kit keuchte, als ihre Klinge zu leuchten begann, und kalter Schweiß brach ihr aus. Magiefäden spannen sich darum. Sie begriff und riss die Augen auf. Nein.

Er wollte sie nicht einfach nur töten und ihre Seele ins Jenseits befördern.

Er hatte die Formeln des Siegeldolches gesprochen. Er *kannte* die Worte des Siegeldolches. Kits Gedanken überschlugen sich. Das bedeutete, er war ein Siegelhüter. Ein Daimon und ein Siegelhüter.

Und er war bereit, sie in den Aschetod zu schicken.

Sie für immer zu vernichten.

Gleich darauf spürte Kit, wie sich ihr Schutzmechanismus bemerkbar machte. Ein Kribbeln, das in ihren Fingerspitzen begann und sich bis in ihre Zehenspitzen ausbreitete.

Es reichte ein Blinzeln, und er war nur noch zwei Armlängen von ihr entfernt. Hasserfüllt stürzte er sich auf sie, Mordlust blitzte in seinen Augen.

Brennend zerriss das Fuchsfeuer ihre menschliche Gestalt. Ihre Knochen schmolzen, während sich das Feuer rasend schnell durch ihr Blut ausbreitete, und der Schrei, der in ihrer Kehle aufkeimte, ging in ein lautstarkes Winseln über.

Angst, schwer und schwarz, raubte ihr den Atem, und Kit spürte den Schmerz, den die plötzliche Verwandlung in ihren Muskeln zurückließ, wie nach ihrem letzten Kampf mit den Nox. Hitze loderte in ihrem Fuchskörper, viel zu langsam gewöhnte sie sich an die neuen Eindrücke, ihre schlechte Sicht und die vielen Geräusche in ihrer Umgebung. Ihre Flanke pochte. Blut floss auf den kalten Linoleumboden.

Mitten im Angriff stoppte ihr Angreifer, ließ überrascht die Klinge sinken.

Kit rollte sich zusammen, aus Angst, er könnte es sich anders überlegen und sie doch noch töten. Sie versuchte ihre überlebenswichtigen Organe mit ihrem Schwanz zu verstecken, gleichzeitig drang der Duft seiner Gestalt in ihre Nase. Kiefernholz und Zimt.

Der Daimon stand jetzt schwer atmend über ihr, die nachtschwarzen Augen misstrauisch zusammengekniffen, während sich Schock und Entsetzen in seiner Miene abwechselten. Ein Schweißtropfen lief seine Schläfe hinab, und seine Aura vibrierte in einer seltsamen Mischung aus Finsternis und Zorn. Der Siegeldolch blitzte direkt vor ihr auf, ihr Blut klebte daran.

Dunkel regte sich etwas in ihr. Wie das vorsichtige Tasten seiner Seele auf ihrer Haut, eine sanfte Liebkosung, verschmolzen mit einer vergrabenen Erinnerung und doch so präsent, als könnte sie es direkt vor sich sehen.

Einige Sekunden verstrichen. Die Luft war erfüllt von Schweiß, ihrer Angst, dem leisen Winseln, das aus ihrer Schnauze drang, und fragender Ungewissheit.

Nach einer Weile wagte sie es, ganz zu ihm hochzusehen, unsicher, ängstlich. Wenn er wollte, konnte er sie jetzt vernichten. Für immer auslöschen. Und ein Teil von ihr, jener Teil, der die Dunkelheit in ihr verleugnete, wünschte sich fast, er täte es. Schließlich hatte sie es verdient. Für das, was mit Artemis geschehen war. Vielleicht war sie auch schuld an Phelias Tod. Weil sie nach Edinburgh gekommen war.

In Fuchsgestalt konnte sie seine Augenfarbe nicht genau bestimmen, sie stand jedoch in starkem Kontrast zu seinem dunklen Teint.

Und er – daimonisch und umgeben von Finsternis – blickte zurück. Als könnte er nicht glauben, wen er da vor sich sah, als hätte er mit jemand völlig anderem gerechnet.

»Wer bist du?«, zischte er mit gestählter Stimme. Dieses Mal sprach er Englisch. »Du bist nicht… «, murmelte er, schüttelte den Kopf, als versuche er zu begreifen, wen er vor sich sah. Alles an ihm – seine Präsenz, seine Aura – rief etwas tief Verstecktes in ihr wach.

Sie konnte nicht antworten, und selbst wenn sie es gekonnt hätte, hätte sie kein Wort hervorgebracht. Sie hatte sich in einen Fuchs verwandelt. Ihre Kleidung lag zerrissen am Boden. Scham drückte sich gegen die Enge ihres kleinen Brustkorbs.

»Wer bist du?«, flüsterte der Daimon jetzt. Die Hand, die den Dolch führte, zitterte, aber nur so leicht, dass sie die Bewegung des Blutes roch. Langsam ging er in die Hocke und starrte ihr in die Augen.

Sein Blick wurde nachdenklich, und dort, wo sie ihn mit dem Handballen erwischt hatte, deutete sich eine ordentliche Schwellung an. Aber keine gebrochene Nase.

Eine seltsame Vertrautheit ging von dem Fremden aus, wie ein Foto, das eine Erinnerung auslöste. Ihre Haut prickelte, und ihr Herz schlug umbarmherzig schnell, als sie in seinen dunklen Augen versank. Sie hatte das Gefühl, keine Luft mehr zu bekommen.

Plötzlich erwachte ihr Überlebensinstinkt wieder zum Leben. Kit spannte die Muskeln an und schnappte nach seinem Unterarm. Tief drangen ihre spitzen Zähne durch sein weißes Hemd und die erste Hautschicht, doch der Ausdruck in seinem Gesicht wurde nur noch nachdenklicher, während sie den Geschmack seines Blutes auf der Zunge explodieren spürte. Als ob er keine Schmerzen verspürte, als ob ihm ihr Biss nichts ausmachte.

Kit wollte die Gelegenheit nutzen. Davonrennen. Sich verstecken. Hilfe holen.

Aber sie war wie gelähmt.

Wer war er? Warum hatte er sie angegriffen? Warum starrte er sie so an?

»Eine Kitsune, wer hätte das gedacht«, murmelte er,

166

und Kit zuckte zurück, als hätte er ihr einen Schlag versetzt.

Mit weit aufgerissenen Augen wich sie nach hinten, noch immer den Geschmack seines Blutes im Maul, während sich sein Hemd weiter rot verfärbte. Mittlerweile hatte sich eine kleine Lache auf dem Boden gebildet, doch er machte keine Anstalten, seine Wunde zu versorgen oder zu schließen. Es musste höllisch wehtun. Aber stattdessen ließ er sie keine Sekunde aus den Augen, saugte jede Regung mit dem Blick auf.

»Du solltest nicht mit dem Tod spielen.«

Wild und erbarmungslos klopfte ihr Herz gegen ihre Brust, und Kit hatte keine Ahnung, wie sie darauf reagieren sollte. Er roch kein bisschen verängstigt, sondern auf eine seltsame Weise alt und … mächtig. Nach Asche und Tod.

Ein Todesdaimon, schoss es ihr verwirrt durch den Kopf, das Ziehen ihrer Verletzungen ignorierend, und sein Blick fiel darauf, als hätte er in ihren Gedanken gestöbert. Vielleicht hatte er auch einfach nur gelernt, ihre Reaktion zu lesen. Aber das war schwierig, selbst für einen Todesdaimon.

»Ich heiße Nakir«, sagte er jetzt, als wären sie einander förmlich vorgestellt worden, und streckte vorsichtig die Hand nach ihr aus, ganz so, als wolle er ihre Verletzung überprüfen. Kit knurrte, und seine angespannte Miene wurde ausdruckslos.

»Du solltest mich nicht reizen.«

»Hier bist du, ich dachte …«

Kit riss den Kopf herum und erblickte Lelja in der Tür zum Trainingsraum. Lilafarbene Strähnen hatten sich aus den zwei hochgesteckten Knoten gelöst und hingen ihr ins schmale Gesicht, die einfache Jeans von heute Morgen hatte sie gegen ihr Trainingsoutfit getauscht.

Sie hatte ihre Freundin nicht kommen hören, war in eine Blase aus Kampf und ihren Gedanken gesperrt gewesen, doch jetzt drangen die Geräusche des Observatoriums an ihre Ohren. Ein tiefes Summen, Gesprächsfetzen, Gerüchte, Alltagsgeschichten.

Die Welt hatte sich einfach weitergedreht.

Mit einem Blick erfasste Lelja die Situation, ihre Augen verengten sich, und Kit spürte, wie sich in ihrem Kopf ein Schalter umlegte. Sie zögerte keine Sekunde. Kit spürte eine seltsame Mischung aus Erleichterung und Stolz. Darauf, dass ihre Freundin ihr Leben für sie riskieren würde. Und dass sie nicht allein war.

Energisch riss Lelja eine ihrer silbergrauen Perlen vom Handgelenk, ihre Lippen bewegten sich schnell und lautlos, als sie den Zauber von seinen Ketten befreite. Im nächsten Moment schleuderte sie die Perle auf den Todesdaimon, nicht, ohne einen wütenden Befehl nach Hilfe in den Flur zu brüllen.

Im Flug verwandelte sich die Perle in einen Speer, doch Nakir hob die Hände. Zischend veränderte sich die Luft, knisterte voller Magie. Sie schimmerte in Regenbogenfarben, mit grauen Schattierungen, die Kit nicht sehen, aber dafür umso besser riechen konnte, und der Speer änderte abrupt seine Flugbahn. Keinen Herzschlag später schlug er donnernd in die Wand ein, während Lelja auf sie beide zustürmte. Sie trennten zwanzig Meter.

»Es ist nicht so, wie Sie denken, Agent«, sagte Nakir und erhob sich in einer Eleganz, die ein bisschen an einen schlechten Film erinnerte. Einen, in dem der Bösewicht noch Zeit hatte, seine Motivation zu erklären, ehe er getötet wurde.

»Spar dir deine Luft«, stieß Lelja hervor, zerdrückte
eine weitere Perle und ließ schwarze Blitze um ihre
Handgelenke tanzen, während sich ihre Lippen schnell
bewegten, um die magischen Worte zu sprechen, die in
den Perlen steckte. Nakir rührte sich nicht von der Stelle. Kit blickte zu ihm hoch, doch er stand mit dem Rücken zu ihr, die Blutung an seinem Arm noch nicht ge-
stoppt, und sah in Leljas Richtung.

Ihr Puls raste. Plötzlich aus Angst. Aus Angst um
ihn, und sie hatte keine Ahnung, weshalb.

Kit spürte, wie sich etwas in ihr regte, der Geschmack
seines Todes war plötzlich schwer und greifbar, waberte
wie eine unsichtbare Fährte in der Luft, die vor Anspannung vibrierte.

Ihr Instinkt setzte ein.

Und Kit tat etwas, das sie selbst nicht erwartet hätte:
Sie sprang ihrer Freundin in den Weg. Gerade noch
rechtzeitig ließ Lelja die Hand sinken, kurz bevor sich
die Blitze in voller Gewalt entladen konnten.

Ihr Brustkorb hob und senkte sich schnell, und sie
starrte Kit an, als ob sie völlig den Verstand verloren
hätte, dann schnellte ihr Blick zu dem Todesdaimon,
der sich nicht rührte. Die Blitze zuckten kurz, Knallge-
räusche, als ob sie jeden Moment losgehen könnten.

*Ehrlich gesagt zweifle ich gerade selbst an meiner Zu-
rechnungsfähigkeit,* dachte Kit und lauschte auf den
Nachhall der Schmerzen. Das Pochen ihrer Wunde hatte sich verstärkt. Sie war müde. Müde und hungrig und
durstig. Der Geschmack von Nakirs Blut klebte an ihren Lefzen, ihrer Kehle, benetzte jeden Zentimeter ihres Mauls, und sie hatte das Gefühl, keine Sekunde länger auf den Beinen stehen zu können.

Natürlich. Was hatte sie auch gedacht? Sie hatte seit

gestern Mittag nichts Anständiges mehr gegessen, und die Verwandlung hatte sie mehr Reserven gekostet, als sich zuerst bemerkbar gemacht hatte. Außerdem ließ das Adrenalin nach.

Lelja sagte etwas. Kit hörte es am hohen Klang ihrer Stimme. Dem besorgten Tonfall. Aber die Worte durchdrangen nicht den dichten Nebel, der ohne Vorwarnung aufzog.

»Das war wohl doch eine etwas schlimmere Verletzung«, antwortete Nakir sanft und mit leisem Spott in der Stimme.

Dann wurde ihr schwarz vor Augen, und sie dachte, fühlte, roch und hörte gar nichts mehr.

12

Nakirs Puls raste unkontrolliert, während sein Blick über die regungslose Fuchsgestalt glitt, die zu seinen Füßen kauerte. Ihr kleiner Brustkorb hob und senkte sich regelmäßig, der weiße Teil ihres Fells war mit Blut durchtränkt, und ein fast friedlicher Ausdruck lag auf ihren Zügen. Sie war etwas größer als ein europäischer Fuchs, aber jetzt wirkte sie klein und zerbrechlich.

Die Wunde in ihrem Oberschenkel war doch tiefer und blutete stärker als zuerst angenommen, und der metallische Geruch des Blutes drang an seine Nase. Seine eigene Bissverletzung war nicht ganz so schlimm, brannte dafür jedoch wie Feuer. Aber Nakir hatte nur Augen für die Kitsune.

Ein warmes Gefühl stieg in ihm auf, und doch … er hatte ihre Essenz wahrgenommen, sie gespürt wie eine Liebkosung. Ohne Vorwarnung hatte ihn seine Vergangenheit eingeholt, ihn in einen Strudel aus Erinnerungen gerissen, aus dem er nur langsam und etwas benommen wieder auftauchte. Weil er nicht glauben konnte, was eben geschehen war.

Denn als sie sich verwandelt hatte … Unwillkürlich schüttelte er den Kopf, versuchte das Geschehene zu verarbeiten.

Alles hatte sich verändert. Ihr Duft, die Essenz ihrer Seele. Niemals zuvor hatte Nakir etwas Ähnliches erlebt, all die Gesichter, die die Alias trugen, verschwammen, und auch wenn er danach tastete, konnte er sie nicht greifen. Es war, als hätte sie sich in eine Illusion gehüllt.

Nakir hatte sich getäuscht.

Das war ihm noch nie zuvor passiert.

Der Schlafentzug, die Geschehnisse der letzten Wochen, all das saß so tief in seinen Knochen, dass er einen schwerwiegenden Fehler gemacht und eine unschuldige Alias angegriffen hatte. Grundlos.

Am liebsten hätte er sich die Haare gerauft, aber dann hätte er seine Inkompetenz auch gleich in die Welt hinausbrüllen können.

Aber diese Ähnlichkeit der Essenz, dieser Duft, dieses Gefühl … Er konnte es nicht erklären.

Kurz fragte er sich, ob es ein magischer Zauber war, der ihn in die Falle locken sollte. Möglicherweise wollte jemand, dass er in der Kitsune Nox, die Göttin der Dunkelheit sah. Um sie aus dem Weg zu räumen?

»Ist alles in Ordnung, Deputy Director?«, erklang eine männliche Stimme vom Flur her und riss Nakir aus seinen Gedanken. Er hob den Kopf und blickte in Richtung der Türen, wo sich mindestens fünf Alias versammelt hatten, einige mit gezückten Siegeldolchen, ihre Mienen waren ernst und entschlossen. Aber ihr Blick war auf die Kitsune und die zweite Agentin gerichtet.

»Sollen wir sie verhaften?«

»Nein! Alles in Ordnung«, sagte Nakir, räusperte sich, weil seine Stimme belegt klang, und fügte dann in einem Befehlston hinzu: »Bringt die Verletzte auf die Krankenstation und versorgt ihre Wunden. Sie soll sich ausruhen. Die Agentin hat mich unwissentlich attackiert. Es war ein Missverständnis.«

»Deputy Director?« Die Agentin mit den lilafarbenen Haaren und dem unverkennbaren Duft von göttlicher Magie riss ihre eindrucksvollen Augen auf. »Heilige Scheiße. Das tut mir leid … ich wollte Sie nicht angreifen … also, eigentlich schon, weil Sie ja Kit angegriffen haben.« Sie hob die Hände in Richtung der Agents, die auf die Blitzspuren um ihre Handgelenke starrten, dort, wo die Luft noch immer flimmerte, als wäre sie statisch aufgeladen. »Das war keine Absicht. Ich wusste nicht, wer er ist!«

Nakir kniff die Augen zusammen, denn ihre schrille Stimme schnitt wie ein Messer in sein Trommelfell. »Kit?«

»Special Agent Sune.«

Unmerklich zuckte Nakir zusammen. Natürlich. Kit Sune. Kitsune. Das konnte verdammt noch mal kein Zufall mehr sein!

»War Chief Lockhardt ihre Patentante?«

Die Alias nickte kurz, angespannt. »Ja.«

Mittlerweile hatten die Agents sie erreicht und blieben unschlüssig stehen. Zwei von ihnen hoben Kit Sune behutsam auf. Nakir ließ sie keine Sekunde aus den Augen. Sobald sie wieder ansprechbar war, würde er sie zur Rede stellen. Schließlich war sie der Grund, warum er ursprünglich nach Edinburgh gekommen war.

Sie war diejenige, die Lilith das letzte Mal lebend gesehen hatte.

Bei dem Gedanken an seine Nichte zog sich sein Herz schmerzhaft zusammen, und er wandte hastig den Blick ab, spürte, wie sich jeder Muskel seines Körpers anspannte.

Er war so kurz davor gewesen, Kit Sune zu töten. Aber dann hätte er womöglich niemals Antworten auf seine Fragen bekommen. Die Erkenntnis nagte an ihm.

»Sie sind verletzt!«, rief die zierliche Elfe, die ihn zuvor in den Leichenraum geführt hatte. Arie? Allie?

»Nicht weiter der Rede wert«, erwiderte er und hob

den Unterarm. Dabei fiel ihm auf, dass sein weißes Hemd aussah, als hätte er seinen Arm in einen Aktenvernichter gesteckt. Bei der Bewegung rollte eine Schmerzwoge über ihn hinweg, das Adrenalin ließ langsam nach.

»Was ist hier vorgefallen?«

Ein hochgeschossener Alias mit ergrautem Bart und kurz rasiertem Schädel sah ihn direkt aus seinen stahlgrauen Augen an und stellte damit womöglich die einzige Frage, die im Trainingsraum unausgesprochen nachklang.

Nakir schüttelte den Kopf. »Nicht hier, Inspector General Allister.«

»Das war kein Trainingskampf«, erwiderte der Alias, und in seiner Stimme schwang ein lauernder Unterton mit. Dann nickte er einer schwarzhaarigen Alias zu. »Murron, kümmere dich um die Verletzung von Deputy Director Helios.«

Sie nickte und lächelte ihm zaghaft zu, um sich gleich darauf mit geschickten Händen und konzentrierter Miene daranzumachen, seine Wunde zu heilen. Nakir zuckte zusammen, als ihre Magieströme wie eine Alkoholkompresse auf seine Haut trafen, und öffnete gleichzeitig seinen Geist, um nach ihrer Essenz zu tasten. Sie schmeckte nach Frühling, leicht und blühend. Das Gesicht von Ostara, der germanischen Frühlingsgöttin, tauchte vor ihm auf. Er hatte sie immer sehr geschätzt.

Überrascht hob Murron den Kopf, ihre hellblauen Augen weiteten sich. Vielleicht, weil sie die Verbindung zu ihm spürte, zu ihrem alten Leben. Dann senkte sie rasch wieder den Blick auf seine Verletzung, strich behutsam mit ihren unsichtbaren, magischen Fingern über die klaffende Wunde. Es fühlte sich gut an, wie das sanfte Streicheln von Schmetterlingsflügeln. Das Brennen ließ nach, ebenso die Schmerzwogen, die seinen Körper einnahmen.

Sie war gut. Er würde die Verletzung trotzdem noch mal von einem Arzt untersuchen lassen, aber erst später.

»Ich möchte mit Deputy Director Helios unter vier Augen sprechen«, sagte Allister an die umstehenden Alias gewandt, die sich rasch entfernten. »Du nicht, Lelja«, sagte er scharf, als sich die Agentin mit den lilafarbenen Haaren ebenfalls anschließen wollte. »Ich erwarte dich in meinem Büro«, fügte er kühl hinzu. Die Agentin senkte betreten den Blick und spielte beiläufig mit der Perlenkette an ihrem Handgelenk. Zwei Perlen fehlten.

Das würde einen ausführlichen Bericht nach sich ziehen, schließlich hatte sie zwei Perlen für einen Kampf verschwendet, den sie gar nicht hätte führen müssen. Aber es war ihr gutes Recht gewesen, wenn sie geglaubt hatte, dass Kit Sune sich in Lebensgefahr befand.

»Alles klar, Inspector General.« Die Agentin flüchtete aus dem Trainingsraum.

Murron war mittlerweile fast fertig. Bereits nach einer Minute spürte er nichts mehr, als hätte die Füchsin ihre Zähne niemals in seinem Unterarm versenkt. Aber dafür würde Murron jetzt einige Tage lang nicht mehr auf ihre Kräfte zugreifen können, Nakir sah die physische Erschöpfung in ihren feinen Zügen. *Wahrscheinlich hat sie einen Teil der Schmerzen auf sich genommen*, schoss es ihm durch den Kopf.

»Danke«, sagte er schlicht, als sie schließlich die Hände senkte. Sie zitterten.

Murron lächelte zögerlich. »Gern geschehen, Deputy Director.«

Keinen Moment später war auch sie verschwunden.

»Ich freue mich, Sie zu sehen, auch wenn die gegebenen Umstände leider keine erfreulichen sind«, begann Nakir und rieb sich mit der unverletzten Hand über die Stirn. »Es war nicht meine Absicht, ein solches Chaos zu veranstalten. Es ist gegen meine Natur, einfach so Mitarbeiter anzugreifen.«

»Was ist passiert?«

Inspector General Allister ließ seinen Blick über die Zerstörung und die Blutlachen gleiten, die sich auf dem Boden gebildet hatten.

»Wie sehr vertrauen Sie Special Agent Sune?«, fragte Nakir stattdessen, wofür er ein Stirnrunzeln erntete.

»Ich kenne sie kaum. Chief Lockhardt hat sie nach Edinburgh geholt, nachdem sie ihren Partner verlor und einen Unterschlupf benötigte. Es schien mir sinnvoll, sie ebenfalls einzustellen, zumal wir sowieso eine Stelle im DoAC frei hatten und einer der Siegelhüter noch eine Partnerin brauchte.«

»Verstehe. Und warum haben Sie es mir nicht gemeldet?«

Etwas blitzte in den Augen des Alias auf. »Weil Chief Lockhardt mir versichert hat, dass sie dies schon getan hätte.«

»Nein, das hatte sie nicht. Wir haben die letzten Wochen damit zugebracht, den Aufenthaltsort von Kit Sune herauszubekommen.«

»Warum?«

Nakir beschloss, nur einen Teil der Wahrheit zu sagen. Er wusste nicht, wem er was anvertrauen konnte. Was hier eigentlich gespielt wurde, und solange er dies noch nicht selbst herausgefunden hatte, wollte er unter keinen Umständen zu viele Informationen in Umlauf bringen.

Wissen bedeutete Macht. Und manchmal bedeutete Macht einfach nur, dass man Informationen zum richtigen Zeitpunkt ausspielte.

»Weil eine meiner Agentinnen eine sehr kurze Befragung zu den Ereignissen in London durchgeführt hat und ich selbst alles überprüfen wollte. Niemand wusste, wo sie war. Ich habe es erst gestern erfahren.«

»Es war also tatsächlich kein gewöhnlicher Nox-Angriff«, schlussfolgerte Inspector General Allister und strich sich mit der Hand über den Bart, den Blick nachdenklich auf die Wand gerichtet. »Ich hatte zuerst gedacht, die Medien wollen ein bisschen Panik verbreiten. Aber dass Sie hier sind, zeigt, wie ernst die Lage ist. Was hat Kit Sune damit zu tun?«

»Das versuche ich herauszufinden. Aber es bleibt vorerst unter uns.«

»Selbstverständlich. Der Umstand, dass Sie sie einfach nur befragen wollen, erklärt jedoch nicht, warum sie jetzt auf der Krankenstation liegt und Murron Ihre Wunde versorgen musste.«

Nakir lächelte flüchtig. »Das stimmt.«

»Ich bin nicht befugt, Sie zu befragen, denn Sie sind niemandem Rechenschaft schuldig, bis auf Deputy Chief Iblis, aber trotzdem ist es vielleicht besser, wenn Sie mir eine Antwort geben würden. So macht es nämlich den Anschein, als ob eine meiner Agentinnen Sie angegriffen hätte, und die disziplinarischen Maßnahmen dafür sind … hart. Ich würde sie ungern bestrafen müssen.«

Er hatte recht. Vielleicht war es besser, wenn er ein paar Details von ihm und nicht von Kit Sune oder der anderen Agentin erfuhr, die er zweifelsohne ausführlich befragen würde.

»Ich habe sie mit einer anderen Alias verwechselt und für eine große Gefahr für die AE gehalten. Deswegen habe ich angegriffen, bevor ich es überprüfen konnte.«

Sich diesen Fehler einzugestehen, kostete Nakir große Überwindung, aber es führte kein anderer Weg daran vorbei. Er musste die Verantwortung übernehmen, wenn er in seiner Position ernst genommen werden wollte, und der Inspector war zu intelligent, um eine Lüge aufgetischt zu bekommen.

»Ich wusste nicht, wer sie war. Ich habe im ersten Moment ihre Essenz gespürt, sie aber noch nicht gesehen und … gehandelt. Weil ich dachte, dass es notwendig sei.«

»Und für wen haben Sie sie gehalten?«

Nakir zögerte. »Nox.«

Jetzt sah Allister ernsthaft schockiert aus, denn er verlor jegliche Gesichtsfarbe. »Was?«

»Nox. Die Göttin der Dunkelheit.«

»Mir ist klar, wen Sie damit meinen. Aber … das würde bedeuten …«

»Sie war es nicht. Das ist mir jetzt auch klar. Sie kann es nicht gewesen sein.«

»Sonst wäre Kit Sune nicht länger am Leben.«

Nakir schüttelte langsam den Kopf. »Nein. Sonst wäre ich jetzt tot.«

Daraufhin herrschte betretenes Schweigen. Inspector General Allister sah aus, als würde er sich am liebsten in Luft auflösen, was für einen Alias seiner Größe und Statur fast albern wirkte. Aber Nakir wusste, dass Nox selbst in dem stärksten Alias pure Angst auslöste. Sie war diejenige, die die Welt beinahe in den Untergang geführt hätte. Die meisten Götter waren in diesem Krieg gefallen und als normale Alias ohne Erinnerung wiedergeboren worden. Im Gegensatz zu Nox. Sie hatte es geschafft, ihre Kräfte zu behalten. Durch ihre Kinder, die einen Teil der alten Seelen sammelten und ihr brachten. Nach jeder Wiedergeburt hatte sie zu sich selbst zurückgefunden, früher oder später.

Nakir dachte daran, wie Kit Sune sich schützend zusammengerollt hatte. Wie ein kleines Paket, bereit, sich ihrem Ende zu stellen. Nox hätte niemals so gehandelt. Und sich schon gar nicht verwandelt. Nichts schien ihrem Wesen ferner zu liegen, denn sie stellte sich den Kämpfen. Außerdem waren da noch die feinen Unterschiede in ihrer Essenz, was wohl das größte Indiz war, das für die Verwechslung sprach.

Ihr Duft war berauschend gewesen, hatte ihn zuerst verschlungen und den Daimon in ihm zum Leben erweckt, weil diese Essenz für all die Tränen und Tode stand, die er hatte rächen müssen. Mit einer Hand fuhr er sich übers Gesicht, um die Schatten zu verscheuchen, die in seinem Kopf lungerten.

»Deputy Director?«

»Gibt es noch etwas zu besprechen?«, murmelte er geistesabwesend.

»Nein, eigentlich nicht.«

»Kit Sune soll vorerst nicht befragt werden. Das möchte ich selbst übernehmen«, befahl er, und der Inspector General nickte.

»Wie Sie wünschen, Deputy Director.«

Er brauchte Abstand. Für sich. Seine Gedanken.

Und dann würde er mit Kit Sune reden. Allein. Unter vier Augen. Um herauszufinden, was sie wusste. Und vielleicht auch, wer sie wirklich war …

13

Das Erste, was Kit bemerkte, als sie langsam wieder erwachte, waren die weichen Daunen unter ihrem Hintern. Und das Zweite, dass dieser Hintern nackt und menschlich war. Ihr Oberschenkel spannte und war bandagiert, der Rest ihres Körpers steckte unter einer geblümten Decke, auf der zusätzlich Schafe aufgestickt waren. Wer auch immer dafür verantwortlich war, besaß definitiv Humor. Dem kahlen Zimmer nach zu urteilen, befand sie sich auf der Krankenstation des Observatoriums.

Ihre Muskeln fühlten sich schwer und träge an, ihre Kehle brannte, und ihr Gehirn funktionierte nur auf Sparflamme. Erst nach und nach kehrten ihre Erinnerungen zurück.

»Du hast deine Trainingskleidung zerrissen, als du dich verwandelt hast.«

Sie wandte sich der weiblichen Stimme zu und sah Lelja am Fußende des Bettes auf einem Holzstuhl sitzen. Eine besorgte Falte hatte sich in ihre Stirn gegraben, und sie kaute unentwegt auf ihrer vollen Unterlippe herum, die etwas lädiert aussah. Als hätte sie seit Stunden nichts anderes getan.

»Was ist los?« Kit hörte sich an, als hätte sie tagelang ein Konzert gegeben, und räusperte sich.

»Kennst du ihn?«, stellte Lelja eine Gegenfrage und warf einen Blick in Richtung der verschlossenen Tür, auch wenn das für besonders gute Ohren oder irgendwelche Lauschzauber kein wirkliches Hindernis darstellte.

»Nein.« Kit seufzte. »Ich kenne ihn nicht.«

»Aber er hat dich angegriffen, oder?«

»Ja. Willst du mir vielleicht verraten, was passiert ist, nachdem bei mir die Lichter ausgegangen sind?«

Jetzt sah Lelja eindeutig verwirrt aus. »Weißt du denn, wer er ist?«

»Es wäre einfacher, wenn du mir alles erzählst, anstatt immer nur Fragen zu stellen«, sagte Kit und versuchte sich an so etwas wie einem Lächeln. »Wer war der Todesdaimon?«

»Deputy Director Nakir Helios.«

Kits Lächeln gefror augenblicklich. Egal, was sie hatte sagen wollen, es blieb ihr im Hals stecken.

Es war, als hätte ihr Lelja den Finger in ihre Wunde gesteckt und einmal darin herumgewühlt. Hitze stieg ihr in die Wangen, und all die Fragen, die in ihrem Kopf herumgeschwirrt waren, multiplizierten sich. Gleichzeitig schossen unzählige Bilder durch ihren Geist.

Wie der Todesdaimon sie angriff. Wie sie sich verteidigte.

Kit riss die Augen weit auf. Heilige Scheiße. Sie hatte ihn gebissen. In den Unterarm.

Sie hatte einen der fünf Deputy Directors verletzt.

Genauso gut hätte sie ihre Kündigung einreichen können.

Vorsichtig richtete sie sich in ihrem Krankenbett auf, klappte den Mund auf und schloss ihn wieder. Denn bei der Bewegung tanzten Sternchen in ihrem Blickfeld, und sie ließ sich mit einem Ächzen wieder in die weichen Kissen sinken.

»Bei allen Alias«, murmelte sie.

»Das kannst du laut sagen«, kommentierte Lelja trocken. Beinahe ungeduldig. »Deswegen sitze ich seit drei

Stunden an deinem Bett und versuche mir eine plausible Erklärung dafür zurechtzulegen, warum dich a) ein Todesdaimon – und Deputy Chief – unbedingt loswerden wollte. Und b) weshalb du ihn, obwohl du ihn anscheinend nicht kennst und obwohl er dich töten wollte, verteidigt hast.«

Kit schwieg, bis das Schweigen unerträglich wurde.

»Ich habe keine Ahnung«, sagte sie schließlich zögernd. Im Grunde war es die Wahrheit, auch wenn etwas in ihr das Gegenteil behauptete. Sie traute sich nur noch nicht, diesen Gedanken zu formulieren, aus Angst, dass er zerbrach.

Lelja beschränkte sich auf ein subtiles Augenbrauenheben, das ihren Zweifeln eine Stimme verlieh. Mit einer Hand schob sie sich eine Haarsträhne aus der Stirn, sagte jedoch kein Wort. Kit rutschte in ihrem Bett herum, versuchte sich in eine bequemere Position zu bringen, wusste aber insgeheim, dass es nicht damit zusammenhing. Ihre Finger spielten mit dem Ende ihrer Bettdecke.

»Ich meine es ernst. Ich habe keine Ahnung. Ich weiß nicht, warum er mich angegriffen hat. Es war einfach … es war seltsam. Seine ganze Präsenz war seltsam. Ich denke, er hat mich im Flur gesehen und ist mir in den Trainingsraum gefolgt, wo ich die Simulation gestartet habe, und als die Lichter ausgingen, hat er mich angegriffen. Aber da war einfach dieses Gefühl …« Etwas hilflos zuckte Kit mit den Schultern, weil sie es einfach nicht erklären konnte und weil sie wusste, wie dürftig ihr Gestammel war. Wärme kroch in ihre Wangen, als ihr klar wurde, dass sie in ihre Fuchsgestalt geflüchtet war, als die Angst gewonnen hatte.

Kit stöhnte.

»Was ist?«

»Ich habe mich vor dem Deputy Director verwandelt. Weil ich Schiss hatte. Großartige Bestätigung meines Repertoires. Er wird denken, dass ich total inkompetent bin. Nicht, dass dafür nicht schon ausreicht, dass ich ihn gebissen habe.«

Lelja machte eine Handbewegung, als wolle sie die Worte beiseitewischen. »Du machst dir umsonst Sorgen, das spielt keine Rolle, das hätte jeder getan, der noch alle Latten am Zaun hat und weiterleben möchte. Er ist ein Todesdaimon. Er hätte dich schneller vernichten können, als du Wiedergeburt sagen kannst. Was ist dann passiert?«, fragte Lelja dann und beugte sich vor, um keinen Satz zu verpassen, die Arme auf das Bett gestützt. »Nachdem du dich verwandelt hast.«

»Er hat aufgehört, gegen mich zu kämpfen.« Nachdenklich legte Kit den Kopf schief. »Und ist vor mir in die Hocke gegangen. Als könnte er nicht glauben, dass ich … ich bin. Aber da war dieses Gefühl, als würde …«

»… als würdest du ihn kennen«, beendete Lelja ihren Satz aufgeregt, und ihre hellen Augen leuchteten bei diesen Worten, so, als wären sie magisch gewesen.

Kit blies die Backen auf, richtete den Blick an die Decke und lauschte dem Nachklang von den Gefühlen, die Nakirs Nähe in ihr ausgelöst hatte. Der Verbindung, die sie gespürt hatte. Ihr Herz stolperte. *Nakir*, dachte sie sarkastisch. *Mach dich nicht lächerlich.*

Sie sah Lelja wieder offen an. »Ja. Genau. Es war, als würde ich ihn bereits kennen.«

»Weil du es tust«, sagte ihre Freundin, beinahe triumphierend.

Kit runzelte die Stirn. »Wie meinst du das?«

»Aus einem früheren Leben. Du kennst ihn aus einem früheren Leben, und dein Unterbewusstsein hat sich daran erinnert. Das ist dermaßen romantisch!«, seufzte Lelja, ganz in ihrem Element, Frühlingsgefühle und fliegende Herzchen inklusive.

Ein freudloses Lachen glitt über Kits Lippen. »Du vergisst, dass er mich umbringen wollte.«

»Egal. Das Danach zählt. Alles andere ist unwichtig. Er muss deine Essenz gespürt haben.«

Das gab ihr zu denken. Nur wenige Alias, Seraphen und manche Arten von Daimonen eingeschlossen, waren in der Lage, das Alter eine Seele wahrzunehmen. Zu riechen. Spüren. Schmecken. Es gab Mythen darüber, dass Todesdaimonen auch die vergangenen Gesichter sehen konnten, aber Kit war erst einem von ihnen begegnet und hatte mit ihm nicht über seine Fähigkeiten diskutiert.

Als Todesdaimon war er aus dem Tod der ersten Götter entstanden, das Dunkel in der Welt, das Licht brachte. Das Faszinierende an Geschichte und Religion war doch, dass die Gewinner darüber bestimmten, was in der Welt verbreitet wurde. Kein Wunder also, dass vor Jahrtausenden, als der erste Krieg zwischen den Alias geherrscht hatte, die meisten Götter und Seraphen ziemlich gut weggekommen waren. Obwohl es in Wahrheit etwas anders aussah. Sie hatten das Übel über die Welt gebracht, an den Strukturen gezweifelt, die Götter zu Fall gebracht.

Die erste große Schlacht, beendet durch das Opfer so vieler Götter, aus denen schließlich die Todesdaimonen geboren worden waren, um die Seraphen in Schach zu halten. Letztendlich hatte man all diese überschüssige, magische Energie, die nach dem Tod der meisten Götter entstanden war, in ein Buch gebannt und sie mit sieben

Siegeln belegt. Sieben Schlüsselhüter wachten seitdem darüber. Niemand wusste, ob das Buch überhaupt existierte, geschweige denn, ob die Geschichte wahr war und es die Schlüsselhüter wirklich gab. Im Grunde spielte es auch gar keine Rolle.

»Todesdaimonen sind unsterblich. Das heißt, er hätte sofort gewusst, dass ich nicht die Alias bin, für die er mich hält«, warf Kit zweifelnd ein, denn es gab nur wenige Alias, die mit Unsterblichkeit gesegnet waren. Todesdaimonen. Seraphen. Wahre Götter. Und bis auf die Handvoll Menschen, die nach ihren abgesessenen Strafen rehabilitiert worden waren, existierten kaum Wesen, die sich an die früheren Leben erinnern konnten. Im Grunde konnten Menschen wie Keagan sich auch nicht wirklich an ihr Leben erinnern, aber an die Qualen, die ihre Seele in der Niemalswelt durchgestanden hatte.

Aber Kit spürte instinktiv, dass Lelja mit ihren Worten ins Schwarze getroffen hatte. Es war zwar seltsam, Verbindungen in die Vergangenheit wahrzunehmen, kam aber durchaus vor. Meistens dann, wenn etwas Außergewöhnliches in einem vorherigen Leben vorgefallen war. Und meistens stand dieses Etwas mit starken Emotionen in Verbindung.

Tod. Leben. Liebe.

»Nakir Darius Alamo Helios ist bereits einmal gestorben«, meinte Lelja nun und klang, als hätte sie sich schon seit Stunden darauf gefreut, diese Information weitergeben zu können. »Normalerweise sind Todesdaimonen ja unsterblich, aber er ist gestorben und wurde in einer ähnlichen Gestalt wiedergeboren.«

»Du hast Recherchen angestellt?«

»Ja«, ihre Freundin winkte ab. »Nur das Nötigste. Nach dem Großen Krieg zwischen Alias und Nox, als

die meisten Götter gestorben sind und die Herrschafts-
systeme aufgelöst und zu einer globalen Demokratie
umfunktioniert wurden, hat er mitgemischt und sich
stark dafür eingesetzt. Als Dankeschön gab es dann die
Funktion als Deputy Director, die er ausgeführt hat.
Aber er ist ein einziges Mal gestorben. Vor hundertfünfundzwanzig Jahren, um genau zu sein.«

»Du meinst, er hat wahrscheinlich auch Erinnerungs-
lücken.«

»Richtig.« Lelja blickte Kit erwartungsvoll an. »Vielleicht. Das weiß man ja immer nicht so genau.«

»Gut. Aber ich verstehe nicht, weshalb du mich an-
siehst, als müsste mir das irgendetwas sagen.«

»Er ist gestorben. Am zwölften Mai. Vor hundertfünfundzwanzig Jahren.«

Die Worte trafen sie unerwartet, und ihre Bedeutung
sickerte nur langsam in ihr Bewusstsein ein.

»An meinem Geburtstag«, flüsterte Kit tonlos. Natürlich war sie keine hundertfünfundzwanzig Jahre alt,
aber der zwölfte Mai war ihr Geburtstag.

Plötzlich drang eine ungewöhnliche Kälte in ihre
Glieder, wanderte ihre Wirbelsäule hinauf und hinterließ eine Gänsehaut, überall an ihrem Körper.

»Dein Geburtstag ist sein Todestag.«

»Das … kann vieles bedeuten. Oder auch nichts.«

Lelja legte den Kopf schief, so, als müsste sie darüber
nachdenken. »Das stimmt. Es kann aber auch heißen,
dass ihr eine Verbindung habt. Meistens wird der letzte
Todestag einer Seele der neue Geburtstag, also könnte
es auch sein, dass ihr denselben Todestag habt, was wiederum heißt, dass ihr … gleichzeitig gestorben seid?
Oder es gab einen anderen entscheidenden Einschnitt
in deinem letzten Leben an diesem Datum …«

»Es kann aber auch einfach nur Zufall sein.«

Lelja sagte nichts, sah jedoch so aus, als müsste sie sich einen Wortschwall verkneifen, der sie vom Gegenteil überzeugen sollte.

»Wie lange habe ich geschlafen?«

»Vier Stunden. Du hast, um ehrlich zu sein, ziemlich viel Blut verloren. Deputy Director Helios hat nur um Haaresbreite deine Oberschenkelader verfehlt. Das hätte auch anders ausgehen können.« Bei der Erwähnung seines Namens zuckte Kit zusammen und schloss für einen Moment die Augen, um der Erinnerung an den Kampf zu entkommen. Das Gefühl, das der Todesdaimon in ihr ausgelöst hatte. Die Nähe. Die Wärme. Die … Sie stoppte ihre Gedanken.

»Was ist geschehen, als ich ohnmächtig wurde?«

Lelja verzog das Gesicht, als hätte sie auf eine Zitrone gebissen. »Du meinst, nachdem mehrere Beamten in den Trainingsraum gestürmt kamen und mich verhaften wollten, weil ich den Deputy Director angegriffen habe?« Sie legte den Kopf schief, dachte einen Moment nach. »Ich wurde zu Maurice zitiert, musste einen Bericht über die Ereignisse abgeben. Was ich gesehen habe. Wie es zu dieser Verwechslung kam. Warum ich zwei wertvolle Magieperlen aus dem Zeitalter der Kaiserdynastie verwendet habe. Das Übliche eben.«

Kit seufzte leise, denn sie ahnte, was auf sie zukommen würde. Doch Lelja zerstreute ihre Sorgen mit einem einzigen Satz: »Deputy Director Helios hat wohl dafür gesorgt, dass du nicht befragt wirst. Thema abgeschlossen.«

»Wie bitte?«

Lelja nickte. »Jap. Maurice meinte, meine Aussage würde reichen. Also wenn das kein weiteres Indiz für meine Theorie ist.«

»Aber … was macht er eigentlich in Edinburgh? Hat er nicht irgendwelche wichtigen Konferenzen in Raki zu führen?«

»Urlaub.«

Kit schnaubte ungläubig. »Und mir wachsen demnächst Fangzähne, und ich schlafe kopfüber in einer Dunkelkammer. Das glaubst du doch wohl selbst nicht.«

Lelja grinste. »Das war ein Witz.« Ihre Miene wurde schlagartig ernst, und Kit spannte sich intuitiv an, weil sie ahnte, warum der Todesdaimon wirklich in der Stadt war. »Er ist wegen Chief Lockhardt hier.«

Der Schmerz polterte laut in ihrer Brust. »Natürlich.«

»Er hat aber auch die Leitung über London.«

Kit horchte auf. »London?«

»Die Katastrophe vor ein paar Wochen.«

»Verstehe.« Nachdenklich kaute sie auf ihrer Unterlippe herum, den pochenden Schmerz ihrer Wunde ignorierend, der sich in jedem Winkel ihres Körpers ausbreitete. Wenn der Deputy Director wegen des Todes ihrer Patentante nach Edinburgh gekommen und über die Ereignisse in London im Bilde war, konnte das eigentlich nur eines heißen. Ihr wurde heiß. Dann kalt.

Vielleicht täuschte sie sich. Vielleicht war sie paranoid, weil die Angst ihr im Nacken saß. Die Angst davor, dass jemand hinter ihre Fassade blickte und erkannte, was sie eigentlich war: ein Monster.

Vielleicht war Nakir Helios auch zufällig hier, nicht um sie zu jagen. Aber vielleicht hatte er ein winziges Puzzlestück entdeckt, das für sie sprach, das die wahren Geschehnisse in London aufdecken konnte.

Vielleicht – und dieses vielleicht schrie lauter in Kit, als ihr lieb war – war er hinter ihr her.

14

Kit wurde davon wach, dass jemand laut aß. Als sie blinzelnd die Augen öffnete, saß Keagan auf einem der drei Besucherstühle und las in einer blauen Akte, während er genüsslich auf einem Proteinriegel herumkaute. Die langen Beine an den Knöcheln überschlagen, blätterte er die nächste Seite um, während sein Blick sie flüchtig streifte. Er trug ein dunkelgraues Shirt mit längeren Ärmeln, sodass seine sichelförmigen schwarzen Narbengeflechte deutlich zu sehen waren. Kit erschauderte und wandte den Blick ab, während ihr Fuchsgeist leise zum Leben erwachte.

Komm schon, dachte sie verärgert. *Langsam solltest du dich daran gewöhnt haben.*

»Deine Ruhe möchte ich mal weghaben«, sagte er in seinem breitesten schottischen Akzent, sodass sie Mühe hatte, seine genuschelten Worte zu entschlüsseln. »Sechs Stunden einfach schlafen. Nachdem du vorher vier Stunden geschlafen hast.«

»Was tust du hier?« Es klang nicht unfreundlich, nicht zwangsläufig zumindest.

Er verzog keine Miene. »Schauen, ob du noch lebst.«

»Und?«

»Sieht gut aus. Zumindest oberflächlich betrachtet. Ich weiß ja nicht, ob du dir irgendeinen tödlichen Fluch eingefangen hast.«

»Ich glaube nicht.«

»Gut.« Es war mehr ein Brummen als ein artikuliertes Wort. Unruhig wanderte sein Blick an ihr vorbei, dann tat er so, als würde er wieder lesen, dabei beschlich

Kit allerdings das Gefühl, dass er sich kein bisschen auf den Text konzentrierte. Jetzt sah er sie direkt an, und Kit erkannte hinter seinen Sprüchen und dem ganzen Getue immer wieder ein Indiz für eine fürsorgliche Ader. Vielleicht war das einfach seine Art, ihr zu zeigen, dass er sie doch irgendwie mochte.

»Du freust dich, dass ich noch lebe«, stellte sie zufrieden fest.

Keagan murmelte eine undeutliche Antwort.

»Ich freue mich übrigens über deinen Besuch, auch wenn du mir weder Blumen noch Pralinen mitgebracht hast.«

»Sushi steht im Kühlschrank«, erwiderte er trocken. »Aber ich weiß nicht, ob du es essen solltest, falls du noch weiterleben willst. Es ist das Sushi, das ich dir vorgestern besorgt habe.«

Kit lachte. »Du kannst *Sie überlebte einen tödlichen Kampf, um dann an rohem Fisch zu sterben* auf meinen Grabstein schreiben.«

Im nächsten Augenblick wurde ihr klar, was sie da eben von sich gegeben hatte. Brennende Hitze breitete sich auf ihren Wangen aus. Plötzlich war die Stimmung ernst zwischen ihnen, und Kit spürte, wie ihre Gedanken sofort wieder zu Phelia wanderten. Ihr Spruch kam ihr taktlos vor, gleichzeitig hatte sie die letzten zwei Tage kaum etwas gehabt, das sie wirklich aufgemuntert hätte. Keagan hatte das mit einem kleinen Wortgefecht geändert, und das wusste sie zu schätzen. Er war niemand, der ihr die Hand hielt und ihre Haare flocht, aber er war hier und sorgte sich augenscheinlich um sie.

Sie fühlte sich geschwächt und müde, trotz Heilzauber und genähter Wunde, die mindestens noch zwei weitere Tage verheilen musste, wie ihr eine der Heilerinnen mitgeteilt hatte, als sie ihr einen kurzen Routinebesuch abgestattet hatte. Kurzerhand schlug sie die Decke zurück und schwang sich aus dem Bett. Sie musste hier raus. Etwas unternehmen, sie konnte nicht länger tatenlos in diesem Zimmer sitzen. Denn sie hatte keinen einzigen Anhaltspunkt, wer hinter dem Tod ihrer Patentante stecken könnte, und sie hatte genug kostbare Stunden damit vergeudet, sich auszuruhen.

»Was tust du da?«

»Nach was sieht es denn aus?«, fragte sie mit zusammengepressten Lippen, als sie vorsichtig mit dem Fuß auftrat und versuchte, ihre linke Seite nicht zu sehr zu beanspruchen. Vergeblich. Stechend schoss der Schmerz durch ihr Bein, was darauf schließen ließ, dass Nakir Helios doch etwas besser gezielt hatte als zuerst angenommen.

»Als ob du dich nicht ausreichend auskurierst und dich überstrapazierst. Das ist kein schlechter Action-Film, in dem die Hauptfigur nach einer beinahe tödlichen Messerattacke einfach durch die Gegend marschiert und den Plot vorantreibt.«

»Dann sollte es hier aber einen wohlplatzierten Cut geben, ehe es weitergeht. Meine Patentante wurde ermordet. Nein, abgeschlachtet trifft es besser. Bisher habe ich weder irgendwelche Informationen gesammelt, noch ihre Beerdigung organisiert, sondern wie es aussieht einen ganzen Tag verschlafen.« Jetzt hatte sie sich in Rage geredet. Es tat verdammt gut. »Ich muss herausfinden, was die beiden Agents aus St. Petersburg bisher ermittelt haben.«

Keagan lächelte. Der Anblick war so ungewohnt, dass Kit kurz innehielt und ihn anstarrte. Sofort wurde er wieder ernst. »Vielleicht geht das etwas schneller und vor allem unheroischer, als du denkst.«

»Was meinst du?«

Er hob die blaue Akte. »Ich habe dir die bisherigen Ermittlungsstände mitgebracht.«

»Wie …«, setzte sie an, schüttelte jedoch den Kopf und ließ sich wieder aufs Bett sinken. »Wie bist du da rangekommen?«

Keagan blieb ihr eine Antwort schuldig, denn genau in diesem Augenblick öffnete sich nach kurzem Klopfen die Tür. Noch nie hatte sie Keagan McCadden so schnell auf den Beinen gesehen. Ein Ruck ging durch seinen Körper, und er erhob sich in einer fließenden Bewegung, kerzengerade. Auch wenn sie die Tür nicht sehen konnte, so ahnte sie trotzdem, wer da soeben den Raum betreten hatte.

Schlagartig veränderte sich die Stimmung, wurde merklich kühler, als hätte eine Eiselfe ihre Fähigkeiten präsentiert. Die Luft klirrte vor Kälte.

Ihr Herzschlag verdreifachte sich, und ihre Handflächen wurden feucht.

»Deputy Director. Es freut mich, Sie zu sehen.« Obwohl Keagans Tonfall keinen Schluss auf seine Gefühle zuließ, meinte Kit ihn dennoch gut genug zu kennen, um zu wissen, dass er dies keinesfalls ernst meinte. Aber wahrscheinlich bildete sie sich das nur ein.

Nakir Helios machte noch zwei weitere Schritte in das Zimmer herein und stand nun genau neben ihrem Partner, der aussah, als würde er ihm am liebsten an die Kehle gehen. Zum ersten Mal seit ihrem Kampf hatte Kit die Gelegenheit, den Todesdaimon genauer zu betrachten. Die beiden waren gleich groß, doch Keagan besaß ein wesentlich breiteres Kreuz, seine Haltung war anders,

192

gebrochener, nicht so stolz, nicht so erhaben. Man sah deutlich, wer von ihnen den höheren Rang innehatte.

Nakirs Haar war schwarz und gelockt, sein Teint so dunkel wie seine braunen Augen, die von dichten, langen Wimpern umrahmt wurden. Es waren jedoch seine markanten Züge, die sie irritierten. Scharf und kantig. Er erinnerte sie an einen Raubvogel. Gefährlich, stolz und schön.

Jetzt trug er eine perfekt sitzende schwarze Anzugshose und ein weißes Hemd. Gleichzeitig strahlte er so viel Autorität und Macht aus, dass Kit es förmlich auf ihrer Haut spürte.

Zwei gefürchtete männliche Wesen auf zehn Quadratmetern. Ihr Fuchsgeist regte sich, wand sich in seinem Gefängnis, und Kit musste ihre gesamten mentalen Kräfte aufbringen, um sich auf etwas anderes als ihre Ängste zu konzentrieren.

»Ich möchte mit Special Agent Sune sprechen.«

Allein der Klang der Stimme jagte ihr einen Schauder über den Rücken. Keagan machte keine Anstalten, das Krankenzimmer zu verlassen, was sie ihm hoch anrechnete. Immerhin handelte es sich bei Deputy Director Helios um den höchsten Vorgesetzten in ganz Europa. Und er war der Alias, der für ihre Verletzung verantwortlich war.

»Unter vier Augen«, sagte Nakir Helios unmissverständlich.

Keagan nickte, nicht ohne ihr noch einen prüfenden Blick zuzuwerfen. »Ich warte dann draußen.« Es klang wie eine Drohung.

Zwei Sekunden später spürte Kit einen Luftzug, seine Schritte verklangen, die Tür schloss sich mit einem Ächzen. Dann waren sie allein.

Zum ersten Mal, seit Nakir Helios den Raum betreten hatte, sah er sie an, und Kit fühlte sich plötzlich schutzlos. Nackt. Als könnte er bis auf den Grund ihrer Seele schauen. Aber sie hielt seinem nachdenklichen Blick stand. Ehrlich gesagt war es ihr in diesem Moment auch egal, dass sie nur das kurze Leibchen trug, das mehr zeigte als verhüllte.

Ihr Herz schlug ihr bis zum Hals, und ihre Handflächen waren feucht, doch da war noch etwas anderes, das sie nicht in Worte fassen konnte. In seiner Nähe fühlte sich Kit seltsamerweise … sicher. Obwohl er noch vor wenigen Stunden versucht hatte, sie umzubringen.

Sie sahen sich einfach nur an, und vielleicht spürte auch er diese seltsame Verbindung, die sich zwischen ihnen ausbreitete. Sie konnte es sich nicht erklären. Aber das Bedürfnis, ihre Hand auszustrecken und seine zu berühren, war plötzlich so überwältigend, dass sie das Laken zwischen ihren Fingern zerknüllen musste, um auf einen anderen Gedanken zu kommen.

Das Schweigen dehnte sich aus, wurde unangenehm, bis die Luft förmlich knisterte und Kit rasselnd Luft holte und das Kinn reckte. Etwas blitzte in seinen dunklen Augen auf, etwas Vertrautes.

Es kribbelte in ihrem Nacken. Intensiv. Wie Tausende kleine Ameisen, die alle auf ihrer Haut tanzten. Ihre Gedanken waren träge, weich, wie in Watte gehüllt.

Kit riss die Augen auf. »Sie nutzen Ihre Kräfte. Sie lesen meine Gesichter.«

Der Todesdaimon wirkte überrascht, wahrscheinlich hatte er nicht damit gerechnet, dass sie diese kleine Veränderung wahrnahm.

»Das stimmt.«

»Warum?«

»Weil ich mir nicht sicher bin, ob du diejenige bist, die du vorgibst zu sein.« Im Gegensatz zu ihr hatte er sich nicht für eine förmliche Anrede entschieden, und die überwundene Barriere jagte ihr ein Prickeln über ihre Haut.

Sie schluckte. »Was meinen Sie damit?«

»Was ist in London geschehen?«, fragte er stattdessen, vergrub seine Hände in den Taschen und musterte sie wachsam.

»Sie haben sicherlich den Bericht gelesen«, antwortete sie mit fester Stimme.

»Es geht mir nicht um den Bericht, sondern um das, was du erlebt hast. Ich habe mit Agent Farewell gesprochen, ihr Protokoll gesehen. Ich war am Tatort.« Seine Miene verdüsterte sich schlagartig, dort, wo bis gerade eben noch etwas beinahe Freundliches gelegen hatte, standen jetzt Misstrauen und Wut. »Es sind viele Menschen und drei Alias ums Leben gekommen. Unter anderem dein Partner. Ich weiß, dass er dir viel bedeutet hat.«

»Und?«

»Ich hätte gerne deine Geschichte gehört. Die Heldin von London. Die Worte aus deinem Mund.« Er bewegte sich nicht, als er das sagte, aber Kit hatte trotzdem den Eindruck, dass er näher kam.

»Erzähl es mir«, sagte er leise, beinahe trügerisch sanft, als ob er sie in Sicherheit wiegen wollte.

Ihr blieb keine andere Wahl, sie wusste es. Er würde nicht einfach nachgeben und aus dem Zimmer spazieren, nur weil sie nicht bereit war, über die Geschehnisse zu reden.

Außerdem war da etwas anderes. Eine leise Stimme,

die wisperte, dass es gut sei, einfach und richtig, sich zu offenbaren. War das seine Magie? Oder ihre eigene Stimme?

Also schloss sie die Augen, holte Luft und beschwor die letzten Minuten aus Artemis' Leben herauf.

So gut es ging. Sosehr es auch schmerzte.

15

ACHT WOCHEN ZUVOR.

Vielleicht hätten wir uns ein Urlaubsziel aussuchen sollen, das etwas freundlicher ist«, sagte Artemis und warf einen prüfenden Blick in den umwölkten Londoner Himmel. »Zumindest an einem Tag könnte die Sonne scheinen. Ich gebe mich mit wenig zufrieden.«

»Das wäre mir neu, aber ich lerne gerne neue Seiten an dir kennen.«

»Mhmpf.«

»Ich mag den Regen«, sagte Kit grinsend und zog ihre Kapuze über den Kopf, schob ihre Fuchsohren durch die vorgesehenen Löcher und schloss die rot bemalte Tür des Backsteingebäudes ab, das sie seit vier Tagen bewohnten. Vor den Türen des Apartments fuhren mehrere schwarze Taxis vorüber, und es roch verdächtig nach Regen, es lag förmlich in der Luft. Artemis sah so aus, als würde er am liebsten auf der Stelle wieder umdrehen und einen gemütlichen Nachmittag auf dem Sofa verbringen wollen.

»Und ich bin startklar.«

Artemis verzog das Gesicht, seine hellbraunen Augen funkelten jedoch spöttisch, was ihr nicht verborgen blieb. »Ich bin nicht derjenige, der bei dem Scheißwetter nach nassem Hund riecht.«

»Nassem Fuchs«, korrigierte Kit ihn mit erhobenem Zeigefinger und setzte sich in Bewegung, während sich ihr Partner anschloss.

»Ich weiß nicht, ob das unbedingt besser ist. Genau genommen sind Füchse ja auch nichts anderes als Wildhunde. Ich werde den Geruch in der Nase die ganze Nacht nicht los.«

»Klugscheißer.« Kit lachte. »So schlimm ist es auch wieder nicht.« Gleichzeitig war sie froh, dass sie sich selbst nicht riechen konnte, denn sie wusste nur zu gut, wie es sich anfühlte, neben einem nach nassem Hund riechenden Freund einzuschlafen. Besser gesagt, Werwolf. Ex-Freund sei Dank.

»Zu deinem nächsten Geburtstag schenke ich dir ein Duftkissen mit nassem Fuchsgeruch, dann können wir noch mal darüber reden.«

»Deal.«

Wahrscheinlich waren sie die einzigen Alias-Kollegen, die gemeinsam Urlaub machten, ohne sich gegenseitig umzubringen. Artemis war klein und stämmig, zog mit seiner ungewöhnlichen Ausstrahlung jedoch die Blicke der Menschen auf sich. Anders als seine vier Geschwister hatte er die Fähigkeiten seiner Urmutter, Artemis, geerbt. In seinem besonderen Fall verstärkte sich seine Macht bei Mondschein, und er konnte, ähnlich wie sie, nahezu alle Tierdialekte sprechen und verstehen. Außerdem fühlte sie sich in seine Nähe angekommen, insbesondere in ihrer Fuchsgestalt. Dass jemand die Fähigkeiten über Generationen hinweg vererbt bekam, war selten, kam aber durchaus vor. Normalerweise gingen die Fähigkeiten von den leiblichen Eltern des jetzigen Lebens auf ihre Kinder über, und die Vergangenheit blieb eine verborgene Vergangenheit, an die man sich nicht erinnern konnte. Wie ein Schwimmbecken, das weiter an Tiefe gewann und an dessen Grund man irgendwann nicht mehr gelangte. Man wusste einfach nicht, welche verborgenen Schätze sich da unten gesammelt hatten. Aber manchmal, sehr selten, gelangte einer dieser Schätze wieder an die Oberfläche.

Es kam nur in Ausnahmefällen vor, etwa dann, wenn sich ein Alias in großer Gefahr befand. Niemand konnte auf die Fähigkeiten oder die Erlebnisse aus einem früheren Leben zurückgreifen. Die Festplatte war neu bespielt worden, obwohl man eine alte Seele besaß.

Aber wie immer bestätigten Ausnahmen die Regel.

Mittlerweile hatten sie Kensington verlassen und machten sich auf den Weg in die Innenstadt, zum Piccadilly Circus, um dort einen Burger zu verdrücken. Kühl lagen die schwarzen Perlen auf Kits Haut, immer in der Nähe. Sie waren zwar nicht im Dienst, aber die Siegelhüter in ihnen würden niemals ruhen.

»Spürst du das auch?«, fragte Artemis, drehte seinen Kopf, just als sie St. James's Park von der Südseite betraten. Mütter schoben Kinderwagen, mehrere Geschäftsleute machten gerade Mittagspause, und in der Ferne bellte ein Hund.

»Wir sind im Urlaub.« Mahnend hob Kit den Finger. »Urlaub. Das, was normale Alias auch tun, wenn sie irgendwohin fahren und einfach die Seele baumeln lassen.«

Artemis sah sie an, als würde er an ihrem Verstand zweifeln, aber Kit ließ sich nicht aus der Ruhe bringen.

»Seele baumeln lassen. Haha.«

Genau in diesem Moment nahm sie die Veränderung wahr, von der ihr Partner gesprochen hatte, und versteifte sich automatisch. Ihre Hand glitt zu der Perlenkette. Die Luft war plötzlich energiegeladen, voller Leben, als hätte sich eine Tür zu einem Club geöffnet.

Gleichzeitig durchströmte sie die vertraute Angst, schwer und voller Finsternis. Nox.

Es roch nach Asche, der Geschmack betäubte ihre Zunge und erinnerte sie daran, dass sie es mit der personifizierten Dunkelheit zu tun hatten. Von der Göttin Nox geboren, erschaffen, um die Menschen und Alias zu unterwerfen, die eine gleichwertige Beziehung anstrebten – die die Menschen nicht als Sklaven, als Untertanen sahen.

Panik stieg in ihr auf. War es ihre Schuld? Tauchten sie auf, weil sie ihre alte Seele spürten? Kurz verspürte sie tiefe Schuldgefühle, die sie schon seit jeher begleiteten, doch sie schob sie energisch beiseite. Sie brauchte klare Gedanken, musste sich konzentrieren und klammerte sich an alles, was sie gelernt hatte.

Artemis zerdrückte eine der winzigen Perlen, die nicht so selten wie die großen Magieperlen waren, murmelte die Worte des Bannkreises, der die Gefahr für die Menschenwelt zumindest fürs Erste aufhalten würde, ehe Verstärkung eintraf oder sie den Nox getötet hatten – wenn auch zu einem hohen Preis.

»Wie groß ist der Bannkreis?«, fragte Kit, sah, wie ihr Partner schmerzverzerrt das Gesicht verzog. Die Kuppen seiner Fingerspitzen leuchteten schwarz, als hätte er seine Hände in Pech getaucht. Deswegen arbeiteten sie zu zweit. Einer beschwor und ertrug den Bannkreis, der andere kümmerte sich um die Nox.

»Zweihundert Meter«, stieß er gepresst hervor, und sie nickte erleichtert, denn das dürfte vorerst reichen. Sein Blut musste kochen, brennen, ihn innerlich zerreißen. Schweiß lief ihm in die Stirn, aber sie hatten keine Wahl. Kurzerhand zog auch sie sich eine der kleineren Perlen vom Handgelenk. Sie waren etwa halb so groß wie die sieben Perlen, die sie für den äußersten Notfall bewahrte. Wie jeder Siegelhüter trug Kit sieben magische Perlen, aus Tod und Trauer erschaffen, über Jahrhunderte bewahrt und von Siegelhüter zu Siegelhüter weitergegeben, und zwölf kleine Perlen, die nicht ganz so wirkungsvoll waren. Aber sie reichten aus, um einen Siegeldolch zu verbergen.

»Reiche mir die Kraft, die Dunkelheit an jenen Ort zu verweisen, der ihr Gefängnis ist«, murmelte Kit, hauchte einen Kuss auf die glatte Oberfläche, ließ die Perle auf ihre Handfläche fallen und schloss die Augen, während sie die Beschwörungsformel ihres Dolches aufsagte.

Der lederne Griff fühlte sich warm und fest zwischen ihren Fingern an, sie schloss die Hand darum und öffnete die Augen.

»Wo ist er?«

Artemis blickte konzentriert in Richtung Süden, wo sich dunkle Wolken türmten. »Ganz in der Nähe. Er muss bald auftauchen.« Entschlossen machte er zwei Schritte von ihr weg, verlagerte das Gewicht, die Leuchtkraft der schwarzen Punkte um seine Finger wurde größer. Stärker. Der Bannkreis gewann an Festigkeit, würde den Nox notfalls einschließen. »Ich verstehe nicht, was hier passiert. Es ist Tag. Es ist nicht einmal richtig dunkel. Es muss ihn enorme Kraft kosten, sich in unserer Welt zu manifestieren.«

»Hast du davon schon mal gehört?«

Artemis schüttelte den Kopf. »Nein, noch …«

Dann ging alles ganz schnell.

»Pass auf!«, rief Artemis und riss Kit am Arm zurück. Etwas sprang an ihnen vorbei, schnell und wendig wie ein Raubtier, auf allen vieren, ein Schattenwesen, von Dunkelheit zersetzt.

Ihr blieb gerade noch Zeit, den Fluch des Nachtsiegels zu lösen. Magie wickelte sich um ihre Klinge, als sie sich schützend vor Artemis stellte und nach dem Schattenwesen Ausschau hielt, das sie eben angegriffen hatte. Es musste sich mit dieser Welt verschmolzen haben, denn sie konnte es nirgendwo mehr entdecken.

Kit lauschte auf die Geräusche, versuchte das hektische Atmen der Menschen auszublenden, das Heulen des Windes und der Tierwelt. Ihre Ohren zuckten nach rechts.

Im nächsten Augenblick bewegte sich die Luft, als würde sie sich ausdehnen. In einer geübten Bewegung riss Kit den Dolch in die Höhe, ging in die Hocke und stieß zu. Sofort ließ sie sich auf den Boden sinken, wich der Energie aus, die sie zwar nicht sehen, aber dafür umso deutlicher spüren konnte, und brachte Abstand zwischen sich und den Nox.

Es wurde still, als würde die Welt den Atem anhalten. Verdammt. Sie hatte sich täuschen lassen. Wo – bei allen Alias – war der Nox?

»Wo ist er?«, bellte Kit wütend und suchte die Umgebung ab. Mittlerweile hatte sich der Park deutlich geleert, aber noch immer wuselten Menschen umher. Seit Jahrhunderten legten ihnen Hexen einen Fluch auf, sodass sie sich – selbst wenn sie etwas spürten oder sahen – niemals an die Wahrheit erinnern konnten.

»Keine Ahnung«, antwortete Artemis, damit beschäftigt, den Bannkreis aufrechtzuerhalten.

Kits Herzschlag dröhnte in ihren Ohren, der Dolch in ihrer Hand zitterte.

Eine Berührung, und sie würde sterben.

Da erfüllten plötzlich Menschenschreie die Luft, und in diesem Moment sah sie es.

Insgesamt vier Nox. Vier. Am helllichten Tag. Ihre

Körper, wenn man sie denn als Körper bezeichnen konnte, hoben sich deutlich von ihrer Umgebung ab. Eine dunkle Masse, durchsichtig und fest, schnell und agil. Keinen Herzschlag später stürzten sich zwei von ihnen auf Menschen, die sie nicht sehen konnten, aber unter dem Gewicht zu Boden gingen. Flackernd lösten sich die Seelen aus ihren Körpern, verzerrt und unstet, wie eine Kerze im Wind.

»Wir müssen sie aufhalten!«, schrie Kit voller Entsetzen, als mehr Menschen zu Boden gingen. Blut spritzte, flutete den Kiesboden, und die Schattenwesen stürzten sich auf ihre nächsten Opfer.

Ein Beben durchlief Kits Körper, sie verlagerte das Gewicht auf das Standbein, um bereit zu sein. »Scheiße!« *Kit.*

Der Wind wisperte, flüsterte ihren Namen, und Kit riss den Kopf herum. Sie täuschte sich. Sie musste sich täuschen.

Es durfte nicht passieren. Nicht hier. Nicht jetzt. Nicht so weit weg von Hongkong, wo sie alles kannte, jeden Schritt vorausahnen konnte. Hier war sie fremd und ganz auf ihre Intuition angewiesen.

Der Nox, der sie eben angegriffen hatte, baute sich zwanzig Meter von ihr entfernt auf und schlich näher, geduckt und langsam, gesichtslos und ohne einen Laut zu erzeugen. Kit spürte die Angst bis auf den Grund ihrer Seele, ihr Fuchsfeuer schrie kreischend auf, doch sie war konzentriert und darauf vorbereitet. Trotzdem spürte sie das Brodeln bis in ihre Zehenspitzen. Und da noch etwas anderes, eine Ahnung, ein Ziehen in ihrem Bauch.

Aus dem Augenwinkel nahm sie eine Bewegung zwischen den Bäumen wahr, etwas blitzte durch das Laub.

Weiß. Sie hörte das Aufkommen von Pfoten, nahm den Duft von frisch gebratenem Kokos wahr, der sie an etwas erinnerte. Ein Wolf? Schnell. Groß. Ihr Verstand versuchte die Information zu verarbeiten, als sie im nächsten Augenblick Artemis' keuchenden Hilferuf im Nacken vernahm.

Kit fuhr herum und sah zwei der Nox auf ihn zustürzen.

Entschlossen sprang Kit ihnen entgegen, ihr Herz raste. Es war, als würde sie die Stimmen der Nox in ihrem Kopf vernehmen, ihre Sorgen gruben sich wie Klauen in ihr Fleisch, und sie zuckte zurück. Das Gefühl war so unerwartet, dass sie versteifte. Ohne Vorwarnung verschwand die Verbindung zu ihrem Fuchsgeist, doch das ungewohnte Gefühl beschwor die Finsternis herauf.

Es fühlte sich fremd und gleichzeitig vertraut an.

Oh, scheiße, dachte sie panisch und versuchte sich dagegen zu wehren.

Die Nox hatten sie erreicht, blieben außer Reichweite stehen, als ob sie auf einen Befehl warteten. Regungslos verharrten sie auf der Stelle.

Die Dunkelheit war mächtig, verschmolz mit ihrem Inneren, und Kit verspürte ein Echo der Angst in ihrem Herzen, doch da war noch etwas anderes. Die Sehnsucht nach einem anderen Leben, einer anderen Zeit; ein Feuer, das in ihr brannte und das sie doch nicht fand.

»Kit.«

Artemis starrte sie mit weit aufgerissenen Augen an, Hitze prickelte auf ihrer Haut, und Kit spürte die Flammen, bevor sie sie sah. Der Park brannte, ihre Hände glühten. Aber es war kein natürliches Feuer, sondern Dunkelflammen, die sich um sie herum gebildet hatten, sich über das Gras ausbreiteten, als hätte jemand eine

Spur aus Benzin gelegt. Sie stülpten sich über die Bäume, erstickten sie in einer Umarmung.

Tanzend erhob sich das Feuer um sie herum, schloss sie in einen Kreis, und die Nox bewegten sich mit ihm.

Hektisch riss sich Artemis eine Perle vom Handgelenk, seine Lippen bewegten sich lautlos und schnell, doch innerhalb des Kreises war die Magie wirkungslos. Kit hatte davon gehört, aber es bisher noch nicht mit eigenen Augen erlebt. Die Nox hatten einen Todeskreis gebildet, und das Feuer loderte hinter ihnen.

»Kit, was tust du?!«

Aber sie war wie gelähmt, versuchte sich zu bewegen und konnte sich nicht von der Stelle rühren. Als hätte jemand anderes von ihrem Körper Besitz ergriffen. Die Geräusche aus ihrer Umgebung verstummten. Ihre Sinne waren geschärft.

Dann verlor die Zeit ihren Halt, wurde langsamer, dehnte die Sekunden zu Minuten.

Lächelnd bewegte sich die Dunkelheit, und ihre Gedanken wanderten in eine Richtung, die sie nicht kannte, die ihr nicht gehörte. Langsam wandte sie den Kopf, sah zu ihrem Partner. Es war zu spät. Sie würden sterben.

Die Erkenntnis erfüllte sie mit einer seltsamen Ruhe, denn sie akzeptierte ihr Schicksal.

Kit blinzelte, als das Dunkelfeuer sich verstärkte, zischend schossen die Flammen empor, verhüllten sie vor fremden Blicken. War sie es, die all das lenkte? War sie es oder jemand anderes?

Es spielte keine Rolle.

Komm, lockte die Finsternis in ihr, rief sie zu sich, und Kit wusste, dass es richtig war. Sie musste sich fallen lassen, sich ihr hingeben.

Tu es nicht, flüsterte ein anderer Teil von ihr, ihr

Fuchsgeist, der sich befreien wollte, der in einem Gefängnis eingesperrt war. Der gute Teil in ihr. Der reine Teil. Der Teil, der sie ausmachte, der sie war und der sich nicht verbarg.

»Nein!«

Artemis' Schrei hallte in ihren Ohren nach, aber sie vergaß ihn, sein Gesicht, sein Leben, und Kit sank in ihre eigenen Abgründe.

Sie war die Angst. Sie war die Finsternis.

Er hatte es erkannt. Er hatte sie gesehen. Gesehen, wer sie war.

Schweigend stürzten die Nox nach vorne, durchdrangen alle gleichzeitig Artemis' Körper. Seine Augen weiteten sich ein letztes Mal, er verstand, er musste es verstehen. Seine Seele leuchtete und verschwand. Der Geruch von Asche lag in der Luft, es roch nach verbrannten Körpern. Nach Tod und Leid, so viel Leid, und Kit hatte das Gefühl, sich an die Vergangenheit zu erinnern, obwohl sie es nicht tat.

Heftig hob und senkte sich ihr Brustkorb, erwartete ihren Tod, während die Dunkelheit in ihr nach Erlösung und Freiheit schrie. Sie weinte stumme Tränen, um Artemis, um ihre eigene Seele.

Zitternd reckte sie das Kinn, starrte die Schattenwesen direkt an.

Doch die Nox, über Artemis gebeugt, lösten sich von ihm und bewegten sich nun beinahe vorsichtig auf sie zu. Dann, langsam und in einer fließenden Bewegung, sanken sie vor Kit zu Boden. Als ob sie sich verbeugten. Als ob sie sich ihr unterwarfen.

Kit erwachte nur langsam aus ihrer Starre, ihr Körper erwachte zum Leben, als hätte jemand ihr die Kontrolle darüber zurückgegeben.

Ohne eine Sekunde zu zögern, hob sie den Siegeldolch in ihrer Hand, der plötzlich schwerer wog als je zuvor, und in einer geübten Bewegung drang sie nacheinander in vier Nox-Körper ein, die sich nicht rührten.

Die Dunkelheit kreischte, splitterte in ihren Ohren. Oder war es ihr eigener Schrei?

Lähmend breitete sich Finsternis in ihrem Herzen aus, spülte jede Emotion davon. Sie fühlte sich schwerelos, als ob sie von einer Welle davongetragen würde.

Kit zuckte zurück. Nein!

Als die Nox zu Asche zerfielen und die Flammen verstummten, gaben sie die Sicht auf die Menschen frei, deren leblose Körper die Wege und Gräser säumten. Das Schweigen dröhnte in ihrem Brustkorb, sie versuchte zu begreifen.

Es war, als hätte eine gewaltige Druckwelle sie weggeschleudert.

Kit atmete schneller. Ihre Hände zitterten unkontrolliert, der Siegeldolch glitt ihr aus der Hand, und sie sank auf die Knie. Sie weinte laut und hemmungslos, als ihr Blick auf Artemis fiel.

Das war ich, dachte sie.

Und vergaß.

16

Alles, was Kit Sune erzählte, stimmte mit dem offiziellen Bericht des DoAC überein.

Jedes Detail, das zwischen ihren Worten mitschwang, bestätigte die Theorien seiner Agents und die hochgeschaukelten Spekulationen der Medien. Es war, als hätte sie ein Drehbuch auswendig gelernt, und Nakir ertappte sich bei dem Gedanken, dass er anfing, die Geschichte zu glauben. Das Einzige, was dagegensprach, waren die Zufälle.

Warum musste er ausgerechnet jetzt an Nox denken? Warum wurde er mit ihrer Essenz konfrontiert? Warum war Phelia Lockhardt gestorben, die einzige Alias, zu der Kit Sune so etwas wie eine familiäre Bindung besaß?

Wenn er eines in den Jahren seines Daseins gelernt hatte, dann, dass es keine Zufälle gab. Und das ließ ihn stutzig werden.

Wenn sie redete, richtete sie ihren Blick an die Wand, ihre Fuchsohren bewegten sich beinahe so lebhaft wie ihre Hände. Sie wirkte freundlich und offen, nicht wie jemand, der gerade eine Mordreihe verübte, und fast ein wenig schüchtern, denn sie biss sich mehrmals auf die Unterlippe, und ihre Wangen röteten sich jedes Mal, wenn sich ihre Blicke kreuzten.

Nakir starrte sie an.

Zweifelsohne war sie schön, auf ihre ganz eigene Weise. Ihre Züge waren weich; obwohl sie sich um einen professionellen Tonfall bemühte, spürte er ihre Zartheit. Etwas, das ihn irritierte. Das kantig geschnittene schwarze Haar fiel ihr knapp über die Schulter des Leinenhemdchens, das man ihr angezogen hatte, und in ihren dunklen Augen stand ein lebhafter Ausdruck, während sie mit ihrer Erzählung fortfuhr, nur kurze Pausen machte.

In all den Leben, in denen er Nox begegnet war, hatte sie niemals, nicht ein einziges Mal, etwas Freundliches ausgestrahlt. Stets war sie von einer Dunkelheit umgeben gewesen, die sie niemals hatte abstreifen können. Ganz gleich, in welcher Gestalt sie ihm erschienen war.

Als sie sich unvorteilhaft bewegte, zuckte sie unmerklich zusammen. Anscheinend hatte man sich bei ihr nicht dazu entschieden, eine schnelle Heilung durchzuführen.

Nakir studierte jede Regung, jedes Blinzeln, suchte nach Anzeichen einer Lüge, doch er fand nichts. Gar nichts. Sie glaubte an das, was sie von sich gab.

Es gab nicht viele Möglichkeiten, die infrage kamen und ihr Verhalten erklärten. Eine war, dass sie sich selbst belog und an das glaubte, was sie sagte. Eine andere war, dass sie ihre eigenen Gedanken manipuliert hatte und sich gar nicht an die Wahrheit erinnerte. Die dritte Möglichkeit schloss ein, dass jemand anderes sie manipulierte, was die Zufälle erklärte. Oder es war eine Mischung aus allem.

Die letzte Möglichkeit, die, an die Nakir immer noch nicht glaubte, war, dass alles, was sie sagte, der Wahrheit entsprach.

»Das ist alles, woran ich mich erinnere«, schloss Kit Sune schließlich mit tränenerstickter Stimme, ihre Hand krampfte sich in ihr Laken. »Ich konnte Artemis nicht retten. Hätte ich besser aufgepasst, hätte ich mich nicht nur auf zwei Nox gleichzeitig konzentriert, würde er womöglich noch leben … Er ist tot, weil ich versagt habe.«

Jetzt weinte sie wirklich, die Pein, für den Tod ihres

Partners verantwortlich zu sein, stand ihr ins Gesicht geschrieben und verzerrte ihre Züge. Der Ausdruck in ihren Augen versetzte ihm einen Stich in der Brust, denn es war so anders als alles, was er von Nox bisher gesehen hatte.

Nox hätte niemals geweint. Nicht eine Träne vergossen.

Sie war gar nicht imstande, zu weinen.

Täuschte Kit Sune ihn? Machte sie ihm etwas vor, und er durchschaute es nicht?

Schweigend betrachtete Nakir diese Alias, die für ihn so widersprüchlich war, dass er – wahrscheinlich zum ersten Mal in seinem zweiten Leben – nicht wusste, wie er sich verhalten sollte. Die Anspannung, die er in seinen Schultern fühlte, während sich Zweifel in ihm breitmachten, wuchs von Sekunde zu Sekunde, je länger das Schweigen zwischen ihnen andauerte.

Ihr vertrauter und verhasster Duft nach Asche, Tod und Lilien drang in seine Nase, und die Sehnsucht, sie zu berühren, sie zu trösten, war plötzlich überwältigend. Unwillkürlich machte er einen Schritt nach vorne, stoppte jedoch, als sie den Kopf hob und seinem Blick begegnete.

Ihm war nicht bewusst gewesen, dass man ihm seine Gefühle so offen vom Gesicht ablesen konnte, denn ihre mandelförmigen Augen weiteten sich vor Verblüffung, und sie öffnete den Mund. Nur einen Spaltbreit, doch er sah auf ihre vollen Lippen hinab, als hätten sie eine magnetische Wirkung.

Das war nicht normal. Definitiv nicht normal.

Sein Kiefer spannte sich an, und er ballte die Hand zu einer Faust.

»Wer bist du?«, fragte er rau.

Kit stockte der Atem. Unbeholfen wischte sie sich über das nasse Gesicht, und Nakir spürte dort, wo er eigentlich Verachtung für Schwäche übrighatte, dass ihn diese Art von Ehrlichkeit rührte. Denn eigentlich war nichts Schwaches daran zu erkennen, zu zeigen, was man fühlte. Sie hielt nichts zurück, keine Emotion.

Es trennten sie nur drei Schritte, und doch standen so viele Fragen zwischen ihnen, dass Nakir nicht wusste, wie er auf sie alle eine Antwort finden sollte.

»Warum haben Sie mich angegriffen?«, fragte sie leise, ohne auf seine Frage einzugehen. »Haben Sie jemand anderen gesehen? Haben Sie deswegen vorhin nach meinen Gesichtern getastet, um herauszufinden, ob ich die Person aus einem anderen Leben bin?«

Sein Schweigen offenbarte mehr, als es Worte gekonnt hätten.

»Ich spüre es auch«, gestand Kit, ohne ihn anzusehen.

Nakir starrte sie an, durchlöcherte sie mit seinem Blick. »Was?«

»Eine Verbindung. Ich kann es mir nicht erklären, aber es ist, als würden wir uns kennen, ohne dass ich mich daran erinnere.«

Bevor Nakir darauf antworten konnte, klopfte es energisch an der Tür, und er bewegte sich von der Alias weg, als hätte er sich an ihr verbrannt. Die Tür öffnete sich, und er hörte, wie Kit erleichtert die Luft ausstieß, als habe sie sie die ganze Zeit über angehalten.

Sie tauchten gemeinsam aus dieser Blase auf.

»Deputy Director? Ich störe nur ungern, aber …«

»Was?«, knurrte Nakir, wandte nur ganz leicht seinen Oberkörper in die Richtung der vorsichtigen Stimme.

»Ich weiß nicht, ob Special Agent Sune die benötigte Sicherheitsfreigabe hat. Es gibt einen Notfall.«

Nakir musterte sie schweigend, und sie sah ohne zu blinzeln zurück. Kurz fragte er sich, was das schlimmere Übel war. Jetzt den Raum zu verlassen, oder sie womöglich in ein Geheimnis einzuweihen. Vielleicht war es besser, wenn er sie im Auge behalten konnte.

»Sie kann es hören. Was auch immer es ist.«

»Vier tote Alias, Deputy Director, ermordet. Außerdem wurden drei Nox-Sichtungen gemeldet, und es gab einen Kampf unweit des Leith Walk, in Stockbridge.«

Kit stieß einen überraschten Laut aus, sein Kopf ruckte in ihre Richtung.

»Was ist?«

»Leith Walk. Das ist nur ein paar Minuten von der Wohnung entfernt, die ich mir mit Lelja teile.« Sie riss die Augen auf. »Lelja. Ist sie in einen Kampf verwickelt?«

Der Alias in der Tür schüttelte den Kopf. »Nicht, dass ich wüsste.«

»Wann ist das alles geschehen?«, hakte er nach.

»Der letzte Angriff ist vor zwölf Minuten erfolgt.«

»Und wie ist die Lage?«

»Alle Nox sind tot, Sir.«

»Ich möchte einen ausführlichen Lagebericht und mit den zuständigen Agents sprechen.« Sein Blick ruhte auf Kit, die ihn beobachtete. »Wie lange sind Sie vom Dienst freigestellt, Agent Sune?«

Es schien ihm besser zu sein, wieder einen förmlichen Ton anzuschlagen, solange eine dritte Person anwesend war. Er wollte keinen falschen Eindruck erwecken. Außerdem wusste er nicht, was das alles zu bedeuten hatte, und solange er es nicht herausgefunden hatte, würde Nakir einen Alias tun und sich irgendwelche Blöße geben.

»Übermorgen, bis nach der Beerdigung von Chief Lockhardt«, murmelte sie.

»Ich lasse jemanden Ihren Siegeldolch mitnehmen und untersuchen, bis dahin sollten Sie ihn wiederhaben. Ruhen Sie sich gut aus«, erwiderte er und folgte dem anderen Agent ohne einen weiteren Gruß aus dem Raum, wobei er nicht mehr in ihre Richtung blickte.

Zwischen seinen Fingern hielt er ein mittellanges schwarzes Haar, das sich seidig anfühlte und ein seltsames Ziehen in seinem Magen auslöste. Das, was er vorhatte, war nicht ganz legal, aber es gab eine Möglichkeit, herauszufinden, ob sie die Wahrheit gesagt hatte.

Dafür brauchte er keine Technik. Keine Analysen, nichts, was er mithilfe von Computersystemen oder Programmen herausgefunden hätte. Nein, um mehr über Kit Sune herauszufinden, würde er jenen Ort aufsuchen müssen, den Nakir zutiefst verabscheute, weil er ihm nicht geheuer war.

Edinburghs Schicksalsbibliothek.

17

Mit wild klopfendem Herzen blickte Kit dem Todesdaimon hinterher. Sie hatte ihm alles so erzählt, wie sie es erlebt hatte, kein Detail ausgelassen, alles so wiedergegeben, wie es geschehen war. So, wie sie sich daran erinnern konnte.

Die Nox hatten sie angegriffen, sie hatte sich verteidigt. Und dabei Artemis aus den Augen verloren. In all dem Durcheinander musste einer der Nox ihn berührt und seine Seele geraubt haben.

Aber sein Tod war ihre Schuld. Weil sie nicht besser aufgepasst hatte. Und dafür feierte man sie als Heldin von London. Sie hatte keine Ahnung, was danach geschehen war, denn ihre Erinnerungen verschwammen immer wieder, trotzdem hatte sie sich bemüht, alles so zu erzählen, wie sie es im Gedächtnis hatte.

Kit war emotional aufgewühlt, und sie schmeckte das Salz der getrockneten Tränen auf ihren Lippen.

Artemis. Der Kloß in ihrer Kehle wurde größer. Außerdem bekam sie Hunger, und wie aufs Stichwort setzten auch diese unerträglichen Kopfschmerzen ein, die sie jedes Mal heimsuchten, wenn sie sich zu viele Gedanken machte.

Kurz verspürte Kit einen Stich in der Brust, als sie an Artemis dachte, daran, wie witzig und lebensfroh er gewesen war. Sie dachte an die frischen Bagels in der Mittagspause, die Wärme in seinem Blick am Ende eines Tages, wenn sie sich verabschiedet hatten, daran, wie leicht und unbeschwert ihre ersten zwei Jahre im Dezernat dank ihm gewesen waren.

Ja, sie war für seinen Tod verantwortlich … aber sie konnte sich nicht gut daran erinnern. Wie jedes Mal, wenn jener dunkle Teil an die Oberfläche drang, wurde ihre Erinnerung schwammig, und ihr Gedächtnis litt darunter. Das Einzige, woran sie sich wirklich erinnerte, war der überraschte Ausdruck in seinem Gesicht, als er erkannt hatte, dass er sterben würde.

Die letzten Wochen hatte sie nächtelang wach gelegen und versucht, die Geschehnisse zu rekonstruieren, doch jedes Mal waren die Kopfschmerzen so stark geworden, dass sie es irgendwann aufgegeben hatte. Aber wenn sie herausfanden, dass sie keine Kontrolle über sich besaß und Aussetzer hatte, die alles in Dunkelheit tauchten, würde man sie nicht einfach wegsperren? Den Teil hatte sie in ihren Erzählungen ausgelassen, um sich selbst zu schützen. Zumindest so lange, bis sie selbst wusste, was das alles zu bedeuten hatte.

Vielleicht war es der richtige Zeitpunkt, sich jemandem anzuvertrauen. Zumindest teilweise zu öffnen. Vielleicht würde sie auch Zeit finden, in der Schicksalsbibliothek nach Antworten suchen zu können, aber erst einmal musste Kit die Geschehnisse sortieren.

Der Geschmack des Verrats schmeckte bitter in ihrem Mund, und obwohl die Tränen längst versiegt waren, spürte sie ein deutliches Brennen hinter den Augenlidern.

Was war das eben gewesen? Was bedeutete das alles?

Sie lauschte auf das Abklingen des Sturms in ihrem Innern und versuchte ein möglichst neutrales Gesicht zu machen, als ihr Partner nach kurzem Klopfen in der Tür erschien. Keagan betrat das Krankenzimmer, und sein Stirnrunzeln sprach Bände. Nachdem er die Tür hinter sich geschlossenen hatte, blieb er mit verschränkten Armen vor dem Bett stehen. In einer Hand hielt er die Akte, die er zuvor mitgebracht hatte, und legte sie auf einen der freien Besucherstühle.

»Kannst du mir mal bitte mein Handy geben? Rucksack, neben dem Bettende.«

Ihre Stimme klang gepresst, aber nicht so zerschlagen, wie sie sich fühlte, was wahrscheinlich auch besser so war. Dafür glühten ihre Wangen wie zwei Weihnachtskugeln, und das Pulsieren ihrer Wunde wurde stärker. Außerdem verstärkte sich ihr Hunger nach Sushi, und auch der Kopfschmerz, der sich in ihrer Schädeldecke eingenistet hatte, nahm zu. Keagan fischte ihr Smartphone aus dem schwarzen Rucksack und gab es ihr.

Nach dem dritten Klingeln nahm Lelja ab.

»Ja?«

»Der Ewigkeit sei Dank, dir ist nichts passiert«, rief Kit und stieß erleichtert die Luft aus.

»Was soll mir passiert sein?«, fragte Lelja verwundert.

»Deputy Director Helios war eben bei mir und hat mich zu London befragt. Wir wurden allerdings unterbrochen. Anscheinend gab es einen Angriff am Leith Walk, und ich hatte schon Sorge … dass du darin verwickelt bist.«

»Ich bin gar nicht zu Hause, sondern oben … warte. Ich bin in fünf Minuten da.« Sie legte auf.

Keagan betrachtete sie, sagte kein Wort und schien darauf zu warten, dass sie zu erzählen begann, aber Kit wusste nicht, was sie sagen sollte. Vielleicht spürte er auch, dass sie erst noch mit ihren Gedanken allein sein wollte. Seine Anwesenheit hatte etwas Beruhigendes, und sie war froh, dass er nichts sagte, sondern einfach nur da war. Als ihr Partner.

Wie angekündigt, betrat Lelja kurze Zeit später den kleinen Raum und blieb überrascht stehen, als sie Keagan bemerkte. Dann glitt ein breites Lächeln über ihr Gesicht, während er seinerseits aussah, als würde er direkt den Rückzug antreten wollen. In seiner Nähe verströmte Lelja einen ganz eigenen, magischen Duft, aber er machte nicht den Eindruck, als würde er ihr gleich verfallen. Stattdessen verdüsterte sich seine Miene etwas mehr. Eine Tatsache, die Kit jetzt schon mehrmals aufgefallen war, und langsam hegte sie den Verdacht, dass er irgendwo versteckt am Körper ein Siegel trug, das ihn gegen diese Art von Magie immunisierte. Anders konnte sie sich nicht erklären, wieso er dermaßen standhaft blieb.

Dann wurde Lelja jedoch gleich wieder ernst, zog einen Stuhl ans Bett und setzte sich. »Willst du nicht auch Platz nehmen?«, fragte sie an Keagan gewandt, doch er schüttelte gleich den Kopf, lehnte sich gegen die Wand und tat das, was er am besten konnte: grimmig schauen und nicht sprechen.

»Wie du willst«, sagte Lelja. »Also … ich habe es eben auch vom Flurfunk erfahren. Mehrere Verletzte. Aber auch tote Alias-Zivilisten. Die Presse ist schon auf dem Weg, und es gibt alle Hände voll zu tun. Allerdings nicht für uns. Wir haben bis nach der Beerdigung noch frei.«

Das war ihr neu. »Warum hast du denn auch frei?«

»Ich habe bei Maurice einen Urlaubsantrag gestellt. Deswegen war ich oben, und weil ich dich jetzt sowieso besuchen kommen wollte.«

Ihre Worte rührten Kit. Sie hätte nie gedacht, sich an diesem fremden Ort so schnell heimisch zu fühlen, aber mit Lelja an ihrer Seite war es beinahe wie früher in Tokio. Weniger beängstigend, weniger nervenaufreibend, weniger fremd. Und sie fühlte sich nicht ganz so allein.

»Danke. Das weiß ich zu schätzen.« Sie lächelte, und Lelja erwiderte ihr Lächeln. »Aber ich bin an dieses Bett gefesselt«, murmelte Kit frustriert und fuhr sich mit einer Hand durchs Haar. »Kannst du mir nicht irgendeinen Zauber besorgen, der die Heilung beschleunigt?«

»Können schon, aber alles hat seinen Preis«, erwiderte Lelja und wackelte vielsagend mit den Augenbrauen.

»Und dein Preis wäre?«

»Dass du mir alles im Detail erzählst.«

»Da gibt es nichts zu erzählen.« Was zwar nicht stimmte, aber sie hatte keine Lust, das gerade Erlebte vor Keagan und Lelja zu diskutieren.

»Oh, ich glaube, da täuschst du dich. Und zwar gewaltig. Ich glaube, es gibt einiges zu erzählen, und du verschweigst mir mindestens die Hälfte. Das ist mein Preis. Die ganze Geschichte für eine magische Gegenleistung. Das ist doch nur fair.«

»Könnt ihr mich bitte kurz aufklären«, mischte sich Keagan ein, und seine tiefe Stimme füllte das Krankenzimmer mit ihrem angenehmen Klang.

»Da gibt es nichts aufzuklären.«

»Nakir Helios hat eine Verbindung mit Kit.«

»Lelja«, sagte Kit scharf, doch ihre Freundin war nicht zu bremsen. Tatsächlich drehte sie sich mit einem verklärten Lächeln zu Keagan um und fuhr gestikulierend fort: »Ich vermute, dass sie sich aus einem früheren Leben kennen und sich irgendwie nicht mehr daran erinnern können, zumindest Kit nicht. Vielleicht gab es mal eine Erinnerungslöschung, auf jeden Fall hat der Deputy Director sie angegriffen. Und jetzt war er hier, und Kit sieht aus, als hätte sie die ganze Zeit geweint.«

»Wie … romantisch.« Das Brummen kam aus Keagans Mund.

»Sag ich doch.«

»Ich glaube, Keagan hat das ironisch gemeint«, erklärte Kit, aber ihre Freundin hörte sie nicht. Kit nutzte den kurzen Moment, schwang die Füße aus dem Bett und versuchte aufzustehen. Es funktionierte, obwohl es immer noch verdammt wehtat. Ihre Kiefer malmten aufeinander, aber sie hielt den Schmerz aus. Sie musste. Sie hatte keine Zeit für diesen Unsinn.

»Was genau tust du da?« Keagans Tonfall war lauernd, und sie hatte das Gefühl, in einer Zeitschleife stecken geblieben zu sein, denn es erinnerte sie an ihr Gespräch vor einer Stunde.

»Ich muss hier raus.«

»Ich habe die Akte immer noch dabei.« Er deutete auf den Besucherstuhl. »Du musst also gar nicht raus.«

»Akte, welche Akte?«, fragte Lelja.

»Keagan hat die Ermittlungsakte besorgt. Anscheinend. Aber er hat sie mir noch nicht gezeigt, weil wir von Deputy Director Helios unterbrochen wurden. Ich muss wissen, was mit Phelia geschehen ist. Ob es Anhaltspunkte gibt, was bisher herausgefunden wurde.«

»Nicht sonderlich viel, um ehrlich zu sein«, meinte Keagan, und es schwang eindeutig Bedauern in seinen Worten mit. »Während du mit dem Deputy Director gesprochen hast, habe ich mir alles durchgelesen. Es scheint wirklich keine Hinweise zu geben. Nichts.«

»Was ist mit dem Datenabgleich? Kein einziger Mord, der Ähnlichkeiten aufweist? Und was ist mit den Schutzbarrieren, wie konnte der- oder diejenige so nah an sie herankommen?« Sie presste die Lippen aufeinander, als das Bild von Phelias verstümmeltem Körper vor

219

ihrem inneren Auge auftauchte. Für einen Sekundenbruchteil hatte Kit wieder alles vor sich und atmete tief
durch, um den Ekel zu verscheuchen, der in ihr aufstieg.

»Der Datenabgleich lief ins Leere. Auch die Proben.
Zumindest bisher, das Auswerten der Duftspuren der
Silbervögel dauert auch noch einen Tag.« Keagan hielt
kurz inne. »Worauf willst du hinaus? Dass sie ihren
Mörder kannte?«

Kit erschauderte, riss sich jedoch gleich wieder zusammen. »Eventuell. Onyx könnte Aufschluss darüber
geben, ob sie mit jemandem verabredet war oder sonst
einem Termin nachgegangen ist. Gibt es schon Spuren
zu ihm? Hat man ihn mittlerweile irgendwo finden
können?«

»Nein«, mischte sich Lelja mit einem Seufzen ein.
»Ich wüsste allerdings gerne, wohin sich der Geist aufgelöst und ob er etwas gesehen hat.«

»Gibt es nicht irgendwelche magischen Sprüche, mit
denen man einen Geist beschwören kann? Bei Werwölfen, Daimonen oder Vampiren gibt es so etwas ja auch«,
wollte Keagan wissen.

»Theoretisch schon. Das hat Albin ja auch schon veranlasst, aber nichts herausgefunden. Esmeralda, eine
Freelancerin, hat auch schon ihr Glück am Tatort versucht.«

»Esmeralda?«, fragte Kit.

»Ein Medium, frag mich nicht, wie das funktioniert.
Ich habe es noch nicht live beobachtet.«

»Gut. Also hat man diese Dinge schon ins Rollen gebracht.«

Nachdenklich spielte Kit mit der dünnen Perlenkette
um ihr Handgelenk, das Gewitter in einer silbergrauen
Perle blitzte.

»Also gibt es keine Anhaltspunkte, keine Spuren, und die beiden Agents aus St. Petersburg haben nichts herausgefunden?«

»Nichts.«

Kit biss sich auf die Unterlippe. Dann fiel ihr wieder ihre Beobachtung mit dem Erus ein. Ihre Wangen begannen zu glühen, ihr wurde schrecklich heiß.

Verdammt. Das hatte sie in dem ganzen Trubel komplett vergessen oder verdrängt!

»Phelia hatte eine Vision, an dem Tag, an dem ich in die WG gezogen bin. Sie meinte, ich sei in Gefahr. Kurz darauf wurde sie getötet. Aber das ist nicht alles: Wir wurden draußen vor der Wohnung von einem Erus beobachtet. Ich habe ihn gespürt, nachdem sie verschwunden war, aber er konnte flüchten. Steht das nicht auch in der Akte?«

Keagan schüttelte den Kopf. »Nein. Dein Verhörprotokoll ist nicht mitaufgelistet.«

Keagan schob sich nach vorne, während Lelja nach ihrer Hand griff und sie einmal fest drückte. Ihre Finger waren warm und weich. Es war ihre erste Berührung seit Nakirs Angriff, und Kit spürte, wie sehr sie diese Art von Nähe brauchte. Jemand, der einfach für sie da war. Es tat gut, sich zu öffnen. Zumindest stückchenweise.

»Du weißt also nicht, wer sein Besitzer ist?«

Resigniert schüttelte Kit den Kopf. »Nein, und seitdem hatte ich auch nicht mehr das Gefühl, beobachtet zu werden.« Sie biss sich auf die Unterlippe, überlegte einen Augenblick. »Also nicht auf diese Weise. Ich habe immer wieder den Himmel und die Umgebung geprüft, aber nichts Ungewöhnliches feststellen können.«

Lelja nickte, sog ihre Unterlippe ein und kaute darauf

herum. Kit bemerkte, dass Keagan sie anstarrte und hastig den Blick abwandte. Sein Gesicht verschloss sich schlagartig.

»Also wurdest du doch beobachtet?«, wollte Lelja schließlich wissen.

Kit zuckte hilflos mit den Schultern. »Das weiß ich nicht sicher.«

»Weißt du was? Ich frage, ob sie nicht doch eine Ausnahme machen können, damit du heute noch hier rauskommst. Keagan kann ja Nachforschungen anstellen und herausfinden, wann das letzte Mal ein Erus geschnappt oder gesichtet wurde. Einen Erus an sich zu binden und zu beschwören kostet sehr viel Energie, jemand muss also entweder eine große Zahl von Opfern gebracht oder sich über einen längeren Zeitraum einen Magiespeicher aufgebaut haben. Das hat vielleicht Spuren hinterlassen. Vielleicht gab es ungewöhnliche Wetterereignisse hier in der Nähe. Man müsste mal mit den zuständigen Mitarbeitern der AE sprechen.«

»Du weißt nicht, wie lange der Erus schon im Dienst steht«, warf Keagan zweifelnd ein und verlagerte das Gewicht auf das andere Bein, während Lelja zustimmend nickte.

»Das stimmt natürlich. Aber einen Versuch ist es wert. Es gibt sonst nur eine Möglichkeit, die bestehende Verbindung zu kappen und somit die Verbindung auf einen selbst zu übertragen. Indem man ihn tötet.«

Kit starrte Lelja mit großen Augen an. »Bei einem Erus geschieht dasselbe wie bei einem Todeskampf zwischen Wandlern? Das höre ich zum ersten Mal.«

»Wir haben die Geschichte der Erus unter anderem in Afrika untersucht und dort festgestellt, dass eigentlich alle Alias, die einen tierischen Ursprung haben, ihre Gedanken und Gefühle und Erinnerungen auf denjenigen übertragen, der sie tötet. Bei den Erus ist es etwas anders, da überträgt sich nur die Verbindung zum Meister.«

Keagan verzog das Gesicht, als ob er im nächsten Moment einen Satz zur Tür hinaus machen würde, und kurz fragte sie sich, was er in seiner Vergangenheit, in seinem früheren Leben getan hatte, um zu wissen, wovon sie sprach.

Es war kein großes Geheimnis, aber eines, das alle Gestaltwandler nicht gerne teilten. Allerdings verhielt es sich ähnlich wie mit dem bekannten Holzpflock durch das leblose Herz eines Vampirs. Diese Informationen gelangten früher oder später als Allgemeinwissen an die Oberfläche, und möglicherweise hatte Keagans Gesichtsausdruck auch gar nichts zu bedeuten. Vielleicht wusste er auch gar nicht, dass sich im letzten Moment des Todes ihr gesamtes Leben auf denjenigen übertrug, der sie tötete. Eine Speicherkarte, die weitergereicht wurde. Sehnsüchtige, Ängste, Sorgen, Hoffnungen und vergessene Momente, vielleicht auch Träume.

Dieses Wissen hatte im Großen Krieg zwischen Alias und Nox dazu geführt, dass nur wenige Gestaltwandler in die Kampfstrategien eingeweiht worden waren. Aus Angst, dass sie diese Informationen im letzten Augenblick ihres Lebens weitergaben.

»Die Verbindung zum Meister wird übertragen?«

»Das ist das, was ich damals in Botswana gelernt habe. Bei den Ausgrabungen ging es um sehr viel Geld.«

»Meinst du, der Erus steht im Zusammenhang mit den Geschehnissen in der Stadt?«, murmelte Kit fragend, Angst kroch ihren Nacken hinauf, und sie spürte, wie sie sich versteifte. Etwas ging vor sich, und ihr Gefühl sagte ihr, dass es mit ihr zusammenhing, doch sie traute sich nicht, diesen Gedanken zu formulieren. Aus Angst, dass er dann wahr wurde.

Lelja zuckte mit den Schultern. »Das kann durchaus sein. Das müssen wir herausfinden.«

18

Sie war bereits gestorben. Mehr als einmal. So oft, dass sie es nicht mehr an einer Hand abzählen konnte, und doch spürte sie die kribbelnde Angst im Nacken, angesichts dessen, was ihr drohte.

Denn mit dem Tod verschwanden auch die Erinnerungen an ihr früheres Leben. Zumindest tagsüber. Nachts kamen die Albträume, blasse Bilder, Splitter aus einer anderen Zeit … aus einem anderen Leben.

Kit erwachte, weil sie etwas spürte. Ihr Herz raste. Jemand, nein etwas, war hier.

Schlagartig war sie hellwach und sah sich in ihrem WG-Zimmer um, das sie seit heute endlich wieder bewohnte, und lauschte angestrengt in die Nacht. Lelja schlief ruhig und gleichmäßig in ihrem eigenen Schlafzimmer. Ihre Nachbarn ein Stockwerk über ihr stritten sich wegen einer Fernsehsendung, und zwei Katzen streiften auf der Garage neben dem Haus umher. Unter ihrem Fenster fuhr ein Auto vorüber, die Reifen ratterten über das Pflaster, und durch den nicht zugezogenen Vorhang drang helles Mondlicht. Halbmond.

Blind tastete sie nach dem Siegeldolch, der seit Phelias Tod immer in ihrer unmittelbaren Nähe lag und nicht länger in ihrem Safe.

Sie griff ins Leere. Kurz stockte ihr der Atem. Ihre Finger strichen hektisch über das Holz, aber sie fand nichts.

Jetzt brach ihr der Schweiß aus, und ihre Gedanken überschlugen sich. Gleichzeitig loderte mit einem Stöhnen ihr Fuchsfeuer auf, was sie nur mit Mühe kontrollieren konnte. Sie versuchte sich abzulenken, dachte an Schokolade, den herben Geschmack von Zartbitter auf ihrer Zunge, den der Fuchs so verabscheute.

Zum Glück ebbte das Fuchsfeuer etwas ab, wurde schwächer und klang nur noch dumpf in ihrem Inneren, bereit, in jeder Sekunde die Kontrolle über ihren Körper zu übernehmen.

Die Gefahr war real, kein Hirngespinst.

Kit versuchte sich zu konzentrieren, richtete sich im Bett auf, was das unangenehme Ziehen in ihrem Oberschenkel verstärkte. Sie war gerade erst erwacht. Weil sie etwas gespürt hatte. Jemand hatte also gewollt, dass sie erwachte. Wenn ihr unsichtbarer Beobachter sie hätte töten wollen, hätte er es längst tun können.

Unsichtbar.

»Onyx?«, fragte sie in die Stille des Zimmers hinein, ihre Stimme hörte sich fremd und hölzern an.

Eine Bewegung, unmittelbar neben dem Fenster, und Kit wandte den Kopf. Zwischen den Vorhängen schimmerte eine durchsichtige Gestalt. Der Assistent ihrer Patentante.

Im nächsten Augenblick war er wieder verschwunden, und Kit rieb sich über die Augen, die Luft flirrte. Ihr Blick fiel auf den Nachttisch. Dann daneben. Auf dem Boden lag ihr in der Lederhaltung verankerter Siegeldolch, der schon längst von einem der Agents untersucht worden war. Man hatte geprüft, ob damit eine Straftat begangen worden war. Es war die Bedingung für ihre Entlassung aus der Krankenstation gewesen.

Großartig. Sie sah schon Gespenster. Aber vielleicht war es genau die Art von Hinweis, den sie brauchte. Kurzerhand schwang sie sich aus dem Bett. 4:32 Uhr.

»Lelja?«

Keinen Augenblick später stand Lelja mit einem verschlafenen Ausdruck im Gesicht in ihrer Tür, ihr langes Haar türmte sich zu einem Vogelnest auf ihrem Kopf, und sie trug ein Tanktop und weite Stoffhosen. Sie gähnte herzhaft.

»Alles in Ordnung?«

»Ich glaube, ich habe Onyx gespürt. Und gesehen. Aber ich bin mir nicht sicher. Vielleicht habe ich mich auch nur getäuscht …« Sie stieß die Luft aus.

Mit einem Schlag war Lelja hellwach, ging an ihr vorbei ins Zimmer und sah sich um. »Wo? Wann? Wie?«

Gleichzeitig kam Kit ein anderer Gedanke. Was, wenn sie nicht Onyx gespürt, sondern eine andere Präsenz wahrgenommen hatte? Das Wesen im Fenster konnte auch nur eine Einbildung gewesen sein. Verdammt. Schnell eilte sie zu ihrem Safe, öffnete ihn und zog ihre Perlenkette hervor.

»Was tust du da?«, fragte ihre Freundin in ihrem Rücken, doch Kit reagierte nicht. Stattdessen kniete sie sich auf den Teppichboden, riss eine schwarze, sehr kleine und damit keine besonders wertvolle Perle ab und hauchte ihr mit geschlossenen Augen einen Kuss auf die glatte Oberfläche, die augenblicklich zu glühen begann. Das Glas wurde heiß, brannte wie eine Flamme zwischen ihren Fingern, und Kit hielt die Perle so lange fest umklammert, wie sie nur konnte.

Sie murmelte die Worte der Offenbarung, und mit einem Zischen löste sich die Magie der Perle, stürzte durch den Raum, auf der Suche nach einer magischen Präsenz.

Splitternd brach das Fensterglas, als die Magie sich einen Weg bahnte, ein Knistern, das sich wie ein elektrischer Schlag auf ihren Armen ausbreitete und weiter in die Luft stieg.

»Lelja!«, rief Kit und sprang auf die Beine.

Ihre Freundin hatte ihrerseits bereits eine ihrer Jadeperlen von der Kette gelöst und hielt sie mit konzentrierter Miene zwischen Zeigefinger und Daumen umklammert, bereit, sich der möglichen Gefahr zu stellen.

Dann wickelte sich die Magie um etwas, umklammerte es, löste es aus seiner Hülle, befreite es von der unsichtbaren Ebene und holte es in die Realität.

»Ein Erus!«, stieß Lelja atemlos hervor. Das schwarze Wollknäuel blinzelte verwirrt, die spitzen Zähne leuchteten im Mondlicht. Es schwebte vielleicht zwei Meter von der Hausfassade entfernt, die dunklen Augen glühten wie zwei Kohlestücke, ein Zeichen, dass sein Besitzer sie beobachtete.

»Wir müssen ihn fangen, bevor er entkommt!«

»Fuck!«, fluchte Lelja, hechtete zum Fenster und machte einen Satz nach draußen. Kit stieß einen spitzen Schrei aus, während das Fuchsfeuer in ihrem Körper explodierte. Dieses Mal war es volle Absicht. Sie war schneller, wendiger, geschickter in ihrer Fuchsgestalt.

Ihre Knochen wurden schwer, dehnten sich aus, und sie nutzte den kurzen Moment der Verwandlung, um ihrer Freundin zu folgen.

Das zersplitterte Glas, das wie Dornen aus dem Rahmen stach, schlitzte ihr die Unterarme auf, als sie zwei Meter in die Tiefe sprang. Ihre Schnauze dehnte sich aus, wurde länger, die Eindrücke prasselten wie Gewehrschüsse auf sie ein, und ihr dröhnender Puls rauschte in ihren Ohren, als sie auf allen vieren auf dem Pflasterstein aufkam.

Kit brauchte ein paar Sekunden, um sich zu orientieren.

Die Nacht war klar und hell, orangefarbene Lichter

der Straßenlaternen erfüllten die Straßen mit ihrer Wärme, und die salzige Luft verklärte ihre Sinne.

Ihr Kopf ruckte nach rechts, wo sie nur noch einen Schatten wahrnahm, und Leljas blumiger Duft schwappte zu ihr herüber, gefolgt von einer herberen Note. Wie frische Druckertinte, gepaart mit einem Hauch eines gerade angezündeten Streichholzes. Der Erus!

Sofort setzte sich Kit in Bewegung und folgte den beiden. Sie flog ihnen förmlich hinterher, obwohl ihre letzte Verwandlung bereits zwei Tage zurücklag und sie sich noch nicht hundertprozentig von dem Kampf gegen Nakir Helios erholt hatte. Die Steine unter ihren Pfoten waren kühl und hart, und sie wich einem Taxi aus, das um die Ecke schoss und holpernd über das Pflaster rollte. Ihr kleines Herz pumpte Blut durch ihre Adern, trieb sie weiter an. Trieb sie an, schneller zu laufen.

Endlich verschmolz sie ganz mit ihrer Fuchsgestalt, und ihr schlanker Körper bog sich immer wieder in einer fließenden Bewegung, ein harmonisiertes Zusammenspiel all dessen, was sie ausmachte und was sie in sich trug. Kit spürte den Wind in ihrem Fell, nahm die Düfte und Fährten auf, konzentrierte sich ganz auf den Erus.

An der nächsten Straßenecke, zwischen Supermarkt und Bücherei, war Lelja stehen geblieben. Eine Hauptstraße führte daran entlang, und eine kleine Straße zweigte ab, geradewegs zu einem Park, der zwischen zwei größeren Häuserblocks lag. Ein Hund bellte irgendwo in der Ferne, er ärgerte sich über eine Katze, die außerhalb seiner Reichweite saß.

»Er will in Richtung Inverleigh Park«, keuchte Lelja mit geröteten Wangen. Mit einer Hand hielt sie ihren

Brustkorb, und sie japste förmlich nach Luft. Kit war ohnehin schon verwundert, wie gut ihre Freundin durchgehalten hatte, aber jeder Alias der AE musste eine gewisse Grundfitness besitzen. Außerdem war Lelja eine Siegelhüterin, auch wenn sie einen Schreibtischjob hatte.

»Dort gibt es einen Spiegelsee.« Eine direkte Verbindung nach Raki, der Niemalswelt. Es gab nicht viele Eingänge, aber fast jede größere Stadt besaß mindestens zwei Portale, die nach Raki führten.

Ein Schauder rann ihren Rücken herab, aber sie behielt das hohe Tempo bei, stürzte an Lelja vorbei, die gehend die Verfolgung aufnahm. Ihr Unterarm blutete, genauso wie einer ihrer Füße, dieser allerdings nicht von einer Schnittwunde, sondern weil sie den ganzen Weg barfuß gerannt war.

Kit hörte ihren donnernden Herzschlag und ließ ihre Freundin weiter hinter sich, nahm wieder die Verfolgung auf. Auch sie war mit kleineren Schnittwunden übersät, aber das war ihr in diesem Augenblick egal, denn die Chance, an weitere Informationen zu kommen, die womöglich in einem Zusammenhang mit Phelias Tod standen, war zum Greifen nah.

Kein Erus besaß eine Erinnerung, aber ihn zu töten, würde sie wenigstens die Verbindungsströme zu seinem Meister kappen und diese stattdessen auf sich selbst übertragen lassen. Kit wusste es nicht sicher, denn sie hatte noch niemals einen Erus getötet, aber wenn es stimmte, blieb nur diese eine Möglichkeit. Vielleicht würde sie so an Informationen gelangen, erfahren, wer der Meister des Erus war und was er im Schilde führte.

Flinkes, kleines Mistvieh, fluchte Kit stumm, spürte jedoch gleichzeitig, dass sie sich der Präsenz näherte. Sie sprang mehrere Stufen auf einmal eine kleine Treppe hinab, die sich um einen Grünbereich wand, vorbei an einer Reihe niedlicher kleiner Häuser, die sich entlang des Leith-Flusses schlängelten und den Berg hinauf, in Richtung des Parks.

Ihr Puls dröhnte lautstark in ihren pelzigen Ohren, ihr Geruchssinn nahm all die kleinen Nuancen auf, die in der Luft lagen, die Richtungswechsel und Haken, die der Erus schlug, um ihr zu entkommen. Aber sie hatte seinen Geruch viel zu deutlich in der Nase, und sie wusste, wohin er wollte.

Obwohl sie ihn kaum sehen konnte, hatte Kit ihn nun fast erreicht. Wenn er den Spiegelsee betreten wollte, würde er sich auf ihre Höhe begeben müssen, denn man musste in das Wasser waten. Es gab keinen anderen Eingang. Sie waren nur noch zwanzig Meter von dem kleinen Tümpel entfernt.

Ein paar Enten erwachten schnatternd aus ihrem Schlaf und stoben verärgert auseinander, als sie sich näherte. Kit spürte einen Luftzug dicht über sich. Ihre Sinne wurden von dem Geruch des Erus geflutet.

Kit schnappte nach dem Erus, doch er quietschte, tauchte unter ihr ab und streifte ihre Bauchdecke, ehe er in die entgegengesetzte Richtung davonschoss. Mit riesigen Sprüngen setzte Kit ihm hinterher, sein Geruch haftete in ihrer Nase, und auch wenn er schnell und geschickt war, war es, als ob er eine unsichtbare Spur aus Erus-Duft für sie legte.

Abermals setzte sie zum Sprung an, schoss durch die Luft. Gierig gruben sich ihre Zähne in das weiche Fleisch, das sich unter dem schwarzen, zotteligen Fell verbarg. Der Erus stieß einen schrillen, hohen Todesschrei aus, und sie drückte ihm die Luftröhre zu, hörte das qualvolle Stöhnen, als er einen letzten Atemzug machte. Der Geschmack des Blutes explodierte in ihrem Maul, und sie presste gierig ihre Zunge gegen die Wunde, sein Genick brach mit einem stöhnenden Knacken.

Es war vorbei.

Ihr Brustkorb flatterte schnell und heftig.

Doch da war noch etwas anderes. Etwas, das so viel tiefer ging.

Kit hatte noch nie einem Gestaltwandler das Leben genommen. Aber so musste es sich anfühlen.

Ihr Geist erschauderte unter der Magie, die plötzlich durch ihre Gedanken strömte. Zuerst war es wie ein Wasserfall, ein Rauschen, das in ihrem Kopf vibrierte, und sie konnte nichts erkennen. Sie hielt die Lider geschlossen, um sich auf die Bilder zu konzentrieren, die sich vor ihrem inneren Auge auftaten. Behutsam trat sie im Geist einen Schritt nach vorne, auf das Rauschen zu, das weiter zunahm, je näher sie kam. Etwas Weißes spiegelte sich hinter dem Wasservorhang, der ihr die Sicht versperrte. Weiß und groß.

Zitternd trat sie noch einen Schritt näher. Der Wasserfall teilte sich, gab den Blick auf einen mächtigen Wolf frei, der sich ihr zugewandt hatte.

Kit schnappte nach Luft.

Zwei goldene Augen starrten ihr direkt in die Seele, und die Dunkelheit in ihr regte sich, als ob man sie sanft geweckt hätte. Ein Streicheln, ein Tasten, in ihren Gedanken, in ihrem Kopf. Sie konnte die Überraschung spüren, als hätte er nicht damit gerechnet, dass sie diese Verbindung erschaffen würde.

Nein, nicht er.

Es war kein Wolf, sondern eine Wölfin. Mit gewaltigen Vorderläufen und riesigen Pranken. Ihr Fell war von einem leuchtenden Schneeweiß, schimmerte im Licht und war etwas kürzer als bei den anderen Wölfen, die Kit bisher zu Gesicht bekommen hatte. Das Spiel ihrer Muskeln zeichnete sich deutlich darunter ab, anscheinend machte sie sich zum Absprung bereit. Hypnotisierend war der Blick auf Kits Gesicht gerichtet, drang Stück für Stück tiefer in sie ein.

Kit spürte die Gänsehaut überall auf ihrem Körper und sog zischend Sauerstoff in ihre Lunge, denn sie hatte plötzlich das Gefühl, zu ersticken.

Alles drehte sich. Schneller und schneller, während die Wölfin dastand und sie beobachtete, sie keine Sekunde aus den Augen ließ. Kit taumelte, fing ihren Sturz jedoch im letzten Moment ab. Ihre Kopfhaut kribbelte, wurde enger, als ob jemand ein Netz darum gespannt hätte, bis der Druck beinahe unerträglich wurde. Kurz fragte sich Kit, ob die Wölfin ihre Gedanken lesen konnte, denn sie konnte es nicht. Enttäuschung stieg in ihr auf. Aber nur kurz.

Dann wurde alles dunkel, tauchte sie in völlige Finsternis, und die Verbindung brach abrupt ab.

Mit einem Stöhnen öffnete Kit die Augen. Sie zitterte am ganzen Leib, und ihr war unerträglich kalt, als hätte jemand ihre gesamte Körperwärme geraubt. Klappernd schlugen ihre Zähne aufeinander, und sie presste ihre Schenkel zusammen, um ein wenig Wärme zu erzeugen.

Schenkel.

Erst als sie an sich hinabblickte, stellte sie fest, dass sie nackt und menschlich war. Plötzlich kam ihr diese menschliche Gestalt schwach und zerbrechlich vor, sie fühlte sich hilflos. Wie ein kleines Kind.

Ihre Hände waren blutverschmiert, und der metallische Geschmack haftete wie bittere Galle in ihrer Kehle. Vor wenigen Minuten hatte der Geschmack ihr Kraft verliehen, jetzt hätte sie sich am liebsten in den stinkenden Teich gestürzt und ihren Mund ausgespült. Nach Raki würde sie nur gelangen, wenn sie in den Teich sprang.

Mittlerweile kündigte sich ein heller Streifen am östlichen Horizont an, und als sie ihr bebendes Kinn hob und die erwachende Stadt vor sich erblickte, fühlte sie nichts als Leere. Als hätte sie jemanden verloren. Einen Teil von sich.

»Kit!«

Die Stimme ihrer Freundin riss sie aus ihren düsteren Gedanken, und sie zog die Arme um ihre Beine und begann sich vor und zurück zu wiegen, obwohl sie selbst nicht so genau wusste, warum sie es tat. Ihr fehlte eine Erklärung, ein Hinweis, der Sinn ergab, und doch war da diese unendliche Traurigkeit in ihr, die Kits Kehle enger werden ließ und ihr erneut die Luft raubte.

Was – bei allen Alias – war nur geschehen?

Lelja kam atemlos neben ihr zum Stehen, beugte sich über ihre Knie, stützte sich auf ihnen ab und ließ sich dann ins eiskalte Gras neben sie fallen. Zaghaft wanderte ihr Blick über Kits Erscheinung, und wenn sie überrascht oder schockiert war, so ließ sie sich nichts anmerken, sondern löste lediglich eine der kleineren Perlen von ihrem Handgelenk und zerdrückte sie ohne zu zögern zwischen ihren Fingern. Ihre Lippen bewegten sich lautlos, und in ihren Augen stand ein abwesender Ausdruck.

Sie hatte ein Baumwollkleid beschworen, mit Schottenmuster.

Obwohl Kit nicht nach einem Lächeln zumute war, hob sich einer ihrer Mundwinkel und ließ die Andeutung eines Lächelns erahnen. »Danke«, sagte sie, und ihre Stimme klang seltsam hohl. Als hätte sie tagelang ein Konzert gegeben.

»Ich habe echt alles gegeben«, sagte Lelja, während sich Kit das Kleid überstreifte. »Aber gegen dich hatte ich keine Chance.« Sie warf einen Blick auf den leblosen Erus, der neben Kit lag, das kleine Gesichtchen dem Nachthimmel entgegengereckt. Schuldgefühle nagten an Kits Bewusstsein, aber sie schob sie energisch beiseite. Es war notwendig gewesen, ihn zu töten.

War es das?, wisperte eine Stimme in ihr, und Kit versuchte das noch warme Blut von ihren Handballen zu entfernen, indem sie sie im feuchten Gras abrieb.

Wenn sie ehrlich mit sich war, hatte sie sogar Freude empfunden, den Erus zu töten, und das war etwas, das ihr mehr Angst bereitete als die Tatsache, dass es womöglich jemand auf sie abgesehen hatte.

»Und?«, fragte Lelja und sah ihr forschend in die Augen. Auf ihre Stirn hatte sich ein feuchter Film gelegt, und das Haar hing ihr in losen Strähnen ins Gesicht. »Hat es funktioniert? Hast du etwas herausfinden können?«

»Ich habe einen Wolf gesehen.«

Lelja runzelte fragend die Stirn, richtete sich langsam wieder auf. »Was für einen Wolf? Ist alles in Ordnung, du siehst eher aus, als hätte Onyx dir einen Schrecken eingejagt …«

Darauf sagte Kit nichts, sondern stand mit wackligen Beinen auf. Sofort begannen ihre Knie zu zittern, und die plötzliche Übelkeit in ihrem Magen rührte nicht nur von der schnellen Rückverwandlung. In ihrem Kopf drehte sich alles, und sie musste sich mit einer Hand an einem Baum abstützen. Die Rinde fühlte sich vertraut unter ihren Fingern an, wie ein Lieblingsbuch, das man nach langer Zeit wieder aufschlug, und dieses Gefühl pochte in ihr wie ihr eigener Herzschlag.

Sie konnte sich nicht erklären, was geschehen war, aber plötzlich lag die Wahrheit auf der Hand.

»Es war seltsam«, flüsterte sie, und der Wind zerrte die Worte davon. »Aber es war … als ob ich in einen Spiegel blicken würde.«

19

Die Luft war erfüllt von dem beißenden Geruch aschetoter Nox. Die ganze verdammte Stadt war voll davon, und der Duft überlagerte ausnahmsweise sogar das salzige Aroma des Meeres. Nakirs Schädel dröhnte, er war ausgelaugt und erschöpft von all den Tatorten, die er besichtigt und analysiert hatte, denn nichts brachte eine logische Erklärung für das Auftauchen so vieler Nox mit sich. Keine richtige Spur, der er nachgehen konnte, kein Hinweis, der sich aus gesammelten Proben oder der Zeugenbefragung ergab. Nichts. Und das ließ ihn nervös werden.

Er rückte das Bannsiegel um seinen Hals zurecht, das sich mit seinem Hemd verknotet hatte, und prüfte die Sicherung. Alles saß an Ort und Stelle. Es schützte ihn vor magischen Einflüssen, und Nakir wollte es angesichts der zum Himmel stinkenden Zufälle nicht darauf ankommen lassen, ohne Schutz herumzurennen.

Denn das letzte Mal, als diese Zufälle aufgetreten waren, hatte sich die Welt in ein schwarzes Seelenmeer verwandelt. Überall auf der Erde waren Nox wie Pilze aus dem Boden gesprossen, hatten sich in die Städte geschlichen und den Menschen ihre Seelen gestohlen, nur um selbst mächtiger und stärker zu werden. Nur um auf den Befehl ihrer Mutter zu warten, die den richtigen Moment abpassen wollte, um Alias und Menschen gleichermaßen zu unterwerfen.

Das schwarze Auto hielt am Straßenrand, und er sagte dem Fahrer, dass er ein paar Runden drehen oder eine Pause machen sollte, er würde sich später melden. Später, wenn er die Sache erledigt hatte. In einer kleinen Plastikfolie befand sich Kit Sunes schwarzes Haar, das er nach ihrem Gespräch mitgenommen hatte, und Nakir wollte den angebrochenen Morgen nutzen, um mehr über sie herauszufinden. Auf eine Weise, wie es eigentlich nicht vorgesehen war. Aber dies war kein normaler Umstand und forderte andere Mittel.

Der Gedanke, es mit Liliths Haar auszuprobieren, war ihm ebenfalls gekommen, aber er kannte die Regeln der Bibliothek. Wenn er es mit dem Haar einer Toten versuchte, würde ihre Seele vielleicht niemals wieder einen Körper finden, und dieses Risiko wollte er seiner Nichte zuliebe nicht eingehen.

Seine Füße setzten sich in Bewegung, nachdem das Auto um die nächste Ecke verschwunden war. Arthur's Seat ragte bedrohlich über ihm auf, einzelne Sonnenstrahlen ließen die grünen Hügel in verschiedenen Schattierungen erstrahlen, und bis auf ein paar menschliche Jogger und Spaziergänger mit ihren Hunden konnte er niemanden ausmachen.

Das war auch besser so. Bei dem, was er vorhatte, wollte Nakir lieber ungestört sein.

Wie jede größere Stadt, in der sich viele alte Seelen tummelten, beherbergte auch Edinburgh einen Ort voller Geheimnisse und altem Wissen, versteckt unter der Oberfläche eines Sees. In diesem Fall war es St. Margaret's Loch, direkt neben dem Queen's Drive und in Sichtweite von Holyroad Palace, der Sommerresidenz des englischen Königshauses.

Nakir hasste nichts mehr, als in eine Schicksalsbibliothek einzutreten. Sie war alt. Älter, als viele annehmen würden, und voller Geheimnisse, so gut versteckt, dass sich kaum einer selbst der langlebenden Alias an sie erinnerte. Misstrauisch beobachteten ihn die Schwäne, als er durch einen magischen Schleier trat und auf den kleinen Brunnen zusteuerte, der seit Jahrhunderten nicht mehr benutzt wurde. Wahrscheinlich war er zu gut für einen Besuch in der Bibliothek gekleidet, aber er wollte keine Zeit verlieren und danach direkt ins Observatorium fahren, um sich die aktuellen Lageberichte geben zu lassen. Eine Hand an seinem Waffengurt, prüfte er seinen Siegeldolch. Im Gegensatz zu den meisten seiner Agents brauchte Nakir keine magischen Perlen, die Jahrhunderte überdauert hatten und in die man die Schöpfungsworte gesperrt hatte. Er war aus dem ersten Tod eines Gottes geboren worden, er *war* Magie. Reine, pure Magie.

Niemand wusste genau, wie und wann die Schicksalsbibliotheken entstanden waren, außer, dass sie ungefähr zum selben Zeitraum erschienen, als die ersten Götter starben. Sibyllen und andere Seher hatten es sich zur Aufgabe gemacht, das Schicksal der einzelnen Seelen aufzuschreiben, ihre Prophezeiungen in Worte zu fassen. Selbst die Menschen waren auf ihren Geschmack gekommen, auch wenn nicht jeder an die Palmblattprophezeiungen glaubte.

Über die Jahrhunderte hatte sich eine beeindruckende Sammlung an Schicksalen aufgetan, und neben den herkömmlichen Prophezeiungen lagerten auch verschollene Schriftstücke und magische Gegenstände in den Katakomben der Bibliothek. Voller Wörter, die einst noch eine magische Bedeutung gehabt hatten.

Nakirs Gedanken kreisten immer noch um das, was Kit ihm über die Ereignisse in London berichtet hatte. Das war gestern gewesen. Kein Wort über Lilith, nichts. Was wahrscheinlich daran lag, dass der Auffindungsort so weit von der Stelle entfernt war, an der man die Leiche von Artemis Shiba entdeckt hatte.

Mit einem leisen Seufzen auf den Lippen kletterte er auf die Holzleiste des Brunnens. Das Geräusch seiner Lederschuhe auf dem Rand erklang in einem Echo aus den feuchten Tiefen, und die kühle Luft strich ihm um die Beine, selbst durch den Stoff seiner schwarzen Cordhose.

Nakir zögerte nicht lange, sondern sprang in die Dunkelheit.

Es war, als würde er seine Seele abstreifen, einen Teil von sich geben. Was auch geschah. Sein Geist dehnte sich aus, wurde leichter, um gleichzeitig mit einem Dröhnen in seiner Brust zu vibrieren. Ihm wurde heiß, dann kalt, und schließlich spürte er wieder Boden unter den Füßen.

Es gab keinen Aufprall. Keinen stechenden Schmerz, als er am Grund des Brunnens ankam.

Aber die magischen Schutzwälle, die diesen Ort vor bösen Alias schützte und ihre Gedanken durchsuchte, waren notwendig und strengten ihn körperlich an. Nakir fühlte sich, als hätte er einen Marathon hinter sich gebracht.

Aber diese Prozedur musste er über sich ergehen lassen, um an Informationen zu gelangen. Er konnte sich einfach nicht erklären, wie alles zusammenhing, und er hoffte, in einem der alten Bücher vielleicht auf etwas zu stoßen, das ihm eine einleuchtende Begründung für all die seltsamen Zufälle lieferte. Und vielleicht, ganz vielleicht fand er auch eine magische Formel, die ihm Kit Sunes Identitäten offenbarte.

Schließlich brauchte er Gewissheit. Der Gedanke daran, dass sie womöglich doch etwas mit Nox zu tun hatte, ließ ihn unruhig werden. Er brauchte dringend Antworten.

Es war dunkel und feucht, roch modrig und nach nassen Kleidern. Lediglich ein schmaler Streifen erhellte den Gang, der zu einer großen Holztür führte. Dahinter befand sich ein Raum, der in mehrere Ebenen aufgeteilt war. Drei Treppen schienen ins Nichts zu führen, aber das war nur ein Trugbild. Nakir wusste, dass am Ende der Stufen jeweils Eingänge zu den verschiedenen Abteilungen der Schicksalsbibliothek lagen.

Direkt neben der Tür stand ein Holztisch, hinter dem ein Mann saß, der nun verwundert aufblickte.

Der Bibliotheksaufseher sah aus, als hätte er seit Jahrzehnten das Tageslicht nicht mehr erblickt. Seine Haut war kalkig weiß, fleckig und von einer unebenen Fettschicht überzogen. Trotz des schütteren Haares wirkte er äußerlich nicht alt, seine Statur und Haltung erinnerten vielmehr an einen Mann Mitte vierzig, auch wenn das sehr wahrscheinlich nur ein Illusionszauber war. Denn die Aufseher der Schicksalsbibliotheken unterzeichneten einen Vertrag mit einem Todesdaimon für die Unendlichkeit, sie starben nicht eines natürlichen Todes. Sie waren alt, alt und mächtig, auf eine Weise, mit der sich Nakir nicht vergleichen konnte und wollte. Ihre wahre Macht lag in dem Wissen, das sie beherbergten, aber durch das Schweigegelübde, das sie mit dem Vertrag unterschrieben hatten, würden sie diese Macht nicht teilen. Wenn sie ihr Gelübde brachen, würden sie auf der Stelle sterben. Sie konnten weder lesen noch schreiben. Eine weitere Sicherheitsmaßnahme, die geprüft wurde.

Lilafarbene Ringe lagen unter seinen ungewöhnlich dunklen Augen, seine Pupillen unterschieden sich kaum von der Iris, und er starrte Nakir an, als sehe er eine Erscheinung.

»Entschuldigt die Störung«, sagte Nakir und verbeugte sich leicht. »Ich würde gerne einen Blick in die Abteilung der verlorenen Geheimnisse werfen. Ich bin auf der Suche nach … Antworten.«

Der Aufseher holte ein kleines Glöckchen an einer silbergrauen Kordel aus einer Schreibtischschublade, der sanfte Klang löste Nakirs Anspannung im Nacken, und er fühlte sich befreit.

Im selben Atemzug erschien eine Tür in der Wand, genau neben dem Schreibtisch, und der Aufseher nickte ihm unter gesenkten Lidern zu, bedeutete ihm mit einer Geste, den Raum zu betreten. Kurzerhand ging Nakir hinein.

Drinnen wurde er von einem strahlenden Licht empfangen, das ihn an seine Zeit in Raki erinnerte. Ein ewig erscheinender Saal erstreckte sich vor ihm, mit Regalen, die bis an die drei Meter hohe Decke reichten, vollgestopft mit Schriftstücken und Büchern. Sie verströmten einen alten Duft nach Tinte und benutztem Leder.

Nakir holte den Plastikbeutel hervor, zog Kit Sunes seidenes Haar heraus und legte es in seine rechte Handfläche. Dann schloss er die Augen und öffnete seinen Geist. Dieses Mal tastete er nach keiner Seele, sondern nach der Magiequelle in seinem Inneren, konzentrierte sich auf die Struktur auf seiner Haut und streckte seine Sinne nach den Büchern und Schriftrollen aus. Ein Wispern ging durch die Reihen, geflüsterte Worte, die den verschlossenen Inhalt offenbarten.

Bei einer weiblichen Stimme, die ihn am lautesten lockte, hielt er inne. Sie kam ihm vertraut vor, ähnlich wie Kit Sune, aber anders. Ein dicker Ledereinband,

rot, mit eingerissenen Rändern und bereits zersetzten
Pergamentseiten.

Nakir öffnete die Augen und steuerte das Buch an,
das sich sieben Reihen von ihm entfernt befand. Als er
es aus dem Regal zog, wurde er in eine Staubwolke gehüllt. Das Buch wog überraschend leicht in seiner Hand
und hinterließ eine schmierige Spur auf seinen Fingern.
Vorsichtig legte er es auf einen der Holztische, die neben den Regalreihen standen, und schlug die erste Seite
auf.

Dann legte er Kit Sunes Haar auf das gewölbte Perga-
ment und murmelte die Beschwöungsformel der Offenbarung.

Brennend und zischend ging das Buch in Flammen
auf, der Gestank nach Rauch und verbranntem Papier
stieg ihm in die Nase, und Nakir trat rasch einen Schritt
nach hinten. Flackernd verglühte das Haar, und er
fluchte lautlos, als ihm klar wurde, dass ihre Identität
verschlüsselt worden war. Jemand hatte sich die Mühe
gemacht, hier herunterzusteigen, um ihre Geschichte zu
verwischen. Dieser Jemand musste gewusst haben, dass
früher oder später jemand in der Schicksalsbibliothek
nach Antworten suchen würde. Vielleicht sogar Kit
selbst.

Nachdenklich starrte er in die Glut, beobachtete, wie
die Flammen emporstiegen, die Worte der Vergangenheit verschlangen. Im nächsten Moment stürzte der Bibliotheksaufseher um die Ecke, die buschigen Brauen
wütend über seinen dunklen Augen gewölbt. Mit einer
wüsten Geste riss er den Mund auf, während seine lange, schmale Nase seinem Gesicht etwas Vogelartiges
verlieh.

Das Glöckchen klingelte wie eine altertümliche

Alarmanlage, doch das magische Feuer war nicht zu bändigen. Stattdessen stoben Funken auseinander, drohten auf die anderen Bücher überzugreifen. Schwerer, grauer Rauch bildete sich, ließ Nakirs Sicht verschwimmen.

»Ich habe nichts getan«, erklärte er, auch wenn eine Erklärung eigentlich zwecklos schien. Schließlich hatte er durch sein Handeln das Feuer aktiviert, auch wenn der Fluch nicht auf sein Konto ging, so verstand er doch den wütenden Ausdruck im Gesicht des Aufsehers.

Plötzlich verwandelten sich die Flammen, nahmen eine dunklere, schwarze Farbe an und wuchsen wie zwei Flügel in die Luft. Immer höher und höher, wurden schwärzer und veränderten ihren Verlauf, sodass es so aussah, als würde jemand sie anleiten.

Dieses Mal stieß Nakir einen heftigen Fluch aus. Dunkelflammen.

Niemand beherrschte das Feuer, es gab keine Elementarbändiger, das war schlicht eine Erfindung der Fantasy-Autoren. Aber trotzdem existierten Elfen und Hexen, die zu einzelnen Elementen eine besondere Verbindung besaßen und sich besonders geschickt in ihrem Umgang erwiesen. Zweimal Dunkelflammen innerhalb weniger Wochen, erst in London und jetzt hier, das konnte kein Zufall sein!

In seinem gesamten Dasein hatte Nakir allerdings sehr selten erlebt, dass jemand Dunkelflammen kontrollieren konnte. Es war eine Kunst der Magie, die nur von sehr alten Göttern beherrscht wurde. Die meisten von ihnen waren tot und nicht wiedergeboren worden. Eine von ihnen war Nox.

Die Göttin der Dunkelheit.

War sie hier gewesen und hatte ihre Spuren verwischt?

Aber … genau deswegen deuteten die Spuren nun darauf, dass Kit mit ihr in einem Zusammenhang stand.

Wollte möglicherweise jemand, dass er genau das dachte? Wollte Nox, dass er das glaubte? Aber aus welchem Grund, was steckte dahinter? *Wer* steckte dahinter?

Der Aufseher starrte mit zusammengekniffenen Augen das magische Feuer an, öffnete seine zu einer Faust geballten Hand und streckte sie in Richtung der Flammen aus. Er fuchtelte wild damit herum, eine wütende Falte hatte sich in seine Stirn gegraben. Aber er war machtlos gegen die Dunkelflammen.

Jetzt erst erwachte Nakir aus seiner Starre und konzentrierte sich auf die Kälte in seinem Inneren. Er spürte die brennende Hitze auf seinen Wangen, sein ganzes Gesicht glühte, und er musste ein Stück zurückweichen, um nicht selbst zu verbrennen.

Doch dieses Mal war es anders. Der natürliche Verlauf des Feuers veränderte sich, nahm die Gestalt eines Drachen an. Gewaltige Schwingen, die fast schon zärtlich über die Bücherregale strichen und alles anzündeten, was sie berührten. Rot leuchtende Augen blickten auf Nakir und den Aufseher herab, der mit konzentrierter Miene lautlos seine Lippen bewegte. Kurz fragte Nakir sich, wie der Fluch an dem Aufseher vorbei in die Schicksalsbibliothek gelangen konnte, normalerweise wirkten hier keine Zauber. War es jemand gewesen, den der Aufseher kannte? Dem er vielleicht vertraute?

Mit einem mächtigen Flügelschlag erhob sich der Dunkelfeuerdrache in die Höhe, verschmolz mit weiteren Flammen, wuchs weiter heran, bis der stickige Rauch wie flüssiges Gift in Nakirs Atemwege drang und ihm die Luft raubte. Er musste husten, blinzelte gegen die schlechte Sicht und spürte eine tiefe Resignation in sich aufsteigen. So war das nicht geplant gewesen. Er hatte das Gefühl, gegen eine Wand zu rennen. Keinen Schritt weiterzukommen und sich einfach im Kreis zu drehen.

Brüllend erwachte der Daimon in ihm zum Leben, wehrte sich gegen die Angst, die der endliche Teil in ihm verspürte, und nahm in einer solchen Geschwindigkeit von ihm Besitz, dass ihm von dem einen auf den nächsten Moment vollständig die Kontrolle entglitt.

Es war die einzige Möglichkeit, wie er die Dunkelflammen aufhalten konnte. Andernfalls würden sie beide hier unten sterben. Zum ersten Mal sprach er diesen Gedanken innerlich aus, fühlte dabei jedoch kein Entsetzen, sondern hätte beinahe laut aufgelacht. Da stand er nun, in den Tiefen einer Schicksalsbibliothek, ohne sich mit jemandem abgesprochen zu haben, auf der Suche nach Antworten und würde keine mehr erhalten.

Nein, das wäre zu einfach. Das war noch nicht das Ende.

Bebend schloss Nakir die Augen, ließ die Energie, die ihn voll und ganz erfüllte, durch seinen Körper strömen und spürte einfach. Das Knistern der Flammen, den Tanz, den sie aufführten, um seine Magie zu ersticken. Mit einem wütenden Schrei stürzte sich Nakir in die Flammen, trotz der lähmenden Angst, die ihn zu überwältigen drohte.

Er war der Tod, er war die Hitze.

Das Rauschen in seinen Ohren war genauso unerträglich wie die Wärme, die ihn von innen zu zerfressen drohte. Seine Haut brannte lichterloh, während sich seine eigene, innere Kälte schützend um ihn legte, wie ein Mantel, der ihn vor dem Feuer bewahren sollte. Trotzdem spürte er, wie seine Knochen zu schmelzen begannen. Kein Atemzug war mehr möglich. Er atmete das Feuer ein.

Wild tastete sein Geist nach dem Buch, das das Chaos ausgelöst hatte, führte ihn blind zu dem zu Asche zerfallenen Ledereinband, und Nakir hob den Siegeldolch, während er gleichzeitig die bannenden Worte des Endes ausstieß. Er fühlte das Glühen des Dolches bis auf den Grund seines Herzens, das wild und schnell in seiner Brust schlug, und rammte es in die Überreste des Buches.

Tosend brach das Feuer über ihm zusammen. Es stöhnte und weinte, doch schrumpfte immer weiter, bis schließlich nur eine kleine schwarze Flamme übrig blieb und unter den Aschehaufen kroch. Die Stille, die danach folgte, war grauenvoll und übertönte den dumpfen, alles versengenden Schmerz, den das Feuer in ihm hinterlassen hatte.

Seine Haut war schwarz, von Ruß überzogen, doch darunter sah er das aufgeplatzte Fleisch, spürte den kühlen Luftzug auf seinen offenen Wunden wie Tausende Messerstiche. Sein Kiefer malmte aufeinander. Üble Blasen verliefen in einem geflochtenen Muster über seinen Körper, von seiner Kleidung war kaum etwas übrig geblieben. Er würde Verstärkung und Hilfe brauchen. Sofort.

Der Schmerz, der sich auf seiner ganzen Haut ausgebreitet hatte, zog ihn zu sich herab, seine Lippen waren taub, aufgerissen. Er schmeckte sein eigenes Blut auf der Zunge, und jeder Muskel fühlte sich schwer und träge an. Sein Brustkorb drohte zu explodieren, als hätte jemand flüssiges Benzin über ihn gekippt und ein

Streichholz entzündet. Jeder Atemzug quälte ihn so sehr, dass er sich beinahe wünschte, er würde einfach ohnmächtig werden, nur um dieses Leid nicht länger ertragen zu müssen.

Suchend drehte sich Nakir um, vorsichtig und langsam, denn die Bewegung entlockte ihm ein Stöhnen. Kleine Sterne tanzten vor seinen Augen, und er entdeckte den Aufseher keine zwei Meter von sich entfernt auf dem Boden liegen. Er war tot. Die Arme verliefen in unangenehmem Winkel von seinem Körper weg. Mit leeren Augen starrte er an die Decke, das Genick seltsam verrenkt.

Plötzlich spürte Nakir, wie sich alles in ihm entspannte, leichter wurde, als hätte jemand heilende Hände auf seine Verletzungen gelegt. Seine Augen weiteten sich überrascht, denn er fühlte die Magie, die sich prickelnd einen Weg über seine Verletzungen bahnte, und erst, als er wieder einen klaren Gedanken fassen konnte, sah er sich nach der Quelle um. In den Fingern des Aufsehers entdeckte er das Glöckchen, sein Blick wanderte weiter, zu den Lippen des Alias. Sie waren kohlschwarz. Aufgeplatzt, wie Nakirs Haut es vor wenigen Augenblicken noch gewesen war.

Die uralte Magie des letzten Wunsches des Aufsehers war als einzige in der Lage, Verbrennungen zu beheben. Sonst half kein Zauber, auch nicht die heiligen Hände einer Hexe. Selbst wenn sie den Schmerz auf sich nahm, würde sein Körper noch immer entstellt bleiben.

Er hat sein Schweigegelübde gebrochen, um mich zu retten, schoss es Nakir durch den Kopf. Bedauern breitete sich in ihm aus und noch etwas anderes. In ihm herrschte eine bodenlose Leere, als er das Ausmaß des Kampfes in sich aufnahm. Der Teil des Raumes war fast völlig ausgebrannt, Rauchschwaden stiegen in die Luft, hüllten die ausgekohlten Regale in einen dichten Nebel. Es roch nach verbranntem Papier.

Er würde ein Team hier herunterschicken müssen, um ihnen zu erklären, dass einer der wenigen Aufseher einer Schicksalsbibliothek durch einen Schutzzauber getötet und die Bibliothek selbst zum größten Teil zerstört worden war. Aber er lebte.

Das war das Einzige, was zählte.

Das Zweite, woran er dachte, war Kit Sune.

Er musste noch einmal mit ihr sprechen. Denn sie war der Schlüssel zu all dem Chaos.

20

Vier Dragonrolls und zwei Extrapackungen Sashimi«, sagte Keagan trocken und hob die Papiertüte, in der ihr Frühstück steckte. Kit schob die Haustür etwas weiter auf und ließ ihren Partner eintreten, der nach Motoröl und Fahrtwind roch, das Haar klebte ihm feucht in der Stirn, und seine hochgeschossene Gestalt füllte fast den kompletten Flur aus.

Sie nahm ihm das Essen ab, wobei sich ihre Hände streiften. Wie ein Blitz schoss das Frostfeuer durch ihren Körper, ganz wie bei ihrer ersten Begegnung, und schlagartig erwachte der Fuchs in ihr zum Leben. Angst lähmte für einen Augenblick ihre Glieder, wie jedes Mal, wenn sie an seine Vergangenheit dachte, doch sie biss sich so heftig auf die Zunge, bis sie Blut schmeckte, und zuckte zurück, was Keagan nicht verborgen blieb.

»Ich dachte, wir wären über diese Phase hinaus?« Er quittierte ihre Reaktion mit einem spöttischen Grinsen, hielt aber natürlich nicht die Klappe und hängte die nasse Lederjacke an einen dafür vorgesehenen Haken. Anschließend zog er sich die schwarzen Lederschuhe aus, an denen Dreckklumpen klebten, und streifte sich beiläufig das noch nasse Haar aus dem Gesicht.

»Das dachte ich auch. Bild dir bloß nichts darauf ein.«

»Worauf? Dass du mich immer noch zum Fürchten findest? Keine Panik, ich werde es schon nicht ans Schwarze Brett im Observatorium hängen.«

Kit verschränkte die Arme vor der Brust und wartete, denn sie beschlich das Gefühl, dass er es nicht dabei belassen würde.

»Sondern?«

»Ich schicke eine Rundmail. Was denkst du denn?« Seine Lippen verzogen sich zu einem spöttischen Lächeln. Der Anblick ließ ihre Miene etwas weicher werden, denn sie mochte, dass Keagan in ihrer Nähe nicht ganz so wortkarg und ernst war wie sonst. Es war ein Indiz für sein Vertrauen.

»Ich hoffe, es hat einen guten Grund, warum ihr mich bei diesem Scheißwetter durch die halbe Stadt jagt, damit ich eure Gelüste befriedigen kann.«

Kits Magen gab einen quälenden Laut von sich, und ihre Gedanken waren so sehr vom Essen beherrscht, dass sie ihm keine Antwort gab, sondern sich einfach umdrehte.

»Ich habe das Gefühl, dass ich langsam zu einem Lieferservice mutiere«, murmelte er und betrat hinter ihr die Küche, in der Lelja bereits den Esstisch gedeckt hatte. Das Deckenlicht flackerte verdächtig, ging aber nicht aus, als er sich niederließ. Dabei fiel sein Blick auf Lelja, die mit dem Rücken zu ihm stand, zwei hart gekochte Eier in passende Schälchen umfüllte und mit nichts anderem als einem übergroßen Männershirt bekleidet war, das ihr bis zu den Knien reichte und ihre schlanken Beine enthüllte. Das Shirt war ein Überbleibsel aus der vergangenen Woche.

»Hast du mir denn auch was mitgebracht?«, fragte sie über die Schulter. Dicke Bandagen schlangen sich um ihre Füße, die aufgerissen und voller tiefer Kratzer waren. Dank einer Heilcreme aus Vampirzähnen ging es ihr wesentlich besser, und sie hatte nichts von ihrer Fröhlichkeit eingebüßt.

Keagan räusperte sich, sah woandershin. »Nein.«

Als Antwort präsentierte Lelja ihm ein wissendes,

schelmisches Lächeln, das ihre veilchenblauen Augen zum Leuchten brachte. »Aufmerksam wie immer. Aber ich weiß, dass du in den Tiefen deines Herzens einen Platz für mich bewahrst.«

»Wie kommst du denn darauf?«, brummte er mit zusammengekniffenen Augen und hustete, weil er sich anscheinend an seinem eigenen Speichel verschluckt hatte.

Lelja zwinkerte ihm schamlos zu. »Du redest im Schlaf.«

»Wie bitte?«

»Du redest im Schlaf. Und du hast meinen Namen gesagt.«

Überrascht verfolgte Kit die Unterhaltung ihrer Freundin mit ihrem Partner und fragte sich, wann die beiden die Gelegenheit gehabt hatten, sich näherzukommen. Bisher hatte sie immer den Eindruck gehabt, dass Keagan alles daransetzte, zu Lelja keine Nähe zuzulassen. Auch wenn ihm das Kit gegenüber etwas leichter zu fallen schien.

Nun rutschte er unbehaglich auf seinem Stuhl hin und her, der plötzlich viel zu klein unter seinem Hintern wirkte.

»Du redest totalen Schwachsinn, Platanowa.« Dieses Mal glich das Brummen einem gefährlichen Knurren. »Wir haben nicht miteinander geschlafen.«

»Das behaupte ich auch gar nicht.«

»Sondern?«, fragte er misstrauisch.

»Als ich gestern nach Kit im Krankenzimmer sehen wollte, bist du auf dem Gästestuhl eingenickt, und ich habe dir eine Decke gebracht, weil du eine Gänsehaut hattest. Dabei hast du zweimal meinen Namen gemurmelt.«

Keagan wurde bleich wie die Wand. »Du hast dich getäuscht.«

»Red dir das nur ein, Mensch«, sagte Lelja lachend und sichtlich mit ihrer Offenbarung zufrieden.

»Also … Warum die kleine Besprechung zu dieser frühen Stunde? Es war übrigens nicht gerade einfach, an das Sushi zu kommen«, wechselte Keagan abrupt das Thema. »Es ist aus dem Tesco bei euch um die Ecke. Sonderlich frisch wird es nicht mehr sein.« Er streckte seine langen Beine unter dem Tisch aus, während er Kit dabei beobachtete, wie sie die Verpackung aufriss. Es fehlte nicht viel, und die ersten Speichelfäden wären auf das Essen getropft. Kit starb fast vor Kohldampf.

Lelja drehte sich um und starrte sie mit hochgezogenen Augenbrauen an. »Und ich dachte, du übertreibst, als du meintest, du hättest einen wirklichen Heißhunger.«

»Ich sagte doch, dass mich Verwandlungen immer ganz hungrig machen«, erwiderte Kit und schob sich zwei Lachssashimi gleichzeitig in den Mund, ohne sie vorher in Sojasoße zu ertränken. Für die kleine Verpackung waren ihre Finger zu fahrig.

»Warum hast du dich verwandelt? Ich war schließlich nicht in der Nähe.« Keagan bedachte sie mit einem herausfordernden Lächeln, wobei Kit zwischen zwei Bissen versuchte, ihn mit dem Blick zu erdolchen. »Ich hoffe, kein Eichhörnchen war an deiner Panikattacke schuld.«

»Sie wurde nachts von einem Erus beobachtet. Wir haben ihn verfolgt. Wahrscheinlich derselbe Erus, der es auch beim ersten Mal war.«

Kit schluckte das nächste Lachssashimi hinunter und sagte mit vollem Mund: »Er wollte durch ein Spiegelportal im Inverleigh Park nach Raki flüchten, aber ich konnte ihn im letzten Moment töten und habe dadurch eine Verbindung zu seinem Besitzer hergestellt. Es war eine weiße Wölfin.«

»Das war's?«, wollte Keagan wissen, verzog dabei keine Miene. »Eine weiße Wölfin hat den Erus gebunden und dich beobachtet?«

»Nicht ganz.« Bei der Erinnerung an die Begegnung in ihren Gedanken krampfte sich Kits Herz sehnsuchtsvoll zusammen, eine Tatsache, die sie erschreckte und die sie nicht näher ergründen wollte. »Ich hatte das Gefühl, die Wölfin zu kennen. Es war fast so, als würde ich in einen Spiegel blicken.«

Jetzt runzelte Keagan die Stirn und verlagerte das Gewicht auf seinem Stuhl nach vorne. »Was meinst du damit?«

Zischend stieß Kit die Luft aus. »Ich kann es nicht genau erklären, aber es war total seltsam. Sie war … sie sah natürlich anders aus als ich. Sie ist eine Wölfin, und ich bin ein Fuchs.« Sie machte eine hilflose Handbewegung. »Aber als ich ihr in die Augen gesehen habe, hatte ich eben das Gefühl, in einen Spiegel zu blicken. Und das kann ich mir einfach nicht erklären.«

»Einen Spiegel«, echote Keagan dumpf, während sich die Falten in seiner Stirn vertieften und er keinesfalls überzeugt wirkte.

»Genau das war auch meine Reaktion.«

Lelja nahm auf dem dritten freien Stuhl Platz und begann eines der beiden Eier zu schälen. »Ich habe davon noch nie gehört und wüsste auch nicht, was das bedeuten sollte. Diese Zusammenhänge machen mich noch ganz wahnsinnig, alles, was passiert, passiert gefühlt zum ersten Mal. Hättet ihr nicht einfach einen stinknormalen Mord aufklären können, hinter dem ein Werwolf steckt, weil er sich von einem anderen Alphamännchen bedroht gefühlt hat?«

Als sie Kits Gesichtsausdruck bemerkte, verwandelte sich ihre Miene sofort in schlechtes Gewissen. »Mist. Verdammt. Ich hab nicht an Phelia gedacht. Du weißt, das war nicht so gemeint. Aber vielleicht können wir ja tatsächlich herausfinden, was so eine Spiegelbegegnung bedeutet. Übrigens auch, wie man einen verschwundenen Geist aufspürt. Da gibt es immer noch nichts Neues.«

In diesem Moment hörte sie ihn.

Kit spürte Nakir Helios' Präsenz, noch bevor es an der Tür klopfte. Sie spürte es daran, dass sich ihre Ohren in seine Richtung polten, seine schweren und gleichzeitig so geschmeidigen Schritte einfingen und sie an der Art, wie er sich bewegte, so viel herauslesen konnte. Er war es gewohnt, andere herumzukommandieren, dass ihm andere Platz machten, ihn bewunderten.

»Wir haben Besuch«, sagte sie lediglich, als es bereits an der Tür klopfte. Energisch. Sie hörte Nakirs starken Herzschlag, gleichmäßig und ohne einen Stolperer, kräftig und ruhig.

Kit stand mit wackligen Beinen auf und öffnete die Tür, ehe ihr jemand anderes zuvorkommen konnte. Kurz verschlug es ihr die Sprache, und sie ertappte sich dabei, wie sie ihn einfach nur anstarrte.

Doch da war noch etwas anderes. Er roch nach verbranntem Fleisch, sodass sie dank des intensiven Geruchs unwillkürlich die Nase rümpfte.

Nakir Helios trug ein frisches, weißes Hemd, und ihr kam der Gedanke, dass seine Garderobe aus Meeren von weißen Hemden bestehen musste, denn er konnte ja schlecht das Hemd tragen, in das sie ihre füchsischen Zähne versenkt hatte.

Seine Züge waren kantig und scharf, genau wie seine Nase, und sie mochte den Schwung seiner Lippen, genauso wie den Bartschatten, der sich deutlicher als sonst auf seiner dunklen Haut zeigte. Am meisten jedoch war sie von seiner Präsenz fasziniert. In sich ruhend und mächtig, auf eine unausgesprochene Weise, die Kit höchst verunsicherte.

Nakir war *alt,* es war diese Unendlichkeit, die sich in seinen Bewegungen, Gesten und in seinem Verhalten spiegelte, und es war genau jene Art von Macht, zu der sie sich unwiderruflich hingezogen fühlte.

Seine dunklen, von dichten Wimpern umrahmten Augen waren unentwegt auf ihr Gesicht gerichtet, als ob er jede noch so kleine Reaktion einfangen wollte, und erst jetzt bemerkte sie, wie grauenhaft er aussah. Als hätte er die ganze Nacht keine Sekunde geschlafen. Violette, fast schwarze Ringen lagen unter seinen Augen.

»Wir müssen reden«, sagte er, und seine Stimme ging ihr durch und durch. Kit musste sich regelrecht zusammenreißen, um nicht laut aufzuseufzen. Heilige Scheiße, das war ihr noch nie passiert! Ihr Herz klopfte fast schon verräterisch schneller, und sie hatte das Gefühl, die Kontrolle über ihre Hormone zu verlieren. Oder brachten ihre Hormone sie dazu, dass ihr Gehirn aussetzte?

Ganz egal, was es war, sie wollte, dass es aufhörte.

Sofort.

Vielleicht hatte Lelja mit dem, was sie über ihre früheren Leben und die Verbindung gesagt hatte, doch recht.

Als sie nicht reagierte, hob Nakir eine Braue und verschränkte die Arme, während ihr Blick dieser Bewegung folgte und somit unwillkürlich ihre Aufmerksamkeit auf seinen Brustkorb lenkte.

Okay. Genug.

»Reden«, würgte Kit schließlich hervor und rollte innerlich mit den Augen, während sie sich für diese verbale Glanzleistung einen Schulterklopfer gab. Ziemlich erbärmlich.

»Unter vier Augen. Sofort.«

Irgendwie brachte sie ein Nicken zustande.

»Sollen wir uns verziehen?«, fragte Lelja, die ebenfalls im Flur aufgetaucht war, ganz zufällig sprang sie genau im richtigen Moment um die Ecke. Ihrem Gesichtsausdruck nach zu urteilen, fand sie Nakirs Anwesenheit auch diesmal höchst romantisch, obwohl es dafür nicht den geringsten Anlass gab. Im Gegenteil. Der letzte Stand war immer noch, dass sie sich gegenseitig versucht hatten umzubringen. Keagan stellte sich neben Lelja, in seinen Augen stand ein bedrohlicher Ausdruck. Als ob er sie um jeden Preis beschützen musste, was Kit nicht entging.

Nakir straffte die Schultern. »Agent …?«

»Platonowa.« Plötzlich schien Lelja aufzugehen, dass sie es immer noch mit dem Deputy Director von Europa zu tun hatte, denn ihre Wangen verfärbten sich verdächtig, und sie fügte ein zögerliches »Sir« hinzu.

»Ich möchte Special Agent Sune allein sprechen.«

»Weshalb?«, wollte Kit wissen und verspürte ein ungutes Gefühl in der Magengegend, als ob sie sich mehrere Tage nur von Fast Food ernährt hätte.

Nakirs Blick war unergründlich. »Weil ich glaube, dass Sie enger mit den Morden verknüpft sind, als Sie vielleicht ahnen.« Jetzt sprach er sie wieder förmlich an, was sie irritierte. Vielleicht, weil sie es geahnt hatte, aber nicht zugeben wollte, dass sie einander auf unerklärliche Art vertraut waren. Hilfe suchend sah sie Lelja an, deren sonst so frühlingshafter Duft sich schlagartig verändert hatte, denn jetzt mischte sich ein bitteres Aroma darunter, verdeutlichte ihre Sorgen.

Die beste Voraussetzung, um sich einer Unterhaltung zu stellen.

Lelja räusperte sich. »Keagan und ich müssen noch andere Dinge … erledigen.« Das letzte Wort rutschte etwas zögerlich über ihre Lippen, aber Kit wusste auch so, was sie damit meinte.

Keagan runzelte die Stirn. »Ich glaube, ich bleibe besser hier.«

»Nein, du kommst mit«, sagte Lelja in einem Befehlston, der keinen Widerspruch duldete.

»Wenn was sein sollte, du weißt, wie du mich erreichen kannst«, sagte Keagan und ließ sich unsanft von Lelja durch die Tür schieben. Es sah so aus, als ob ein Hamster einen Schrank verrückte.

Wahrscheinlich würden sie herausfinden wollen, ob es eine nicht ganz legale Möglichkeit gab, einen verschollenen Geist aufzuspüren. Vielleicht auch, was es mit ihrer Begegnung mit der Wölfin auf sich hatte. Es würde ihnen Zeit verschaffen.

Zwei Herzschläge später schloss sich die Tür hinter den beiden, und sie war mit Nakir Helios allein.

»Alles in Ordnung?«, fragte sie ihn, weil er sich nicht rührte, sondern noch immer im Flur stand, durch den Keagan und Lelja vor wenigen Augenblicken verschwunden waren.

»Ich bin fast gestorben«, sagte er in einem trügerisch

leichten Tonfall, der sie in Sicherheit wiegen sollte, aber es schwang etwas mit, worauf sie nicht ihren Finger legen konnte. Glaubte er etwa, sie hätte etwas damit zu tun?

»Wie?«, fragte sie schließlich. »Wo?«

»In der Schicksalsbibliothek. Ich war auf der Suche nach Informationen. Eines der Bücher war mit einem Fluch belegt, und als ich es aktivierte, fing es Feuer. Erst waren die Flammen natürlich, dann wurden sie zu Dunkelflammen.«

Kit keuchte. »Dunkelflammen?«

Wie in Watte verpackt, stieg eine Erinnerung in ihr auf, die Bezeichnung löste etwas in ihr aus. Aber sie wusste nicht, was es war. Sie hatte das Gefühl, Dunkelflammen schon einmal gesehen zu haben, aber wo?

»Ja.« Nakir schien einen Augenblick lang über seine nächsten Worte nachzudenken und sagte dann: »Ich wollte mehr über deine Vergangenheit herausfinden, über die Leben, die du geführt hast. Dabei ist es passiert. Also: Wer bist du?«

Fragend sah er sie an, als wolle er sie mit seinem Blick ergründen, was unweigerlich dazu führte, dass sie nervös wurde. Ihre Ohren zuckten, aber Nakir wandte den Blick nicht von ihrem Gesicht ab.

»Ich weiß nicht, worauf Sie hinauswollen, Deputy Director.«

»Nakir«, sagte er schlicht.

Sie schluckte. »Also gut. Nakir. Ich weiß nicht, was du von mir hören möchtest.«

»Wer bist du?«

Etwas ratlos zuckte sie die Schultern. Sie versuchte ehrlich zu antworten, denn sie hatte nichts zu verlieren. »Über mich gibt es nicht viel zu erzählen. Meine Mutter, eine Feuerelfe, ist früh gestorben, mein Vater ebenfalls, bei einem Einsatz in Tokio. Ich bin Einzelkind und habe mich alleine durchgeboxt. Mein größter Traum war es, bei der AE zu arbeiten, weil ich die Vorstellung, die Welt zu beschützen, wahnsinnig heldenhaft fand. Und weil es etwas war, das mich mit meinem Vater verbunden hat. Bis auf seinen Namen und das Fuchsfeuer ist mir nicht viel geblieben. Und im Gegensatz zu mir war er nie jemand, der sich verwandelt hat, nur weil er sich gefürchtet hat.« Sie lachte freudlos und wunderte sich selbst darüber, wie offen sie ihre Ängste vor ihrem Chef ansprach. Vielleicht lag es an ihrer gemeinsamen Verbindung, an dem, was allem Anschein nach zwischen ihnen lag. Anders konnte sie es sich nicht erklären.

»Es hat dir das Leben gerettet«, sagte Nakir und spielte damit wieder einmal auf ihren Kampf an. Lag er mittlerweile wirklich schon drei Tage zurück?

»Es tut mir leid, ich fürchte, ich kann nicht weiterhelfen. Selbst wenn ich es wollte. Ich kann mich an meine früheren Leben nicht erinnern.«

»Träumst du manchmal?«

»Das ist eine sehr persönliche Frage.«

»Eine, die sehr wichtig ist.«

»Wieso?«, wollte sie wissen und sah Nakir herausfordernd in die Augen, denn sie wollte sich nicht kleiner machen, als sie ohnehin schon war. Ihre Reaktion schien ihn zu überraschen, denn er schwieg einen Augenblick und sagte dann: »Weil Träume häufig ein Indikator für das frühere Leben sind. Wenn man schläft, öffnet sich das Unterbewusstsein leichter, und die Seele wandert zu Orten, Zeiten und Geschehnissen der Vergangenheit.«

Kit schluckte und senkte den Blick. Sie zögerte. Vor

drei Tagen hatte er versucht, sie umzubringen, aber sie hatte trotzdem das Gefühl, ihm vertrauen zu können. Normalerweise verließ sie sich auf ihr Bauchgefühl, und sie wollte mit allen Mitteln herausfinden, was vor sich ging. Also entschied sie sich einmal mehr für die Wahrheit.

»Ich hatte jahrelang Albträume, und um ehrlich zu sein, schlafe ich immer noch nicht besonders gut. Aber ich komme gut mit dem Schlafmangel aus, habe mich mittlerweile auch daran gewöhnt.«

»Was für Träume?«

Sie wich seinem eindringlichen Blick aus. »Schlimme Träume. Ich habe …«

Jetzt war er plötzlich ganz nah, und Kit erschrak, denn sie hatte nicht bemerkt, dass er einen Schritt auf sie zugemacht hätte. Es trennten sie nur noch wenige Zentimeter, und sie blickte vorsichtig zu ihm hoch. Sein Kiefer war angespannt.

»Du hast was?«, fragte er gefährlich ruhig.

Auf einmal hielt sie es für keine gute Idee mehr, ihm die Wahrheit zu sagen.

»Ich habe mich selbst getötet«, stieß sie hervor, ohne zu wissen, woher der Gedanke plötzlich kam. Ihr Geständnis brachte Nakir aus dem Konzept, denn er trat wieder einen Schritt nach hinten. Erleichtert atmete Kit aus.

Sie verschwieg bewusst den Inhalt der Träume, denn sie waren manchmal … zu real. Das Mädchen, das sie in ihrem Schlaf getötet hatte, kurz nach ihrer Begegnung mit dem echten kleinen Mädchen vor der Haustür in der St. Stephen Street, gemeinsam mit Phelia. Als sie ihre Vision gehabt hatte. Schuldbewusst biss sich Kit auf die Unterlippe.

»Verstehe.« Er schien über ihre Worte nachzudenken.

Flüchtig dachte sie an die Begegnung mit der Wölfin, überlegte, ob sie ihm davon und von dem Erus erzählen sollte, doch dann verwarf sie den Gedanken gleich wieder. Nicht, nach seiner jetzigen Reaktion.

»Phelia war diejenige, die mich nach dem Tod meiner Eltern zu sich geholt und aufgezogen hat. Größtenteils zumindest. Die letzten Tage waren anstrengend, und ich kam bisher noch nicht dazu, mich um die Beerdigung zu kümmern. Das wollte ich heute erledigen. Sie findet schließlich schon morgen statt.«

Die Vorstellung machte ihr Angst, aber sie ließ es sich nicht anmerken, sondern drückte den Rücken durch und schob die Schultern ein Stück zurück.

Erkenntnis blitzte in seinen nachtschwarzen Augen auf. »Phelia Lockhardt«, murmelte er, mehr zu sich selbst als zu ihr. Schüttelte den Kopf, als wolle er einen Gedanken verscheuchen, und wirkte auf einmal abwesend.

»Alles in Ordnung?«

»Ja«, entgegnete er, drehte sich in der Tür um und legte eine Hand auf den Griff. Dann wandte er sich ihr noch mal zu. »Wir sehen uns.«

Dann war er verschwunden, und Kit blieb mit wild klopfendem Herzen und vielen unausgesprochenen Fragen zurück.

21

Dicke Tropfen zersprangen auf Kits Lederstiefeletten, ihre Socken waren mittlerweile durchnässt, und die Worte des griechischen Hohenpriesters drangen nur gedämpft an ihre Ohren, obwohl sie alle anderen Geräusche auffing. Schweigend kauerte sie unter dem schwarzen Regenschirm, Lelja an ihrer Seite, deren Körperwärme wohltuend bis auf den Grund ihrer Seele drang. Ringsherum standen hochrangige Beamte der Alias-Einheit, zusammen mit Keagan und den anderen Mitarbeitern des DoAC.

Selbstverständlich regnete es in Strömen. Edinburgh war umgeben von einer einzigen grauen Brühe, die jedes Licht dämpfte. Selbst die Vögel in den Bäumen über den Köpfen der Trauergemeinschaft zogen es mittlerweile vor, nicht mehr darüber zu schimpfen. Der Alias-Friedhof befand sich direkt hinter dem Anwesen des Craigheads Castles, mit magischen Barrieren vor den neugierigen Blicken der unwissenden Menschen verborgen. Moosbewachsene Grabsteine reihten sich wie auf eine Schnur gespannt nebeneinander, die Inschriften und Namen der Toten waren teilweise verwachsen, teilweise noch so deutlich so lesen, als wären sie erst gestern aufgestellt worden.

Jeder Alias wurde nach seinem Brauch bestattet. Manche verbrannt. Andere begraben. Andere im Meer versenkt. Eigentlich war es üblich, zwei Goldmünzen auf den geschlossenen Augen der Toten zu drapieren, zumindest bei allen Alias, deren Ursprung in der griechischen Mythologie lag. Phelia besaß keine Augen mehr. Die Münzen waren so groß, dass es nicht auffiel.

Der Hohepriester schwenkte Weihrauch und murmelte die alten Worte der Vergangenheit, die die Zwischenwelt und die menschliche Welt miteinander verbanden.

»Phelia hätte es gehasst«, murmelte Kit. »So viele Alias. So viel Blabla. Sie hätte auf diesen ganzen Zirkus verzichtet, nur um irgendwo versteckt beerdigt zu werden.«

Lelja gab einen zustimmenden Laut von sich. Aber so war nun mal der Brauch. Phelias Seele würde nur auf diese Weise in die Niemalswelt verschwinden, ein paar Runden drehen und schließlich in einem neuen Körper wiedergeboren werden können. In neuer Gestalt. Mit anderen Fähigkeiten.

Kit ertappte sich dabei, dass sie nach Nakir Helios Ausschau hielt. Nicht auffällig, aber gerade so, dass sie es selbst bemerkte. Und sich darüber ärgerte. Es ärgerte sie, dass sie überhaupt an ihn dachte, gerade heute. Aber seit ihrer Begegnung im Trainingsraum des Observatoriums waren vier volle Tage verstrichen, ihr Gespräch im WG-Flur lag einen Tag zurück, und ihre Wunde war mit reichlich Hexenmitteln und alten Arzneien zusammengeflickt worden, sodass nur noch das dicke, gerötete Narbengeflecht an den Angriff erinnerte. Es würde nur eine Woche dauern, dann wäre nicht mehr viel davon zu sehen, aber das lag hauptsächlich an der ausgezeichneten Arbeit ihrer Heiler.

Kit ärgerte sich, dass ihre Gedanken immer wieder zu Nakir schweiften. Sie konnte sich den Empfindungen nicht entziehen, selbst wenn sie es gewollt hätte. Als hätte das verdammte Schicksal seine Finger im Spiel, und wie die meisten Alias wusste auch Kit, dass es das Schicksal nur in Form von Schicksalsgöttinnen gab.

Im Gegensatz zu Lelja hatte man sie auch keiner Befragung von offizieller Seite des DoAC unterzogen. Man hatte sie einfach in Ruhe gelassen und ihr zwei Tage Sonderurlaub gestattet, damit sie sich um alle Belange rund um die Beerdigung kümmern konnte.

Darauf – und auf die Suche nach einer Möglichkeit, einen verschollenen Geist zu finden – hatten sie alle drei ihre ganze Energie verschwendet, nachdem sie aus der Krankenstation entlassen worden war. Aber es würden noch andere Dinge auf sie zukommen. Der Hausverkauf. Das Vermächtnis.

Trotz Stöberns in der Online-Bibliothek und den verstaubten Archiven war sie zu keinem Ergebnis gekommen. Keine Erkenntnisse. Keine Spuren. Keine Hinweise. Auch nicht, was dieses Gefühl eines Spiegelbildes betraf, das die Wölfin in ihr ausgelöst hatte. Nichts.

Es war zum Verrücktwerden!

Das Haus ihrer Tante fühlte sich jetzt kalt und leer an, als hätte jemand das ganze Leben aus den einzelnen Räumen gesaugt, und Kit hatte es nicht übers Herz gebracht, sich damit auseinanderzusetzen. Noch nicht. Erst einmal würde sie denjenigen finden, der Phelia Lockhardt auf dem Gewissen hatte. Sie war heute Morgen kurz vor der Beerdigung hingefahren, um sich von dem Haus zu verabschieden.

Händeschütteln. Beileidsbekundungen. Traurige Mienen. Leichenschmaus im Kreise der höchsten Angestellten der Alias-Einheit, und von Nakir Helios fehlte weiterhin jede Spur.

Vier Stunden später leerte sich das Restaurant mit Blick auf das Edinburgh Castle unweit des Grassmarkets, bis nur noch Keagan, Kit und Lelja mit einer fetten Rechnung übrig blieben. Draußen war es dunkel und düster, mittlerweile hatte es aber aufgehört zu regnen. Menschen mit Regenschirmen, leicht bekleidete Partygängerinnen und die typischen doppelstöckigen Busse fuhren immer wieder unter der Brücke hindurch, beleuchteten das Innere des Restaurants für einige Sekunden. Trotzdem waren sie jeder in ihre ganz eigene Blase an Gedanken gehüllt, und das Schweigen, das sich über sie senkte, war nicht unangenehm. Es roch nach Bier, und Kit hatte immer noch den herben Geschmack des in Whiskysoße ertränkten Haggistowers auf der Zunge, Phelias schottischem Lieblingsgericht.

»Ich glaube, ich muss einen Kredit aufnehmen«, scherzte Kit und nahm einen letzten Schluck von ihrem Ale, das Lelja ihr schon mehrfach nachbestellt hatte. Was sich jetzt bemerkbar machte. Die Worte rutschten von ihren Lippen. Alles fühlte sich leichter, aber gleichzeitig schwerer an.

Vor allem ihre Verletzung, trotz Heilzaubers. Außerdem ließ die Wirkung des Schmerzmittels nach. Die Kopfschmerzen, die sie seit Wochen begleiteten, wurden nicht besser. Im Gegenteil. Es war, als würde ein Presslufthammer in ihrem Schädel arbeiten. Der Alkohol trug natürlich sein Übriges dazu bei.

»Gar nichts musst du. Wir teilen die Rechnung«, sagte Lelja bestimmt.

»Quatsch. Niemand muss etwas übernehmen, das war ein Scherz.« Kit verzog das Gesicht, als ihr klar wurde, dass ihr Humor auf dem Trockenen landete.

»Mach dir nichts draus, ich habe dich verstanden.«

Mit zusammengekniffenen Augen warf Lelja Keagan einen abschätzigen Blick zu. »Was soll das denn heißen?«

»Was ich gesagt habe. Ich verstehe Kits Witze.«

»Und ich habe lediglich meine Hilfe angeboten.«

»Nach der sie nicht gefragt hat.«

»Das muss sie auch nicht, ich weiß, wenn sie meine Hilfe braucht.«

Kit hob beide Hände. »Bitte nicht streiten.«

»Wir streiten nicht«, sagten Keagan und Lelja gleichzeitig, und Kit fragte sich, was zwischen den beiden wohl vorgefallen war, denn auf einmal war die Stimmung ziemlich frostig.

»Gibst du mir eben das Salz?«, fragte Lelja unterkühlt. Es war ihr deutlich anzumerken, dass sie es wiederum nicht witzig fand, als keine gute Freundin abgestempelt zu werden. Keagan reichte ihr wortlos den Salzstreuer, den sie großzügig auf ihre nachbestellte Portion Salat kippte. Bei dem Anblick bekam Kit wieder Hunger, allerdings auf rohen Fisch. Was zum Henker war mit ihr eigentlich los?

Lelja schob sich eine Gabel mit aufgespießtem Grünzeugs in den Mund und kaute nachdenklich darauf herum. »Also, die Nachforschungen haben keine Ergebnisse gebracht. Kein einziger Hinweis darauf, wie man einen verschollenen Geist aufspüren könnte. Aber eigentlich war es klar. Albin und Natalia stehen sämtliche Mittel der AE zur Verfügung, und sie sind auch kein Stück weitergekommen.«

»Und das weißt du woher?«

»Betriebsgeheimnis.« Leljas Mundwinkel zuckten. »Nein, im Ernst, ich habe mich in ihre Ermittlungsdaten gehackt.«

»Wie?«, fragte Keagan.

»Das werde ich dir sicher nicht auf die Nase binden.« Ihr Tonfall war eindeutig schnippisch.

»Vielleicht haben sich die Prioritäten verschoben? Schließlich sind gestern mehrere Nox aufgetaucht, und sie mussten einen neuen Tatort begutachten. Ab morgen sind wir wieder an der Reihe«, entgegnete Kit und pulte weiter am Bierdeckel herum, um ihren Fingern eine Beschäftigung zu geben, denn die innere Unruhe, die sie seit Artemis' Tod befallen hatte, raubte ihr langsam, aber sicher Nerven und Verstand. Sie war ausgelaugt und müde, angespannt und gehetzt. Nichts ergab mehr einen Sinn, und nichts konnte sie erklären. Artemis' und Phelias Tod. Die Angriffe der Nox. Die Begegnung mit Nakir Helios und das Gefühl, etwas Entscheidendes zu übersehen. Aber egal, wie sehr sie es wollte, sie konnte den Finger nicht darauflegen, und das machte sie wahnsinnig.

»Was ist mit Nakir? Vielleicht bringt es etwas, ihn einzuweihen. Auch über die Wölfin und den Erus, bisher haben wir es nämlich niemandem gemeldet.«

Sofort schossen Leljas Augenbrauen in die Höhe, und auch Keagan warf ihr einen interessierten Blick zu, sodass Kit wie aufs Stichwort errötete und hinter dem Bierkrug abtauchte.

»Nakir?«, wiederholte Lelja zwischen zwei Bissen.

»Ich meine … Deputy Director Helios.« *Verdammt.* Ihr Magen knurrte, Kit fuhr sich mit einer Hand darüber. Ihre Sinne waren geflutet von dem Wunsch nach Essen, etwas, das sie langsam, aber sicher irritierte. Und gleichzeitig war sie dankbar für die gelungene Ablenkung.

»Hast du Hunger?«, fragte Lelja. »Du hast doch gerade erst gegessen.«

»Ja. Auf Sushi.« Kit seufzte genervt. »Seit ich hier angekommen bin, kann ich gefühlt nichts anderes essen und habe einfach ständig Lust darauf. Es wird die Ausnahmesituation sein, die Füchsin in mir braucht ihr Eiweiß und ihre Omega-3-Fettsäuren.«

»Schon wieder? Und so oft?«, wollte Keagan mit hochgezogenen Augenbrauen wissen, und Lelja verzog gedankenverloren das Gesicht, sodass sich ihre Oberlippe kräuselte. Dann holte sie ihr Handy aus der Hosentasche und begann es wild zu bearbeiten, so, als würde ihr Leben davon abhängen.

»Ich habe die ganze Zeit schon Heißhungerattacken aus dem Nichts«, erklärte Kit entschuldigend. »Ich weiß auch nicht, woran es liegt.«

»Daran, dass du ein Fuchs bist, vielleicht?«, fragte Keagan lächelnd.

»Ja, aber normalerweise …«

»Hast du sonst noch irgendwelche anderen Symptome?«

»Symptome?«

Lelja machte eine ungeduldige Handbewegung, sodass sich eine Haarsträhne löste und ihr in ins Gesicht fiel. Ärgerlich schob sie das lilafarbene Haar hinters Ohr. »Auffälligkeiten? Etwas, das ungewöhnlich ist, das du sonst nicht hast? Trockenes Gefühl im Mund? Schlafmangel? Brennen im Bauch?«

Kit dachte einen Moment lang nach. Dumpf pulsierte der Kopfschmerz, als hätte sie ihn unter eine Glasglocke gesperrt, aber er war immer noch da. Schon seit längerer Zeit. Genau genommen ebenfalls, seit sie in Edinburgh angekommen war. Stirnrunzelnd überlegte Kit, wann es angefangen hatte.

Sie kam recht schnell auf die Antwort: In der ersten Nacht, die sie bei Phelia im Haus verbracht hatte. Es war eine stürmische, unruhige Nacht gewesen, und als

sie am nächsten Morgen in der gemütlichen Küche ihrer
Patentante gestanden hatte, gerädert und erschöpft, hat-
te sie dieses Stechen gefühlt. Wie eine Nadel in ihrem
Schädel.

»Kopfschmerzen und Heißhunger.«

»Aber immer auf rohen Fisch?«

»Worauf willst du hinaus?«

Lelja nahm ihre Unterlippe zwischen die Zähne, ohne
es zu bemerken, denn sonst hätte sie gesehen, dass Keagans Blick wie hypnotisiert darauf fiel. »Ich könnte
mich täuschen, aber … ich glaube, jemand manipuliert
deine Gedanken. Entweder sind das Nebenwirkungen
einer Erinnerungslöschung, oder jemand pfuscht in deinem Kopf herum.«

»Oh.« Kit war sprachlos, denn auf diesen Gedanken
war sie bisher noch nicht gekommen, dabei war er naheliegend. Sie war niemand, der einfach so die ganze
Zeit über Kopfschmerzen hatte, und so viele Verwandlungen waren es in den letzten Wochen auch nicht gewesen, dass es ihre ständigen Sushi-Gelüste erklären
würde. Nein, Leljas Erklärung war einleuchtend. Sehr
sogar.

»Du solltest dich im Observatorium untersuchen lassen.«

Der Pager an ihrem Gürtel ging los, als im selben Augenblick Keagans Handy klingelte. Über den leer stehenden Tisch hinweg warf er ihr einen eindringlichen
Blick zu, Kits Herz setzte einen Schlag lang aus, um
dann in einem doppelten Takt weiterzuschlagen.

»Meine Vertretung?«, fragte Lelja mit großen Augen.

Kit prüfte den Code.

»Ja«, sagten sie und Keagan unisono, und er nahm
den Anruf entgegen.

270

»McCadden?«, brummte er in den Hörer, die Brauen wölbten sich wie zwei Gewitterwolken über seinen kupferfarbenen Augen. Kit sah, wie ein Muskel an seinem Kiefer zuckte, die Lippen zu einer schmalen Linie zusammengepresst, während er auf die Erläuterungen von Murron, Leljas Vertretung für heute, lauschte.

»Was?«, fragte Lelja, nachdem er aufgelegt hatte.

»Hast du alle Waffen dabei?«, wollte Keagan stattdessen mit Grabesstimme wissen, seine Hand umklammerte die Tischplatte so fest, dass seine Knöchel fast weiß hervortraten.

Kit fröstelte. »Natürlich.«

Sie war immer vorbereitet. Vor allem bei der Beerdigung ihrer ermordeten Patentante.

22

Phelia Lockhardt. Konnte es sein? Falls sie gesehen hatte, dass er in die Schicksalsbibliothek gehen würde, um an Informationen zu Kits Vergangenheit zu gelangen, hätte sie das Buch manipulieren können, allerdings hätte sie dafür Dunkelflammen beherrschen müssen. Aber ergab das überhaupt Sinn? Warum hätte sie es tun sollen? Welche Geheimnisse hatte die tote Chief mit ins Grab genommen?

Mit einem Blick auf seine sportliche Armbanduhr stellte Nakir fest, dass die Beerdigung seit Stunden vorbei sein musste. Aber er hatte es einfach nicht geschafft, daran teilzunehmen. Die Angriffe hatten sich im Lauf des Tages gehäuft.

Für einen Augenblick bereute er, nicht noch länger einen Blick auf Phelia Lockhardts Tod geworfen zu haben, aber die Gefahr war einfach zu groß gewesen. Er hatte auch so schon kaum eine Kontrolle mehr über seine Fähigkeiten, und die gestrigen Ereignisse hingen wie düstere Gewitterwolken über ihm.

Mit gestrafften Schultern stieg Nakir aus dem Dienstwagen, nickte dem Echsenmann dankend zu und wurde von einer kühlen, salzgetränkten Brise empfangen. Man hatte den Verkehr auf der Brücke angehalten, Schaulustige standen bei der leuchtenden Absperrung, renkten sich die Hälse aus, um einen Blick auf die Tat erhaschen zu können. Mehrere menschliche Polizisten waren damit beschäftigt, den Bereich großräumig abzusperren. In ihren Gesichtern spiegelte sich dasselbe Entsetzen, das auch seine Agents zur Schau trugen. Wenigstens das hatten sie gemeinsam, wenn es schon nicht ihre DNA war.

Stockbridge war eine nette Gegend, mit vielen Cafés und Einzelhandelsgeschäften, die sich aneinanderreihten, mal in den ersten Stock, mal ins Souterrain führten. Bunt bemalte Türen, Restaurants, die einen köstlichen Duft verströmten und Secondhand-Läden, die bereits geschlossen hatten.

Aber Nakir hatte keine Zeit und keine Nerven, um sich mit der Schönheit des Stadtteils zu befassen. Also folgte er einem der Agents durch eine kleine, offen stehende Eisentür mehrere mit Moos bewachsene Treppenstufen hinab zu einem Flussweg. Das Rauschen des Baches verschluckte seine Schritte, und er zog den Mantel enger um seine Brust, als der Wind peitschend unter seine Kleidung kroch.

»Wie weit?«, fragte er mit durchdringender Stimme.

»Zweihundert Meter. Wir sind gleich da, Deputy Director Helios«, sagte der blonde Agent in einem breiten schottischen Akzent über die Schulter hinweg, und Nakir fing seine Essenz auf. Mandelholz, Rosenwasser, ein Gesicht, das er vor Jahrhunderten einmal gekannt hatte, aber an das er sich nicht mehr erinnerte.

Sie bewegten sich zwischen hohen Bäumen hindurch und gelangten zu einem größeren Platz, der glücklicherweise nicht in Sichtweite der Schaulustigen, sondern im verborgenen Schatten lag. Sieben Agents des DoAC waren damit beschäftigt, Proben zu entnehmen, und das geschäftige Summen der Silbervögel erfüllte die Luft. Er sah zwei Forensikerinnen, spürte ihre Essenzen und Magie. Die kleinere und dunkelhäutige der beiden bewegte sich grazil, beinahe tanzend, und Nakir öffnete seinen Geist, um einen Blick auf ihre Gesichter

273

zu erhaschen. Tatsächlich. Er hatte sich nicht getäuscht. Ihre Seele stammte von einer alten, indischen Gottheit ab. Nicht weiter verwunderlich, dass sich die Seelen nicht nur oftmals dasselbe Geschlecht, sondern häufig auch jemanden aussuchten, der aus derselben Kultur stammte. Macht der Gewohnheit.

Nakir trat noch einen Schritt näher an den Tatort heran, als der blonde Agent stehen blieb und sich zu ihm herumdrehte. »Wir sind da.«

»Wer hat die Leitung über die Ermittlungen?«, fragte Nakir in einem geschäftlichen Tonfall und ließ seinen Blick über den Platz schweifen. Zwei Planen verdeckten die freie Sicht auf die Toten. Seine Sinne waren gereizt, er konnte den Tod fühlen, wie er in seine Poren eindrang, seine Haut besetzte.

Dies war sein Element, seine Natur. Trotzdem war ihm nichts mehr zuwider als dieser Anblick und Gestank. Vielleicht auch, weil er zu viel Zeit damit verbracht hatte.

»Eigentlich Special Agent McCadden und Special Agent Sune, aber da beide noch bis zur Beerdigung freigestellt sind, wird unsere Verstärkung aus St. Petersburg die ersten Ermittlungen übernehmen und den Ermittlungsstand dann weitergeben.«

Nakir hob die Braue. »Sollen sie nicht eigentlich den Mord an Chief Lockhardt aufklären?«

Die Wangen des Agents verfärbten sich knallrot, und er senkte rasch den Blick. »Das stimmt natürlich, Sir. Aber uns fehlen die Kapazitäten. Unser anderes Team ist gerade am Arthur's Seat und nimmt dort alles auf. Vier Nox auf einmal …«

Nakir hatte bereits vom Hausberg Edinburghs gehört, aber ihn bisher nur aus der Ferne gesehen. Vor Jahrhunderten waren dort Hexenrituale durchgeführt worden, und in den Kneipen und Bars, in denen sich die Alias tummelten, wisperte man, dass ein Drache unter dem Berg lag. Aber so wie alle Geschichten, die mit der Zeit weitererzählt wurden, verlor auch diese irgendwann ihren Glanz und enthielt nur noch einen Funken Wahrheit.

»Ich werde weitere Verstärkung nach Edinburgh beordern«, erklärte er mit einem Stirnrunzeln, während sich ein ungutes Gefühl in seiner Magengegend ausbreitete, untermauert von dem Geschmack des Todes auf seinen Lippen. »Liegen alle Toten bei den Planen?«

»Ja. Dort hinten.« Mit ausgestrecktem Finger deutete sein Gegenüber an mehreren großen Bäumen vorbei, deren kahle, verschlungenen Äste den Blick auf den Tatort verwehrten, genauso wie die Planen. Der Agent wurde blass um die Nase, Nakir nahm das Aufblähen seiner Nasenflügel wahr, die geweiteten Pupillen. Es fehlte nicht mehr viel, und der Junge, der ihm kaum älter als zwanzig vorkam, würde umkippen.

»Nimm dir eine Auszeit«, sagte er und klang dabei fast fürsorglich, was ihn selbst verwunderte.

Doch der Agent schüttelte den Kopf. »Nein, es geht schon. Es sind nur so viele andere Alias aus der Abteilung am Arthur's Seat, deswegen bin ich hier eingesprungen, und es sind … so viele Tote.« Seine Gesichtsfarbe wechselte von Weiß zu Gelb, und er würgte, die Hand an einem Baum abgestützt, nur, um sich im nächsten Augenblick genau zwei Zentimeter neben Nakir ins Gebüsch zu erbrechen.

»Deputy Director Helios!«

Er drehte sich um und ging auf Albin Andersson zu, der deutlich legerere Kleidung trug als die anderen Agents und eine Miene aufgesetzt hatte, die sich nicht sonderlich vom schottischen Wetter unterschied. Als Nakir ihn erreichte, hob er die Hand, und der Anflug eines Lächelns wanderte über seine kantigen Züge.

»Es freut mich, Sie zu sehen, Deputy Director. Auch wenn die Umstände natürlich keine erfreulichen sind.« Mittlerweile wurde der Satz zu einem Mantra, und Nakir nickte lediglich. Es war der fünfte Tatort innerhalb von wenigen Wochen, den er besuchte, und obwohl es zu seiner Arbeit dazugehörte, wurde er das stechende Gefühl nicht los, das ihn seit London begleitete. Das alles war anders als sonst. Und das nicht nur, weil Lilith gestorben war. Dunkelflammen. Zu viele Zufälle. Zu viele Tote. Zu viele Nox.

Es war nur eine Frage der Zeit, bis sich der Plan offenbarte, aber er wollte lieber vorher herausfinden, was vor sich ging. Bevor es zu spät war.

»Ziemliche Scheiße, was?«

»Ja.«

Nakir folgte Albin durch die Absperrung, und sobald er die dicken Baumstämme umrundet hatte, blieb ihm buchstäblich das Herz stehen. Der beißende Gestank des Todes traf ihn zwar nicht unvermittelt, aber in einer Heftigkeit, die er nicht erwartet hatte. Doch wesentlich schlimmer als dieser alles versengende Geruch war der Anblick, der sich ihm bot.

Nakir zählte sieben Frauenleichen. Alle nackt. Bläuliche Verfärbungen waren deutlich an einigen Stellen des Torsos zu erkennen.

»Vielleicht ist es ganz sinnvoll, dass ihr den Fall auch noch übernehmt«, sagte Nakir und deutete auf die aufgerissene Bauchdecke, die deutliche Kratzspuren aufwies. Bissspuren übersäten die Körper wie eine gelegte Fährte.

»Wie es aussieht, gibt es einen ähnlichen Täter wie bei

Chief Lockhardt. Zumindest soweit es sich auf den ersten Blick feststellen lässt.«

»Chief Lockhardt war nicht mehr zu identifizieren, nur anhand ihrer Fingerabdrücke. Diese Frauen hier lassen sich noch gut auseinanderhalten.«

»Es hat wütender ausgesehen«, murmelte der Special Agent.

Nakir sah Albin nachdrücklich an. »Was hast du gesagt?«

»Es sah wütender aus.«

Die Anspannung glitt bis in seine Fingerspitzen. »Und wütend bedeutet meistens persönlich.«

Nakir trat einen Schritt näher heran und erkannte, was die Frauenleichen darstellen sollten. Ihre Gliedmaßen waren aneinandergebunden, teilweise waren ihnen die Knochen gebrochen worden, um sie in die richtige Position zu bekommen.

»Was siehst du?«, fragte er Albin.

Dieser zögerte. »Ein Pentagramm?«

»Ja«, antwortete Nakir monoton, schloss die Augen und atmete tief aus.

»Ein Pentagramm, mit menschlichen Körperteilen gezeichnet, kann eigentlich nur zwei Dinge bedeuten.«

»Jemand sammelt sehr viel magische Kraft auf einmal, versucht sich über illegale Mittel mehr Macht zu verschaffen. Oder aber jemand möchte ein geheimes Portal nach Raki herstellen, damit man nicht nachverfolgen kann, wer sich durch die Welten bewegt. Damit man nicht gesehen wird.«

Nakir nickte, seine Kiefer malmten aufeinander, während seine Gedanken sich überschlugen. »Vier Nox auf einmal. Mehrfach. Hier und in London. Es spricht sehr viel dafür, dass du mit deinen Theorien recht haben könntest. Wir müssen nur herausfinden, welche von ihnen stimmt.«

»Sieht ganz danach aus«, murmelte Albin, plötzlich ganz blass um die Nase, ging vor der vordersten Toten in die Hocke und öffnete die Kappe seines Siegelrings, auf dem ein kleines Kreuz eingelassen war.

»Mit Menschen geschrieben.« Ungläubig schüttelte er den Kopf. »So etwas habe ich noch nie gesehen.«

»Ich schon«, erwiderte Nakir, und plötzlich pulsierte Zorn durch seine Adern, flüssig und heiß.

»Wann?«

»Kurz bevor es zu dem Krieg zwischen Nox und Alias kam. Als die Göttin Nox ihre Weltordnung vorantrieb, die Menschen und Alias unterwerfen wollte, um wieder eine Hierarchie unter den Alias und Menschen herzustellen. In ihren Augen waren aber auch die anderen Alias ihrer nicht würdig. Sie war eine Göttin, eine der siebenundsiebzig ersten Götter, entstanden im Kernmoment der Welt, im Schoß von Lava geboren. Als die Erde noch in völlige Dunkelheit getaucht war.« Er machte eine kurze Pause. »Für sie hat es sich nie erschlossen, weshalb man sich auf dieselbe Stufe wie die anderen Alias stellen sollte. Es war nichts natürlich daran in ihren Augen.«

»Das wusste ich nicht.«

Kein Wunder. Kaum jemand wusste das, dachte Nakir. Der einzige Grund, warum er Nox' Beweggründe kannte, war, dass sie diese Gedanken mit ihm geteilt hatte. Zu einem Zeitpunkt seines Lebens, als sie noch geglaubt hatte, ihn auf ihrer Seite zu haben.

Haut auf Haut, Fingerspitzen, die Hitze ihres Körpers unter ihm, ihr Stöhnen an seinen Lippen, sein geöffneter Geist, der nach ihrer Essenz tastete, ihre Göttlichkeit kostete.

Ihr verhasst-vertrauter Duft stieg in seine Nase, in so viele Nuancen getaucht, immer anders, aber immer gleich. Sein Herz zog sich qualvoll zusammen, und für einen winzigen Augenblick lang tauchte das Gesicht von Kit Sune vor seinem inneren Auge auf. Eine Tatsache, die ihn irritierte. Denn obwohl er für einen flüchtigen Moment geglaubt hatte, eine weitere Reinkarnation von Nox vor sich zu haben, so hatte er doch sehr schnell feststellen müssen, dass er sich täuschte.

Im Vergleich zu Nox war Kit Sune harmlos.

»Verdammt.« Nakirs Blick flog über die Toten hinweg, als ihm ein Gedanke kam.

»Was ist?«

»Es sind sieben Frauenleichen, oder?«

»Ja«, antwortete Albin.

Fröstelnd zog Nakir die Schultern hoch und vergrub seine Fäuste in den Tiefen seiner Hosentaschen. »Uns bleibt nicht viel Zeit. Wurde der Todeszeitpunkt der Frauen bereits festgestellt?«

Albin winkte eine der anderen Mitarbeiterinnen des DoAC heran, die sich als Drew Buchan vorstellte, und wiederholte Nakirs Frage.

»Voraussichtlich in den frühen Morgenstunden, zwischen vier und fünf Uhr.« Sie zeigte auf die zwei hinteren Frauen, die sich an den Händen hielten und so eine Zacke des Pentagramms ergaben. »Alle sind etwa um denselben Zeitraum gestorben, genau können wir es noch nicht bestimmen. Sie wurden aber hergebracht.«

»Wie sind sie gestorben?«

»Fünf mit einem sauberen Stich ins Herz. Glatt und gezielt. Der oder die Täter wussten also genau, was sie taten, und gingen sehr präzise vor.«

»Und die anderen beiden?«

Ein resignierter Ausdruck trat in Drews helle Augen. Dabei fiel Nakir auf, dass sie ihm fast bis an die Nase reichte und für einen weiblichen Alias relativ groß war. Nun, zumindest für einen durchschnittlichen Alias. Es gab immer Ausnahmen.

»Jemand hat ihnen in den Hals gebissen und die Halsschlagader mit Reißzähnen durchtrennt. Sie sind verblutet. Wobei man schon fast ausgeblutet sagen muss.«

»Ein Vampir?«

»Wir haben Abstriche gemacht und lassen es prüfen, aber es sieht nicht danach aus.«

»Wie wurden sie hergebracht?«

Sie seufzte leise. »Das können wir noch nicht einhundertprozentig bestimmen. Es werden gerade noch Suchzauber eingesetzt, um herauszufinden, ob Magie verwendet wurde. Keine Schleifspuren, nichts. Es kann auch sein, dass der Täter das Pentagramm an einem anderen Ort entstehen ließ und es mithilfe von einem Sprungzauber hierhergebracht hat.«

»Sprungzauber?«, fragte Albin mit gefurchter Stirn. »Davon habe ich seit Jahrzehnten nichts mehr gehört. Selbst ich beherrsche nur den kleinen Sprungzauber.«

Die Agentin nickte. »Ja, Sprungzauber sind kompliziert, und es gibt nur eine Handvoll Hexen auf der Welt, die ihn bewerkstelligen, ohne dabei selbst ums Leben zu kommen. Es würde allerdings den Kreis der Verdächtigen einschränken.«

»Ich möchte ihre Tode sehen«, sagte Nakir mit einer Stimme, die keinen Widerspruch duldete. Er spürte Albins Zögern, sah, wie der Hexer den kurz geschorenen blonden Kopf schüttelte, als wolle er etwas sagen und es sich dann doch anders überlegen. Schließlich siegte jedoch seine Sorge.

»Ich halte das für keine gute Idee.«

Nakir sah ihn scharf an, und der erfahrene Special Agent hielt seinem Blick genau drei Sekunden stand, dann wandte er den Kopf zur Seite. »Das Risiko für die Alias hier ist zu groß. Und das für die Menschen, die sich in der Nähe befinden. Es wäre das zweite Mal innerhalb weniger Tage.«

Kurz dachte Nakir darüber nach. Es stimmte, die Gefahr war größer als sonst, aber die Gefahr, dadurch nicht an entscheidende Informationen zu gelangen, war ebenso groß.

»Lasst den Platz räumen und errichtet eine …«

»Deputy Director?«, unterbrach sie der blonde, junge Agent, der Nakir zum Tatort geführt hatte, mit einem nervösen Kieksen in der Stimme und bewegte sich unruhig von einem Bein auf das andere, so, als wolle er am liebsten im nächsten Moment davonstürzten. »Ich störe Sie nur ungern. Aber Sie sollten sich das vielleicht einmal anschauen.«

Nakir nickte ihm zu, drehte sich um und folgte dem namenlosen Agent am Tatort vorbei noch einige Meter weiter das Flussufer entlang. Es roch nach nasser Erde, und die Luft schmeckte klar und gleichzeitig so salzig, wie er es kaum in einer anderen Stadt erlebt hatte. Dann, keine fünfzig Meter vom Tatort entfernt, bog der Agent nach rechts ins Gebüsch ab, trat mit schnellen Schritten über die bereits gefallenen Blätter, die den Boden in ein Meer aus braun-gelben Farbtönen verwandelten. Mehrfach musste Nakir sich bücken, einige Sträucher und Äste beiseiteschieben, um sich einen Weg durch das Gestrüpp zu bahnen.

Zuerst erkannte er nicht, was er sehen sollte, dann entdeckte er es.

Sieben tote Füchse. Eine Mutter und sechs Junge, ihre kleinen Kehlen waren zerfetzt, und ihre goldenen Augen starrten leblos in die Luft. Jeder Zentimeter ihres rostbraunen Fells war blutverschmiert, und Nakir meinte, noch einen Hauch ihrer Angst zu wittern. Wie ein Parfum, das jemand vor Kurzem aufgetragen hatte. Sie waren noch nicht lange tot, denn sie rochen viel schwächer als die Menschen, die Verwesung hatte noch nicht eingesetzt.

Der Boden unter seinen Füßen gab schmatzende Geräusche von sich, als er ein wenig näher trat, wobei er darauf achtete, möglichst keine Spuren zu zerstören. Hart und metallisch stach der Blutgeruch in seiner Nase. Auch sie lagen in einer seltsamen Anordnung, aber anders als die Frauen vom Fluss.

»Wer hat es entdeckt?«

Der Agent trat unbehaglich von einem Fuß auf den anderen, er war jung und unerfahren, und seine Nervosität trieb Nakir in den Wahnsinn.

»Ich, Sir.« Der Kehlkopf des Agents sprang nervös auf und ab, als er einmal heftig schluckte.

»Sehr gut. Ich möchte, dass auch hier die Spuren gesichert werden, vielleicht findet sich ein Hinweis.«

Gerade als sich Nakir abwenden wollte, fiel sein Blick abermals auf die leblosen kleinen Körper. Sein Atem stockte, und plötzlich gab es einen Kurzschluss in seinem Kopf.

Da stand es. Mit den toten Füchsen geschrieben.

Kit.

23

Als sie am Tatort eintrafen, waren nur drei Alias des
DoAC anwesend, die anderen Alias kannte Kit
nicht oder hatte sie jemals zuvor gesehen. Sie trugen allerdings offizielle Abzeichen, waren in Schwarz gekleidet, wie es die Vorschrift vorsah. Überall flirrte die Luft
vor Magie, ein sanfter Nebel, der die Sicht trübte. Der
anhaltende Regen hatte die Erde aufgespült, und zuerst
brauchte Kit einen Moment, um all die seltsamen Details aufzunehmen, die von den schwebenden Lampen
erhellt wurden. Schweigend betraten sie den Tatort, und
das Schweigen wurde schwer, voll von unausgesprochenen Dingen, die jedem von ihnen durch den Kopf gehen
mussten.

»Ausweis?« Ein kahlköpfiger Vampir mit silbergrau-
en Augen musterte sie durchdringend und ließ seine
Fangzähne schnappen, was sie in einem anderen Moment wohl aus dem Konzept gebracht hätte. Aber in
den letzten Wochen war so viel geschehen, dass das
Fuchsfeuer sich nur leicht regte, wie ein sanfter Flügelschlag in ihrer Brust.

Mit hervorgezogenen Dienstmarken gingen sie an
dem Agent vorbei, auf die hell erleuchtete Szenerie zu.
Kit zuckte nicht einmal mit der Wimper, als sie die Toten erblickte, obwohl sie innerlich eine Angst verspürte,
die ihr das Blut in den Adern gefrieren ließ. Dies war
anders als die Morde, die sie bisher untersucht hatte.
Nichts war damit vergleichbar.

Mehrere Frauenleichen bildeten fünf Zacken, das
Blut war getrocknet und ihre Haut fahl und weiß, dank

eines Schutzzaubers jedoch nicht aufgeweicht vom Regen. Teilweise hielten sie sich an den Händen. Einige Gliedmaßen waren sauber vom Körper abgetrennt worden. Es war grauenvoll.

Außer ihren Haaren bedeckte nichts ihre nackten Körper, und ähnlich wie bei Phelia verspürte Kit den dringenden Wunsch, eine Decke über die schutzlosen Frauen auszubreiten, damit sie nicht länger dieser Grausamkeit ausgesetzt waren.

Keagan sagte kein Wort, auch wenn sich in seinen Augen deutlich ihr eigenes Entsetzen spiegelte, dabei strengte er sich an, keine Miene zu verziehen. Wahrscheinlich, damit man ihm den harten Kerl weiter abnahm, doch selbst ihn ließ der Anblick nicht kalt. Kit spürte den Unterschied in seinem Duft, als hätte er sich ein anderes Aftershave aufgelegt.

»Ich habe so was noch nie gesehen.«

»Ein menschliches Pentagramm«, murmelte Lelja mit blassem Gesichtsausdruck, und das sonst so strahlende Leuchten ihrer Augen war schlagartig verschwunden, sie wirkte beinahe genauso trüb wie das Wetter in dieser Nacht. Ihre Hand glitt zur Perlenkette, und sie umfasste eine von ihnen mit zwei Fingern, als ob sie aus ihnen Kraft schöpfen wollte. »Wenn es das ist, was ich denke, das es ist, ist die Stadt in großer Gefahr.«

Sie hatte nicht den blassesten Schimmer, worauf ihre Freundin hinauswollte. »Warum? Wovon sprichst du?«

»So hat es damals angefangen. Als es zum Großen Krieg zwischen Alias und Nox kam und ein Großteil der Alias sich der neuen Weltordnung angeschlossen haben. Einer Weltordnung, in der es keine Einschränkungen zugunsten von Menschen gibt. Es gab einen Zusammenschluss an mächtigen Alias, die menschliche

Pentragramme hergestellt haben, um den Angriff vorzubereiten.«

Davon hatte Kit noch nie etwas gehört. »Aber ich dachte, es hat damit angefangen, dass der Tag zur Nacht wurde und die Dunkelheit mehrere Wochen andauerte.« Das klang wie aus einem Geschichtsbuch aufgesagt.

»So wird es uns zumindest verkauft«, warf Keagan mit mürrischer Miene ein.

»Es stimmt auch, aber das ist nur ein Teil der Geschichte. Nox war nicht in der Lage, ihre Kinder einfach in dieser Welt von der Kette zu lassen, sie musste einen Ort wählen, der voller Magie war, voller Seelen, die auf der Suche nach einem neuen Körper waren. Zwischen all den menschlichen Seelen in Raki wurde sie fündig. Mithilfe von menschlichen Pentagrammen erschuf sie einen mächtigen Bannkreis, der es verhinderte, dass man den Aufenthaltsort der Nox in Raki ausfindig machen konnte.«

»Woher weißt du davon?«

Eigentlich hatte Kit geglaubt, die Geschichte zu kennen, aber wie es schien, wusste sie nicht mal einen Bruchteil von dem, was wirklich geschehen war.

Wenigstens schüttelte Keagan ebenfalls den Kopf. »Ich höre das auch zum ersten Mal.«

Fast unsicher senkte Lelja den Blick und biss sich auf die Unterlippe. »Ich habe es auch nur durch Zufall erfahren. Besser gesagt habe ich durch Zufall ein Telefonat mit angehört. Das ist ein paar Jahre her, es war noch in Raki. In einem der Gefängnisse lebte ein Flüsterer, der dem Wahnsinn verfallen war, und er schrieb mit seinem Blut Reime auf den Boden. Niemand hat ihm geglaubt, aber als er letztendlich starb, wurden seine Prophezeiungen wahr.«

»… Mephisto.«

»Genau.« Jetzt sah Lelja sie überrascht an, während sich Kit mit einer Hand durch das offene Haar fuhr, das sie auf der Fahrt hierher aus der strengen Frisur von der Beerdigung gelöst hatte.

»Ich habe von ihm gehört. Aber ich wusste nicht, dass er diese Visionen verbreitet hat.«

»Anscheinend sind es keine Geschichten, sondern die Wahrheit. Jeder seiner Reime ist eingetroffen. Und die Gefängnisse sind voll von Alias, die noch immer an die alte Ordnung glauben, an das, was Nox in ihre Gedanken gepflanzt hat.«

»Gedankengefängnisse«, flüsterte Kit tonlos und riss die Augen auf, weil in ihrem Kopf plötzlich ein sehr deutliches Bild entstand, obwohl sie niemals dort gewesen war. In ihre Nase drang der Geruch nach verbranntem Fleisch, Hilfeschreie, voller Todesangst. Ähnlich wie das Gefühl, das Nakir Helios in ihr auslöste und für das sie keine Erklärung fand, bis auf Leljas Theorie. Die Worte ihrer Freundin geisterten ihr im Kopf herum. Konnte es wirklich sein, dass sie eine Verbindung besaßen, die in ein anderes Leben reichte?

»Ich muss ins Observatorium«, sagte sie atemlos. Sie musste herausfinden, was mit ihrer Erinnerung geschehen war, weil sie plötzlich das nagende Gefühl hatte, dass dies alles in einem Zusammenhang stand.

Sie brauchte Antworten. Jetzt sofort.

Das war wichtiger als der Tatort, den Keagan auch alleine untersuchen und sie notfalls auf den neuesten Stand bringen konnte.

»Warum?«

»Um meine Erinnerungen wiederzuerlangen. Falls das noch geht.«

»Aber …«, setzte ihr Partner mit schief gelegtem Kopf und zusammengekniffenen Augen an, wurde jedoch von Lelja unterbrochen, die eine Hand auf seinem Unterarm platzierte, genau dort, wo sich seine schwarzen Sichelnarben befanden. Falls sie das Frostfeuer spürte, ließ sie sich nichts anmerken. Keagan schloss den Mund und sah, vielleicht zum ersten Mal, seit Kit ihn kannte, ernsthaft überrascht aus, so, als könne er nicht glauben, dass Lelja ihn einfach berührte.

»Lass sie gehen. Es ist wichtiger, dass sie herausfindet, was es mit ihrem Heißhunger und den Kopfschmerzen auf sich hat und ob wirklich jemand in ihren Gedanken herumgepfuscht hat. Wir halten hier schon die Stellung.« Sie lächelte Kit aufmunternd zu. »Mach dir keine Sorgen. Wir sind hier.«

Kit nickte erleichtert und wollte sich gerade abwenden, als sie Nakir Helios nur wenige Meter von ihnen entfernt erblickte. Er sah genau in ihre Richtung, als hätte er nur darauf gewartet, sie endlich zu entdecken, aber seinem Gesichtsausdruck nach zu urteilen, war es keine freudige Erwartung. Ganz im Gegenteil. Kits Herzschlag erhöhte sich dramatisch, und sie ärgerte sich über ihre Reaktion, aber war absolut machtlos dagegen.

Nein, das war zu absurd. Aber vielleicht würde sich eine Gelegenheit bieten, ihn zu fragen, vielleicht würde er ihr etwas offenbaren, das sie selbst nicht wusste. Auch dem Ausdruck in seinen dunklen Augen nach zu urteilen, war er stinksauer und konnte seine Wut kaum noch zügeln. In wenigen Schritten war er bei ihr.

»Komm mit«, zischte er zwischen zusammengepressten Zähnen, und die Kraft und der Zorn, die von ihm ausgingen, ließen das Fuchsfeuer in ihr aufkreischen. Hastig zählte sie innerlich bis fünf, dachte an Zartbitterschokolade und stellte sich den herben Geschmack auf ihrer Zunge vor.

Ihr Blut kochte, brodelte, schrie nach der erlösenden Verwandlung, die sie schützen würde, und Kit kam sich idiotisch und schwach vor, während sie nach Atem rang.

»Ich …«

Sein eisiger Blick ließ sie augenblicklich verstummen, und sie warf einen panischen Blick zu Lelja und Keagan. Letzterer trat nach vorne, die muskulösen Arme vor der Brust verschränkt.

»Gibt es ein Problem, Deputy Director Helios?« Der spöttische Unterton war nicht zu überhören.

Mit einem Schlag veränderte sich Nakirs Ausstrahlung, wurde dunkel und so düster, dass sie unwillkürlich einen Schritt nach hinten trat, um Abstand zwischen sich und ihm zu schaffen. Die Kälte, die jetzt von ihm ausging, drang in ihre Glieder und bis auf den Grund ihrer Knochen, sodass Kit erzitterte. Er war immer noch einer der sieben Todesdaimonen, seine Macht war zum Greifen nah, als ob er sie berührte, und Keagan sah ihm – sehr zu ihrer eigenen Überraschung – weiter ins Gesicht.

»Noch gibt es kein Problem, Special Agent McCadden.« Die Betonung lag auf Keagans Titel, was eindeutig als Schwanzvergleich zu verstehen war.

»Gut.«

»Ich muss mit Special Agent Sune allein sprechen.«

»*Und täglich grüßt das Murmeltier.*«

Nakir sah aus, als würde er Keagan am liebsten in den Aschetod schicken wollen. »Ja. Haben Sie etwas dagegen, Special Agent McCadden?«

»Natürlich nicht, Sir.« Dieses Mal war der Spott so

deutlich, als hätte er seine Worte mit Anführungsstri-
chen untermalt.

Wortlos drehte sich Nakir um, und Kit folgte ihm mit
wackligen Knien, weil sie wusste, dass er keinen Widerspruch duldete. Schließlich war er ihr Vorgesetzter und
noch dazu der mächtigste Alias in Europa. Selbst wenn
sie es nicht gewollt hätte, würde ihr doch keine Wahl
bleiben.

Als sie außer Sichtweite der anderen gelangt waren,
packte er sie am Arm. Die Berührung löste einen wohligen Schauder aus, der sich ihren kompletten Rücken
hinaufzog. Auch er schien es gespürt zu haben, denn er
ließ so abrupt los, dass sie strauchelte und sich wieder
fangen musste.

Kit warf ihm einen prüfenden Seitenblick zu, doch
Nakir Helios starrte nach vorne, als würden ihm Gedanken nachhängen, und sie folgte ihm einen verschlungenen Pfad entlang, der schließlich zwischen verwach-
senem Gestrüpp und mehreren Büschen endete.

»Ich wollte eigentlich gerade ins Observatorium fahren. Was gibt es denn so Dringendes zu besprechen?«
Sie klang kratzbürstiger, als sie es in seiner Gegenwart
eigentlich sollte, aber bei allen Alias! Sie wusste langsam
nicht mehr wohin mit all den verwirrenden Eindrücken
und Gefühlen!

»Ich muss dir etwas zeigen.« Seine Stimme war belegt.

»Ist alles in Ordnung?«

»Nein.«

»Kann ich etwas tun?«

»Das wüsste ich auch gerne«, murmelte er mehr zu
sich als zu ihr und ließ ihr Platz, sodass sie zu ihm auf-
schließen konnte. Anscheinend hatte er sich beruhigt,

denn als er sie nun ansah, las sie nichts als Resignation aus seinem Blick. In ihr stieg der Drang auf, ihn zu berühren, um ihm zu zeigen, dass sie ihm helfen würde bei dem, was ihn quälte. Fast schon automatisch hob sie die Hand, ließ sie allerdings sofort wieder sinken, als ihr bewusst wurde, was sie da vorhatte.

Hatte sie völlig den Verstand verloren? Was zum Henker ging hier vor?

Ihre eisernen Mauern, die sie um sich errichtet hatte, begannen zu bröckeln, allein durch Nakir Helios Anwesenheit, und das schockierte sie mehr, als sie sich eingestehen wollte.

»Sieh hin.«

Kit sah in die Richtung, in die er deutete, dorthin, wo die Nacht die Schatten verschlang. Stille, nur die Geräusche des Waldes drangen an ihre Ohren, angefangen von dem Schaben von Wildtieren bis hin zu Regentropfen, die auf Blätter aufschlugen.

Dann sah sie es. Kit keuchte.

Der Anblick der toten Füchse verschlug ihr die Sprache, und ihr Herz zog sich auf eine so qualvolle Weise zusammen, dass es sie siedend heiß durchfuhr. Brennende Tränen sammelten sich hinter ihren Augenlidern, als sie einen Schritt näher an die kleinen Babys herantrat, die man kaltblütig getötet hatte. Hilflosigkeit breitete sich wie eine Sturmflut in ihrem Körper aus, ließ sie zittern, und der Schock drang bis in ihre Zehen. Ein ungläubiger Laut glitt über ihre Lippen, als sie den reinen Duft aufnahm, der von den toten Fuchswelpen ausging. Unschuldig und kindlich, ohne einen Hintergedanken.

»Wer würde …?«, setzte sie an, doch Nakir unterbrach sie mit einem Kopfschütteln.

»Was steht dort geschrieben?«

Irritiert sah sie wieder hin, ihr Verstand versuchte seine Frage zu begreifen, als ihr Blick das Gesamtbild aufnahm. Ähnlich wie die Frauenleichen hatte jemand auch die Füchse so gelegt, dass sich aus ihren Körpern Buchstaben ergaben. Ihr Puls erhöhte sich dramatisch.

Da stand er. Ihr Name.

»Kit«, flüsterte sie lautlos. »Was hat das zu bedeuten?«

»Das wollte ich von dir wissen.«

»Von mir?« Kit riss überrascht die Augen auf und sah Nakir in die kohlschwarzen Augen, der ihren Blick durchdringend erwiderte. »Aber, woher soll ich denn wissen, was das zu bedeuten hat?«

»Es ist dein Name. Jemand treibt ein ziemlich übliches Spiel mit dir, und ich wüsste gerne, was dahintersteckt. Erst London, der Tod deines Partners, jetzt hier in Edinburgh. Deine Patentante. Die Angriffe der Nox. Das Pentagramm.«

Nakir war jetzt an sie herangetreten, ganz dicht, nur wenige Zentimeter von ihr entfernt. Sie spürte seinen heißen Atem auf der Wange und ihre eigene Sehnsucht, die so plötzlich erwachte, dass sie selbst darüber erschrak. Hastig senkte sie den Blick, um keinen Fehler zu begehen.

»Ich weiß es nicht.« Ihre geflüsterten Worte verloren sich zwischen ihnen.

Wieder sah sie zu den toten Füchsen, und etwas regte sich in ihr, zupfte an ihren Gedanken, wie eine vergrabene Erinnerung. Sie hatte das unbestimmte Gefühl, diese Szene schon einmal gesehen zu haben. Die toten Füchse, in genau dieser Ausrichtung, aber das Gefühl war ihr gleichzeitig so fremd, dass es sich nur um eine Erinnerung aus einem anderen Leben handeln konnte.

Kit seufzte resigniert. »Wenn ich etwas wüsste, würde ich es sagen. Aber ich habe keine Ahnung. Nicht den blassesten Schimmer.«

»Wie hast du die Nox in London getötet?«, fragte er rau.

»Das habe ich doch schon erzählt.«

Der plötzliche Themenwechsel verwirrte sie, die Nähe zwischen ihnen wurde unerträglich, aber sie wollte dieses Mal keine Schwäche zeigen und bewegte sich nicht von der Stelle.

»Ich weiß. Aber ich möchte es noch mal hören. Vielleicht fällt dir etwas ein. Du bist emotional aufgewühlt, ich kann es spüren. Das verändert manchmal den Zugang zu deinen Erinnerungen.«

Langsam und etwas benommen schüttelte sie den Kopf, versuchte sich die Schlacht ins Gedächtnis zu rufen. Aber es war seltsam. Wie in einen dichten Nebel getaucht. Einzelne, bruchstückhafte Erinnerungen waren greifbar, andere wirkten schwammig. Trotzdem gab es da ein Gefühl, das ihre Glieder durchdrang. Schwer und voller Dunkelheit. Schuld.

Vielleicht hatte sie Artemis nicht selbst getötet, aber für sie fühlte es sich so an.

»Also«, sagte Nakir noch einmal. »Wie hast du die Nox getötet?«

»Mit meinem Siegeldolch«, antwortete Kit nach einer Weile mit gerunzelter Stirn. »Artemis hat den Bannkreis aufrechterhalten, die ersten zwei Nox hatten sich noch nicht materialisiert und stattdessen ihre Kraft aus den Menschenseelen geschöpft. Zwei griffen direkt an, einer davon Artemis. Ich habe den ersten erledigt, einen direkten Dolchstoß, wie aus dem Handbuch.« Ihr Lächeln war eine Grimasse, doch dann sanken ihre Mundwinkel wieder herab, als würden Gewichte daran hängen. »Dann hat sich schon der zweite Nox von hinten genähert. Ich konnte mich retten, ihn in den Aschetod schicken. Dabei haben wir beide nicht bemerkt, dass die zwei anderen Nox bereits sehr nah waren. Der dritte Nox hat nach seiner Seele gegriffen, als ich den vierten Nox getötet habe.«

»Artemis hat keinen von ihnen getötet?«

»Nein.«

»Er hat keine Perle verwendet, keinen Fluchtversuch unternommen, sich einfach seinem Schicksal hingegeben?«

»Ich weiß es nicht.«

»Du weißt es nicht?«

Energisch schüttelte Kit den Kopf. »Ich kann mich nicht erinnern!«

»Du kannst dich nicht erinnern, oder du willst dich nicht erinnern?«

»Ich kann nicht!«, rief sie, ihr Herz schlug immer schneller.

»Ich glaube, du willst dich nicht erinnern, Kit. Weil du mehr getan hast, als nur die Nox zu töten! Ich glaube, dass du das, was du erzählst, für die Wahrheit hältst, auch wenn es nicht die Wahrheit ist.«

»Das … das stimmt nicht.« Der Widerspruch in ihren Worten verhallte.

»Ich glaube, dass du enger mit all den Morden und Geschehnissen verknüpft bist, als du zugibst oder als du selbst vielleicht weißt. Aber das werden wir noch herausfinden! Letztendlich glaube ich auch, dass du Artemis getötet hast.«

Kit schüttelte den Kopf, versuchte das Gesagte wieder aus ihrem Kopf zu bekommen, versuchte die Worte zu verdrängen, doch Nakir fuhr unbarmherzig fort, seine Stimme schnitt wie ein Schwert in ihre Seele: »Vielleicht nicht absichtlich, aber es ist geschehen. Artemis ist tot.«

Wie aufs Stichwort setzten die Kopfschmerzen wieder ein, pulsierend drang ihr der Schmerz in den Schädel, hämmernd und gleichmäßig. Ihre Finger krampften sich zu einer Faust, und sie biss sich auf die Zunge. Verdammt.

»Alles in Ordnung?« Dieses Mal stellte Nakir die Frage, ließ sie nicht aus den Augen, wollte ihre Reaktion einfangen.

»Ja …« Kit kniff die Augen zusammen, denn der Schmerz wurde stärker. »Nein. Es ist nur so, dass ich seit einiger Zeit starke Kopfschmerzen habe. Und Heißhungerattacken. Lelja meinte schon …«

Erschrocken schloss Kit wieder den Mund, als Nakir sie am Arm packte und sein Gesicht noch näher an ihres heranschob, sodass sich ihre Nasenspitzen beinahe berührten. Sein Duft umhüllte ihre Sinne, und sie sog ihn unauffällig ein. Kiefernholz und Zimt, einzigartig und vertraut.

Forschend blickte er ihr in die Augen, als sei er auf der Suche nach etwas.

»Was. Meinst. Du. Damit?« Er betonte jedes einzelne Wort.

»Lelja sagte, es könnte sein, dass jemand meine Gedanken manipuliert hat.«

»Und warum sagst du das erst jetzt?«, zischte er bedrohlich leise, in seinen Augen glühte es unheilvoll auf. Seine daimonische Seite erwachte zum Leben, und von der Stelle, wo seine Fingerspitzen sie berührten, ging eine unangenehme Kälte aus.

»Weil wir es erst heute herausgefunden haben«, rechtfertigte sich Kit und versuchte sich ihm zu entziehen,
doch sein Griff war so eisern wie eine magische Barriere. »Sprichwörtlich.«

Das Handy in seiner Hosentasche klingelte und zerriss die aufkeimende Nähe zwischen ihnen, weil er auch
noch einen Schritt nach hinten trat. Erst als sie erleichtert die Luft ausstieß, merkte Kit, dass sie sie gerade angehalten hatte. Mit einem Knurren nahm Nakir ab und
verzog grimmig das Gesicht.

»Wann?«, fragte er schließlich, fuhr sich mit einer
Hand über die Augen. »In Ordnung. Ich mache mich
auf den Weg.« Schweigend legte er auf und wandte sich
ihr wieder zu.

»Was ist passiert?«

»Sie haben die Hexe gefunden, die den Sprungzauber
ausgelöst hat, um das Pentagramm an diese Stelle zu
bringen«, sagte er mit leiser Stimme. »Sie ist tot. Wir
sollten uns beeilen.«

»Wir?«, wiederholte Kit mit einem irritierten Unterton.

Nakirs Blick schoss in ihre Richtung. »Du bleibst an
meiner Seite. Ich lasse dich keine Sekunde aus den Augen. Sobald wir den Tatort besichtigt haben, versuchen
wir herauszufinden, was es mit deiner Erinnerung auf
sich hat.«

24

Keine fünf Minuten später saß Kit neben dem Deputy Director in dessen Dienstauto, presste sich in die weichen Ledersitze und strich beiläufig über den Waffengürtel, an dem ihr Siegeldolch steckte. Sie hatten eine Trennwand hochgefahren, waren eingesperrt in eine Blase aus einem Quadratmeter Privatsphäre, was Kits Nervosität nicht unbedingt dämpfte. Denn Nakir Helios saß nur wenige Zentimeter von ihr entfernt, sodass sie seine Körperwärme auf ihrer Haut fühlen konnte, obwohl sie in einem Widerspruch zu seiner innerlichen Kälte stand. Wahrscheinlich musste er außerhalb von Raki ständig frieren, vor allem in diesem Teil der Welt.

»Ich fürchte, ich bin dir eine Erklärung schuldig«, begann er, und seine tiefe Stimme füllte den engen Raum der Rückbank mit Leben. Sie mochte es, dass er nicht leise sprach, obwohl sie alleine waren, und war verwirrt, diesen Gedanken zu hegen.

»Du trägst ein Gesicht, das ich aus einer anderen Zeit kenne, zumindest dachte ich das, als ich deine Essenz gespürt habe. Du bist im Trainingsraum verschwunden, dein Duft hing aber noch in der Luft, ich habe dich nicht wirklich gesehen, und für einen flüchtigen Moment habe ich gedacht, mit der Vergangenheit konfrontiert zu sein.«

Verwirrt schüttelte Kit den Kopf, versuchte seine Worte zu verarbeiten. »Ich verstehe nicht«, sagte sie schließlich. Stimmte es also doch, was Lelja herausgefunden hatte? Ihre Verbindung?

»Ich habe dich für die Reinkarnation von jemandem

gehalten, der mich in sehr vielen Leben begleitet hat.«
So beherrscht er auch klang, fing Kit dennoch die brodelnde Ungeduld auf, die er wie einen Duft verströmte.
Dies war keine gewöhnliche Unterhaltung, und er wollte sich auch nicht für seinen Angriff entschuldigen, sondern herausfinden, ob sie ihn nicht doch belog. Das
konnte sie unter seiner Oberfläche fühlen. Ihr wurde
unsäglich heiß, und sie befeuchtete sich die Lippen. Sein
Blick folgte der Regung wachsam, und er verlagerte das
Gewicht, seine Hände ruhten in seinem Schoß. Sie beschloss, ehrlich mit ihm zu sein. Anders würden sie
nicht weiterkommen.

»Aber … ich spüre es auch. Spricht es nicht dafür,
dass Sie sich doch nicht getäuscht haben?«

Vorsichtig sah sie ihn von der Seite an, und zu ihrem
eigenen Entsetzen verzog er den Mund, als wäre er von
ihrer Antwort enttäuscht. »Nein.«

»Und warum nicht?«, hakte Kit nach, was ihn zu
überrumpeln schien, denn sein Gesichtsausdruck
wechselte von Verschlossenheit zu Überraschung, und
schließlich bemerkte sie ein wütendes Funkeln in seinen dunklen Augen. Er zögerte die Antwort hinaus,
ballte die Hand zu einer Faust, und Kit spürte die
plötzliche Hitze, die von ihm ausging, als hätte sie ein
Feuersiegel gebrochen.

Angst kroch ihren Nacken hinauf.

»Warum?«, wiederholte sie vorsichtig, sah ihm offen
ins Gesicht. Sie wollte ihn nicht reizen, schließlich war
er ein Todesdaimon, und seine bloße Nähe ließ das
Fuchsfeuer in ihr unruhig werden, aber trotzdem war
sie neugierig.

Nakir seufzte leise. »Sonst würde ich nicht hier neben
dir sitzen.«

»Weshalb?«

»Weil du mich sonst getötet hättest.«

Dieses Eingeständnis schien ihn selbst zu verwundern, denn seine Miene wurde wieder starr. Niemals hätte Kit es für möglich gehalten, dass sich Nakir Helios diese Art von Schwäche eingestand.

Er hatte sich soeben sterblich gemacht.

Theoretisch wusste sie, dass er sterblich war, dass er sterben konnte, trotzdem war es seltsam, diese Tatsache ausgesprochen zu wissen. Vor allem, weil er geglaubt hatte, sie könnte ihn töten. Das erschien ihr … absurd.

In diesem Moment hielt das Fahrzeug.

»Wir sind schon da?«, fragte Kit und versuchte einen Blick nach draußen zu erhaschen, aber es war zu dunkel. Lediglich die Geräusche von draußen drangen an ihr Ohr. Es war ungewöhnlich still, fast schon etwas zu ruhig, und ihre Hand schloss sich automatisch um den Siegeldolch.

Die Abtrennung zu den vorderen Sitzen senkte sich mit einem surrenden Geräusch, und der Blick eines Echsenmannes traf sie im Rückspiegel.

»Wir sind angekommen«, sagte er ohne ein Lächeln, sondern mit ernstem Blick, und Nakir nickte geistesabwesend, stieg aus und hielt ihr die Tür geöffnet. Kit rutschte heraus und ließ ihre Umgebung auf sich wirken. Sie befanden sich vor einem Seiteneingang des Botanischen Gartens.

Mit hochgezogenen Brauen sah Kit zu Nakir. »Die tote Hexe ist im Botanischen Garten?«

»*Temperate Palm House,* das alte Gebäude mit der Glaskuppel, das zurzeit für die Menschen geschlossen ist, weil es angeblich renoviert werden muss«, erwiderte er und setzte sich in Bewegung. Kit folgte ihm schweigend, hatte allerdings das Gefühl, einen entscheidenden Fehler zu begehen. Es war ein Ziehen in ihrer Magengegend, wie eine Warnung, die in ihr nachhallte.

Kit betrat den asphaltierten Weg, der auf das steinerne Gebäude geradewegs zuführte, dicht hinter Nakir Helios, dessen weit ausholende Schritte und die aufrechte Haltung ihr für einen Herzschlag lang die Aufmerksamkeit raubten. Sonst hätte sie den intensiven Lavendelduft wahrgenommen, der sich um ihre Sinne legte, sie einlullte und plötzlich ganz benommen machte.

Mittlerweile hatten sie das Gewächshaus erreicht. Nakir trat zuerst ein, und Kit folgte ihm. Quietschend schloss sich die Tür hinter ihnen.

In diesem Moment brach buchstäblich die Hölle um sie aus, als wären sie mit einem Aufzug direkt nach Raki gefahren. Zuerst spürte Kit nur eine leichte Veränderung, wie Fingerspitzen, die über ihre Haut strichen. Dann zog eine Gänsehaut über ihre Arme. Ihr Herzschlag verdoppelte sich. War das ihr erschreckter Ausruf?

Mit einem ohrenbetäubenden Brüllen teilte sich die Luft, zersprang klirrend und löste das magische Band, das sich am Eingang befunden hatte.

Eine Falle!, schoss es Kit durch den Kopf, doch da war es bereits zu spät.

Kit sprang zurück, zückte ihren Siegeldolch und stieß gegen eine unsichtbare Barriere. Schmerz explodierte in ihrem ganzen Körper, sie sah Sterne und schwarze Punkte vor ihrem inneren Auge tanzen. Als sie wieder zu sich kam, konnte sie sich nicht bewegen.

Sie war wie gelähmt, was einerseits an ihrer eigenen Überraschung, andererseits auch an dem Zauber lag, der sie wie in einem Schraubstock gefangen hielt, ihr die Luft aus der Lunge presste. Kit riss an ihren unsichtbaren Fesseln, die sich um sie schlangen, aber sie war machtlos. Der stechende Geruch von Dreck und verbrannter Erde stieg ihr in die Nase, während sich in rasender Geschwindigkeit Dunkelheit um sie ausbreitete, sie in einen Mantel aus Schweigen hüllte. Gleichzeitig glitt Licht über den Boden, zu ihren Füßen, bildete einen Kreis, wurde größer und größer und schloss schließlich Nakir und sie ein.

»Wir sind gefangen«, rief sie entsetzt.

Nakir rührte sich nicht, lediglich das Funkeln in seinen Augen zeigte deutlich seine Verärgerung. Aber er schien nicht im Geringsten beunruhigt zu sein. Tatsächlich färbte seine Ruhe etwas auf sie ab, und Kit spürte, wie sich ihr Puls langsam beruhigte.

»Hallo?«, erklang in diesem Moment eine helle Stimme, und eine Agentin des DoAC – war es Murron? – tauchte auf dem verschlungenen Pfad auf. Nur noch wenige Meter trennten sie, und sobald sie um die großen, wild wachsenden Tropenpflanzen getreten war, würde sie ihnen helfen können.

Erleichtert stieß Kit die Luft aus. »Wir sind hier!«

Nakir seufzte leise. »Sie kann dich nicht hören.«

Entsetzen breitete sich in ihr aus, als seine Worte in ihr Bewusstsein drangen. »Was meinst du damit?«

»Wir sind zwischen Raum und Zeit gefangen. So lange, bis jemand den Bann bricht.«

Die Stimme rief noch einmal, dann verklangen ihre Schritte, und im nächsten Moment senkte sich wieder Stille über sie, gemischt mit der unangenehmen Wärme der stehenden Luft, die an einen tropischen Regentag in Brasilien erinnerte.

»Scheiße.« Kit fuhr sich mit einer Hand durchs Haar. »Und jetzt?«

»Gib mir deinen Siegeldolch.«

Kit starrte Nakir an, der grimmig den Mund verzog.

»Ich werde dir schon nicht die Kehle aufschlitzen und dich mit deinem eigenen Siegeldolch in den Aschetod schicken«, sagte er, jetzt etwas genervt, trotzdem meinte sie, den Anflug eines Lächelns auf seinen Lippen zu erkennen. »Der Bannkreis muss gebrochen werden. Ich werde einen Tribut zahlen.«

»Einen Tribut?«, murmelte Kit und spürte, wie sich ihr Herzschlag beschleunigte. Vor ihrem inneren Auge tauchte plötzlich das Bild von Nakir auf, wie er sich selbst ihren Siegeldolch ins Herz rammte, und bei dieser Vorstellung verspürte sie ein krampfartiges Ziehen in ihrer Magengegend. Um gegen die aufkeimende Übelkeit anzukämpfen, konzentrierte sie sich auf ihre Umgebungsgeräusche und holte tief Luft.

»Was für einen Tribut?«

»Mein Blut«, sagte Nakir schlicht und sah sie mit unergründlicher Miene an. Eine schwarze Haarlocke hatte sich in seine Stirn verirrt.

»N-nein«, stammelte Kit und schüttelte mehrfach den Kopf. »Das würde bedeuten, dass du dem Bannsprecher Zugang zu deinen Gedanken gewährst.«

Fragend legte er den Kopf schief. »Hast du eine bessere Idee?«, wollte er wissen, und Spott schwang in seiner Stimme mit. »Denn so wie ich die Lage einschätze, kann es Jahre, vielleicht sogar Jahrzehnte dauern, bis man uns hier aufspürt. Darüber hinaus ist es nur eine Frage der Zeit, bis der Erschaffer auftaucht. Und mit jeder Minute, die vergeht, schwindet unsere Kraft ein kleines Stückchen mehr.«

Kits Gedanken überschlugen sich. Natürlich hatte Nakir recht. Die Erfahrung sprach für ihn, wahrscheinlich hatte er innerhalb weniger Sekunden alle Möglichkeiten analysiert und war zu dem Schluss gekommen, dass derjenige, der den Bannkreis erschaffen hatte, besser mit seinen Gedanken aufgehoben war als mit ihrem Leben.

»Mein Blut«, sagte sie. »Es ist nicht so wertvoll wie deins.«

Bevor Nakir widersprechen konnte, schnitt sich Kit in einer schnellen Bewegung in den Daumen, sodass einige Blutstropfen in der Mitte vor ihnen auf den Boden tropften. Leise und mit konzentrierter Miene murmelte sie die Worte der Befreiung, die sich nur schwer von ihren Lippen lösten. Qualmend und mit einem lautstarken Zischen löste sich der Bannkreis in Luft auf, genau wie Nakir es vermutet hatte.

In Luft auflösen.

Plötzlich kam ihr ein Gedanke. »Können auch Geister in einem Bannkreis gefangen gehalten werden?«

Nakir runzelte die Stirn. »Natürlich.«

»Was, wenn Onyx auch in einem Bannkreis gefangen gehalten wird? Es würde erklären, warum ihn von der AE noch niemand aufgespürt hat. Warum er einfach verschwunden ist, obwohl es nicht zu ihm passt.«

Nakir musterte sie nachdenklich, rieb sich mit einer Hand über das stoppelige Kinn. »Du könntest recht haben.«

»Natürlich«, sagte sie lächelnd, nicht ohne einen gewissen Stolz zu verspüren. Der Gedanke war naheliegend, aber bisher war sie noch nicht auf diese Idee gekommen. Bannkreise diesen Ausmaßes waren zu selten, und sie hatte eigentlich nur Artemis gekannt, der aber mit seinen magischen Fähigkeiten eine andere Art von Bannkreis erschaffen hatte. Einen, der die Menschen und Alias vor weiterem Unheil schützte, nicht einen, der sie zwischen Raum und Zeit sperrte.

Die Erinnerung an die weiße Wölfin blitzte so plötzlich in ihr auf, dass sie verblüfft nach Luft schnappte. Sie wusste es wieder. In ihrem Kopf setzte sich ein Bild zusammen, wie ein Puzzleteil, das eingefügt wurde, und Kit erkannte die Wahrheit, noch bevor sie den Gedanken zu Ende geformt hatte.

Sie hatte die Wölfin in London gesehen. Als sie gegen die Nox gekämpft und Artemis verloren hatte.

»Du warst dort«, wisperte sie, und die Präsenz in ihrem Kopf nahm zu, ihre Fingerspitzen juckten, als ob sie etwas gestochen hätte.

»Was meinst du?«

»Gestern Nacht bin ich wach geworden, als ich eine Präsenz gespürt habe. Einen Erus. Es war der zweite Erus, der mich beobachtet hat. Der erste ist mir einige Wochen zuvor begegnet, an dem Tag, an dem ich die WG bezogen habe.« Sie redete jetzt schnell, während sich in ihrem Kopf die Gedanken überschlugen und neue Zusammenhänge herstellten.

Nakir beobachtete sie mit einem strengen Zug um den Mund. »Ich weiß. Und dann?«

»Ich verfolgte ihn. Tötete ihn. Als es geschah, stellte ich eine Verbindung zu seinem Besitzer her. Einer weißen Wölfin. Sie war in meinen Gedanken. Als wir uns ansahen, hatte ich das Gefühl, in einen Spiegel zu blicken.«

In Nakirs Gesicht zeichnete sich zum ersten Mal Entsetzen ab, die Veränderung ließ seinen ganzen Körper steif werden, und Kit spürte die Anspannung in ihren Schultern, hatte das Gefühl, etwas Wichtiges gesagt zu haben.

»Und jetzt«, fuhr sie atemlos fort. »Ist mir eingefallen, dass ich sie schon mal gesehen habe. Nicht hier, aber in London. Als ich in den Kampf gegen die Nox verwickelt war, habe ich ihren Schatten zwischen den Bäumen aufblitzen sehen, nur für einen Sekundenbruchteil. Aber die Erinnerung ist klar und deutlich.«

Warum war die Erinnerung plötzlich so klar? Wollte die Wölfin, dass sie sich wieder erinnerte? Konnte das sein?

Sie stöhnte, als eine Welle an heftigen Kopfschmerzen sie unvermittelt erfasste, genauso wie der Heißhunger, der sich plötzlich in ihrer Kehle bildete.

»Kit?«, fragte Nakir, doch sie war zu abgelenkt, um darauf zu reagieren, denn ihre volle Konzentration galt der dunklen Präsenz in ihren Gedanken, die sich wie giftige Säure darin ausbreitete. Das Fuchsfeuer in ihr wurde kleiner, verstummte beinahe völlig, nur noch eine kleine Flamme in völliger Schwärze. Stattdessen hatte sie das Gefühl, etwas anderes, Mächtiges suchte sich einen Platz in ihrem Körper.

Jene Dunkelheit, die sie immer zu unterdrücken versuchte. Jene Dunkelheit, die wie ein Tier in einem Käfig lauerte, bereit, sich über all ihre Emotionen und Gedanken zu stülpen, wenn sie ihr die Gelegenheit dazu gab.

Angst lähmte ihre Glieder, und sie spürte, wie Panik in ihr aufstieg, weil sie nicht wusste, was geschah und was das zu bedeuten hatte. Doch da war noch etwas anderes, eine Sehnsucht, die sie näher zu Nakir zog. Fremdgesteuert hob sie den Blick, traf auf seinen. Er starrte sie an, als versuchte er ihr Inneres zu ergründen, und dann war da noch diese Nähe zwischen ihnen, dieses leise, unbeschreibliche Gefühl, als ob sie sich kannten. Wirklich kannten.

Dabei war sie ihm erst ein paarmal begegnet, gerade oft genug, um es an einer Hand abzuzählen, trotzdem ahnte sie, dass ihre Verbindung weitaus tiefer ging als das. Obwohl sie kaum miteinander gesprochen, ihre Sorgen oder Ängste geteilt hatten. Das, was sie miteinander verband, reichte weit zurück, vielleicht mehrere Leben.

Ihr Puls erhöhte sich dramatisch, als sich das bedeutungsschwere Schweigen zwischen ihnen noch einige Sekunden länger ausdehnte, und ihr stockte der Atem, als sich jemand in ihren Gedanken einnistete.

Küss ihn, wisperte eine Stimme in ihr drängend. Kit schüttelte den Kopf, spürte jedoch seine Körperwärme so dicht bei ihr, als wäre es ihre eigene. Als sie ihm den Kopf zuwandte, merkte sie, dass er sie mit einem nachdenklichen Gesichtsausdruck beobachtete, sie hörte seinen kräftigen Herzschlag und den kurzen Aussetzer, als sie sich vor Nervosität die Lippen befeuchtete und sein Blick darauffiel.

Küss ihn, wiederholte die Stimme in ihrem Kopf, dieses Mal fast wütend.

Kit starrte auf Nakirs Lippen, ihr Brustkorb hob und senkte sich in einem schnellen Rhythmus, und plötzlich war die Luft zwischen ihnen wie elektrisch aufgeladen, flirrte voller Magie und noch etwas anderem, das sie nicht benennen konnte. Was auch immer es war, er schien es auch zu spüren, denn sein Kopf senkte sich hypnotisierend langsam zu ihrem herab, aber er zögerte.

Sie fühlte seine Hand in ihrem Nacken, wie er vorsichtig mit zwei Fingern über ihre Halsader strich, behutsam und so viel sanfter, als es eigentlich zu ihm passte. Der Nebel in ihrem Kopf verstärkte sich, als er seine

Hand ihren Rücken hinab bis zu ihrer Hüfte gleiten ließ. Die Berührung löste einen wohligen Schauder aus, sie seufzte leise. Wieder fiel sein Blick auf ihren Mund, sein Gesicht kam näher, und sie atmete seinen Duft ein, unter den sich noch immer der Feuergeruch gemischt hatte. Ihre Herzen schlugen im Einklang, sie konnte es deutlich hören, und die Vertrautheit, die sie bei ihrer ersten Begegnung gespürt hatte, senkte sich wie eine Liebkosung über sie.

Kit stellte sich auf die Zehenspitzen, schob ihr Gesicht noch ein Stück näher an seines heran, bis sich ihre Lippen beinahe berührten, auch wenn ein alarmierend geringer Teil ihres Gehirns sie noch warnte. Warnte? Wovor?

Dann dachte sie nichts mehr, denn Nakir senkte unvermittelt den Kopf und küsste sie.

Ihre Münder berührten sich, seine Lippen streiften ihre, und er küsste sie vorsichtiger, als sie es erwartet hatte. Warm und weich waren seine Lippen, und ihre Lider schlossen sich flatternd, während ihr der Atem stockte.

Wie von selbst legten sich ihre Hände über seinen Brustkorb, sie fühlte den weichen Stoff seines Hemdes unter ihren Fingern und sie spürte den schnellen Rhythmus, in dem sein Herz klopfte. Fast so schnell wie ihr eigenes. Der Duftnebel, der von seinem Körper ausging, drang in jede einzelne ihrer Poren ein, und sie fühlte den Todesdaimon mit all ihren Sinnen.

Es war berauschend. Anders als jeder Kuss zuvor. Intensiver. Echter. Lebendiger.

Älter.

Für einen Augenblick, der ihr wie eine Ewigkeit vorkam, fühlte sie sich schwerelos, befreit. Doch dieses Gefühl hielt nicht lange an. Die Dunkelheit in ihr regte sich, und für eine schreckliche Sekunde glaubte Kit, sie würde sich täuschen. Aber das tat sie nicht.

Licht erfüllte sie. Von innen und außen, und sie riss sich von Nakir los, schnappte erschrocken nach Luft und versuchte, ihren heftigen Herzschlag zu beruhigen. Ihre Sinne waren geschärft, als hätte jemand eine Linse eingestellt. Sie roch seine Verwirrung, aber auch das tiefe Verlangen, das er verströmte. Seine Hand schwebte noch in der Luft, an jener Stelle, an der sie vor einem Augenblick noch gestanden hatte.

Schwer atmend starrte der Todesdaimon auf sie herab, Schock und Unsicherheit zeichneten sich in seinen markanten Zügen, seine Pupillen waren geweitet, und sein lockiges Haar stand ihm wirr vom Kopf ab.

Kit trat noch einen Schritt zurück, ihre Hände zitterten.

Sie wusste, sie hatte einen Fehler begangen. Sie wusste es, als sie die lachende Stimme in ihrem Kopf hörte, die sich dröhnend in ihrem Schädel ausbreitete, gemischt mit dem brennenden Gefühl, sich in große Gefahr gebracht zu haben.

Plötzlich und ohne Vorwarnung kehrten alle ihre Erinnerungen aus ihren vergangenen Leben zurück und rissen sie in einen Strudel aus Emotionen.

25

Kit flog durch die Erinnerungen. Ihr Körper war schwerelos, aber ihr Schädel dröhnte, als würde ihn jemand mit einem Presslufthammer bearbeiten. Bilder zerrten an ihrem Verstand, und sie wusste nicht, ob es Einbildung war oder der Teil einer gelebten Realität. Es fühlte sich beides wie die Wahrheit an.

Krampfhaft versuchte sie innezuhalten, eines der Bilder zu öffnen, eine Erinnerung wiederaufleben zu lassen … Sie wünschte sich so sehr, endlich die Verbindung zu ihrem Geist zu erschaffen, endlich zu verstehen, was geschehen war. Aus ihrer Kehle löste sich ein Schrei. Er klang fremd und tief, mächtiger als ihre eigene Stimme, und als sie schließlich zwischen Raum und Zeit innehielt, stülpte sich ihre Vergangenheit wie eine Glocke über ihr Bewusstsein.

Zuerst war da nur Schwärze, so finster, dass sie nichts sehen konnte.

Dann öffnete Kit blinzelnd die Augen und spürte, wie der Druck hinter ihren Schläfen abebbte, als hätte sie eine Schmerztablette genommen. Das Bild in ihrem Kopf veränderte sich. Wurde klarer, schärfer. Ihre Sinne schnappten die Veränderung auf, sie spürte die andere Zeit, den anderen Ort, und obwohl sie in diesem Leben noch nicht die Niemalswelt betreten hatte, so wusste sie doch instinktiv, dass sie dort war. Dieses Mal hatte Kit nicht das vage Gefühl, etwas nur blass und unstetig wahrzunehmen, dieses Mal war sie es selbst, die in die Erinnerung eintauchte. Sie war Nox. Sie spürte es bis in die Tiefen ihrer Seele.

Nox hatte nie verstanden, aus welchem Grund sich die anderen Alias den Menschen unterwarfen. Schon allein die Bezeichnung, die sie sich gegeben hatten – Alias – die Anderen – spiegelte ihre Abgrenzung von den Menschen wider. Dabei waren die Menschen aus ihrem Atem geboren worden, aus ihren Ängsten und Hoffnungen.

Sie erinnerte sich an den ersten Tag, an dem sie in das Gesicht eines schreienden Neugeborenen ohne magische Fähigkeiten geblickt hatte. Schwach und klein hatte es dagelegen, das winzige Gesichtchen noch verschrumpelt und zerknautscht. Dann hatte es hinter seiner Stirn gearbeitet, und es hatte den Mund aufgerissen, bis ein hoher und so hungriger Schrei über seine Lippen gesprungen war, dass sie sich angewidert abgewandt hatte.

Nox erinnerte sich noch genau an die Empfindungen, die sie damals durchströmt hatten. Abscheu. Wut. Unglauben.

Darüber, dass sie ihren Platz in der Nahrungskette aufgaben und den Schwächeren über sich stellten. Aber sie war nicht die Einzige, die so dachte. Nicht mehr lange, und ein Teil der Alias würde sich erheben, den Strukturen stellen, die sie unterdrückt hatten.

»Was ist los?«

Langsam drehte sie sich zu der hochgewachsenen Gestalt in ihrem Rücken um. Die dunkle Silhouette hob sich deutlich vom rot glühenden Himmel ab, der die Niemalswelt stetig umgab und die Uhren langsamer laufen ließ. Zeit verlor in einer Welt, in der Zeit nicht existierte, an Bedeutung. Am Horizont der Nachtstadt, wie Raki auch bezeichnet wurde, hob sich der Seelenfluss deutlich von der Umgebung ab, ein goldener

Strom, der aus den wandelnden Seelen bestand, die noch nicht wieder in die Welt der Menschen zurückgekehrt waren. Hier, im Turmzimmer des Silberschlosses, das über Raki thronte, dröhnte die Luft vor Hitze, und sie spürte die brennende Wärme mit jedem Atemzug.

»Ich habe nur nachgedacht«, sagte Nox leise, trat mit wiegenden Hüften näher und strich mit sanften Fingern über Nakirs nackten Brustkorb, der von dunklem Haar überzogen war. Sie mochte es, dass er scharf die Luft einsog, während sich ein hungriger Ausdruck in seine Augen stahl.

Ihr Blick wanderte zu den zerwühlten Laken des Doppelbettes, das aus Massivholz gefertigt war und sich zu der schwarzen Einrichtung fügte.

»Worüber?«, fragte Nakir rau, ließ ihre wandernden Finger keine Sekunde aus den Augen.

»Dies und jenes. Hauptsächlich jenes.«

»Du legst dich ungern fest.«

»Nur bei bestimmten Themen«, erwiderte Nox wieder ausweichend, stellte sich anmutig auf die Zehenspitzen und fing seinen Mund zu einem Kuss ein. Ihr rotblondes Haar reichte ihr bis zur Hüfte und kitzelte ihre Haut.

»Bei dir ist es etwas anderes.«

»Heißt das etwa, das mit uns ist doch von ernsterer Natur?«, fragte er, nachdem er sich von ihr gelöst hatte und mit einem winzigen Lächeln auf sie herabblickte. Seine Iris war fast genauso schwarz wie seine Pupillen, und seit einigen Wochen trug er das Haar etwas kürzer, sodass es sich nicht mehr lockig in seinem Nacken krauste.

»Sieht ganz danach aus.«

»Gut.« Er klang zufrieden.

»Wir sind uns sehr ähnlich. Es ist nur natürlich, dass wir uns zueinander hingezogen fühlen.«

»Das klingt sehr falsch«, sagte Nakir mit einem Schmunzeln.

»Wir gehören zu den ersten Wesen auf dieser Welt. Wir sind durch etwas verbunden, das andere Alias, die viel später die Erde betraten, gar nicht nachvollziehen können. Ich bin aus der Dunkelheit geboren, aus dem Ursprung. Du bist mit dem Tod eines der sieben Götter aus seiner Asche erstanden. Du bist dem Tod viel näher als sonst ein Wesen«, fuhr Nox mit sanfter Stimme fort.

»Und ich auch. Ich bin aus dem Nichts geboren. Vielleicht auch einer der Gründe, warum wir Einzelgänger sind. Weil wir das Gefühl von Fürsorge gar nicht kennen. Deswegen fällt es uns so schwer, anderen zu vertrauen.«

Nachdenklich strich ihr Nakir eine verirrte Haarsträhne hinters Ohr und betrachtete sie mit einem undefinierbaren Ausdruck. »Das spukt also in deinem Kopf herum, wenn du so schaust.«

»Du willst dich uns nicht anschließen.«

Das wiederum schien ihm nicht zu gefallen, denn Nakir schüttelte mit einem angespannten Ausdruck den Kopf. »Darüber haben wir schon gesprochen. Ich teile deine Ansichten nicht. Die Welt ist groß genug für alle. Und es ist wichtig, dass wir Rücksicht auf die Menschen nehmen.«

Nox riss die Arme in die Luft. »Sie sind es nicht wert, dass wir auf sie Rücksicht nehmen. Hexen werden gejagt, Vampire getötet, schon viele der alten Götter weilen längst nicht mehr unter uns. Und das Einzige, was den Rat der Ältesten interessiert, ist, wie man die Menschen weiter beschützen kann.« In ihrer Stimme schwang ein ärgerlicher Unterton mit, der zu der Wut passte, die in ihr aufflammte.

»Die Strukturen verändern sich, das ist nichts Schlechtes«, wandte Nakir mit ernster Miene ein. »Sondern völlig normal. Es ist nie gut, sich gegen Veränderungen zu stellen.«

»Ich stelle mich nicht gegen Veränderungen. Ich wandle sie nur in etwas um, mit dem ich viel eher leben kann.«

Nakir seufzte, er wirkte müde und zerschlagen, als hätte sie mit ihren Worten ein Loch in seinen sonst so dichten Panzer gerissen. »Lass uns nicht schon wieder streiten.«

»In Ordnung.« Mit fliegenden Fingern strich sie abermals über seine Brust, ließ ihre Hand tiefer wandern und schloss die Augen, als Nakir sich herabbeugte und sie küsste.

Er war stark und schön. Auf eine Weise, der sie sich nicht entziehen konnte. Sein Gesicht war scharf geschnitten, die Züge kantig und männlich, aber es war seine Ausstrahlung, die sie um den Verstand brachte. Er strahlte eine Macht aus, die Nox noch nie zuvor gespürt hatte. Neben ihm fühlte sie sich beinahe ebenbürtig, nicht überlegen. Obwohl er seine Kräfte niemals zeigte, obwohl er sie unter Verschluss hielt, so wusste sie trotzdem, was unter seiner Oberfläche schlummerte. Nakir war ein Todesdaimon, selbst wenn er sich seit Jahrhunderten geißelte und gegen seine Natur stellte. Eines Tages würde er wieder auf seine Macht zugreifen. Und dann würde er erkennen, dass sie sich gar nicht so unähnlich waren.

Sie war ihm verfallen. Mit Haut und Haaren. Schon seit ihrer ersten Begegnung vor ein paar Monaten, als sie geglaubt hatte, ihr dunkles Herz würde nicht eine Sekunde für jemand anderen schlagen können. Aber er hatte es geschafft.

Kit löste sich aus der Erinnerung, holte bebend Luft und spürte gleichzeitig, wie sich der Druck hinter ihren Augenlidern verstärkte. Doch da war noch etwas anderes, das viel tiefer ging. Wie ein Messer, das genau in ihrem Brustkorb steckte. Vorsichtig glitt sie weiter, auf der Suche nach der nächsten Erinnerung. Ihr Körper fühlte sich leicht an, als würde sie schweben, und die Bilder zogen an ihr vorbei wie in einem Abspann.
Kit hielt inne, als sie Dunkelflammen erblickte, und schickte ihren Geist auf den Weg. Kribbelnd breitete sich Schwärze in ihrem Kopf aus, dann hatte sie wieder das Gefühl, mit Nox zu verschmelzen. Eins zu werden.
Sie fühlte sich mächtig, unbesiegbar. Die Empfindung drang in jede ihrer Poren ein, durchströmte ihre Seele und ihren Körper, und sie ahnte, nein, Kit wusste, dass sie angekommen war.

Dunkelflammen züngelten an Nox' Körper empor, schlossen sie in eine tosende Umarmung. Der beißende Geruch nach Asche und verbranntem Holz stach ihr in die Nase, es war so heiß, dass sie das Glühen wie ein Prickeln auf der Haut spürte.

Die Flammen erstickten die Schreie der Dorfbewohner unter einer schwarzen Hülle, sodass kein Laut an die Außenwelt drang. In schneller Abfolge sprach Nox die Worte des Bannkreises, denn sie wollte nicht, dass die Menschen nach draußen gelangten. Sie hatte das

Dorf ausgewählt, weil es sie an ihre dritte Heimat erinnerte. Sibirien.

Nox war so unendlich müde, ausgelaugt von den Kämpfen, vom wahllosen Töten. Ihr Herz war dunkel vor Schmerz, zog sich vor Kummer zusammen.

Er machte Jagd auf sie. Und sie wusste es. Nakir würde sie aufspüren, so wie er es unzählige Male zuvor getan hatte, und sie zur Strecke bringen. Weil sie es nicht schaffte, ihm zuvorzukommen. Weil sie – obwohl das Ergebnis ihr eigener Tod war – ihm kein Haar krümmen konnte. Dafür liebte sie ihn zu sehr. Trug diese Liebe in jedes weitere Leben, denn im Gegensatz zu so vielen anderen Alias behielt sie ihre Erinnerung. Immer.

Jedes Mal las sie die Hoffnung in seinen Augen, dass es anders sein würde, aber dann sprang sie jedes Mal über die Klippen, tötete ein weiteres Menschenkind, raubte ihnen ihre gesamte Lebensenergie und nährte ihre eigenen Kinder davon. Es reichte aus, um den Todesdaimon in Nakir zu wecken.

Er tötete sie. Aber er tötete sie nicht für immer. Für diese Tat reichte sein Hass wohl nicht aus.

Das würde sich dieses Mal ändern, sie würde alles dafür tun.

Nox ließ sich von der Nacht treiben, jagte durch das kleine Dorf am Rand der finnischen Siedlung, hörte die Wölfe in den Tiefen der Wäldern heulen und irrte den wimmernden Müttern hinterher, die ihre Kinder vor ihr versteckten.

Bald brannten die Hütten lichterloh. Schwarze Funken stoben in den Nachthimmel, hinterließen den Duft des Todes. Kinderleichen säumten den Schnee, während die Stille sich nach mehr verzehrte. Ihre regungslosen

Körper sahen aus, als würden sie schlafen. Niemand entkam ihr. Niemand stellte sich ihr in den Weg.

Sie jagte durch die Wälder, nährte ihren Zorn und ihre Macht, ließ sie wachsen, indem sie weiter wahllos tötete.

Für jede Kinderseele, die sie stahl, würde sie ihre eigenen Kinder rufen können. Dafür war Nox den Pakt mit der Dunkelheit eingegangen. Und sie hatte nicht nur ihre Kinder auf ihrer Seite, sondern unzählige Alias, Vampire, Gestaltwandler, Daimonen, all jene, die mit den Veränderungen unzufrieden waren. Es wurde Zeit.

Nox hob den Kopf, als sie eine fremde Präsenz ganz in ihrer Nähe spürte. Mächtig und alt. Nakir.

Dann tauchten noch weitere Wesen am Rande ihres Bewusstseins auf. Auch wenn sie sich zu tarnen versuchten, konnte sie die feinen Nuancen ihrer Seelen unterscheiden, den Duft ihrer Kräfte.

Ein trauriges Lächeln umspielte ihre Lippen, als sie erkannte, was sie vorhatten.

Sie wollten sie töten.

Um jeden Preis.

Stöhnend tauchte Kit aus der Erinnerung auf, ihr Herz klopfte stürmisch gegen ihre Rippen, so heftig, dass sie einen schmerzenden Druck in der Brust verspürte. Mit bebenden Lippen suchte sie weiter, versuchte zu verstehen, endlich zu begreifen, was damals geschehen war. Die Bilder zogen nun immer schneller vor ihrem inneren Auge vorbei. Sie hatte keine Gelegenheit, sie festzuhalten, in eines einzutauchen. Sie befand sich auf einem Karussell an wirren Eindrücken. Egal, wie sehr sie versuchte, es anzuhalten.

*Dumpf dröhnten Stimmen in ihrem Kopf, als hätte sie
jemand auf stumm geschaltet.
Dieses Mal hatte Kit das unbestimmte Gefühl, dass
die Erinnerung sie auswählte.
Nicht andersherum.*

Die Linien des Bannkreises verschwammen, als Nox
ihn betrat. Es war, als ob sie sich vor ihr verbeugten.
Aber das war nur natürlich, schließlich hatte sie den
Bannkreis mit dem Leben von sieben Kindern erschaffen. Ihre Seelen schrien, als Nox gänzlich in seiner Mitte stand, und ihre Schreie fesselten ihre Sinne.

Nakir saß auf dem Boden, genau in der Mitte.

Als er den Kopf hob, las sie Abscheu in seinem Blick,
die Verachtung hatte sich in seine gemeißelten Züge gegraben. Die Wunden, die sie ihm bei ihrem Kampf zu-
gefügt hatte, bluteten stark, und Nox wusste, dass er
ohnehin nicht mehr lange leben würde.

Sie hatte ihn mit einem doppelten Bannkreis hereingelegt. Aber nicht aus dem Grund, den er vielleicht vermutete: Nox wusste, dass er starb.

»Tu es einfach«, spie er mit schmerzverzerrtem Gesicht, während ein Schwall aus Blut seine Worte unterstrich, die Pflastersteine zu seinen Füßen tränkte.

Entsetzen lähmte ihre Glieder. Sie hatte ihn nicht verletzen wollen. Nicht so. Nicht tödlich.

»Es war keine Absicht.« Ihre Stimme brach.

Noch hielt sie Sicherheitsabstand, denn trotz seiner
schwindenden Kräfte stellte Nakir noch immer eine
tödliche Gefahr dar, auch wenn der verschwimmende
Blick vielleicht etwas anderes vorgaukelte. Sie waren
sich durch die Zeit gefolgt. Nordamerika, Chicago. Sie
hätte nicht gedacht, ihm in diesem Leben wiederzube-

gegnen, und auch wenn sie anders aussah, konnte sie sich doch an ihn erinnern. Wie immer. Nox wusste nicht, warum die Erinnerungen nicht an ihre erste Gestalt gebunden waren, aber sie hatte davon gelesen. Ihre Taten verfolgten sie mittlerweile in jedem Leben, auch wenn sie es gar nicht mehr wollte. Irgendwann wurde sie wieder zu Nox. Irgendwann überwältigte sie doch die Dunkelheit, mit der sie einst einen Pakt geschlossen hatte, jener Teil von sich, den sie tief verborgen unter Verschluss hielt.

Das musste aufhören, wenn sie ein normales Leben führen wollte.

»Es tut mir leid«, flüsterte Nox tonlos, als Nakirs Blick verschwamm. Dann neigte er den Kopf zur Seite, seine ebenmäßigen Züge wurden weicher, verloren all den Hass und die Härte, die ihr eben noch gegolten hatten.

Ihre Schultern bebten, und die Tränen auf ihren Lippen hinterließen einen salzigen Geschmack. Nox stieß einen gequälten Laut aus. Das hatte sie nicht gewollt. Nicht Nakir.

Von all den Alias war er der Einzige, den sie jemals geliebt hatte. Egal, in welchem Leben. Ihr Herz blutete bei dem Gedanken, dass sie sich vielleicht nie wieder aneinander erinnern würden. Denn die Wahrscheinlichkeit, dass er sich in seinem nächsten Leben an sie erinnerte, war sehr gering. Aber sie kannte auch keinen Todesdaimon, der zuvor gestorben war. Vielleicht ... ja ganz vielleicht bestand trotzdem Hoffnung.

Sie riss den Siegeldolch in die Höhe und zögerte. Die Hand, die den Dolch fest umklammert hielt, zitterte, bebte und kämpfte. Aber sie wusste, dass es nur diesen einen Weg gab, um ihre Erinnerungen zu verlieren, um sich von all dem zu lösen, das sie seit Jahrhunderten verfolgte. Das, was sie getan hatte, um die Veränderung in die Welt zu bringen.

Wenn sich ein Gott selbst richtete, starb auch die Erinnerung an das gelebte Leben. Es gab nur diese eine Lösung, diesen Ausweg. Vielleicht war es ihre Chance. Sie hatte sowieso nichts mehr zu verlieren.

Tu es einfach, zischte eine Stimme in ihrem Kopf, feuerte sie an, und Nox rang nach Atem, während sich ihr Körper unter ihren Taten krampfte. Sie schnappte nach Luft, füllte ihre Lunge mit Sauerstoff und hatte trotzdem das Gefühl, zu ersticken. So viele Menschenleben. So viele Kinder.

Ihre erstaunten, oft so fragenden Gesichter, kurz bevor sie ihnen ihr Leben gestohlen hatte. So viele Menschen und Familien, die sie auseinandergerissen hatte.

Nox wollte nicht mehr. Nie mehr. Nicht mehr daran denken, es nicht mehr fühlen, es nicht mehr in ihrem Bewusstsein haben.

Mit einem Ruck stieß sie zu, so, wie sie es unzählige Male bei anderen getan hatte.

Sie starb.

Der Schmerz war so gewaltig, dass er ihre Sinne trübte, ihr die Luft aus den Lungen presste. Ihre Gedanken wurden schwer und zäh wie flüssiges Pech. Sie spürte die allumfassende Dunkelheit, die sie in eine liebevolle Umarmung schloss, und fühlte sich angekommen, denn sie hatte den Tod verdient. Tränen rannen ihre Wangen hinab, warm und heiß, und der Himmel schluchzte.

Sie starb.

Nicht einmal. Nicht zweimal.

Sondern immer wieder. So lange, bis die Liebe so unzähliger Leben sie nicht mehr töten konnte, obwohl sie es in seinen Augen las. Die Wut, den Hass, die Enttäuschung. Ihr Herz brach. Sie wollte schreien, um sich schlagen. Etwas in ihr zerbrach, splitterte in Tausende, winzige Teile und verteilte sich wie Regen über der Welt.

All die Male hatte er sie zur Strecke gebracht, sie gejagt, sie aufgespürt und gefunden. Niemals war sie traurig gewesen, was war schon Trauer, wenn man das Leid der Welt auf seinen Schultern trug?

Doch nun, in diesem Augenblick, weinte sie bittere Tränen.

Denn dieses eine Mal war sie nicht diejenige, die ihr Leben ließ. Weil sie ihm dieses eine Mal zuvorkam.

Und sich danach nicht mehr an ihn erinnern konnte.

Allerdings war da noch etwas anderes. Etwas, das Nox zuvor nicht bedacht hatte. In ihrer Trauer teilte sich ihre Seele in zwei Teile.

Zwei Seelen. Zwei neue Leben. Ein Teil trug die Dunkelheit, der andere die Erinnerung.

26

Nakir war erfüllt von einer Sehnsucht, die sich nicht in Worte fassen ließ und die über eine normale, körperliche Anziehung hinausging. Es ärgerte ihn, aber er konnte sich dem Kuss nicht entziehen. Seine Gedanken waren wie in Watte gepackt, sie gehörten ihm gar nicht.

Unter seinen Fingern, die an Kits Nacken lagen, spürte er die Veränderung ihrer Muskeln, spürte, wie sie sich anspannte. Sofort trat er einen Schritt zurück, brach den Zauber und den Kuss. Mit einer Hand fuhr er sich durchs Haar, rang um Beherrschung und fühlte eine plötzliche Leere in seinen Armen, als hätte er einen Teil von sich verloren.

Er war doch sonst nicht so ein gefühlsgetränktes Weichei, was bei allen Alias war nur in ihn gefahren?

Wütend ballte er die Hände zu Fäusten, starrte Kit Sune an, indem er mit seinem Blick Löcher durch sie brannte, und versuchte zu begreifen, was der Kuss bedeutete. Seine Selbstbeherrschung war normalerweise nie ein Problem gewesen, er hatte seit Jahren keine andere Alias geküsst – zumindest nicht so –, und seine Beziehungen waren nie über eine lose Affäre hinausgegangen. Doch jetzt, in diesem Augenblick, fühlte er sich nicht so, als wäre er zu einer klaren Handlung imstande. Es war, als hätten ihn unsichtbare Fäden zu Kit gezogen. Als wäre er fremdgesteuert worden.

Die Luft um sie herum knisterte, als ob sie magisch aufgeladen wäre, und der Geschmack ihrer Lippen brannte auf seinem Mund wie ein tödliches Gift.

Nakir stutzte.

Automatisch glitt seine Hand zu der kleinen Halskette, die unter seinem Hemd verschwand, und er zog sie hervor. Das Siegel fühlte sich rau zwischen seinen Fingern an, es war auf ein kleines Holzstück gepresst, aber das, was ihm die Luft zum Atmen raubte, war die Tatsache, dass es einen Riss hatte. Oberhalb der Kante zog sich eine tiefe schwarze Linie durch die geschwungenen Spuren des Siegels, das ihn vor Magie schützte.

Fieberhaft überlegte er, wann es zerstört worden sein könnte. In der Schicksalsbibliothek? Als er geschlafen hatte? Nein, das war unmöglich. In den letzten Wochen hatte er ohnehin kaum ein Auge zugemacht, und seine Sensoren reagierten auf jede noch so kleine Veränderung in seiner Umgebung.

Das letzte Mal hatte er das Siegel kontrolliert, als er am Abend die Schicksalsbibliothek aufgesucht hatte. Danach hatte er nicht mehr darauf geachtet. Es war ihm nicht wichtig erschienen. Ein Fehler, wie sich jetzt herausstellte.

Kurz kam ihm der Gedanke, dass auch Phelia Lockhardt im Besitz eines magischen Schutzsiegels gewesen war. Es war ungewöhnlich, schwierig und nahezu unmöglich, ein Siegel zu zerstören. Die Siegel waren, ähnlich wie die magischen Perlen, zu Anbeginn der Zeit entstanden. Als die Worte der Götter ausgereicht hatten, um die Welt und ihren Lauf zu verändern. Deswegen musste man schon fast eine Gottheit sein, um sie zu zerstören. Das, oder man war im Besitz eines Gegenstandes, der die Wirkung des Siegels wieder aufhob – ebenfalls aus den Worten der Götter gemeißelt.

Seine Lippen prickelten noch immer, als hätte er etwas zu Scharfes gegessen. Sein Bannsiegel war gebrochen und er schutzlos magischen Zaubern ausgeliefert. Natürlich hatte er ein feines Gespür für Magie, hatte über die Jahrhunderte gelernt, sie wahrzunehmen, aber es gab eine Art von Magie, an die er nicht gedacht hatte.

Es würde die Anziehungskraft zu Kit Sune erklären. Warum er dem Kuss nachgegeben hatte. Warum er sich von ihr – wie magisch – angezogen gefühlt hatte. Oder steckte doch mehr dahinter? Hatte ihn jemand gezwungen, auf Kits Kuss zu reagieren? Sie ebenfalls zu küssen?

Mit in Falten gelegter Stirn dachte er darüber nach, wann er von einem solchen Fall schon einmal gelesen hatte, überlegte, ob die Möglichkeit bestand, ihn mit einem Kuss an Kit zu binden. Oder seine eigenen Mächte zu übertragen. Nein.

Schweigend suchte Nakir in Kits Gesicht nach einem Anzeichen von Erkenntnis, wollte Antworten und öffnete den Mund, doch dann bemerkte er den abwesenden Ausdruck in ihren Augen. Als ob sie gerade etwas anderes sah. Er kannte diese Art von Ausdruck, meistens dann, wenn eine Sibylle eine Vision hatte.

Kit war weit weg, nicht länger bei ihm. Ihre Schultern wirkten angespannt, ihr Mund leicht geöffnet, auch die Fuchsohren bewegten sich nicht, achteten nicht auf die Geräusche ihrer Umgebung. Das Surren der Insekten innerhalb des Gewächshauses. Die atemlose Stille. Seinen heftigen Atem.

Kit blinzelte kein einziges Mal, doch er sah, wie sich Tränen in ihren Augen sammelten. Ihr Brustkorb hob und senkte sich in einem schnellen Rhythmus, wie der Flügelschlag eines Kolibris. Ihre Finger krampften, dann rollte sie die Augen und sackte auf den Boden. Ihre Beine gaben einfach unter ihr nach.

Blitzschnell schnellte Nakir nach vorne, bremste ihren Körper ab und hielt ihren Kopf, damit er nicht auf den Boden aufschlug. Unruhig zuckten ihre Lider, und sie stöhnte etwas, das eindeutig nach seinem Namen klang.

Plötzlich klopfte sein Herz schneller, auch wenn er nicht wusste, weshalb.

Aus den Augenwinkeln nahm er wahr, wie sich die Linien des aufgelösten Bannkreises veränderten, leuchteten, als hätte jemand eine verdammte Discokugel angeschaltet.

Er hatte mit eigenen Augen gesehen, wie sich der Bannkreis aufgelöst hatte. War es eine Täuschung gewesen? Sein Kiefer spannte sich an. Die Konturen wurden schärfer, das Leuchten verstärkte sich. Ein doppelter Bannkreis?

Kaum jemand beherrschte die Technik, einen doppelten Bannkreis entstehen zu lassen, denn dafür war ein viel zu großes Opfer nötig, es war zu gefährlich und es stand unter schwerer Strafe. Blut, man benötigte sehr viel Blut von einem Toten. Es musste nicht einmal menschlich sein.

Die Füchse und die Frauen, dachte er und fluchte lautlos. Gleichzeitig stand er wieder auf, sah, wie die Strukturen und Linien noch stärker wurden, als hätte jemand den Bannkreis in Brand gesteckt. Eine Berührung, und er würde sterben.

Wut loderte durch seine Adern, denn er fühlte sich machtlos und klein. Und das hatte er lange nicht mehr getan. Seit Jahrzehnten nicht.

Außerdem hatte Nakir diese Art von Bannkreis nur ein einziges Mal gesehen. An jenem Abend, als er von Nox getötet worden war. Übelkeit breitete sich in ihm aus. Seine Atmung ging flacher. Damals hatte sie ihn mit ihrem Blut in den Bannkreis gebunden, sie hatten miteinander gekämpft, und an den Rest erinnerte er sich kaum noch. Der Blutverlust war zu stark gewesen. Die Verletzungen in seinem Brustkorb und dem Bauch hatten ihr Übriges getan. Selbst in seiner daimonischen Gestalt, als er den Tod eingeatmet hatte, war es ihm nicht gelungen, seine Wunden zu heilen, geschweige denn so weit wiederherzustellen, dass er überlebt hätte.

Nakir zückte seinen Siegeldolch, die einzige Waffe, die es ihm ermöglichte, gegen einen Alias zu bestehen.

Zu viele Zufälle. Zu viele Leichen. Zu viele Dinge, die mit den Worten *selten* und *schwierig anzuwenden* beschrieben wurden. Es konnte nur eines bedeuten ... Er verfluchte sein viel zu langsam denkendes Hirn, das benebelt und mit Magie vollgestopft worden war.

Langsam drehte Nakir sich um, während sich die feinen Härchen in seinem Nacken aufstellten, als ob sie eine Gefahr witterten. Die Luft knisterte, wie kurz vor einem Gewitter, das sich mit voller Kraft entlud.

Dann sah er sie.

Die Wölfin trat anmutig zwischen den verschlungenen exotischen Pflanzen hervor. Nakir verengte die Augen und knurrte. Ihr schneeweißes Fell leuchtete im Mondlicht, das durch die Glaskuppel des Gewächshauses fiel, und war so hell, dass es ihn blendete. In Nakir tobten unterschiedliche Gefühle, allen voran Entsetzen und Unglauben. Darüber, dass er so leichtsinnig gewesen war. Darüber, dass er es nicht vorher erkannt hatte, obwohl es eigentlich offensichtlich war und auf der Hand lag.

Sie war größer als ein europäischer Wolf, ihre Schultern waren mächtig, und der Blick ihrer Augen war selbst auf die Entfernung von dreißig Metern durchdringend und kühl. Sie ließ sich Zeit.

Natürlich. Warum auch nicht? Schließlich war er in ihrem Bannkreis gefangen. Und Kit bewusstlos.

Nakir öffnete seinen Geist, flog über den Boden und erreichte ihre Essenz. Mit all seinen Sinnen tastete er nach ihrer Seele, wollte einen Blick auf ihre Gesichter erhaschen, doch er wurde von einer solch tödlichen Kälte ergriffen, dass er sich sofort zurückzog.

Und dann sah, hörte und spürte er es. Wie ein Stromstoß glitt die Dunkelheit durch seinen Körper, offenbarte sich ihm.

»Nox.« Seine Stimme wurde vom Schweigen verweht, verlor sich in der Distanz zwischen ihnen, und doch war es, als hätte sie ihn gehört, denn ihre Ohren zuckten in seine Richtung. Mit raschen, eleganten Schritten kam sie näher, bis sie schließlich außerhalb des Bannkreises stehen blieb, dessen kraftvolles Leuchten Nakir daran erinnerte, dass eine Berührung ausreichte, um ihn zu töten.

Ihre Verwandlung war um einiges sanfter als die knochenbrechende Metamorphose eines Werwolfs. Nakir hatte selten etwas Schöneres gesehen als die Göttlichkeit, die von der Wölfin ausging, während sie sich in ihre menschliche Gestalt wandelte. Licht erfüllte die tiefe Dunkelheit der Nacht, die sich flüsternd über die Stadt und den königlichen Botanischen Garten gelegt hatte.

Müde presste Nakir die Augen zusammen, doch als er sie wieder öffnete, stand eine Frau vor ihm, mit einem fast identischen Gesicht wie dem, in das er in den letzten Tagen oft geblickt hatte.

Zwillinge.

In Menschengestalt waren Kit und die Wölfin Zwillinge.

»Es wurde auch Zeit«, sagte sie mit einer warmen, melodischen Stimme, in der die Kälte von einst mitschwang. Doch da war noch etwas anderes, ein lauernder Unterton, den Nakir nicht entschlüsseln konnte.

»Du hast mein Bannsiegel gebrochen.« Wie zum Beweis hob er die Halskette an.

Es war das Erste, was er sagte. Es hätte auch das Letzte sein können, aber die Tatsache, dass sie ihn irgendwie ausgetrickst haben musste, nagte an seinem Stolz. Außerdem versuchte Nakir etwas Zeit herauszuschinden.

Ein leises Lächeln umspielte ihre Lippen. »Du warst leichtfertig. Ich hätte nicht gedacht, dass du dich von der kleinen Show-Einlage übertölpeln lässt.«

»Wann hast du es geschafft? In der Schicksalsbibliothek?«

»Spielt das eine Rolle? Ich habe den mächtigen Todesdaimon Nakir Helios hereingelegt«, säuselte sie zynisch. »Was nicht sonderlich schwierig war. Du hast dich von zu vielen Nebensächlichkeiten blenden lassen. So kenne ich dich gar nicht. Aber du warst einfach zu sehr damit beschäftigt, Liliths Mörder zu fassen und dich auf Kit und ihre zwielichtige Rolle zu konzentrieren. Die Dunkelflammen in der Bibliothek zu Kits Prophezeiung sind jahrhundertealt, ich habe damit nichts zu tun.«

Ein Knurren löste sich aus seiner Kehle. »Nox.«

Sie legte den Kopf schief, was ihr einen unschuldigen Ausdruck verlieh. »In diesem Leben nennt man mich Kami«, antwortete sie und trat noch einen Schritt näher, bis sie den Bannkreis beinahe berührte.

Sie war nackt und schön, ihre mandelförmigen Augen sprühten Funken, und das Haar war um ein paar Zenti-

326

meter länger als das von Kit. Doch am auffälligsten waren ihre weißen, pelzigen Wolfsohren, die einen starken Kontrast zu ihrem ebenholzschwarzen Haar bildeten. Sein Blick fiel auf die regungslose Gestalt zu seinen Füßen, die Fuchsohren bewegten sich nicht, dafür hob und senkte sich ihr Oberkörper in einem gleichmäßigen Takt. Immerhin.

»Was willst du?«

In ihren Augen blitzte etwas auf. »Rache. Dafür, dass du mich getötet hast. Ein ums andere Mal. Alles andere wird sich zeigen.«

»Warum kannst du dich erinnern?«

»Du stellst zu viele Fragen. Und das ist nicht der Moment, in dem ich all meine Geheimnisse offenbare, nur damit ich im nächsten Augenblick draufgehe …«

Nakir lauschte auf das Echo seiner Macht, die tief in ihm schlummerte. Es hatte einen Grund, warum er als Todesdaimon am oberen Ende der Gesellschaftsleiter stand. Aber wenn er seine Kräfte entfesselte, würde es kein Zurück mehr geben. Es war der Auslöser gewesen, warum sich Nox vor Jahrhunderten in ihn verliebt hatte. Weil in seinem Inneren dieselben Abgründe lauerten wie in ihren Augen.

Plötzlich bäumte sich Kit auf, öffnete blinzelnd die Lider. Ein Ächzen kroch über ihre Lippen, dann stand sie mit zitternden Beinen auf, eine Hand auf ihrem Knie abgestützt.

»Kami«, flüsterte sie, ein Beben durchlief ihren Körper, und Nakir las Angst und Erkenntnis in ihrem Blick. Sie wirkte benommen, schaute mit einem wirren Ausdruck um sich, bis ihr Blick auf ihre Zwillingsschwester fiel. Verblüfft schnappte Kit nach Luft, und Nakir griff nach ihrem Arm, denn sie wankte gefährlich. Es schien, als würde sie ihn gar nicht wahrnehmen, denn sie hatte nur Augen für ihre Schwester.

»Kami.«

»Ich habe mich schon gefragt, ob du von allein darauf kommst oder ob ich mich dir zeigen muss. Anscheinend hat es lange genug gedauert.« Kami verzog höhnisch den Mund, es war ein Lächeln, das ihre kalten Augen nicht erreichte. Und jetzt, da er beide Frauen so dicht nebeneinander sah und spürte, fragte sich Nakir, wie es sein konnte, dass er nicht vorher schon darauf gekommen war.

»Du bist meine Schwester«, flüsterte Kit erstickt. »Aber ich kann mich nicht mehr an unsere Kindheit erinnern. Es liegt alles im Dunkeln. Als hätte sie nie stattgefunden.« Kit redete jetzt immer schneller, wohl aus Angst, nicht alle Worte loszuwerden. »Als hätte mir jemand die Erinnerung gestohlen.«

»Richtig.« Jetzt lächelte Kami und hob triumphierend das Kinn. »Du erinnerst dich also doch. Ich hatte gehofft, dass du auf meine Rufe reagierst.«

Kit schüttelte fast etwas resigniert den Kopf, die Bewegung schien ihr schwerzufallen, als wäre sie aus einer Narkose erwacht, und auch in ihren Augen stand ein glasiger, abwesender Ausdruck. »Nein, ich erinnere mich nur an früher. Zumindest glaube ich das. Sind die Dinge, die ich in meinen Träume gesehen habe, meine Erinnerung oder deine?«

»Ach, Kit«, seufzte Kami beinahe mitleidig und schüttelte den Kopf. »Wenn du es immer noch nicht begriffen hast, kann ich dir auch nicht weiterhelfen.«

»Du wolltest, dass ich Nakir küsse, damit ich meine Erinnerungen wiedererlange. Und du hast es nur geschafft, weil ich dem Bannkreis mein Blut gegeben habe.

Weil ich dachte, es sei nicht so wertvoll wie Nakirs Blut.« Ungläubig schüttelte sie den Kopf. »Du wusstest, dass Nakir und ich verbunden sind und diese Verbindung die Erinnerung auslösen würde. Durch all die Leben, die wir gemeinsam gelebt haben.«

»Ganz genau.«

»Weil du weißt, wer ich bin.«

»Weil wir eins sind.«

Kit zuckte zurück, als hätte Kami sie geschlagen, presste sich die Hände auf die Fellohren, die sowieso nur die Hälfte bedeckten, und schüttelte immer wieder den Kopf, als könne sie so den Worten entkommen. Nakir sah, dass sie darum kämpfte, auf den Beinen zu bleiben. Sie wirkte müde, ihre Kräfte schienen völlig ausgezehrt zu sein, und er fragte sich unwillkürlich, was sie noch alles in ihrer Erinnerung gesehen hatte.

Bei ihrem Anblick regte sich etwas in ihm, etwas, dem er sich nicht entziehen konnte, das viel weiter und tiefer ging, als er zu Anfang gedacht hatte. Gleichzeitig konzentrierte er sich darauf, sich nicht blenden zu lassen. Was auch immer es war, das er im Moment des Kusses gespürt hatte, es war nicht real. Eine Illusion.

»Wovon sprichst du?«, fragte er und stellte sich schützend vor Kit, den Siegeldolch fest umklammert, auch wenn er nicht genau wusste, ob seine Entscheidung die klügste Idee war.

»Wie rührend. Jetzt willst du sie auch noch beschützen? Obwohl sie für all das Leid verantwortlich ist?«

»Sie lügt«, zischte Kit, als Nakir einen prüfenden Blick in ihre Richtung warf. Ihre Augen waren schreckensgeweitet.

»Du willst es nicht hören, aber es ist die Wahrheit, Kit. Du hattest schon immer Probleme damit, dich der

Wahrheit zu stellen, weil es für dich einfacher war, dich zu verkriechen und die Gute zu spielen. Ich war immer diejenige, mit der niemand etwas zu tun haben wollte. Dabei trägst du genauso viel Anteil an den Taten wie ich.«

»Halt den Mund.«

Doch Kami dachte nicht daran, ein wildes Glitzern lag in ihren Augen, als sie noch einen Schritt näher trat und das Kinn reckte. Sie stand jetzt genau an der Kante zum Kreis, als wolle sie beide verhöhnen. »Du hast genauso viele Menschen getötet wie ich. Mit deinen eigenen Händen. Warum sonst hat das Mädchen am ersten Tag in deiner neuen Unterkunft so seltsam reagiert? Sie hatte Todesangst. Weil du sie schon einmal getötet hast. Und ihre alte Seele hat es gespürt …«

»Sei still!«

Doch Kami war noch lange nicht fertig. »Als Artemis gestorben ist, haben sich die Nox vor dir verbeugt. Weil du ihre Mutter bist. Sie sind aus dem Leid geboren, das du erschaffen hast. Sie sind deine Kinder und sie sehnen sich nach dir. Hast du dich nie gewundert, warum so viele Nox in deiner Nähe auftauchen? Doch sicherlich allein wegen dem Duft deiner alten Seele … und seltsamerweise hast du es immer geschafft, sie zur Strecke zu bringen, egal, wie brenzlig die Lage für dich war. Dabei haben sie sich kaum gewehrt.«

»Sei endlich still!«

Nakir spürte die Dunkelheit, bevor er sie sah. Wie eine Druckwelle schoss die Energie auf ihn zu, und Nakir schaffte es im letzten Moment, einen Satz zur Seite zu machen. Aus dem Augenwinkel sah er, wie Kit die Hände vor sich ausstreckte, als ob sie Kami mit aller Gewalt von sich stoßen wollte. Dunkelheit zerriss die

Nacht keinen Herzschlag später, indem der Himmel seine Schleusen öffnete und Edinburgh zum vierten Mal innerhalb einer Woche in Wasser ertränkte. Heftig zersprangen die Regentropfen auf dem Glasdach des Gewächshauses, tosend brach der Sturm über ihnen aus.

Gleichzeitig verwandelte sich die Luft in seiner Nähe in flüssige Lava. Nakir hatte Schwierigkeiten zu atmen, denn die Hitze brannte wie Feuer in seiner Lunge. Der Duft von Asche und Tod flutete seinen Geruchssinn, und als er den Kopf hob, sah er sie. Dunkelflammen.

Sie hatten ein Loch in den Bannkreis gerissen, genau dort, wo Kami stand und sie nun mit ausdrucksloser Miene beobachtete, als ob sie nur darauf gewartet hätte. Aber worauf genau?

Die Dunkelflammen loderten jetzt heiß, knisterten bei jeder Bewegung und kamen aus Kits Richtung. War sie dafür verantwortlich? Aber … das würde bedeuten …

Nakir erschauderte, umklammerte den Dolch etwas fester.

Anscheinend hatte Kami die Wahrheit gesagt.

Es würde so vieles erklären und doch so viele Fragen aufwerfen. Kit war nicht Nox, zumindest sagte ihm das sein sechster Sinn, und er hatte nach ihrer Essenz getastet, sie gespürt. Natürlich hatte er sich selbst getäuscht, geglaubt, dass es anders sei. Aber trotzdem …

Sein Blick schoss zu Kit, die auf ihre Hände starrte, den Mund fragend aufgerissen, während sich Entsetzen und Schock in ihrem Gesicht abwechselten. Vielleicht hatte sie es nicht gewusst. Vielleicht hatte sie nicht begriffen, zu was sie eigentlich wirklich fähig war.

Sein Verstand versuchte, alles zu begreifen, während

er auf den Tod in seinem Inneren lauschte, seine eigene Dunkelheit, die so gefährlich werden konnte.

Aber dieses Mal zögerte er nicht, denn er hatte keine andere Wahl, und ihm blieb nicht viel Zeit.

Nakir schloss die Augen und gab sich ganz der Kälte hin, die sich mit einem Seufzen ausdehnte und auf Kami zustürzte, die nicht eine Sekunde überrascht aussah. Die Macht war berauschend, besser als jeder Sex, besser als jedes Hochgefühl. Aber es war auch trügerisch, sich ihr hinzugeben. Sie war fast unkontrollierbar.

Geschickt sprang Kami beiseite, ließ sich auf alle viere fallen und verwandelte sich im selben Atemzug in ihre wölfische Gestalt. Schneeweiß und erhaben stand sie da, starrte ihn an.

Voller Wut prallte sein Geist gegen die Barriere des Bannkreises, brodelnder Schmerz explodierte hinter seinen Schläfen. Nur ein Teil seiner Energie gelangte nach draußen, folgte Kami, die einen Haken schlug. Zwar war sein Körper gefangen, aber nicht die Macht aus der er geboren worden war.

Die tropischen Pflanzen, die unmittelbar hinter ihr standen, starben in der Sekunde, in der seine Macht sie berührte. Knurrend kam die Wölfin zum Stehen, während seine Hand noch immer den Siegeldolch umklammert hielt.

Bebend glitt der Tod weiter voran, bahnte sich seinen Weg zu Kami. Die Macht wurde größer. Nakir spürte, wie ihm die Kontrolle entglitt.

Es war, als hätte er eine Lawine losgetreten. Immer schneller wuchs die Macht heran, für das menschliche Auge unsichtbar, doch für die Alias so deutlich zu spüren, als ob er die Welt in Brand gesteckt hätte. Hitzewellen kitzelten seine Nervenenden, als die Dunkelflammen sich weiter ausbreiteten. Genauso wie seine eigene Kälte.

Kami stieß ein wütendes Heulen aus. Wahrscheinlich wusste sie, dass sie nicht gegen den Tod ankämpfen konnte. Nicht in ihrem Wolfskörper. Mit drei eleganten Sätzen schoss sie davon, schlug einen weiteren Haken und sprang durch eines der Fenster, das klirrend in Tausende Einzelteile zersprang. Sofort prasselten Regentropfen herein, während der kalte Novemberwind seinen Weg in das Gewächshaus suchte.

Nakir fluchte und konzentrierte seine Macht auf die Dunkelflammen. Keinen Augenblick später trafen beide Kräfte aufeinander. Mit einem Brüllen verstummten die Flammen, erstickten unter seiner tödlichen Kälte, die sich immer weiter ausbreitete. Er versuchte die Kälte zu blockieren, den Tod einzufangen, doch er wuchs an, wurde größer und größer.

Über ihm zerriss ein Blitz die Dunkelheit, Nakir versuchte seine Atmung zu kontrollieren, nicht zu verkrampfen.

Er war Herr des Todes. Sein ganzes Dasein war von Tod und Elend begleitet.

Er würde nicht nachgeben.

Zitternd und bebend drängte die Kälte weiter, umschloss Pflanzen in seiner Nähe und wollte sich gerade auf die einzige weitere lebende Person in seiner Nähe stürzen.

Halt!

Wenn es jemand zu Ende brachte, dann er selbst. Nicht seine Macht.

In ihm wurde es ruhiger, als hätte er die Luft angehalten.

Wild schlug das Herz in seiner Brust, die Hand, die

den Siegeldolch hielt, zitterte unkontrolliert, und hinter seiner Schläfe verstärkte sich der brennende Druck. Nakir riss die Augen auf, sein Blick schoss zu Kit, die nach hinten getaumelt war, ihn voller Angst ansah.

Jetzt, in diesem Moment, war ihr Duft wieder anders. Wilder, gefährlicher. Sie roch wieder wie Nox. Und Nakir erkannte, warum er damals gedacht hatte, dass sie es gewesen war. Es lag auf der Hand.

Nox, oder was auch immer noch von ihr übrig war, hatte die ganze Zeit über in ihr geschlummert. Irgendwo tief in ihrem Inneren, nur hatte sie es selbst nicht gewusst, und deswegen hatte er es nicht wahrgenommen.

Dieses Mal ließ er sich nicht ablenken. Also riss Nakir den Siegeldolch in die Luft und stürzte sich auf Kit. Sie stieß einen erschrockenen Laut aus, und im nächsten Augenblick wurde sie in helles Licht getaucht. Mit einem surrenden Geräusch zerrissen ihre Kleidungsstücke, bis auf die Lederjacke, die auf dem Boden landete. Sie war nackt, aber nur für einen Sekundenbruchteil, denn sie verwandelte sich so schnell, dass er nur zweimal blinzeln musste.

Dann kauerte Kit als Fuchs direkt unter ihm, mit schreckensgeweiteten Augen, die ihn stumm anflehten, ihr nichts zu tun. Sie waren jetzt nicht länger schwarz, sondern hatten einen hellen Bernsteinton. Ihre Fellfarbe war feuerrot und stand in einem so starken Kontrast zu ihren sonst so schwarzen Haaren, dass Nakir beinahe aufgelacht hätte.

Aber es war etwas anderes, das ihn fast um den Verstand brachte. Sie verströmte Angst. Und sie war so schwach.

Sie wehrte sich nicht, als er näher kam, den Siegeldolch sicher umschlossen, bereit zuzustoßen. Er hob den Arm, den Blick auf Kit gerichtet, die sich nicht von der Stelle rührte, als ob sie darauf wartete, von ihm getötet zu werden. Als ob sie sich bereits mit ihrem Schicksal abgefunden hätte.

Alles in ihm, jede Faser seines Körpers, schrie danach, es einfach zu Ende zu bringen. Sie war Nox. Sie musste Nox sein. Und wenn es stimmte, was Kami gesagt hatte, dann war Kit womöglich tatsächlich an Liliths Tod schuld.

Doch etwas in ihm hinderte ihn, es zu tun.

Nakir konnte nicht einmal genau sagen, was es war. Das Gefühl, dass sie doch nicht Nox war? Dass Kami vielleicht doch seine Gefühle manipulierte und er sich erst einmal sicher sein wollte, ob er seinen eigenen Instinkten trauen konnte, bevor er Kit zur Strecke brachte? Oder war es doch etwas ganz anderes, etwas, woran er nicht einmal denken wollte, weil es so absurd, so weit weg war?

Vielleicht war es auch die Tatsache, dass sie so verletzlich und erniedrigend schwach wirkte. Schwäche war etwas, das sich Nakir nie eingestanden hatte. Auch jetzt nicht.

Aber er musste ehrlich sein. Er konnte sie nicht töten. Nicht in diesem Zustand.

Wütend schleuderte er den Siegeldolch von sich, packte den Fuchs an der Kehle und hob ihn in die Luft. Ihre Beine strampelten, und er spürte das aufgeregte Atmen unter seinen Fingern. Spürte, wie sie heftig nach Atem rang, versuchte, gegen den Druck an ihrer Kehle anzukämpfen.

»Was ist im Park in London geschehen? Wirklich geschehen?«, knurrte er, mehr zu sich selbst als zu ihr, und kniff die Augen zusammen, während sich Kit unter seinem eisernen Griff wand, jedoch ohne sich ernsthaft zu verteidigen. Die blassen Narbenabdrücke ihres Bisses waren noch immer deutlich auf seinem Unterarm zu sehen, und er wusste, wie wendig und geschickt sie sein konnte.

Hass und Wut loderten in seinen Adern, als er an Lilith dachte. Daran, wie sie einfach Opfer der Nox geworden war, und die bloße Vorstellung ließ ihn fester zudrücken.

Warum – bei allen Alias – wehrte sie sich nicht?

Draußen begann es zu donnern. Das Geräusch rollte wie eine tiefe Welle über sie hinweg, und das Prasseln des Regens klang auf dem Glasdach wie Gewehrschüsse.

Die Sekunden zerfielen, und die Zeit zwischen ihnen verstrich nur langsam.

»Verdammt.« Fluchend ließ Nakir von Kit ab, die sich schützend zusammenrollte, als ob sie weiterhin um ihr Leben fürchtete. Ohne ein Wort zu verlieren, knöpfte er sein Hemd auf. Ihre Augen folgten der Bewegung seiner Finger wachsam, bis er nur noch in einem weißen Undershirt vor ihr stand.

Schließlich warf er es ihr vor die Füße. »Du kannst dich wieder verwandeln. Ich werde dich nicht auf der Stelle umbringen.« Nicht sofort zumindest.

Für einen Moment schien es, als würde sie seiner Aufforderung nicht nachkommen, dann ging ein Strahlen von ihrem Körper aus. Ihre Haut glühte, als würde sie von innen brennen. Nakir kniff die Augen zusammen, weil das Licht ihn so sehr blendete, und als er sie wieder öffnete, schloss Kit gerade den obersten Knopf seines Hemdes, sodass ihr zierlicher Körper beinahe vollständig bedeckt war.

»Du hättest jedes Recht, mich zu töten.« Ihre Stimme brach.

Nakir ging vor ihr in die Hocke und umfasste ihr Kinn mit zwei Fingern. Sie zuckte nicht zurück, sondern sah ihn nur traurig an. »Bist du wirklich Nox?«

Niedergeschlagen senkte Kit den Blick, und Nakir spürte einen Knoten in der Brust, als hätte sich ein Gewicht daraufgelegt.

»Ich ... ich ...«

»Kit? Deputy Director Helios?«

Nakir hob den Kopf und sah in die Richtung, in der die weibliche Stimme erklungen war. Im nächsten Augenblick tauchte ein lilafarbener Haarschopf zwischen den zwei Meter hohen tropischen Pflanzen auf. Wie Nakir auf einen Blick feststellte, trug Lelja legere Kleidung und eine Art beigefarbenen Trenchcoat darüber. In ihrer Hand baumelte ein Sucherpendel, das nur Wirkung zeigte, weil im Bannkreis ein Loch klaffte. Neben ihr ging Keagan McCadden, mit grimmiger Miene und gezücktem Siegeldolch, so, als wäre er jeden Moment bereit, sich in einen Kampf zu stürzen.

Schlaues Ding, schoss es Nakir durch den Kopf, als der sichelförmige Stein zu ihnen ausschlug. Mittlerweile hatte sich Kit wieder aufgerichtet. Ihre Haare standen wirr von ihrem Kopf ab, und das Hemd reichte ihr bis zu den Knien. Trotzdem sah er leichte Verletzungen an ihren Beinen, Schnitte und blaue Flecken, die nach einigen Stunden noch etwas übler aussehen würden.

»Ein Bannkreis«, stieß Lelja hervor, als sie gemeinsam mit Keagan die Linien erreichte und das Pendel in schnellen, runden Bewegungen den Kreis anzeigte. Ohne Zeit zu verlieren, hob Lelja ihren Zeigefinger und schnitt sich mit ihrem eigenen Siegeldolch hinein. Drei

Tropfen zersprangen auf dem Boden, offenbarten die Linien des Kreises. Mit geschlossenen Augen murmelte sie die Beschwörungsformel, und im nächsten Augenblick lösten sich die Fesseln des Bannkreises auf.

Lelja starrte Kit mit offenem Mund an, wobei ihr gleichzeitig Herzchen aus den Augen zu sprühen schienen, während Keagan den Eindruck machte, als müsse er sich gleich übergeben.

»Danke, Agent Platonowa«, sagte Nakir knapp und versuchte, das unangenehme Schweigen zu überspielen.

»Was ist passiert?«, fragte Keagan.

»Es war eine Falle. Wir wurden angegriffen«, erwiderte er, auch wenn es nur teilweise der Wahrheit entsprach. »Special Agent Sune.« Er wandte sich direkt an Kit. »In Anwesenheit der anderen Agents würde ich Sie um Ihre Dienstmarke und den Siegeldolch bitten.«

»Was?«, schnappte Lelja entsetzt, und Nakir hob eine Hand, um sie zu unterbrechen.

Kit nickte verständnisvoll, was ihn schier zur Weißglut trieb. Er hatte keine Ahnung, mit wem und was er es zu tun hatte, und das machte ihn wahnsinnig. Sie griff in ihre Lederjacke, die zu ihren Füßen lag, und holte den Ausweis hervor. Ihr eigener Siegeldolch befand sich am Rand des Bannkreises, dessen schwarze Konturen sich in den Boden gebrannt hatten.

»Aber … warum?«, fragte Lelja, die Stirn in Falten gelegt.

»Meine Schwester steckt hinter den Morden«, sagte Kit und räusperte sich, um ihrer Stimme einen festeren Klang zu verleihen. Dabei sah sie kurz, fast etwas unsicher, zu Nakir, und er verschränkte abwartend die Arme vor der Brust. »Sie hat das alles angezettelt. Und womöglich auch Phelia getötet.«

»War sie hier?«, hakte Lelja nach und warf einen misstrauischen Blick in Richtung der zerbrochenen Fenster, durch die Kami geflohen war.

»Ja. Sie war hier. Aber das ist nicht der Grund, warum ich nicht länger für die AE arbeiten kann.« Kit ließ den Kopf hängen, wich ihren Blicken aus.

»Sondern?«, fragte Keagan, und anhand seines Tonfalls konnte man deutlich die Ungeduld heraushören, die er nicht zu unterdrücken vermochte. Auch er war näher getreten, sein eigener Siegeldolch leuchtete in seiner Hand, und sein Mund war zu einem grimmigen Strich verzogen.

»Weil nicht sie die Gefahr für die Menschheit ist.«

»Aha. Und wer soll es dann sonst sein?«

»Ich.« Kits Unterlippe zitterte. »Ich bin eine Gefahr für euch alle.«

27

Kit saß in eine Decke eingewickelt auf einer der unzähligen Parkbänke, die im Gewächshaus aufgestellt waren, während draußen die Welt unterging. Wahrscheinlich war es nicht einmal ein natürliches Gewitter, sondern von all der magischen Energie rund um Edinburgh heraufbeschworen worden, die die Stadt wie ein Schraubstock umklammert hielt. Das Geräusch des laut prasselnden Regens drang an ihre Ohren und gaukelte ihr ein Gefühl von Ruhe vor. Aber es war alles andere als ruhig.

Kit wusste, wie beschissen die Lage war. Sie hätte ihre Fuchsgestalt darauf verwettet, dass es heute Nacht noch nicht zu Ende war.

Denn Kami war entkommen. Und – was auch immer sie angefangen hatte – sie war noch nicht damit fertig. Das spürte sie. Allein aus dem Grund, weil sie ihre Zwillingsschwester war.

Kit probierte das Wort in ihrem Kopf. Zwillingsschwester. Ihre Überzeugungen waren in den Grundfesten erschüttert worden. Sie hatte geglaubt, in ihrer Kindheit allein gewesen zu sein. Den Tod ihrer Eltern allein durchlebt zu haben, aber leider musste sie feststellen, dass dies eine Lüge gewesen war.

Die Erkenntnis war wie ein gut gesetzter Nadelstich, genau in ihrem Herzen.

Hinzu kam, dass Nakir Helios ihr ihren Ausweis abgenommen und sie unter Beobachtung gestellt hatte, weil er ihr nicht traute. Weil er gesehen hatte, wozu sie anscheinend fähig war.

Erschöpft trank Kit einen Schluck von der dampfenden Tasse, die herrlich nach mit Magie durchsetzten Kräutern und Ingwer duftete. Rea, eine der Hexen, hatte den Tee mit einigen Heilungszaubern angemischt, was sich gleich bemerkbar machte. Zum ersten Mal, seit die anderen Teams des DoAC angekommen waren, fühlte sich Kit wieder halbwegs lebendig. Zwar hatte sie keine äußerlichen Verletzungen davongetragen, aber sie war emotional ausgelaugt, total erschöpft. Die letzten Minuten hatte sie kaum die Augen aufhalten können, von ihrem dröhnenden Schädel einmal ganz zu schweigen.

Kit war umgeben von Mitarbeitern des AE, die alle umherwuselten und geschäftig ihrer Arbeit nachgingen. Das Löschen der Spuren der letzten Dunkelflammen hatte einige Zeit in Anspruch genommen, war einigen Eiselfen und Hexen jedoch schneller gelungen, als Kit zu Beginn vermutet hatte. Ein paar Silbervögel schwirrten durch die Luft und sammelten Kamis Essenzen ein, um sie später in der Datenbank abzuspeichern.

Kami. Nakir. Nox.

Die Namen kreisten in ihrem Kopf, und sie hatte kaum einen Moment, um durchzuatmen. Sie versuchte zu verstehen, was das alles zu bedeuten hatte. Wie alles zusammenhing und welchen Plan ihre Schwester eigentlich verfolgte.

Sie starrte auf ihr Handgelenk, wo sich eine silberne, magische Kette schlängelte. Man hatte sie gezeichnet. Jeder Alias, der für die AE arbeitete, würde wissen, dass sie unter Beobachtung stand und notfalls festgenommen werden durfte, wenn sie sich auffällig verhielt. Es war wie ein anderer Duft, wie frisch gepflücktes Basilikum. Sie roch wie eines dieser Autobäumchen.

Lelja tauchte in ihrem Blickfeld auf. Über ihrer Schulter hing eine Sporttasche, und ihre Miene und ihre etwas gebückte Haltung drückten ihre innere Anspannung aus, obwohl das zuversichtliche Lächeln auf ihrem Gesicht wohl das Gegenteil bewirken sollte.

»Ich habe dir alles mitgebracht. Unterwäsche, Schuhe, neue Kleidung.« Lelja ließ die Sporttasche neben der Bank auf den Boden fallen und setzte sich neben sie, musterte sie besorgt.

»Danke.« Kit schnappte sich die Tasche und zog sich vor den Blicken der arbeitenden Alias hinter zwei großen Bananenstauden geschützt wieder an. Als sie hinter den Bäumen hervortrat und sich erneut auf die Bank setzte, hatte sie endlich wieder das Gefühl, unter den Lebenden zu weilen.

Trotzdem blieb dieses nagende Gefühl, dass etwas nicht mit ihr stimmte.

Lelja schien es zu bemerken, denn sie zog fragend eine Augenbraue in die Höhe. »Wie geht es dir?«

»Es ging schon mal besser«, erwiderte Kit wahrheitsgemäß. »Es ist seltsam zu wissen, dass ich eine Zwillingsschwester habe, von der ich bisher nichts wusste. Sie sagte, dass wir getrennt wurden.«

»Das glaube ich dir ...« Ihr Blick schweifte in die Ferne. »Ich kann mich auch nicht an Kami erinnern. Ich habe dich allerdings erst in der Schule kennengelernt und weiß nicht, wie lange ihr da schon nicht mehr zusammen wart. Und im Gegensatz zu dir habe ich keine Heißhungerattacken und Kopfschmerzen des Todes.«

»Sobald wir im Observatorium sind, lasse ich mich untersuchen. Ich hatte nur noch keine Gelegenheit dazu.«

Triumphierend zeigte Lelja mit zwei Daumen auf

sich und grinste. »Wer ist die genialste Freundin der Welt? Ich habe Aarany gebeten, mir zwei Schnelltests mitzugeben.«

»Für eine Erinnerungslöschung?«

Lelja nickte. »Ja.« Sie griff in die Innentasche ihres beigen Trenchcoats und holte eine silberne Tablette heraus, die sie ihr reichte. »Du musst die Kapsel zehn Sekunden auf deiner Zunge liegen lassen, sie verfärbt sich, je nachdem, ob man in deinen Gedanken herumgepfuscht hat oder nicht. Verfärbt sie sich grün, liegt keine Veränderung vor. Wird sie rot, hat jemand deine Erinnerungen entfernt.«

»Alle Erinnerungen werden in der Schicksalsbibliothek archiviert«, murmelte Kit. »Vielleicht gibt es dort eine aufschlussreiche Erklärung.«

»Das, oder du besorgst dir ein Erinnerungsserum.«

Kit wusste, worauf Lelja anspielte, und seufzte. »Das ist nicht legal, und ich habe mich bereits genug zur Zielscheibe gemacht und mir Ärger eingehandelt. Du weißt schon, als Wiedergeburt von Nox und so.«

»Dafür hast du ja eine Freundin«, erwiderte Lelja augenzwinkernd, die sich davon nicht im Geringsten aus dem Konzept bringen ließ. »Lass mich nur machen.«

»*Falls* die Tablette anschlägt.«

»Falls«, sagte Lelja lächelnd. »Also los.«

Kit ließ die Kapsel in ihrer Mundhöhle verschwinden und zählte lautlos bis zehn. Als sie die silberne Tablette wieder in ihre Handfläche legte, wechselte sie die Farbe zu einem blassen Rot, bis sie schließlich in einem intensiven Purpur leuchtete.

»Das ist eindeutig.« Ihre Freundin beugte sich über Kits Schulter. »Jetzt müssen wir nur noch herausfinden, ob mit den gelöschten Erinnerungen auch deine Verbindung zu deinen vergangenen Leben einhergeht oder ob du zu den Alias gehörst, die sich grundsätzlich nicht an früher erinnern können.«

»Ich habe Nakir geküsst.«

»Was?«, rief Lelja und riss ihre großen Augen auf. »DU. HAST. DEN. DEPUTY. DIRECTOR. GE-KÜSST?«

»Nicht so laut«, zischte Kit und sah sich in alle Richtungen um, aber niemand schien den Ausruf ihrer Freundin gehört zu haben, denn alle gingen unbeteiligt ihrer Arbeit nach. Wenigstens besaß auch niemand sonst im Department ihre Ohren.

»Ja. Kami hat mich dazu gezwungen. Ich konnte nicht anders. Es hat sich auf einmal so richtig angefühlt. Aber ich habe ihr auch die Kontrolle über mein Blut gegeben, weil wir in einem ersten Bannkreis gefangen waren und ich uns befreien wollte.«

»Und dann?«

»Kamen die Erinnerungen an meine früheren Leben zurück. Du hattest recht. Nakir und ich haben uns einmal geliebt. Mehr als einmal. Aber ich habe ihm jedes Mal das Herz gebrochen, weil ich mich für einen anderen Weg entschieden habe. Einen Weg voller grausamer Taten.«

»Habe ich es doch gewusst! Der Deputy und du habt eine gemeinsame Vergangenheit. Deswegen wollte er dich also umbringen.«

Kit pulte an ihrem Daumennagel herum, wie jedes Mal, wenn sie nervös war, und sie fragte sich, ob sich diese kleinen Angewohnheiten durch die Leben zogen oder ob sie es erst jetzt entwickelt hatte. »Zu Recht. Ich bin Nox. Ich habe schreckliche Dinge getan.«

»Nicht du. Dein früheres Ich«, erwiderte Lelja mit

344

einem vorwurfsvollen Blick. »Du darfst dir nicht die Schuld für etwas geben, das Jahrhunderte zurückliegt.«

»Das tue ich nicht«, antwortete sie zögerlich. »Zumindest weiß das meine rationale Seite, aber ein Teil von mir ist einfach Nox. Und Kami ist es auch.«

»Kami ist es auch?«, wiederholte Lelja ungläubig. »Dass das möglich ist, habe ich noch nie gehört. Ihr könnt doch nicht beide Nox sein? Meinst du damit nicht eher, dass sie in einem früheren Leben nicht auch einfach deine Schwester war?«

Kit schüttelte den Kopf. »Ich habe davon auch noch nie gehört, trotzdem … Kami und ich waren beide Nox. Früher. Aber es kann nur eine logische Erklärung für all die Dinge geben, die ich in der Erinnerung gesehen habe.«

»Und die wäre?«

Kit zögerte, denn die nächsten Worte hörten sich in ihrem Kopf schon dämlich an. Sie wusste nicht, ob das wirklich sein konnte. »Ich weiß, es klingt seltsam. Aber Kami und ich sind aus einer einzigen Seele wiedergeboren worden. Allerdings kam ich ohne meine Erinnerungen auf die Welt und mit den Kräften von Nox, die irgendwo tief in mir schlummern.«

Zweifelnd blickte Lelja sie an. »Mal angenommen, das ginge … Teilt ihr dann dieselben Erinnerungen?« Lelja riss fragend die Augen auf. »Seid ihr dann dieselbe Person?«

»Damals ja … aber heute nicht. Ich … wir … haben uns damals das Leben genommen. Als wir das letzte Mal gestorben sind. Weil ich … wir nicht mehr mit den Taten leben konnten, die wir begangen haben.« Kit raufte sich die Haare und seufzte. »Ich weiß, das klingt alles total seltsam, aber ich spüre es einfach. Unsere Seele wurde geteilt. Ein Teil wurde zu Kami und der andere Teil zu mir.«

»Habt ihr dann die Kräfte geteilt?«

»Ehrlich gesagt, habe ich keine Ahnung …« Kit kaute auf ihrer Unterlippe herum, die Brauen nachdenklich verzogen. »Aber ich glaube, dass Kami nicht dieselben Kräfte besitzt wie ich. Denn als Nakir sie mit seiner Todesmacht angegriffen hat, hat sie sich nicht gewehrt. Sie war in ihrer Wolfsgestalt und ist stattdessen einfach geflohen.«

»Puh.« Lelja blies ihre Backen auf und ließ die Luft wieder geräuschvoll entweichen. »Das muss nichts heißen, du hast dich ja auch in Todesangst in einen Fuchs verwandelt.« Sie blickte vielsagend auf die neue Kleidung, den warmen dunkelgrauen Pullover und die bequeme Trainingshose. »Trotzdem ist das alles ganz schön heftig. Und es sind verdammt viele Informationen. Ich weiß nicht, ob ich das alles richtig verarbeiten kann. Was hat Kami für einen Plan? Was ist ihr Ziel? Die Zerstörung der Menschheit? Rache an … ja, an was denn überhaupt?«

Zweifelnd sog Kit ihre Unterlippe ein und begann darauf herumzukauen. Das Verhalten ihrer Zwillingsschwester ergab keinen Sinn. Sie beging Morde, tötete Menschen, hatte einen Erus an sich gebunden, um sie beobachten zu können – denn dass sie es gewesen war, stand nach ihrer Aussage über das kleine Mädchen außer Zweifel –, und dennoch wussten sie nicht, welchen Zweck dies alles hatte.

»Ich habe keine Ahnung«, sagte Kit nach einer Weile, und sie verfielen beide wieder in grüblerisches Schweigen, hingen ihren Gedanken nach.

Aufschluss hätte ihr Phelia geben können, aber ihre

Patentante war tot. Sie schien der Schlüssel zu weiteren Antworten zu sein, denn sie war diejenige, die sie beide in ihrer Kindheit erlebt haben musste. Angestrengt kniff Kit die Augen zusammen und dachte an ihre Kindheit zurück. Selbst wenn sie sich noch so sehr anstrengte, da war niemals eine weiße Wölfin, geschweige denn jemand gewesen, der so aussah wie sie selbst. Und das konnte nur eines bedeuten: Jemand hatte ihre Erinnerung an ihre Schwester ausgelöscht.

Das Gewächshaus glich einem summenden Bienenstaat, die Aufregung über die Nachricht um Nox' Rückkehr hatte sich wie ein Lauffeuer verbreitet, denn die Gefahr war jetzt nicht länger von der Hand zu weisen. Kit brachte nicht den Mut auf, ihnen zu erklären, dass die Gefahr in ihrer Mitte lauerte.

Nakir Helios tat es auch nicht.

Unwillkürlich wanderten ihre Fingerspitzen an ihre Lippen, und sie berührte sacht die dünne Haut, strich zaghaft darüber und dachte an den Kuss. Der Kuss, der sich so anders als alle Küsse zuvor angefühlt hatte.

Kami hatte sie beherrscht. In ihren Gedanken. Dank des Blutes, das Kit in den Bannkreis gegeben hatte. Und Kit hatte nicht den geringsten Schimmer, ob sie dieses andere Gefühl nur deswegen hatte, oder weil sie tatsächlich tiefe Gefühle für Nakir hegte. Nein, nicht sie. Ihr altes Ich. Nox. Oder all die anderen Alias, die sie in all den Leben davor gewesen war.

Hatte Nakir dasselbe verspürt? Er musste. Sie hatten sich geliebt. Jedes Leben. Bis sie jedes Leben ihre dunkle Seite entdeckt und sich für einen anderen Weg entschieden hatte.

Kein Wunder, dass er sie hasste. Und sie konnte es ihm nicht einmal verübeln. Sie hatte den Tod verdient. Vielleicht sogar den Aschetod. Aber anscheinend hatte Nakir es niemals fertiggebracht, sie endgültig auszulöschen, selbst dafür war ihre Verbindung zu stark gewesen.

Keagan stand mit verschränkten Armen in einem gewissen Sicherheitsabstand bei ihnen und ließ sie keine Sekunde aus den Augen, als fürchtete er, dass sie sich jeden Moment in Nox verwandeln und die Weltherrschaft an sich reißen könnte. Sie konnte es ihm nicht einmal verübeln. Misstrauisch beäugte er sie, denn Nakir hatte ihm aufgetragen, darauf aufzupassen, dass sie keine Dummheiten beging. Aber sie war ohnehin zu müde. Und ohne ihren Siegeldolch und ihre Dienstmarke fühlte Kit sich ohnehin schon nackt. Als hätte man ihr einen Teil ihrer Persönlichkeit gestohlen.

»Ich werde dir schon nichts tun.« In ihren Worten steckte eine Portion Sarkasmus, aber Keagan ging nicht darauf ein.

»Keagan«, sagte Lelja und legte fragend den Kopf schief, so als wolle sie ergründen, was in dem Menschen vor sich ging. »Was ist los?«

»Kit ist Nox.« In seiner Stimme schwang ein Unterton mit, den sie nicht einordnen konnte. Sie war traurig darüber, dass die positive Nähe, die sie als Partner in den letzten zwei Wochen mühselig aufgebaut hatten, wieder verschwunden war. Stattdessen war sie einem Misstrauen und einer Kälte gewichen, die ihr das Gefühl gab, allein zu sein.

Kit seufzte resigniert. »Nicht Nox. Aber ein Teil von ihr.«

»Was es nicht besser macht.«

»Nein, du hast recht. Das macht es nicht. Aber ich bin nicht für diese schrecklichen Taten verantwortlich, und sobald Deputy Director Helios alles aufgeklärt hat, bin ich mir sicher, dass ich auch wieder für die Alias-Einheit arbeiten darf.« Selbst in ihren eigenen, pelzigen Ohren klangen die Worte hohl und voller Lügen. Vielleicht versuchte sie sich selbst davon zu überzeugen, damit sie sich nicht so verdammt schmutzig fühlte.

»Die Arbeit liegt mir immer noch am Herzen. Und ich bin nicht meine Schwester«, fuhr sie fort und machte eine ausladende Handbewegung. »Ihr liegt mir am Herzen. Lelja und du und die Sicherheit der Menschen, sonst würde ich diesen verdammten Job nicht so abgöttisch lieben. du machst ihn doch auch, weil du dich von deiner Vergangenheit lösen willst, oder?«

Keagan schwieg einen Augenblick und antwortete dann. »Ja.«

»Na also«, erwiderte Kit triumphierend und nahm noch einen Schluck von dem Tee, der ihre durchgefrorenen Glieder von innen wieder Leben einhauchte. Fast schon sehnte sie sich nach ihrer Fuchsgestalt, in der es eindeutig wärmer gewesen wäre, aber es erinnerte sie nur schmerzlich daran, dass sie sich bis auf die Knochen vor Nakir blamiert hatte.

»Agent Platonowa, Special Agent McCadden … Kit.«

Kit zuckte zusammen, denn sie hatte ihn nicht kommen hören. Er sprach sie nicht mehr mit ihrem Diensttitel an, und das verletzte ihren Stolz, aber sie verstand es. An seiner Stelle würde sie sich selbst auch suspendieren, schließlich war sie unberechenbar.

Jetzt stand Nakir dicht vor ihrer kleinen Bank, und sie spürte seine Nähe, genauso wie seine Ungeduld. Er wollte die Nacht hinter sich bringen. Um jeden Preis.

»Gibt es schon irgendwelche neuen Erkenntnisse?«

»Nein. Aber wir gleichen die Spuren an den Tatorten mit den gefundenen Spuren von Kami ab.«

Es war seltsam, Nakir Helios, der immer noch der Deputy Director Europas war, direkt vor sich stehen zu sehen, aber jetzt, da sie die Wahrheit über sich, ihn und ihre Leben kannte, war sie nicht einmal in der Lage, ihn wirklich anzusehen. So viel Ungesagtes stand zwischen ihnen, und sie hatte keine Ahnung, wie sie das alles erklären, geschweige denn verarbeiten sollte.

Es gab noch so viel, was sie noch nicht wusste. Was mit Phelia geschehen war. Was Kami vorhatte. Wo sich Onyx befand. Was das alles zu bedeuten hatte …

Onyx.

»Was ist mit dem Tatort, an dem Phelia ums Leben kam? Wird dort nach einem versiegelten Bannkreis gesucht? Onyx könnte sich dort befinden.«

Nakir nickte abwesend, seine Augen waren rot geädert, und er wirkte genauso erschöpft, wie sie sich fühlte. Dennoch war er um seine Haltung bemüht, gestraffte Schultern, das Kinn leicht erhoben. Aber Kit beschlich das Gefühl, dass es nur Tarnung war, für das, was wirklich in ihm vorging.

»Deputy Director Helios!« Der Ausruf lenkte ihrer aller Aufmerksamkeit auf den jungen Agent, der mit geröteten Wangen und einem gehetzten Ausdruck näher kam. Er war trotz des Regenschirms, den er zusammengeklappt in einer Hand hielt, bis auf die Haut durchnässt, und das Wasser verfärbte seine Haare fast schwarz.

»Was ist?«, fragte Nakir misstrauisch.

»Nox! Also … die Wesen. Sie greifen überall in der Stadt an!«

Sofort wandten sich die Blicke aller in ihre Richtung, und Kit spürte, wie ihr die Hitze bis unter die Schläfen stieg. Auch wenn ihre Seele, der Teil von sich, den sie besaß, nichts mehr mit den Morden und den Taten von Nox zu tun haben wollte, so war sie dennoch an ihre Vergangenheit gekettet.

Dann kam ihr eine Idee. Ein Einfall.

»Was, wenn sie auf mich hören?«

»Was willst du damit sagen?«

»Kami hat behauptet, dass sie sich vor mir verbeugt haben. Ich kann mich allerdings nicht daran erinnern. Wenn das stimmt ... vielleicht kann ich sie zusammenbringen und aufhalten.«

Nakir sah sie unergründlich aus seinen dunklen Augen an, schien über ihren Vorschlag nachzudenken und sagte dann: »Einen Versuch ist es wert. Solltest du uns jedoch täuschen, gebe ich den Befehl, dich gemeinsam mit den Nox in den Aschetod zu schicken.«

Kits Knie wurden auf einmal wachsweich, und sie zwang sich, nicht auf den Boden zu schauen, sondern dem Blick von Nakir standzuhalten. Er sah sie an, ohne zu blinzeln, und die Nähe zwischen ihnen knisterte in der Luft. Am liebsten hätte sie die Hand ausgestreckt und ihm die Sorgenfalte aus der Stirn gestrichen. Innerlich gab sie sich eine Ohrfeige und räusperte sich.

»Verstanden.«

28

Die Luft in Edinburgh war erfüllt von dem brummenden Geräusch der Dunkelheit, das Kit jedes Mal an die etwas laut laufende Klimaanlage auf dem Dach ihres letzten Apartments in Hongkong erinnerte. Es war arschkalt, selbst für schottische Verhältnisse, und die dichte Wolkendecke sorgte dafür, dass kaum etwas zu erkennen war. Aber wenigstens hatte es für den Moment aufgehört zu regnen, trotzdem waren die Straßen durchnässt, und der Dienstwagen rollte auf dem Weg zu Old Town durch mehrere Wasserpfützen.

An den wichtigsten Punkten der Stadt, dem Castle – Waverly Station – den Parks – Royal Mile – Holyrood Palace – Calton Hill – waren mehrere magische Barrieren errichtet worden, um die Menschenmassen vor möglichen Angriffen zu schützen. Außerdem dienten sie dazu, die Nox nicht schnell von einem Ort zum anderen gelangen zu lassen. Siegelhüter patrouillierten entlang der Barrieren.

»Der siebte Nox wurde gesichtet«, dröhnte es durch den Funk, und Kits Bein wippte nervös auf und ab, denn sie wusste, was nun auf sie zukommen würde. Zumindest glaubte sie das. Keagan und Lelja fuhren mit seinem Motorrad zum letzten gemeldeten Ort, an dem zwei Nox aufgetaucht waren. Keagan hatte darauf bestanden. Sie durfte sich den Wagen mit dem Deputy Director teilen.

Sie. Allein auf zwei Quadratmetern mit jenem Alias, der sie jahrhundertelang zur Strecke gebracht und dessen letztem Leben sie ein Ende gesetzt hatte. Sie hätte sich eine angenehmere Fahrt vorstellen können. Die Stille zwischen ihnen wog schwer.

Nakir schwieg, und sie war sich seiner Anwesenheit nur allzu deutlich bewusst, obwohl er so weit wie möglich von ihr entfernt saß. Sie hatten keine Gelegenheit gehabt, miteinander zu reden, und als sie über die Deans Bridge vorbei am irischen Konsulat fuhren, wurde Kit bewusst, dass Nakir sie aus den Augenwinkeln beobachtete.

»Ich bin nicht Nox.«

Beinahe unmerklich zuckte er zusammen, drehte ihr den Kopf zu und sah sie so durchdringend an, dass ihr schrecklich heiß wurde. Sie war selbst überrascht, dass sie die Worte ausgesprochen hatte, aber jetzt gab es kein Zurück mehr.

»Du besitzt ihre Fähigkeiten«, erwiderte Nakir nach einigen Sekunden, die sich wie eine Ewigkeit anfühlten, und die Gänsehaut auf ihren Armen verstärkte sich unter seinem glühenden Blick.

»Ja«, sie nickte. »Aber das ist auch alles. Ich bin nicht sie. Ich hege nicht ihre Wünsche, ich habe nicht ihre Ziele. Ich möchte, dass die Welt ein Ort bleibt, an dem die Menschen sich nicht vor der Dunkelheit fürchten müssen. Ich möchte weiter für die Prinzipien kämpfen, wegen derer ich Agentin geworden bin.«

Himmel, das klang, als hätte sie gerade ein Vorstellungsgespräch im DoAC, und sie biss sich auf die Innenseite ihrer Backen, um nicht laut aufzustöhnen. Noch inbrünstiger konnte sie gar nicht für die Gerechtigkeit der Welt werben!

Nakir schloss für einen Moment die Augen, und als er sie wieder öffnete, lag eine erdrückende Traurigkeit in ihnen. »Wie soll ich dir das glauben? Wie soll ich dir vertrauen?« Seine Stimme klang belegt. Anscheinend haderte er selbst mit der Situation. Kein Wunder.

»Weil ich es tue.«

»Ich habe dir so viele Leben geglaubt …«

Kit holte tief Luft, faltete die Hände in ihrem Schoß und ignorierte ihr wildes Herzklopfen. »Aber dieses Mal ist es anders. Wir, Nox, wurden als zwei Seelen geboren, ich bin nicht diejenige, die für all das Leid in diesem Leben verantwortlich ist. Im Gegenteil. Ich habe, seit ich klein bin, nichts anderes getan, als für das Gute einzustehen. Miss mich nicht anhand der Taten, die ein Splitter meiner Seele in einem früheren Leben begangen hat, sondern anhand dessen, was in diesem Leben passiert ist.«

»Was ist mit London?«

»Was soll damit sein?«

»Bist du dir absolut sicher, dass du deine Kräfte unter Kontrolle hast? Dass die Dunkelflammen nicht doch von dir stammen?«

Kit schwieg, weil sie darauf keine Antwort wusste. Die Antwort war, dass sie sich eben nicht sicher war, und wenn sie es sich wirklich eingestand, so traf Nakir den Nagel auf den Kopf. Da war schon immer die Dunkelheit in ihr gewesen, die sie versucht hatte zu unterdrücken. Aber sie war immer wieder aufgetaucht, mal heftiger, mal weniger heftig.

»Meine Nichte kam dort ums Leben.«

Kit schnappte nach Luft, denn diese Information hatte er ihr bisher – zu Recht – vorenthalten. Ihr Herz zog sich vor Mitgefühl zusammen, und endlich ergab auch seine heftige Reaktion bei ihrer ersten Begegnung einen Sinn. Er hatte geglaubt, Nox vor sich zu haben. Er hatte geglaubt, sie sei wiedergekommen, um ihm Alias zu nehmen, die ihm nahestanden, um sich an ihm zu rächen.

»Das … das wusste ich nicht.«

Ein Muskel an seinem Kiefer zuckte. »Jetzt weißt du es. Hast du nichts mit den Nox zu tun? Hast du wirklich nicht dafür gesorgt, dass sie im Park auftauchen? Hast du nicht diese Dunkelheit in dir gespürt, dir gewünscht, dich ihr hinzugeben, so wie die ganzen anderen Leben auch?«

Langsam schüttelte sie den Kopf. »Ich … ich weiß es nicht.«

»Du weißt es nicht, aber gibst leichtfertig ein Versprechen?« Nakir schnaubte verächtlich. »Die Dunkelheit in dir wird zum Leben erwachen, und dann werde ich da sein, um sie endgültig im Keim zu ersticken.«

»Ich kann mich auch nicht an London erinnern, nicht wirklich zumindest. Ich muss meine Erinnerung erst wiederherstellen lassen, falls das möglich ist. Das heißt nicht, dass es diese Dunkelheit in mir nicht gibt. Sie ist da und sie ist ein Teil von mir«, fügte sie hinzu und sah, wie sich der Todesdaimon versteifte. Seine ganze Ausstrahlung veränderte sich schlagartig, als würde er mit sich ringen, sie nicht auf der Stelle umzubringen. Sie konnte es fühlen. Die tödliche Macht, die unter seiner Oberfläche brodelte.

Doch anders als zuvor erwachte das Fuchsfeuer in ihr nicht zum Leben. Möglicherweise lag es daran, dass sie nun endlich begriff, wer sie war und was ihre Identität bedeutete.

»Aber«, fuhr sie mit leiser Stimme fort. »Alles hat sich geändert. Ich weiß, wer ich bin. Ich weiß, wer meine Zwillingsschwester ist. Sie ist diejenige, die hinter all dem steckt.«

Nakir atmete tief durch, fuhr sich mit einer Hand übers Gesicht, als wolle er einen Gedanken verscheuchen, dann wandte er sich ihr mit seinem ganzen Oberkörper zu.

»Du hast eine Chance«, sagte er schließlich mit gepresster Stimme. »Eine einzige Chance. Sonst werde ich dich töten, ohne mit der Wimper zu zucken.«

Irgendetwas in Kit sagte ihr, dass er sich selbst belog und seinen eigenen Worten nur zu gerne Glauben schenken wollte, aber sie nickte, weil sie ihm nicht die Illusion nehmen wollte. Vielleicht brauchte er das, um die nächsten Stunden zu überstehen. Vielleicht brauchte er das, um weiterhin an das Gute zu glauben.

»Ich werde dich nicht enttäuschen«, sagte sie und legte ihre Hand auf seine.

Nakir zuckte unmerklich zusammen, zog seine Finger jedoch nicht zurück, als sie sanft darüberstrich. Kit hatte nicht den blassesten Schimmer, woher plötzlich diese Zuversicht kam. Aber sie wusste es einfach.

Sie war nicht ihre Schwester. Sie würde auch niemals wieder Nox sein.

Endlich hielt der Wagen am Straßenrand. Draußen war es gespenstisch still. Zum Glück war es Nacht, und das Geräusch von schnellen Flügelschlägen drang an Kits Ohren, als sie aus dem Dienstwagen der AE genau am Rand des Princess Street Gardens ausstieg. Schwarze Schatten erhoben sich in die Lüfte, einer der Vögel krächzte, und unwillkürlich musste sie an Phelias Prophezeiung an jenem Tag vor ihrer WG denken. Hatte sie damit diese Nacht gemeint? Waren die Vögel ein Vorbote der Grausamkeit gewesen, die ihnen noch bevorstand?

Kit erschauderte und wandte sich ab. Der Park lag am

Fuße des Edinburgh Castles, das über allem thronte. Es roch nach Regen und Asche. Die Nox waren jetzt ganz nah. Kit konnte sie bereits spüren. Ihre Zunge fühlte sich pelzig an, und die Kälte kroch jetzt unter die Kleidung, die Lelja ihr mitgebracht hatte. Suchend sah sie sich nach ihrer Freundin um, konnte diese jedoch im Getümmel der Alias nicht ausmachen. Sie hörte sie auch nicht. Weder sie noch Keagan.

Als Nakir an ihre Seite trat, wandte sie ihm ihre volle Aufmerksamkeit zu.

»Bist du sicher, dass du das machen möchtest?«, fragte er mit durchdringender Stimme, und obwohl seine Miene keinen Rückschluss auf seine Gefühle zuließ, hatte sie den Eindruck, dass er sich fast etwas um sie sorgte. Vielleicht auch nur um die Tatsache, dass er ihr womöglich ein weiteres Mal umsonst vertraute.

Ihr Kopf fühlte sich träge und schwer an, aber wenigstens hatten die Kopfschmerzen nachgelassen.

Kit schluckte und nickte kurz. »Ja. Wenn es hilft.«

»In Ordnung.«

Du wirst es allein versuchen. Niemand soll dir folgen.

»Ich werde es alleine versuchen. Niemand soll mir folgen.«

Benommen schüttelte sie den Kopf, versuchte nach ihren Gedanken zu tasten, aber irgendetwas hinderte sie daran.

Nakir zog die Augenbrauen in die Höhe. »Bist du dir sicher?«

»Ich möchte niemanden unnötig in Gefahr bringen«, hörte sie sich sagen, aber es fühlte sich richtig und natürlich an, also stellte sie die Worte nicht infrage. »Sobald sie sich um mich geschart haben, könnt ihr angreifen.«

Sie las einen letzten Rest Zweifel in seinem Blick, schließlich nickte er. »Die letzten drei Nox sind am Ross-Brunnen lokalisiert worden. Zweihundert Meter von hier, die Hauptstraße hinunter. Hier.«

Nakir drückte ihr ihren Siegeldolch in die Hand. Wahrscheinlich waren die Perlen zu gefährlich.

Dankbar umschloss sie den ledernen Griff und stiefelte in die Finsternis des schlecht beleuchteten Parks hinein, dorthin, wo der Brunnen lag. Ihr Atem ging gleichmäßig, obwohl sie ihre Schritte beschleunigt hatte, den Dolch sicher in der Halterung an ihrem Gürtel verstaut, den Lelja ihr in weiser Voraussicht ebenfalls eingepackt hatte. Bei jedem ihrer hastigen Schritte dröhnte ihr Herzschlag in ihren Ohren, und sie schnappte die Gerüche auf, die sich bereits überall verteilt hatten: Blut, Asche und Tod. Intensiver und viel klarer als bei jeder anderen Nox-Begegnung zuvor.

Es stank förmlich nach ihnen. Jede ihrer Poren war erfüllt von dem Duft.

Als sie den Brunnen schließlich erreichte, wurde sie von einem tiefen Schweigen eingefangen. Vorsichtig streckte sie ihre Sinne aus, doch auch auf dem Weg hierher hatte sie keine andere Präsenz wahrgenommen. Seltsam.

Kit hob den Kopf, als sich energische Schritte näherten. An der Art des Ganges, dem lauten Poltern und dem unverkennbaren Duft seines Aftershaves schloss sie darauf, dass es Keagan war.

Im nächsten Moment stand er vor ihr, und Kit hatte noch nie zuvor einen solch panischen Ausdruck in seinen Augen gesehen. Er atmete schwer, als wäre er den ganzen Weg hierhergerannt, und ihre Nase fing eine Nuance von Angst auf, die er verströmte.

Ihre Finger fühlten sich an, als hätte sie in einen Eis-
kübel gefasst, und sie starrte ihn an.

»Was ist passiert?«, fragte sie alarmiert.

»Lelja ...«, er holte tief Luft, und Kit machte einen
Schritt nach hinten, hatte das Gefühl, den Halt unter
ihren Füßen zu verlieren. Plötzlich schlug ihr Herz unnatürlich schnell gegen ihre Rippen.

»Was ist mit Lelja?«

»Sie ist verschwunden.«

Mit einem Satz war sie bei Keagan und schlug ihm
mit der Faust gegen den Oberarm, was er mit einem är-
gerlichen Stirnrunzeln zur Kenntnis nahm.

»Ich dachte, du sagst, sie ist tot! Jag mir nie, nie wieder so einen Schrecken ein!«, rief sie wütend und holte
zu einem nächsten Schlag aus, als Keagan spielerisch
leicht ihre Faust abfing und sein Gesicht direkt vor ihres schob, sodass sich ihre Nasenspitzen beinahe berührten. So nah konnte sie seinen flatternden Puls sehen, der sich oberhalb seines Kehlkopfes bewegte, und
die Sorge, die er ausdünstete. Sorge und Angst.

»Ich meine es verdammt ernst, Kit. Lelja ist verschwunden, nachdem wir angekommen sind. Sie sagte,
sie würde sich den anderen anschließen, und jetzt errei-
che ich sie nicht mehr.«

»Du wirst sie schon finden, ich muss mich auf die
Aufgabe konzentrieren ... Vielleicht kann ich die Nox
auf mich aufmerksam machen und ...«

»Du solltest mitkommen.« Keagan blickte sich jetzt
gehetzt um.

Kit schüttelte den Kopf, spürte, wie die plötzliche
Anspannung ihre Muskeln verkrampfen ließ, und begann unruhig auf und ab zu laufen, bis sich Keagan mit
einer Hand durch das Haar fuhr. »Würdest du bitte da-

mit aufhören?«, bat er schließlich. »Das macht mich noch ganz wahnsinnig.«

Er wirkte plötzlich wie ausgewechselt. Außerdem war da noch diese Kälte, die von Keagan ausging, eine Ausstrahlung, die sie zuvor noch nie an ihm bemerkt hatte. Auch nicht bei ihrer ersten Begegnung.

»Hey«, sagte Kit irritiert und legte eine Hand auf seinen Arm. Er zuckte zurück, als hätte sie Feuer unter den Fingern, und wich ihrem Blick aus. »Was ist los?«

»Nichts.«

»Nach *nichts* sieht mir das gerade aber weniger aus«, antwortete sie mit einem sarkastischen Unterton und stemmte die Hände in die Hüften. »Du sagst mir, was los ist, sonst komme ich nicht mit.«

Keagan schwieg eisern.

»Ist es wegen Lelja? Weil du glaubst, dass sie in Gefahr ist?«

»Ja.«

Kit seufzte, warf einen Blick über die Schulter, aber sie konnte dank der Nacht kaum etwas erkennen, das weiter als zwanzig Meter entfernt war. Nakir musste es ähnlich gehen. Zumindest hoffte sie das.

»Dann los. Wir gehen sie suchen.«

Wortlos setzte sich Keagan in Bewegung und steuerte zielsicher die Felsen an, auf denen das Castle über der Stadt thronte und im dichten Nebel verschwand, der den oberen Teil von Old Town gefangen hielt. Die Luft wurde merklich kühler, und ihr Partner beschleunigte seine Schritte, ohne sich umzudrehen.

»Moment. Woher weißt du, wo wir …«

Als sie den nächsten Schritt machte, spürte sie es. Die Veränderung um ihren Körper. Wie winzige Nadelstiche prasselten die neuen Eindrücke auf sie ein. Kit fühl-

360

te, wie sie nach Atem rang, und suchte automatisch den Boden nach den feinen Bannkreislinien ab, die sich allerdings nicht abzeichneten. Stattdessen war da diese Ungewissheit, die sich bleischwer gegen ihren Magen drückte, eine Ahnung, die unheilvoll in ihr aufstieg.

»Keagan?« Unsicher blieb sie stehen. Plötzlich hatte sie einen Kloß in der Kehle, ohne dass sie eigentlich genau wusste, weshalb.

Ihr Partner blieb stehen, sie sah, dass er die Schultern etwas hochgezogen und die Hände zu Fäusten geballt hatte.

»Was geht hier vor?«

Mit einer langsamen Bewegung drehte er sich zu ihr um und sah sie undurchdringlich an. »Du erinnerst dich nicht mehr, oder?«

»Was meinst du?«, fragte Kit verunsichert und spürte, wie ihr ein Schauder über den Rücken rann, als sie in die Augen ihres Partners blickte. Da sah sie es. Keagan Mc-Cadden verschloss seine Miene nicht länger vor ihr, sondern offenbarte ihr alles. Sie las es in seinem Blick.

»Niemand hat auf die Frostflammen so reagiert, wie du es bei unserer ersten Begegnung getan hast. Und als Deputy Director Helios auftauchte und sich die Morde gehäuft haben, war mir im ersten Moment nicht klar, warum ich mich plötzlich wieder so gefühlt habe wie damals.«

»Damals?«, echote Kit.

Keagan hob den Blick gen Himmel und sah sie dann wieder an, stieß die angehaltene Luft aus. »Du hast meine Familie ausgelöscht, Nox.«

Kit zuckte zusammen, als hätte er ihr einen Schlag in die Magengrube verpasst, und die Gänsehaut ließ sie erzittern. »Ich bin nicht Nox. Nicht ausschließlich, zumindest. Ich glaube, du täuschst dich, Keagan. Ich habe mich von meinen Taten losgelöst und mich selbst gerichtet, um so nicht wiedergeboren zu werden. Aber das Ritual ging schief. Ein Teil meiner Seele wurde als Kit wiedergeboren, der andere als Kami.«

»Wegen dir habe ich angefangen, auf Alias Jagd zu machen«, erwiderte er, als hätte er sie gar nicht gehört, und sie unterdrückte einen Schauder. »Egal, ob Hexen oder Vampire. Ich habe sie aufgespürt und getötet. Weil mir im ersten Moment nicht klar war, wie rassistisch und hässlich es ist. Ich habe nur noch diese rasende Wut und unkontrollierten Hass verspürt. Es tut mir leid.«

Kit stieß ein erschrockenes Quietschen aus, wich vor ihrem Partner zurück und starrte ihn mit schreckensgeweiteten Augen an. Deswegen hatte sie diese Dunkelheit in seiner Nähe gespürt. Von Anfang an hatte sie geglaubt, ihm nicht trauen zu können, hatte gedacht, sich alles einzureden, weil er einst ein Gefangener in der Niemalswelt gewesen war. Ihre Instinkte hatten sie angeschrien, hatten ihr immer und immer wieder deutlich gemacht, dass sie ihm nicht trauen konnte. Verdammt!

Und sie hatte Warnung um Warnung in den Wind geschlagen, sich auf Phelias gute Kenntnis und Zuversicht verlassen, darauf, dass sie *ihm mit ihrem Leben vertraute*. Jetzt spürte Kit, wie brodelnde Panik in ihr aufstieg. Wie hatte sie sich nur so in ihm täuschen können!

Aber es hing doch ganz anders mit ihrem eigenen Schicksal zusammen, und die Erkenntnis schnürte ihr die Kehle zu.

»Aber …

»Ich weiß es!«, brüllte Keagan mit schmerzverzerrtem Gesicht, und sein Brustkorb hob und senkte sich in einem unregelmäßigen Rhythmus. »Ich weiß, dass du nichts dafür kannst und dass du nett und witzig bist und wir uns in den letzten Wochen als Partner angenähert haben! Aber das ändert nichts an der Tatsache, dass ich vor ein paar Jahren einen Blutspakt geschlossen habe.« Er klang gequält, als würden die Worte ihm körperliche Schmerzen bereiten. »Das Schlimmste ist aber, dass ich nicht wusste, worauf ich mich einlasse. Ich habe den Pakt geschlossen, da kannte ich dich noch gar nicht.«

»Was … was hast du getan?«, flüsterte Kit erstickt.

»Ich wollte, dass ich mich nicht mehr erinnern muss. Es sollte aufhören. Die Qualen im Schattengefängnis begleiten mich dieses Leben, und auch wenn ich sieben ganze Zyklen im Gefängnis verbracht habe, so ist das nichts gegen die Bürde, die ich jetzt tragen muss. Wenn ich dich nicht an Kami ausliefere, wird außerdem Lelja sterben, und das kann ich nicht zulassen. Es tut mir leid. Das war der Grund, warum ich niemanden an mich heranlasse, ich wollte keine Achillesferse besitzen. Kami hat es beobachtet. Gespürt. Gewittert. Keine Ahnung.« Er raufte sich die Haare. »Ich mag Lelja. Das wird uns allen jetzt zum Verhängnis.«

»Keagan.« Sein Name verlor sich in der Stille zwischen ihnen, und Kit ahnte, wie schwer es ihm fiel, sich ihr zu offenbaren, für seine Schuld einzustehen.

Rasselnd holte er Luft. »Wenn Kami dich tötet, erhält sie ihre Fähigkeiten zurück. Das ist alles, was sie sich wünscht. Die Fähigkeiten der Dunkelheit, die in dir stecken.«

Endlich fiel der Groschen. Also hatte sie doch recht gehabt. Nicht nur ihre Eigenschaften, ihre Seele war gespalten worden, sondern auch ihre Fähigkeiten. Und

Kit war diejenige, die sie erhalten hatte. Kein Wunder also, setzte der böse Teil von Nox in Form von Kami alles daran, wieder an seine Kräfte zu gelangen.

»Deswegen habe ich in London hinter dir aufgeräumt, damit niemand den Zusammenhang herstellt«, erklang eine melodische Stimme über ihnen. Kit fuhr herum. Auf einer Anhöhe auf dem felsigen Gestein stand ihre Zwillingsschwester, hielt Lelja in ihren Armen, deren Kopf in einer unnatürlichen Haltung auf ihrer Brust auflag.

Kits Herz zog sich panisch zusammen, als sie das Messer in der Hand ihrer Schwester erblickte, das genau auf der Kehle ihrer Freundin auflag. Verzweifelt sah sie sich nach einem Ausweg um, einer Möglichkeit, ihr zu helfen, aber die beiden waren zu weit oben, mindestens drei Meter.

Kami schnitt eine Grimasse, und Kit bemerkte, dass sie dunkle Jeans und einen Rollkragenpullover angezogen hatte. »Warum sonst hat man die Asche der Nox nicht an einer Stelle gefunden, wo du sie getötet hast, nachdem sie sich vor dir verbeugt haben, sondern im St. James's Park verteilt?« In Kamis Augen stand ein wütendes Funkeln, Kit spürte ihren vibrierenden Zorn. »Ich wollte, dass Nakir dir auf die Schliche kommt, damit er dich tötet. Aber sein weiches Herz hat mir einen Strich durch die Rechnung gemacht. Ich habe gehofft, er nimmt mir die Arbeit ab, sobald er deine Essenz spürt, die meiner so ähnlich ist.«

»Was willst du?«, zischte Kit mit unterdrückter Wut, in ihr knisterte es. Wie ein Funken, der kurz davor war, Feuer zu schlagen.

»Dein Leben, deine Fähigkeiten für das Leben deiner Freundin.«

Kit zögerte nicht einen Augenblick. »Einverstanden.«

Das brachte Kami nicht eine Sekunde lang aus dem Konzept. »Dann stirb.«

Aus den Händen ihrer Schwester löste sich eine Feuersalve, ringförmige Kugeln, die genau auf sie zuströmten, und Kit schloss die Augen, als sie die unbändige Hitze auf sich zurasen spürte. Im nächsten Augenblick spürte Kit einen kräftigen Stoß, hörte Kamis überraschtes Aufkeuchen und hatte keine Gelegenheit, sich darüber Gedanken zu machen, weshalb ihre Schwester in der Lage war, über Feuer zu herrschen. Feuerelfe. Sie besaß die Fähigkeiten ihrer Mutter. Natürlich!

Erst im Fall riss sie wieder ihre Augen auf und merkte, dass Keagan sie zur Seite gestoßen hatte, um sie aus der Schusslinie zu nehmen. Er selbst sprang mit gezücktem Siegeldolch nach vorne, seine Sportschuhe fanden guten und schnellen Halt auf dem glitschigen Basalt des erloschenen Vulkans des Castle Rock.

»Dummer Mensch«, sagte Kami mit einem verächtlichen Lächeln, das sich um ihre Lippen kräuselte. Dann schnitt sie in einer federleichten Bewegung Leljas Pulsadern auf, nicht, ohne den Boden zu ihren Füßen in Brand zu stecken. Dann stieß sie sie in die Tiefe.

»Nein!« Kits panischer Schrei hallte von den kahlen Steinwänden wider, und das Atmen fiel ihr schwer. Kurzerhand streckte sie ihre Arme von sich, spürte, wie die dunkle Macht zum Leben erweckt wurde, wie die Finsternis sich in ihr regte. Aber nichts geschah. Sie besaß keine Kontrolle über ihre Macht, über das, was sich Kami so sehnlich wünschte.

Als Leljas lebloser Körper in Flammen aufging, stürzte sich Keagan in das lodernde Feuer, das knisternd in die Höhe stieg und die ohnehin schon stickige Luft um sie herum in ein Flammeninferno verwandelte. Ihr blieb keine Zeit, nach ihrer Freundin Ausschau zu halten, denn Kami ließ eine erneute Salve an Feuerbällen auf sie herabregnen, der Kit nur mit Mühe und in letzter Sekunde ausweichen konnte. Ihr Blick schoss zu ihrer Freundin und Keagan, der die Flammen zu ersticken und gleichzeitig die Blutung zu stoppen versuchte.

Ihr wurde speiübel, aber sie zwang sich, einen kühlen Kopf zu bewahren, denn es nutzte niemandem, wenn sie jetzt in Tränen ausbrach.

In diesem Augenblick breitete sich eine unnatürliche Kälte um sie aus, die bis an den Grund ihrer Seele drang und sie auf der Stelle gefrieren ließ. Das Eis schoss über den Boden, auf das Feuer zu, wickelte es in eine splitternde Umarmung, und mit einem ächzenden Geräusch gaben die Flammen unter dem Eis nach. Sie fühlte die Veränderung in der Luft, die tödliche Kälte, die nur von einem Alias erzeugt werden konnte.

»Kit! Jetzt!«

Es war Nakir. Hatte er gewusst, was Keagan vorhatte? Konnte das sein?

Wild hämmerte ihr Herz gegen ihre Rippen, und sie erkannte, dass er ihr einen Weg über das dunkle Gestein geebnet hatte. Es sah aus wie eine Treppe aus Eis.

Geschmeidig setzte sich Kit in Bewegung, wich dem nächsten Angriff ihrer Schwester aus, deren Gesicht sich voller Wut und Hass verzerrte. Kit sprach die Formel ihres Nachtsiegels in schneller Abfolge, stieß die Worte zischend aus, ohne dabei das Feuer aus den Augen zu lassen. Kleine, dünne Fäden flossen um den Dolch, wurden zu silbernen Strängen, getränkt in die Magie der Worte einer anderen Zeit.

Als ihre Schwester erkannte, dass Kit sich ihr näherte

und ihr keine Fluchtmöglichkeit blieb, schleuderte sie kleinere Feuerbälle. Gleichzeitig ging ein Leuchten von ihrem Körper aus, und Kit stieß einen lautlosen Fluch aus, denn wenn Kami sich verwandelte, wäre sie schneller und agiler, aber sie wollte es nicht auf einen Todeskampf zwischen zwei Wandlern ankommen lassen. Denn dann würde sie ihre Schwester nicht endgültig besiegen. Nicht in den Aschetod schicken.

Hitze explodierte dicht neben ihrem Gesicht. Ihre Wangen glühten, und ihr eigener, keuchender Atem klang unnatürlich laut in ihren Ohren. Dieses Mal traf einer von den Feuerbällen ihren Arm, und sie heulte vor Schmerzen auf, biss die Zähne zusammen und ignorierte das heftige Brennen, das sich auf ihrer Haut ausbreitete.

Kit atmete tief durch. Konzentrierte sich auf all das, was sie gelernt hatte. Aufmerksamkeit. Atmung. Gleichgewicht. Vorausahnen der Bewegungen des Gegners, des Angriffs.

Nur noch zwei Absätze. Dann hätte sie es geschafft. Dann würde sie Kami gegenüberstehen.

Ihre Füße fanden auf dem rutschigen Eis Halt, während die Kälte, die aus Nakirs Richtung strömte, sich immer weiter ausbreitete, bis sie das Gefühl hatte, sich selbst kaum noch bewegen zu können. Die Hand, die den Siegeldolch umklammert hielt, fühlte sich taub und anders an, als würde sie gar nicht zu ihr gehören.

Der Tod streckte seine Klauen nach ihrem Herzen aus, das mit jedem Schlag etwas langsamer wurde, und Kit registrierte, dass auch das Leuchten um Kamis Körper aufgehört hatte. Jede Geste geschah nur noch wie in Zeitlupe, als würde es sie große Kraft kosten, auch nur zu atmen.

Er wird uns beide töten, wenn es sein muss, schoss es Kit durch den Kopf, und sie spürte, wie neue Energie in ihr erwachte. Sie wollte nicht sterben. Nicht auf diese Weise. Nicht durch Nakirs Macht.

Heiß loderte das Fuchsfeuer in ihr auf, verscheuchte die Kälte in ihrem Inneren, und gleichzeitig hatte Kit das Gefühl, von einer schützenden Dunkelheit umgeben zu sein, die sie antrieb weiterzumachen.

Ja, das war sie. Kit. Aber auch ein Teil von Nox. Und ein Teil dieses Lebens, nämlich ihr Vater.

Kami riss überrascht die Augen auf, öffnete zögernd den Mund, als wolle sie etwas sagen, doch im nächsten Moment machte Kit einen Sprung, direkt auf ihre Zwillingsschwester zu.

Mit einem schmatzenden Geräusch drang die magische Klinge in Kamis Brustkorb ein, Kits Hand zitterte wie Espenlaub, als sie den ledernen Griff losließ.

Sie hatte es geschafft.

»Ich hätte dich sowieso nicht töten können«, murmelte Kami mit einem leisen Lächeln, und sie ließ ihre regungslose Gestalt in die Tiefe fallen. Schwer atmend stützte sich Kit auf ihren Knien ab, ihre Muskeln zitterten, und ihre Nerven waren zum Zerreißen gespannt. Dann fiel ihr Blick hinab, dorthin, wo ihre Zwillingsschwester aufgekommen war. Ihr Kopf rollte zur Seite, und Kit starrte auf die Blutlache, die sich um ihren Körper bildete.

Erleichterung durchströmte sie, aber auch eine seltsame Traurigkeit. Dabei wusste sie selbst nicht so genau, warum sie traurig war. Vielleicht, weil sie auf diese Weise ihren Zwilling verloren hatte.

So schnell sie konnte, kletterte sie wieder hinab und rannte zu Keagan, der neben Leljas regungslosem Körper kniete und mit einer der seltenen Perlen einen Heilungszauber sprach. Egal, wie wertvoll diese Perle war, sie war es wert, dass man sie für Leljas Leben einsetzte.

Je näher sie kam, desto mehr drang der beißende Geruch von verbranntem Fleisch in ihre Nase, und Kit musste all ihre mentalen Kräfte aufbringen, um nicht in Tränen auszubrechen. Ein Würgen stieg in ihrer Kehle auf, aber sie schluckte es hinunter.

»Was ist mit Lelja?«, rief Kit verzweifelt Keagan zu, schluckte den Kloß in ihrer Kehle hinunter und versuchte, tief durchzuatmen. Wenn sie jetzt in Panik verfiel, war sie zu keinem klaren Gedanken mehr in der Lage, und dann bot sie ein viel zu leichtes Ziel.

»Sie wird es überleben«, antwortete Keagan mit angespanntem Kiefer. Es war einer der wenigen Augenblicke, in dem man ihm die Qual und die innere Zerrissenheit auf seinem Gesicht ablesen konnte, und der Anblick ließ ihr Herz schneller schlagen.

»Es ist nicht deine Schuld«, erwiderte Kit und versuchte ihm so etwas von der Pein zu nehmen, doch ihr Partner schüttelte resigniert den Kopf, als wolle er die Worte verscheuchen.

»Sie wird nicht mehr dieselbe sein. Kami hat ihr mit den Flammen ihr Gesicht entstellt, und wir wissen beide nur zu gut, dass keine Hexe, kein dämlicher Heilzauber oder sonst ein Mittel gegen Feuerwunden hilft. Selbst wenn sie immer ein Identitätssiegel trägt, das ihr Gesicht verändert, so wird sie es niemals ablegen können, in den Spiegel blicken und sich selbst darin erkennen.«

»Hör auf, dir Vorwürfe zu machen! Du hast uns wahrscheinlich beide gerettet!«, rief Kit und hob zur Unterstreichung ihrer Worte die Hand, deutete auf all das Chaos.

»Es tut mir leid«, fügte er hinzu. »Ich hätte Kami nicht täuschen können, ohne dass sie es gemerkt hätte. Außerdem hatte ich eine Scheißangst um Lelja.«

»Ich weiß.«

»Vielleicht hätte ich auch einen anderen Ausweg …«

»Lass das!«

»Kit.«

Sie riss gehetzt den Kopf herum und begegnete Nakirs Blick, in dem so viele Gefühle tobten. Er stand gut zwei Meter hinter ihnen, seine Augen loderten wild, und sein Brustkorb pumpte heftig. Seine sonst so beherrschte Mimik war jetzt aufgebrochen und zeigte deutlich, dass die Gefahr noch nicht gebannt war. Nicht, wenn sie es nicht verhinderte.

Kami war tot. Aber die Nox noch nicht besiegt.

»Ich werde es versuchen«, sagte sie mit zittriger Stimme und setzte sich in Bewegung.

Angst lähmte ihre Glieder. Sie konnte sich nicht rühren, selbst wenn sie es gewollt hätte, denn die Angst kroch ihren Nacken hinauf und machte sie bewegungsunfähig. Denn sie wusste, dass ihr nicht viel Zeit blieb.

Die Schattenwesen waren jetzt überall. Ihre dunkle Macht flog über dem Boden, der Himmel hatte sich verdunkelt, war so schwarz, als würde im nächsten Moment ein gewaltiges Gewitter ausbrechen.

Ihre Knie drohten unter ihr nachzugeben, jeder Atemzug stach wie Feuer in ihrer Lunge, und sie war geschwächt vom Kampf. Geschwächt vom Kampf mit ihrer Schwester. Aber nicht nur vom Kampf der heutigen Nacht und all den sich überschlagenden Ereignissen, sondern auch den Kämpfen, die sie seit so vielen Leben geführt hatte.

Schlachtgeräusche hallten wie Trommeln in ihren

Ohren nach, sie hörte, wie Alias starben, jetzt, genau in diesem Augenblick.

Plötzlich wurde etwas in ihr ganz still. Lächelnd bewegte sich die Finsternis in ihrem Inneren, flüsterte ihren alten Namen, und Kit lauschte auf die Gefühle, die in ihr tobten. Etwas hatte sich verschoben, hatte sich verändert. Sie war mit sich im Reinen.

Ihre Zwillingsschwester war für immer gestorben. Und sie besaß die Kräfte und ihre Erinnerung.

Kit erkannte, dass es nur einen Ausweg für Nox gab. Die ganze Zeit über war sie erfüllt gewesen von lähmender Angst.

Angst davor, andere zu verletzen. Angst davor, sich selbst zu enttäuschen. Angst, die Kontrolle zu verlieren.

Aber möglicherweise gab es für ihre Ängste keinen Grund, und sie musste sich ihnen einfach stellen. Akzeptieren, was ihre andere Seite war. Sie hatte die Macht, sich weiterzuentwickeln und einen neuen Weg zu gehen, trotz all des Ballasts, den sie mit sich trug.

Kit rannte auf die unnatürliche Finsternis zu, die sich überall im Princess Street Garden ausgebreitet hatte und öffnete vorsichtig ihren Geist, tastete suchend nach den Nox in ihrer Nähe, was ein Prickeln über ihren Rücken jagte. Woher sie die Kraft nahm, blieb ihr ein Rätsel.

Am Ross-Brunnen blieb sie stehen und breitete die Arme aus. Das monotone Plätschern des Wassers durchdrang ihre Gedanken, die sich fremd und zeitgleich so vertraut anfühlten. Vielleicht, weil sie endlich verstand.

»Kommt zu mir«, flüsterte sie in die Schwärze der Nacht hinein, die sich ihr neugierig zuwandte.

Sie rief sie alle zu sich, jeden einzelnen von ihnen. Schließlich waren sie ihre Kinder.

Und sie folgten ihrem Ruf. In der ganzen Stadt machten sie sich auf den Weg, ließen von ihren Opfern ab und flogen durch die Nacht, auf der Suche nach ihrer Mutter. Auch ihr Drang nach alten Seelen erstarb, Kit konnte die Veränderungen in ihrem Duft spüren, er wurde süßlicher, als sei er von einer tiefen Sehnsucht erfüllt.

Schließlich sehnten sie sich nach Kit. Denn ihr Seele war die älteste von allen, die erste Seele, die sie gekostet hatten.

Die Präsenz um sie herum verdichtete sich, wurde schwerer, dunkler. Sie fühlte die Nähe der Nox mit jeder Faser ihres Seins. Es mussten mindestens zwanzig sein. Aber seltsamerweise verspürte sie keine Angst, und das Fuchsfeuer in ihr schwieg, als würde es ihr zustimmen.

Überall leuchteten Siegeldolche in der Nacht auf, wie Glühwürmchen aus Magie. Mit geschlossenen Augen hob Kit die Arme etwas höher, sie zitterten vor Anstrengung, und hieß die Nox willkommen, die sich ihr vorsichtig näherten, vom Ruf ihrer Mutter gelockt wurden. Beinahe taten sie Kit leid, denn sie waren auch nur Kinder. Ihre Kinder.

Dann, in einer unendlich sanften Bewegung, sanken die Nox auf den Untergrund, verneigten sich vor ihr. Ihre schwerelosen und doch so festen schwarzen Körper waberten in der Luft, ihr aschiger Duft füllte Edinburgh mit dem Geschmack des Todes, und Kit dankte ihnen im Stillen.

Als sie die Augen öffnete, erfüllte das flirrende Geräusch von zischenden Klingen die Luft. Jubelschreie breiteten sich wie ein Lauffeuer von Alias zu Alias aus, die Siegelhüter stürzten sich auf die Nox, die in den Aschetod zerfielen und für immer verstummten.

EPILOG

Erschöpft ließ sich Kit auf die Knie sinken, spürte das nasse Gras, das sich durch den Stoff ihrer Hose fraß, und ließ den Siegeldolch neben sich fallen. Schweiß lief über ihre Stirn, und ihre Atmung ging nur noch stoßweise, während sie sich umblickte und all das Leid in sich aufnahm, das ihre Zwillingsschwester hinterlassen hatte.

Leichen von anderen Agents säumten den Park, sie sah regungslose Gestalten auf dem Boden liegen. Leblose Augen, die in den verschlossenen Nachthimmel blickten. Eine von ihnen erkannte sie als Natascha. Murron, die freundliche Heilerin, und ihre Kollegin Allie. Selbst Stanley, ein Schattenkobold aus dem Leichenschauhaus, war unter den Opfern.

Unbeholfen wischte sich Kit über die nassen Wangen, und erst jetzt realisierte sie, dass sie weinte.

Die Spuren des Kampfes hatten sich überall in Edinburgh niedergeschlagen, sie roch den endgültigen Tod, den feinen, metallischen Geruch des Blutes, der aus ihrer eigenen Wunde strömte, und hörte das aufgeregte Geschnatter der Vögel, die langsam erwachten.

Noch immer zogen Rauchschwaden in den Himmel, dunkle Säulen am Castle Rock, genau an jener Stelle, an der ihre Schwester ihr Leben gelassen hatte.

Tränen der Erleichterung strömten über Kits Wangen, und sie stieß ein Schluchzen aus, als all die Anspannung und der Druck von ihren Schultern fielen. Jeder Muskel ihres Körpers fühlte sich an, als hätte sie tagelang nichts anderes als Kampfsport betrieben, und ihre Hände bebten unkontrolliert.

Aber sie hatten es geschafft. Kami war besiegt, in den Aschetod getrieben und somit auch jener Teil von Nox, der sich nach der Dunkelheit gesehnt hatte. Denn Kit hatte kein Interesse daran, die Weltordnung zu verändern. Im Gegenteil. Sie würde alles daransetzen, weiterhin abtrünnige Alias aufzuspüren und zur Strecke zu bringen.

Ein Schatten fiel auf sie, und als sie den Kopf hob, begegnete sie Nakirs unergründlichem Blick, der sie streifte. Sie ergriff seine ausgestreckte Hand und ließ sich von ihm auf die Beine ziehen.

So viele Emotionen standen ihm ins Gesicht geschrieben, und als er schließlich die Hand hob und ihr eine feuchte Haarsträhne hinter die pelzigen Ohren schob, kroch die Andeutung eines schwachen Lächelns über ihre Lippen. Sie fühlte sich noch nicht bereit zu lächeln.

Zu viel war geschehen. Zu viele beschissene Momente voller Angst. Zu viele Tote.

»Kami ist tot«, sagte sie. »Aschetot.«

»Ich weiß«, erwiderte er ebenso leise wie sie.

»Die Nox sind besiegt.«

»Ja.«

»Wie geht es Lelja?«

Seine Miene verdüsterte sich schlagartig. »Den Umständen entsprechend. Sie werden alles daransetzen, sie von ihren Schmerzen zu befreien und sie so weit wiederherzustellen, dass sie weiter als Agentin arbeiten kann. Keagan hat ihr das Leben gerettet.«

»Das wird er anders sehen«, murmelte Kit niedergeschlagen und schloss für einen Sekundenbruchteil die Augen, lauschte auf die Stille, in der keine bedrohliche Dunkelheit lag.

Sie hatten noch einen langen Weg vor sich, die Nacht

war zwar vorbei, aber sie würden es irgendwie schaffen. Die größte Bedrohung lag hinter ihnen. Jetzt galt es, die Scherben wiederaufzusammeln.

»Was ist mit Onyx?«, wollte sie wissen.

»Man hat ihn mittlerweile aus seinem Bannkreis befreit. Er hat alles mit angesehen. Kami hat sich mit Phelia getroffen, und deine Patentante hat zugegeben, deine Erinnerung gestohlen zu haben. Er hat etwas von Kindheit und schweren traumatischen Erlebnissen erzählt.« Nakirs Tonfall veränderte sich, und auch seine Züge wurden härter. »Das hat Kami wohl wütend gemacht.«

»Deswegen hat sie sie getötet«, flüsterte Kit erstickt und schüttelte ungläubig den Kopf.

»Es sieht danach aus.«

Sie erschauderte. »Ich werde niemals so sein, Nakir.«

Als er keine Antwort gab, hob sie den Kopf und sah ihm forschend ins Gesicht, doch seine Miene war so undurchschaubar wie sonst auch. Lediglich der leicht veränderte Herzschlag, ein schnellerer Rhythmus deutete darauf hin, dass er ihre Worte wahrgenommen hatte.

»Wir werden sehen«, sagte er schließlich, und sie nickte. Mehr konnte sie in diesem Moment nicht von ihm erwarten, und sie würde ihn nicht drängen, ihr zu vertrauen. Denn Vertrauen brauchte Zeit. Und Nox hatte mehrere Leben damit verbracht, sein Vertrauen zu missbrauchen und mit Füßen zu treten. Was machten da schon ein paar Wochen oder Monate aus?

Natürlich war die Dunkelheit ein Bestandteil ihres Seins, aber sie würde alles in ihrer Macht Stehende tun, um niemandem zu schaden. Alles andere würde sich zeigen.

DANKSAGUNG

Danksagungen zu schreiben fällt mir immer sehr schwer, weil man immer das Gefühl hat, jemanden zu vergessen! Trotzdem möchte ich mich zuerst bei euch Lesern bedanken. Dafür, dass ihr nach dieser Geschichte gegriffen habt, für die Nachrichten und Kommentare auf Instagram, für das Lesen des Buches unterwegs in der U-Bahn, gemütlich zu Hause, auf der Couch, in der Hängematte, im Garten … Das bedeutet mir eine Menge – danke.

Ich habe lange gewartet, aber ich wollte nach dem Jahr in Edinburgh unbedingt eine Geschichte schreiben, die dort spielt, und bin ich froh, dass es dieses Buch geworden ist. (In diesem Sinne: Thanks to Graeme and Magda for the best coffee in Edinburgh!)

An dieser Stelle möchte ich mich von ganzem Herzen bei meiner wunderbaren Lektorin Jennifer Jäger bedanken, die in der Geschichte um Kit, Nakir, Keagan und Lelja ganz viel Potenzial gesehen und mich »einfach mal hat machen lassen«. Dieses Urvertrauen war genau das, was ich für dieses Buch gebraucht habe, und das weiß ich wirklich zu schätzen. Ohne dich würde es »Schatten der Ewigkeit« nicht geben, danke.

Ein riesiger Dank gilt auch Anika Beer, ohne die sich Kit mehrfach den Unterarm gebrochen hätte und die die noch letzten Unstimmigkeiten ausgebügelt hat. Merci dafür!

Vielen Dank ans gesamte Knaur-Team, das ein so wunderbares Cover gezaubert und mich unter Vertrag genommen hat.

Danke auch an meine Agentin Christiane Düring, die immer genau die richtigen Worte findet und mich mittlerweile seit fast vier Jahren auf diesem Weg begleitet.

Auch dieses Mal haben wieder einige Betaleser die Geschichte in sämtlichen Rohfassungen gelesen, aber keine war so intensiv dabei wie Jessi. Danke, dass du dieses Buch so begleitet und kommentiert hast, nur dank dir lebt eine bestimmte Figur noch, und ich bin sehr froh darüber, dass wir uns mittlerweile fast zehn Jahre bei unseren Schreibprozessen begleiten.

An dieser Stelle auch ein dickes Dankeschön an Nadine (ohne dich wäre Phelia immer noch eine Kassandra, und deine Sprachnachrichten waren Gold wert!), Lisa (trotz des ganzen Trubels hast du die Zeit gefunden, den Text zu lesen, und das weiß ich zu schätzen), Verena (fürs Feuer-und-Flamme-Sein!), Nina (für die ehrliche Kritik an zu vielen Geheimnissen) und Giang (für das Kommentieren des Anfangs).

Außerdem ein großes Danke an all die lieben AutorInnen, mit denen ich mich so fleißig und intensiv austausche, aber insbesondere: Laura Kneidl, Kyra Groh, Bianca Iosivoni, Tanja Voosen. Ein besonderes Danke geht an Anya Omah, mit der ich Hunderte Bäumchen gepflanzt – und viel zu viele davon aus Versehen getötet – habe, und an Fabiola Nonn, für die Mittwochs-Stuttgart-Mitte-Café-Schreibsessions.

Ein größter Dank gilt aber wie immer meiner Familie, die zu hundert Prozent hinter mir steht, mir in den letzten Wochen vor dem Abgabetermin die Daumen drückt und mich in allen Ecken unterstützt und vor allen Dingen auch so viel Verständnis hat. Ihr seid die Besten. Von ganzem Herzen möchte ich an dieser Stelle meinem Mann danken. Du bist mein Rückhalt und meine Stärke. Danke.

Stell dich deinen Dämonen – oder füttere sie …

LEIGH BARDUGO

KING OF SCARS

ROMAN

Niemand weiß, was Nicolai Lantsov, der junge König von Ravka, während des blutigen Bürgerkrieges durchgemacht hat. Und wenn es nach Nicolai geht, soll das auch so bleiben.

Jetzt, wo sich an den geschwächten Grenzen seines Reiches neue Feinde sammeln, muss er einen Weg finden, Ravkas Kassen wieder aufzufüllen, Allianzen zu schmieden und eine wachsende Bedrohung für die einstmals mächtige Armee der Grisha abzuwenden.

Doch mit jedem Tag wird in dem jungen König eine dunkle Magie stärker und droht, alles zu zerstören, was er aufgebaut hat. Schließlich begibt Nicolai sich mit einem jungen Mönch und der legendären Grisha-Magierin Zoja auf eine gefährliche Reise zu jenen Orten in Ravka, an denen die stärkste Magie überdauert hat. Möglicherweise besteht so eine Chance, sein dunkles Vermächtnis zu bannen.

Einige Geheimnisse sind jedoch nicht dafür geschaffen, verborgen zu bleiben – und einige Wunden werden niemals heilen.

Eine junge Diebin, das New York der Gangs und Gaslaternen und ein uralter Krieg der Magier.

LISA MAXWELL

DER LETZTE MAGIER VON MANHATTAN

ROMAN

Seit Jahrhunderten herrscht Krieg zwischen zwei Fraktionen von Magiern: Während die einen sich dem mächtigen Orden Ortus Aurea angeschlossen haben, fristen die anderen ein Schatten-Dasein im Untergrund. Zu ihnen gehört die junge Diebin Esta, die von ihrem Mentor ins New York des Jahres 1901 geschickt wird, um ein Buch zu stehlen, das als Waffe gegen den Orden dienen soll. Esta schließt sich einer Gang von Magiern an, die wie sie den Orden bekämpfen. Sie gewinnt deren Vertrauen und mehr – und weiß doch, dass sie jeden in der Vergangenheit betrügen muss, wenn sie die Zukunft retten will.